WIE ZONDER ZONDE IS

ANDER WERK VAN BO SVERNSTRÖM

Wie zint op wraak

BO SVERNSTRÖM

Wie zonder zonde is

Vertaling Edith Sybesma

HarperCollins

MIX
Papier van verantwoorde herkomst
FSC® C083411

Voor het papieren boek is papier gebruikt dat onafhankelijk is gecertificeerd door FSC®
om verantwoord bosbeheer te waarborgen.
Kijk voor meer informatie op www.harpercollins.co.uk/green

HarperCollins is een imprint van Uitgeverij HarperCollins Holland, Amsterdam

Oorspronkelijke titel: *Lekarna*

Omslagontwerp: Buro Blikgoed
Omslagbeeld: © Simon Spitznagel/Plainpicture; Hollandse Hoogte
Foto auteur: © Martin Stenmark
Zetwerk: Mat-Zet B.V., Huizen
Druk: CPI Books GmbH, Germany

ISBN 978 94 027 0495 2
ISBN 978 94 027 5946 4 (e-book)
NUR 305
Eerste druk april 2020
Tweede druk juni 2020

Originele uitgave verschenen bij Albert Bonniers Förlag, Stockholm, Zweden
Uitgegeven in de Nederlandse taal door bemiddeling van Bonnier Rights, Stockholm, Zweden

HarperCollins Holland is een divisie van Harlequin Enterprises ULC

www.harpercollins.nl

Dank aan Mira, Loke en Siri – voor de herinneringen die jullie me geven.

Proloog

Toen Sixten veel later Olinda's dunne lichaam in de rotsspleet zag liggen, moest hij denken aan de auto die 's middags voor de school geparkeerd had gestaan. Een witte. Hij had daar een hele tijd gestaan, uren, dacht hij – en later, toen hij zich had omgedraaid om naar huis te lopen, was hij opeens weg geweest.

En Olinda ook.

Zo zou hij het zich herinneren, daaraan zou hij vasthouden, zodat er geen onzekerheid tussen hem en de herinnering kon dringen.

Het regende die dag. Een dichte, fijne herfstregen. Toen aan het eind van de schooldag de bel ging, haastten de kinderen zich naar huis. Met de capuchon op en de handen diep in de zakken. Rode en zwarte rubberlaarzen die door de waterplassen spetterden. Maar Sixten bleef aan de rand van het schoolplein hangen, zocht met zijn blik naar Olinda, naar haar rode, te grote regenjas, die tot op de schacht van haar laarzen hing. Hij hoopte dat ze hem zou inhalen, dat ze samen naar huis zouden lopen. Soms speelden ze na schooltijd samen. Maar nooit zo dat iemand hen zag en ze vertelden het aan niemand. Ze hadden hun eigen geheime spelletjes, zij en hij.

De regen liep in zijn nek en vanuit zijn pony over zijn ogen en neus tot op zijn lippen. Hij likte de druppels op, proefde dat de smaak nu anders was dan in de zomer, alsof de herfst een eigen smaak had, van kou en van iets waar hij geen woorden voor had.

Hij bleef lang staan, totdat de laatste kinderen waren verdwenen en hij alleen was.

Olinda kwam niet. Toch was ze vlak na hem de school uit gekomen…

Hij wierp een laatste blik op de lange rij schommels, keek uit over het lege schoolplein. Vervolgens draaide hij zich om en rende weg, zodat het regenwater over de rand van zijn laarzen spatte, op zijn spijkerbroek.

DEEL EEN

1

Maandag 19 oktober

Het is ijskoud in mijn appartement en ik loop rond in een grote, Noorse wollen trui die kriebelt in mijn nek. Vermoedelijk is de centrale verwarming nog niet goed afgesteld na de snelle weersomslag van het afgelopen etmaal. Maar het kan ook door de knagende ongerustheid komen dat ik het koud heb.

Ik staar uit mijn keukenraam, dat streperig is geworden van de regen, en probeer na te denken. Dan besef ik dat iemand me vanaf de straat zou kunnen zien en ik loop de woonkamer in.

Ik ben jarig. Vandaag word ik negenendertig. Ik vier het normaal gesproken niet. Maar toch had ik lekkerder eten klaargemaakt dan anders: entrecote en friet (uit de diepvries, opgewarmd in de oven) en ik had het mooie witte serviesgoed op tafel gezet dat ik van mijn ouders heb geërfd en dat ik maar twee keer per jaar gebruik (op mijn verjaardag en met kerst). Uit een glas met geslepen bloemmotieven dronk ik Coca-Cola. (Wijn durf ik niet meer.)

Daarna gebeurde het: net toen ik de eerste hap wilde nemen, ging mijn telefoon. Er belt anders nooit iemand om me te feliciteren – ik word sowieso niet vaak gebeld – dus dat was een hele gebeurtenis. Daarom nam ik op, ook al herkende ik het nummer niet.

'Spreek ik met Robert? Robert Lindström?'

De stem was vrouwelijk en heel eigenwijs. (Absoluut niet iemand die me ging feliciteren.)

Terwijl ik me afvroeg wie ze kon zijn (een verkoper?) en wat ik zou doen, of ik gewoon zou ophangen of iets zou zeggen, ging ze verder: 'Hallo? Ben je daar? Robert?'

Op de een of andere manier voelde ik me verplicht om te reageren. 'Ja.'

'Fijn dat ik je aan de lijn heb. Ik ben Lexa Andersson.'

'Geen interesse...' zei ik, nu in de vaste veronderstelling dat ze een verkoper was.

Ze lachte (op een lelijke manier, als een ezel, bij het inademen, zeg maar). Ik begreep niet wat er zo leuk was; als ik gebeld word, zijn het altíjd verkopers.

'Nee, ik verkoop niets. Ik wil met je práten!' zei ze toen ze klaar was met lachen.

Door de klemtoon op het woord práten wist ik het: een journalist.

'Geen commentaar,' zei ik snel.

Ik hield de telefoon een stukje van me af – als een broodje – en hoorde haar verder praten over dat we iets moesten afspreken en weet ik wat nog meer. Ten slotte boog ik naar voren en zei 'dag', waarna ik op het rode telefoontje drukte.

Ik heb het een keer eerder gedaan, praten met een journalist, en dat ging niet goed.

Ik denk nu al de hele avond aan haar en maak me zorgen. Ik weet zeker dat ze iemand is die weer belt, die het niet opgeeft.

2

Maandag 2 november

'Luister nou toch alsjeblieft!' Nastasia Sikonova drukte de mobiel tegen haar oor en probeerde haar hand te laten stoppen met trillen, terwijl ze met haar andere hand steun zocht bij de keukentafel. Terwijl ze praatte, hield ze haar blik strak op de tafel gericht: het bekraste bruine houten blad, de kringen van een warme koekenpan, een deuk die Olinda met een deegroller had gemaakt...

Opeens waren de sporen zo duidelijk, ze voelden zo vreemd. De hele keuken leek anders, alsof ze die nog nooit had gezien, de deur van de koelkast met alle briefjes, de vensterbank, het uitzicht. Dingen waar ze nooit op had gelet – en nu waren ze veranderd.

De klok aan de muur van de keuken gaf 20.53 uur aan. Er was bijna zes uur verstreken sinds Olinda's laatste lesuur.

Nastasia's man zat in de stoel tegenover haar en volgde haar met zijn blik. Ivan. Ze keek naar hem, het zwarte kostuum, het open witte overhemd, de dunne, donkere baard op het magere gezicht, het ietwat warrige, verbazingwekkend lichte haar – en voelde dat ze nooit meer dicht bij hem wilde zijn.

'Wachtcommandant Jönsson...' zei een stem in de mobiel.

Nastasia duwde haar tranen weg, probeerde rustig te blijven, terwijl ze nog eens vertelde wat ze al aan de telefonist van de alarmcentrale had verteld, dezelfde vragen beantwoordde. 'Nee, ik heb geen reden om te denken dat ze "met een klasgenoot mee naar huis is gegaan". Ze zou alleen thuiskomen en daarna zou de oppas... Ja, Tuva, Tuva nog iets, ik weet het niet meer... kan het me niet...'

Ze sloot haar ogen, probeerde niet te denken aan wat er met Olinda gebeurd kon zijn, niet aan het aantal uren dat al was verstreken, dat het haar schuld was, nog niet. 'We waren naar een concert. Mijn man en ik… We luisterden naar… Wat doet dat ertoe?'

Ze hadden naar kamermuziek geluisterd in het Concertgebouw, zij en Ivan samen. Het was bedoeld als een avond waarop ze hun huwelijk zouden repareren, oog voor elkaar zouden hebben en iets terug zouden halen van wat er vroeger was geweest, vóór Olinda en voor de miskraam, de ruzies en de gedempte nachtelijke discussies over scheiden…

'Jullie wringen jezelf in bochten voor jullie dochter,' had de gezinscoach gezegd. Hij had een hand op haar schouder gelegd, bemoedigend geknikt en naar haar geglimlacht. *Wat een idioot!*

Ze trok aan de mouw van de jurk als om hem uit te krijgen, een jurk van Filippa K die ze alleen droeg als ze uitging, waar ze dol op was, waar ze voor had gespaard. Maar ze wist dat ze hem nooit meer zou dragen.

Toen het applaus was verstomd en ze waren opgestaan in de rij, had Ivan zijn arm om haar heen geslagen en dat had voor het eerst in jaren warm en behaaglijk gevoeld. Daarna had ze eindelijk haar mobiel gepakt en de vliegtuigstand uitgeschakeld. Een seconde later had er een 'pling' geklonken. En nog eens en nog eens, het trillen en klingelen ging maar door…

Al voordat ze het eerste appje had geopend, had ze de ongerustheid in haar buik gevoeld en begrepen dat er iets mis was. Daarna las ze: Olinda is nog steeds niet thuis. Bel me alsjeblieft!

Het was van Tuva, de oppas; alle berichten waren van haar. Elf appjes, vijftien gemiste oproepen, vijf nieuwe ingesproken berichten.

Hoelang had haar mobiel uitgestaan? Maar dat wist ze al. Het was na achten 's avonds. Ze hadden hun telefoon al bij het aperitief in restaurant Gondolen uitgezet. Ze wilden rust. Dat wilde Ivan. Hij had gezeurd dat ze er alleen voor elkaar moesten zijn.

Zelfs in de pauze van het concert had ze haar mobiel niet aangezet. Toen ze hem uit haar handtas had willen halen, had Ivan zijn hand op de hare gelegd. 'Laat nou…'

Nu sloot ze haar ogen, ze probeerde niet naar hem te kijken.

'Zorg alsjeblieft dat jullie haar vinden,' zei ze, waarna ze het gesprek met de politieman beëindigde.

Ivan keek haar vragend aan.

'Ze beginnen met zoeken bij de school… Kinderen krijgen altijd prioriteit, zeggen ze. Maar ik denk… ik denk…'

Ze schudde haar hoofd. Hij nam haar hand in de zijne, maar ze trok hem snel terug.

'We moeten erheen…' zei ze en ze knikte naar de hal en de voordeur. 'Ze hebben foto's nodig. Een signalement…'

Toen Nastasia had opgehangen waren er dertien minuten verstreken sinds de centralist had opgenomen. Nauwelijks een uur later was de eerste zoekpatrouille ter plaatse achter de school. Als het licht was geweest, hadden ze ook een helikopter en een drone ingezet, maar nu niet.

Niet in het donker.

3

Maandag 19 oktober

Er zijn een paar dingen die jullie over me moeten weten.

In de eerste plaats: ik ben een slecht mens. Op mijn elfde heb ik op het braakliggende terrein naast ons huis een jongen van mijn leeftijd gedood door met een stuk hard geworden cement zijn hoofd in te slaan. Hij was meteen dood. Mijn blonde, razendknappe therapeute zegt dat het geen móórd hoeft te zijn, dat het doodslag kan zijn, een impulsieve daad. Bijna onopzettelijk. Dat ik een plotselinge ingeving had gekregen.

Maar welk kind krijgt nou zo'n ingeving?

Misschien probeert ze alleen maar aardig tegen me te zijn met haar bemoedigende glimlach en haar indringende blik, die altijd de mijne probeert vast te houden, mij ergens toe tracht te bewegen, onduidelijk waartoe.

Ik weet het niet. Ik snap vriendelijkheid niet.

Die jongen heette Max. Hij was mijn speelkameraad.

Als ik 's ochtends in de vlekkerige teakhouten spiegel in de hal kijk (een erfstuk van mijn ouders), zie ik soms iets donkers over mijn gezicht gaan. Iets boos. Niet dat ik verander of zo, alleen een snelle glimp uit een ooghoek van iets...

Ik heb de gloeilamp in de plafonnière door een sterkere vervangen, maar die glimpen van duisternis zijn er nog steeds. Als ik 's ochtends moe ben of aan iets anders denk en per ongeluk een verstrooide blik in de spiegel werp... alsof ik me zonder het zelf te weten vanbinnen opvreet.

Als ik me vervolgens naar de spiegel buig om mijn gezicht van dichtbij te bekijken, is alles weer gewoon: ik zie de scheve neus (ik ben als kind van een trap gefietst) en de ogen (donkerbruin), het middelblonde (kleurloze) haar... En als ik met mijn hand over mijn baardstoppels wrijf (plekken met rode en bruine baardharen), voelt alles net als altijd.

Ik ben niet lelijk. Mijn trekken zijn niet mooi in klassieke zin, maar wel vrij regelmatig. In vrolijke momenten – korte, van realiteitszin gespeende momenten – denk ik dat een vrouw me aantrekkelijk zou kunnen vinden. Maar dat vindt niemand. Ik denk dat ze iets van die duisternis, die razernij voelen, dat dat hen weerhoudt.

Mijn therapeute noemt dat onzin. Ze zegt dat ik net als iedereen boos kan worden, dat het een natuurlijke emotie is.

'Maar je hebt extreme gebeurtenissen meegemaakt die je je niet herinnert, omdat je daar nog niet klaar voor bent. Het is niet gek als je dat als duisternis ervaart,' zegt ze.

Ik kan daar moeilijk iets over zeggen, aangezien de therapie voor een groot deel gaat over alles wat ik me van mijn jeugd niet meer herinner.

Dit is het tweede ding dat jullie van me moeten weten: grote delen van mijn jeugd zijn helemaal weg, uitgewist. Jaren van mijn leven, waar ik niet meer van weet dan wat mijn ouders me hebben verteld of wat ik op akelig onbekende foto's heb gezien.

Zoals de foto op de vensterbank in de keuken: een verbleekte kleurenfoto van een gezin – niet mijn echte gezin maar een pleeggezin – waarvan de leden keurig op een rijtje voor de ingang van een grijsgepleisterd gebouw staan. Ik sta een eindje van de rest van het gezin af, een jongetje met hangende schouders, een kromme rug en onverzorgd melkboerenhondenhaar. De ouders en een meisje dat een paar jaar ouder lijkt te zijn dan ik, glimlachen, terwijl ik met mijn gezicht half afgewend sta. Alsof ik niet gezien wilde worden. Alsof ze mij naar de camera hadden gesleept. *Kom, jij moet er ook op!*

Ik weet dat ik jaren bij pleegouders heb gewoond, die me daarna niet meer wilden hebben. Geen idee waarom niet. Maar ik herinner me geen namen, geen plaatsen. Niets.

Ik weet niet eens zeker of ik niet meer kinderen heb gedood. Weliswaar heeft niemand iets gezegd, de politie heeft me niet opgepakt en ik heb er geen krantenartikelen over gezien, maar dat hoeft niets te betekenen. Soms denk ik dat er meer moorden verborgen kunnen zijn in de krochten van mijn geheugen. Op kinderen die ik de schedel heb ingeslagen en die ik in een bos heb begraven. Dat ik me daarom niets herinner.

Mijn therapeute lachte toen ik dat een keer zei. 'Dat je je niet herinnert wat er met Max is gebeurd, wil nog niet zeggen dat je een heleboel kinderen hebt vermoord.'

Misschien heeft ze gelijk, ik weet het niet. Ik zat in haar zachte lamswollen fauteuil en knikte zwijgend.

Daarna hield ze haar hoofd schuin en vuurde een Mona Lisa-glimlach op me af, met twee duidelijke kuiltjes in haar wangen. 'Denk je niet dat je geest kan helen als je het proces gewoon zijn gang laat gaan? Dat je herinneringen terugkomen als je eraan toe bent?'

Heel eerlijk: nee, dat denk ik niet.

Toch blijf ik naar haar toe gaan, elke vrijdag om één uur.

4

Dinsdag 3 november

'Oké, luister allemaal! Voor degenen die me niet kennen, mijn naam is Jens Sköld en ik coördineer de zoekactie. We zijn hier vandaag om te helpen zoeken naar Olinda Sikonova, een elfjarig meisje.'

De aanwezigen draaiden zich om en keken hem aandachtig aan.

Ze hadden zich verzameld achter de kantine van de school, op het parkeerterrein van de leraren, een man of zestig in gele hesjes met de tekst MISSING PEOPLE – SWEDEN. Stevige schoenen stampten op het gebarsten asfalt, armen stevig gekruist over dikke fleecetruien en Gore-Tex-jassen, ernstig knikkende hoofden.

Het was acht uur 's ochtends. Het regende niet meer, maar het was nog guur en vochtig, slechts een paar graden boven nul. Achter een bus met de tekst MISSING PEOPLE – COÖRDINATIECENTRUM had iemand een wankel campingtafeltje neergezet. Aan de lange kant van het tafeltje stonden vier grote pompthermoskannen met koffie. Er waren kleine, lichte rookwolkjes te zien als iemand met zijn handen om zijn kopje in de hete koffie blies en er voorzichtig van slurpte. Bij de tafel was een vrouw in de weer met onhandige kaarten; ze tekende er met een rode pen ongelijkmatige cirkels en vierkanten op. Bovenaan had ze geschreven: ZOEKSECTOREN.

Jens' oog viel op twee schoolkinderen die een stukje hoger op de helling zaten met hun schooltas onder zich. Ze zeiden niets en leunden nieuwsgierig naar voren, hun handen stevig om de riem van hun tas geklemd. Hij bedacht dat iemand tegen hen moest zeggen dat ze naar hun les moesten gaan, hen weg moest sturen, maar niemand anders leek hen te zien.

'De school ging gisteren om 14.30 uur uit, daarna heeft niemand Olinda gezien,' vervolgde Jens met een luide stem, die door het schoolgebouw werd weerkaatst. 'Ze gaat normaal gesproken alleen naar huis, ze woont ongeveer driehonderd meter hiervandaan.'

Weer een bezorgd knikken van de aanwezigen. Hij herkende een aantal van hen, had eerder met hen gezocht.

Soms vroeg hij zich af waarom hij dit nog steeds deed, waarom hij de deur uit vloog als zijn mobiel ging of er een appje binnenkwam, soms midden in de nacht, waarom hij over natte veengrond stapte en struikelde over geniepige wortels – maar hij wist wat het antwoord was. Dat was zo triviaal, bijna een cliché. Misschien vertelde hij het daarom nooit aan mensen die hem niet kenden. Als iemand ernaar vroeg, zei hij altijd dat het hem een rustig gevoel gaf dat hij deed wat hij kon. En dat was waar. In zekere zin. Zoeken gaf hem rust. Maar dat was maar tijdelijk. Hij wist – hij was niet dom – dat hij zijn eigen zoon nooit zou kunnen vinden. Als William nog leefde, werd hij deze herfst zeventien, maar Jens dacht niet dat hij nog leefde. Hij stelde zich voor dat hij verdronken was – er was een moerassig meertje geweest in de buurt van het zomerhuisje waar hij het weekend had doorgebracht bij een vriend –, dat William in de modder was gezakt en erin was ingebed. Als een fossiel.

Jens haalde een opschrijfboekje tevoorschijn en bladerde erin, terwijl hij een leesbrilletje met een zilveren montuur opzette en zijn keel schraapte.

'Olinda was bij haar verdwijning gekleed in een blauwe spijkerbroek, een groene trui en een groot rood regenjack. Rubberlaarzen. Kleur onbekend.'

Hij keek op.

'Dit krijgen jullie natuurlijk op papier, zoals gewoonlijk. Ik noem het nu alleen even...'

Hij keek weer op het blaadje.

'Olinda heeft lang bruin haar, bruine ogen en is ongeveer één meter veertig lang. Slank. Gewicht rond de vijfendertig kilo. Schoenmaat vijfendertig.'

Hij zette het brilletje af en liep naar het wankele campingtafeltje, waar hij een gelamineerde foto van Olinda pakte en hem aan de groep liet zien.

'Deze foto is onlangs gemaakt. Volgens haar ouders heeft ze nog hetzelfde kapsel.'

Het was een vergroting van de schoolfoto. Olinda droeg een blauwe jurk en haar haar was opgestoken – en ze lachte. Zoals dat van je verwacht werd op een schoolfoto.

'Onze primaire zoekgebieden zijn de berg hier achter de school,' ging Jens verder. 'En het natuurgebied aan de zuidoostkant, dat achter de pendeltrein afloopt naar het water...'

Hij gaf de richting aan met zijn arm.

'Het spoorwegterrein zelf is afgezet, maar controleer het gebied eronder en ga dan naar de tunnel waar jullie doorheen kunnen en herneem jullie zoekpositie aan de andere kant. Verder naar beneden is een twintig meter hoge afgrond met grote rotsblokken. Kijk goed uit waar je loopt en neem geen onnodige risico's.'

Hij pauzeerde even om te kijken of de woorden echt waren aangekomen, waarna hij verderging: 'Zoals altijd, zorg dat er niet te grote gaten vallen. Iedereen meldt eventuele vondsten over de radio en markeert ze met gele vlaggen. Niemand raakt iets aan. We verzamelen hier weer. Concentreer jullie op...'

Hij zweeg toen een auto snel het parkeerterrein op kwam rijden. Er stapten een man en een vrouw uit, ze liepen om de auto heen en keken elkaar onzeker aan voordat ze zich omdraaiden naar de groep en Jens in het vizier kregen.

Hij herkende de ouders van het meisje. Ze waren goedgekleed, *opgedoft*, hij in pak en zij in een elegante jurk met een dunne jas erover, maar hun kleding zag er onverzorgd en verfrommeld uit. Ivan had zijn haar niet gekamd, het stond alle kanten op, alsof hij net wakker was geworden. Nastasia's haar was half uit een kunstig opgestoken kapsel gegleden, het hing in pieken langs haar hoofd zonder dat ze dat leek te merken. Toen hij hen vanochtend vroeg had ontmoet, hadden ze dezelfde kleren gedragen en er net zo uitgezien.

Ze liepen hand in hand. Ivan liep achter zijn vrouw aan, alsof hij naar het campingtafeltje werd getrokken waar Jens stond. De groep mensen week instinctief uiteen om hen door te laten.

'Wij willen ook helpen,' zei Nastasia. Haar stem schoot uit en werd hard en schril. 'We moeten... Ze mag niet...' Ze zweeg en keek haar man smekend aan.

'We kunnen niet zitten duimendraaien,' zei Ivan zonder op te kijken.

Jens knikte en richtte zich weer tot de groep. 'Oké allemaal, daar gaan we!' riep hij. 'Karin hier...' Hij maakte een hoofdgebaar naar de vrouw die bij het wiebelige tafeltje met de thermoskannen zat. '...deelt foto's, kaarten en radio's uit.'

Daarna richtte hij zich weer tot het paar tegenover hem. 'Kom, we gaan een eindje verderop staan.' Hij legde voorzichtig een hand op Ivans arm en nam hen apart.

'Wat kan haar zijn overkomen?' vroeg Nastasia schel. 'Waar is ze?'

'Misschien is ze gewoon verdwaald,' zei Jens geruststellend. 'Misschien is ze moe geworden en ergens de weg kwijtgeraakt.'

Hij wilde haar niet te veel hoop geven, maar hoorde dat hij toch hoopvol klonk, hij zag Nastasia driftig knikken, terwijl haar handen om elkaar heen draaiden.

Iets verderop tegen de helling zag hij de jongens opstaan bij hun tassen en hij bedacht dat hij moest zorgen dat ze niet achter de zoekgroepen aan liepen.

'Vind haar, alsjeblieft,' zei Nastasia.

Hij wendde zijn blik af van de jongens en ving haar hoopvolle blik op. 'We zullen ons uiterste best doen,' zei hij.

5

Dinsdag 20 oktober

Het derde feit dat jullie over mij moeten weten: voor het doden van mijn speelkameraad ben ik nooit gestraft. Geen gevangenis of zo. *Je bent ermee weggekomen...* In plaats daarvan werd ik in een behandelcentrum geplaatst. Voor zover ik weet heb ik bijna een jaar opgesloten gezeten. *Om niet meer kinderen iets aan te doen.* Toen ik uiteindelijk werd vrijgelaten, kwam ik eerst in een pleeggezin en een paar jaar later mocht ik weer naar mijn ouders.

Ik vind niet dat ik ermee weg ben gekomen. Ik heb mijn straf gekregen.

Ik woon alleen in mijn tweekamerflatje in Hägersten (dat niet zozeer een deel van Stockholm is als wel een grauwgrijze voorstad uit de jaren veertig) en probeer de wereld buiten te sluiten. Ik heb geen auto. Geen zomerhuisje. En ik heb, zoals ik misschien al heb gezegd, geen vrienden, geen relaties en geen broers of zussen.

Maar wel een baan. Ik ben financieel assistent bij een krant. Geen grote, prestigieuze krant, maar een weekblad met een twijfelachtige en beslist onserieuze inhoud.

Het is ook geen echte baan. Een deel van mijn salaris wordt door het Arbeidsbureau betaald – of door de verzekering, dat weet ik niet meer precies – als subsidie voor de werkgever. Ik geloof dat ze het een 'werkervaringsplaats' noemen. Ze verwachten van mij geen 'volwaardig' werk.

Om misverstanden te voorkomen: ik werk dan wel bij een krant, maar ik ben geen journalist. Ik heb niets met het blad op zich te maken. Ik zorg dat facturen daar terechtkomen waar ze horen, ik voer bonnetjes in van congressen, of van de koffie van de redactie, ik zorg dat fotografen betaald worden als het blad foto's van hen plaatst. Dat soort dingen.

Ik praat nooit met anderen. Als ik iemand moet bellen, word ik al zenuwachtig.

Een keer heb ik zelfs een heel draaiboek geschreven toen ik een winkel wilde bellen. Een keurig lijstje met mijn vragen en opmerkingen – en de antwoorden en reacties die ik van de verkoper verwachtte.

Toen ik ophing – ik geloof dat het over de aankoop van een telefoon ging – druppelde er toch zweet van de telefoon. Alsof ik de hele tijd bang was geweest dat de verkoper aan mijn stem zou kunnen horen wie ik was. Of beter gezegd: wat ik was.

Elke ochtend controleer ik mijn uiterlijk zorgvuldig in de vlekkerige spiegel, terwijl ik als het ware van gedaante verander. Vandaag een overhemd (lichtblauw), een broek (beige) en een vleugje aftershave, een Frans merk dat ik bij Åhléns City heb gekocht (nadat een collega discreet had gezegd dat ik stonk). Hermes heet het, geloof ik.

Ik heb een 'Robert' bedacht die ik te midden van mensen kan zijn. Een andere 'Robert', eentje tussen aanhalingstekens. Hij is op een onpersoonlijke manier netjes, hij zegt niet veel en praat nooit over persoonlijke dingen. Een saaie en tamelijk inschikkelijke persoon.

Maar hij is geen kindermoordenaar.

'Dat is een belangrijke sociale vaardigheid,' zegt mijn therapeute. 'We passen ons allemaal aan verschillende sociale contexten aan. Als je dat niet kunt is dat… een beperking.'

Ik denk dat ze op professionele wijze probeert het woord 'ziek' te vermijden. Maar ik vind het 'ziek' van mezelf dat ik dwangmatig doe alsof ik iemand anders ben.

Als ik van huis ga, kijk ik door het spionnetje in de voordeur om te controleren of het trappenhuis leeg is. Dat is het nu. Toch doe ik de deur voorzichtig open en luister. Ik ben weleens iemand tegen het lijf gelopen die ik eerst niet had gezien. Als dat gebeurt, doe ik net of ik heel gestrest ben en loop op een drafje door om niet met hem (of haar) te hoeven praten.

Vandaag hangt er een geur van parfum in het trappenhuis. Ik kijk omhoog – leeg – doe de deur snel achter me op slot en haast me naar de metro. Net als altijd heb ik het gevoel dat er iemand naar me kijkt. *Daar loopt die gek van de eerste verdieping. Die kindermoordenaar.*

Ik besef dat ik het me verbeeld. Maar als ik de deur uit stap, blijft er echt een vrouw staan. Ze volgt me met haar blik, terwijl ik over het trottoir loop. Ik draai me niet om, maar ik vóél haar blik in mijn rug als hinderlijke warmte. En als ik in de metro stap, heb ik een warme plek in mijn nek waar zij naar me heeft gekeken.

Zoals gezegd: ik beeld me vaak dingen in. Haal me *ideeën* in het hoofd, zoals mijn vader zou hebben gezegd. Maar wat weet hij ervan?

Ik doe er vijfendertig minuten over om op mijn werk te komen, op een steenworp afstand van de Östermalmshal, waar de schatrijke dames uit de omliggende wijken veel te dure zalmfilet en hertenbiefstuk kopen. Om geen last te hebben van alle andere metroreizigers heb ik een overdreven grote koptelefoon met ruisonderdrukking op. Die werkt niet zo goed als de reclame beloofde, maar als ik de muziek hard zet – vandaag Crystal Castles, een agressieve synthpunkband – hoor ik niets anders meer.

De ijskoude regen van gisteren is opgehouden en vervangen door mooi weer. Er wervelen herfstblaadjes op onder mijn voetstappen op het trottoir, als post-its van de natuur. Ze komen uit de rood-gele bomen op het Östermalmsplein. Het is volkomen windstil. De mensen lopen met hun jas los en ademen de heldere, frisse lucht in.

Net als altijd loop ik snel naar de grote glazen entree met de naam van de krant, terwijl ik de andere voetgangers zo veel mogelijk probeer te ontwijken. Ik bliep met een klein kastje en loop langs de receptie (zonder de receptioniste te groeten, een knappe jonge vrouw die me onzeker maakt), waarna ik de lift naar de vijfde verdieping neem.

We werken in een open kantoorlandschap. Lichte wanden, geluiddempend materiaal in het plafond, donkere houten panelen rond de toiletten en de garderobe in het midden en vergaderkamers van glas. Alles moet openheid uitstralen, geloof ik, transparantie, eerlijkheid. Dat soort dingen. Er staan niet eens schermen tussen de bureaus.

Ik vind het verschrikkelijk.

In het groepje waar ik bij hoor, zitten we met zijn drieën bij elkaar. Het bureau van Anna L. staat recht tegenover het mijne en dat van Lisa staat ernaast. Het bureau naast mij is leeg sinds Anna S. – een jongere versie van Anna L. – met ouderschapsverlof is gegaan zonder te worden vervangen. (Een slecht teken waarvoor ik bewust mijn ogen sluit.) Ze 'werken' als receptionistes en manusjes-van-alles op de redactie.

We hebben qua werk niets met elkaar te maken. Ik zit alleen bij hen omdat ik ergens moet zitten. (Ik heb me lang afgevraagd waarom ik niet bij de anderen op de financiële afdeling zit, maar heb dat niet durven vragen. Vermoedelijk heeft het met mijn 'werkervaringsplaats' te maken.)

Ik groet kort. Ze knikken allebei nauwelijks zichtbaar en hervatten hun gesprek. Ze zijn in de vijftig, allebei zwaar opgemaakt, de ene is blond (Anna L.), de andere bruin (Lisa). Ze besteden ongeveer de helft van de tijd aan praten en de helft aan werken. Uit hun gesprekken maak ik op dat ze ook in hun vrije tijd met elkaar omgaan, dat in hun leven alles om afvallen draait (ze zijn allebei te zwaar, hebben een forse voorgevel en een dikke kont), dat hun mannen luie klootzakken zijn die nooit liefdevol of romantisch zijn, maar wel graag willen neuken. En dat ze weten wat ik ben: een kindermoordenaar.

En nee, dat verzin ik niet. Ik wéét dat ze het weten.

Uit beleefdheid – ik kan geen andere reden verzinnen – vragen ze me soms of ik mee ga lunchen. Als ik glimlach en nee zeg, kijken ze altijd lichtelijk opgelucht. Zo van: *nu hebben we ons van onze goede kant laten zien, nu hoeven we het een week of twee niet meer te vragen...*

Het kan me niet schelen. Als ze zijn verdwenen, dicht naast elkaar en fluisterend, sta ik op om een afhaalmaaltijd te kopen bij de Chinees een paar honderd meter verderop en daar vervolgens mee in de personeelskantine in de kelder te gaan zitten – beige wanden, houten tafels met stalen poten, een paar banken en een merkwaardig onpersoonlijke bar van roestvrij staal (doet me aan een slachtbank denken). Ik pak mijn mobiel en zet een film aan op Netflix, waar ik onder het eten naar kijk.

Ik heb geen verwachtingen van het leven. Dat ik deze baan überhaupt heb, verbaast me. Dus ik voer mijn taken minutieus zorgvuldig uit. Mijn vader (die statisticus was bij een verzekeringsmaatschappij) zou hebben gezegd: *Hij bijt zich vast aan het bureau.* Dat doe ik – met mijn kaken stijf op elkaar geklemd.

Daarom maak ik me zorgen als ik vandaag terugkom van de lunch en Anna L. en Lisa hoor fluisteren over onze chef, Jessica. 'Denk je dat ze wil dat we verhuizen?' hoor ik Lisa vragen, ook al zitten ze over hun bureau gebogen, terwijl ze tegelijkertijd wantrouwend mijn kant op kijken.

Ik heb mijn buitenproportionele koptelefoon afgezet, maar staar als gewoonlijk naar het scherm.

'Ik heb het van een kennis bij de vakbond gehoord,' zegt Anna L.

Ik wacht zwijgend op het vervolg, maar ze zeggen niets meer. In plaats daarvan beginnen ze verontrust te werken. Als ik opkijk, zie ik dat Jessica, onze chef, bij ons groepje is blijven staan.

'Hallo,' zegt Anna L. verbaasd, alsof ze druk aan het werk was. Daar is ze goed in, in kantoortje spelen.

Ik zeg niets. Ik blijf gewoon naar het scherm staren, maar nu lees ik echt.

'Robert,' zegt baas Jessica met een geforceerd vriendelijke stem. 'Heb je vijf minuten?'

'Ja hoor,' zegt 'Robert' onbekommerd en hij loopt achter haar vierkante rug aan, terwijl ik intussen probeer haar voor me te zien terwijl ze seks heeft.

Dat doe ik altijd als ik me verveel of gestrest ben. Mensen in de metro, op het werk, in de Coop... Bij sommigen is het gemakkelijk om een gezichtsuitdrukking te zien, bij anderen volstrekt onmogelijk. Ik denk dat het een kwestie is van hoe goed ze in contact staan met hun innerlijk, hoeveel ze van zichzelf laten zien. Dat heb ik aan de therapie overgehouden. Mijn therapeute glimlachte naar me toen ik het vertelde en zei dat het een goede oefening was. 'Hoe stel jij je jezelf voor?' vroeg ze toen.

Ik heb geen idee. Ik heb al in geen jaren meer seks met iemand gehad. Toen ik dat zei, keek ze bezorgd en vroeg waarom. (Altijd die waarom-vragen.) Wat moest ik antwoorden? Ik ga naar haar toe om antwoorden te krijgen, geen vragen.

Baas Jessica is een paar jaar jonger dan ik en een persoon die haar gemeenheid verbergt achter overdreven vriendelijkheid en een gemaakt zachte toonval. Ze heeft elegante kleren, maar een alledaags uiterlijk en gelaatstrekken die voortijdig versleten zijn. Misschien door drank, sigaretten, stress of te weinig beweging. Vermoedelijk een combinatie van die vier.

Ik stel me voor dat haar pafferige gezicht vuurrood van opwinding wordt als ze vrijt met haar man (of met iemand anders – ik ben een kindermoordenaar, wie ben ik om anderen te veroordelen?). In gedachten zie ik het piekerige blonde haar in slierten voor haar blauwe, uitdrukkingsloze vissenogen hangen – ik ben er tamelijk zeker van dat ze iemand is die kijkt tijdens de seks, ze heeft een veel te grote behoefte aan controle om haar ogen te kunnen sluiten. Haar grote aardappelneus die uitzet en nog groter wordt als ze er genietend lucht door naar binnen zuigt. Om de een of andere reden stel ik me voor dat haar brede, vormeloze lichaam (buitenproportioneel kleine borsten en bijna onzichtbare heupen) boven op iemand zit. Misschien heeft dat met haar behoefte aan controle te maken, maar ik kan me haar niet onder iemand voorstellen.

'Zoals je vast wel hebt gehoord...' zegt ze en ze friemelt aan een stapel papieren.

We zijn de enige kamer van de redactie binnengegaan die niet uit glas bestaat: een krappe kamer met bloemetjesbehang, twee stoelen en een lage ronde tafel, waar ik me langs heb gewrongen. Nu zit ik ingeklemd (ingesloten) en ruik ik de doordringende geur van haar parfum. Het is heel onplezierig.

'Ik heb niets gehoord,' zeg ik met hoge en angstige stem (niet de onpersoonlijke van 'Robert').

Ze kijkt verbaasd, fronst haar wenkbrauwen (donker, veel te donker om natuurlijk te zijn). 'Nee? Oké. Dan begin ik bij het begin.'

Terwijl ze praat, stel ik me voor dat ze klaarkomt, enkel zachtjes kreunend. Dan verander ik van gedachten: ze kreunt niet, ze houdt alleen een seconde de adem in en laat dan een soort zucht van opluchting horen. Net als bij het poepen.

6

Dinsdag 3 november

Ook al regende het niet meer, de grond en de rotsblokken waren nog nat na gisteren, bedekt met geelbruine bladeren en verraderlijk glad. De zoekgroep liep langzaam langs de afgrond, controleerde de lage struiken, de bosschages, de holtes onder de enorme rotsblokken die groot genoeg waren om een meisjeslichaam te verbergen. De groep bewoog langzaam, meter voor meter.

Het was moeilijk terrein. In de rotswand zag Jens een aantal karabijnhaken die in spleten waren geslagen en hij raadde dat daar vaak sportklimmers bezig waren. Opeens gleed hij uit en hij mopperde op zichzelf. Hij was aan de westkust opgegroeid, hij had als kind al geleerd hoe je houvast vond en waar je niet op rotsen moest stappen. Maar hij had de anderen snel willen inhalen nadat hij Olinda's ouders had overgehaald op het parkeerterrein te blijven.

Nu hoorde hij het zoekteam een meter of tien voor zich, gedempte stemmen, hij zag dat ze takken opzij bogen, over boomstammen stapten, voorzichtig liepen om niet uit te glijden.

Hij wist dat ze hun aandacht naar voren richtten, naar de volgende oneffenheid in het terrein, de volgende hazelaarstruik, de volgende eik die zijn geel-rode blaadjes nog had. Bij een dichte struik bleven ze staan, ze bogen de takken opzij en keken tussen de stammen. De ademhaling die oppervlakkiger werd om vervolgens over te gaan in een teleurgestelde zucht.

Rechts onder hen liep een ander deel van het zoekteam door het bos en over de geel geworden weilanden. En boven de steile rots kon hij opgewonden stemmen horen van nog een deel van het team en hij vroeg zich af of ze iets hadden gevonden. Maar toen er een pendeltrein voorbijreed, verdronken alle geluiden en daarna hoorde hij ze niet meer.

Toen had hij de anderen bereikt en hij nam plaats in hun midden. Hij wilde zich net tussen een paar lage sparren door wringen die langs een groot rotsblok klommen, toen hij links van hem een kreet hoorde.

'Hier!'

De ketting bleef staan. Een vrouw van een jaar of vijfendertig boog zich naar iets op de grond.

'Een trui,' zei ze. 'Donkergroen. Hij ziet er nieuw uit.'

'Alleen markeren!' riep Jens.

Ze zette een gele vlag naast de vondst en maakte een markering op haar kaart.

'Oké,' ging hij verder. 'Er kunnen hier meer dingen zijn...'

Hij werd onderbroken door een schelle gil. De dichte takken van de spar voor hem gingen opzij en er kwam een jongetje tevoorschijn. Hij zag er bleek uit, in shock, met wijd open ogen. Jens herkende hem. Het was een van de jongens die tijdens de briefing naar hen hadden zitten kijken. Nu strompelde hij een paar stappen – *weg*, dacht Jens, alsof de jongen bij iets weg probeerde te komen – waarna hij krom ging staan en overgaf. De tweede jongen kwam achter hem tevoorschijn.

'Waar zijn jullie in godsnaam mee bezig?' vroeg Jens. 'Wat doen jullie hier?'

De jongen die het dichtst bij hem stond antwoordde niet, maar wees alleen naar de struiken. Jens knikte naar twee zoekers naast hem en vroeg hen bij de jongens te blijven, terwijl hij zelf naar de sparren liep. Hij keek naar de grond en lette goed op waar hij zijn voeten zette om niets kapot te maken, waarna hij zich erdoorheen wurmde.

Het eerste wat hij zag was de voet die uit een kleine grot onder een groot rotsblok stak. Die was bloot en zag er klein uit. Niet als maat vijfendertig. Onbewust spande hij zijn lichaam, hij ging op zijn hurken zitten en keek de grot in. Het dunne meisjeslichaam lag ineengedoken op het rode regenjack. Het T-shirt was omhooggegleden, zodat haar buik en borstkas te zien waren, haar broek was half naar beneden getrokken. Haar armen lagen uitgestrekt, alsof ze zich had willen verweren. Het had niet geholpen. De bovenste helft van haar hoofd was ingeslagen. Hij zag dat het donkere haar een kliederige, verwarde massa was. Ze zag er heel klein uit. Onaf, dacht hij. Als een vogeltje dat uit het nest was gevallen.

Hij stapte achteruit tussen de sparren door, draaide zich om en stak zijn armen uit om aan te geven dat de andere zoekers niet dichter bij de vindplaats mochten komen.

'Ze is het,' zei hij verbeten. 'Het signalement en uiterlijk komen overeen met Olinda Sikonova.'

Vervolgens pakte hij zijn radio: 'We hebben haar gevonden!'

Hij liep naar de twee jongens toe, die nu met hangende armen stonden, hun schooltas schuin over de schouders, terwijl ze naar de grond keken en met hun schoenen tegen het mos en de bladeren duwden.

'Wat doen jullie hier? Hoe heten jullie?'

Ze stonden zwijgend tegenover hem.

'Nicklas,' zei de ene, de molligste van de twee.

'En jij?'

'Sixten,' zei de andere, de jongen die had overgegeven.

'Hebben jullie iets aangeraakt daarbinnen?'

Sixten keek hem vragend aan.

'Hebben jullie iets aangeraakt daarbinnen?' herhaalde Jens.

'Ik struikelde... Ik wilde alleen kijken... of ze dood was.'

'Wat? Waar heb je het over?'

Hij keek naar zijn schoenen. 'Ik wist niet...'

'Verdorie zeg! Ben je op haar gevallen?'

'Ja...'

Jens richtte zich tot de andere jongen, Nicklas. 'En jij? Ben jij ook gevallen?'

Nicklas schudde zijn hoofd.

Jens pakte een notitieboekje en wilde net vragen hoe ze voluit heetten. Hij wist dat de politie met hen zou willen praten. Ze zouden willen horen wat ze hadden aangeraakt en hun vingerafdrukken en DNA afnemen. Maar hij werd meteen gestoord.

'Uh, hallo...' klonk er een stem achter hem. 'Hé, hallo! Ouwe!'

Jens draaide zich om.

Er kwamen twee tieners zijn kant op vanaf de steile heuvel boven de sparren. Waar waren die vandaan gekomen?

'Krijgen ze iets?' riep de ene, een jongen van een jaar of vijftien met piekerig donker haar en een puisterig gezicht.

Hij droeg een groot jack dat veel te duur en nieuw leek in vergelijking met de rest van zijn kleding.

'Wat?' zei Jens.

'Krijgen ze iets? Geld of zo? Omdat ze haar hebben gevonden?'

'Nee,' zei Jens kortaf. 'Ze krijgen niets.'

'Mooi, want anders hadden wij het moeten krijgen. Want wij waren hier eerst.'

7

Vrijdag 23 oktober

Sinds het *gesprek* met mijn chef, de aseksuele Jessica, ben ik met ziekteverlof. Ik heb gewoon mijn spullen bij elkaar geraapt en ben weggegaan.

Sindsdien heb ik vooral op de bank gelegen (in foetushouding) en naar muziek geluisterd. The XX, Leonard Cohen ('Famous Blue Raincoat'), Nick Cave, Bon Iver en Gil Scott-Heron.

Maar vandaag ga ik voor het eerst naar buiten.

Op vrijdag ga ik naar therapie. Mijn therapeute houdt spreekuur bij haar thuis in Östermalm, maar aan de andere kant, gezien vanuit mijn werk, aan de westkant, richting Vasastan. De enorme eikenhouten deuren met hun met houtsnijwerk versierde panelen geven me altijd het gevoel dat ik een indringer ben, dat ik hier niet thuishoor. Als ik over de marmeren vloer loop en mijn voetstappen hoor weergalmen tegen het hoge, gewelfde dak, verwacht ik dat achter mij elk moment iemand zijn keel zal schrapen en mij zal vragen wat ik daar doe. Daarom loop ik snel de halve trap op naar de deur met E. ULVSSON in een koperen bordje gefreesd. Ze heet Elise, dus ik neem aan dat het haar appartement is. Dat ze daar woont.

Als ze deur opendoet, lacht ze naar me, niet omdat ze blij is me te zien, maar meer bemoedigend, zoals gewoonlijk. Alsof ze wil zeggen: *Kom op, daar gaan we! Je kunt dit!*

Vandaag loop ik snel langs haar heen, ik stuif bijna naar binnen om mijn zwarte leren jack aan haar te kleine designkapstok te hangen.

'Wat is er?' vraagt ze vriendelijk als ze op haar gewone stoel plaatsneemt tegenover mijn grijze lamswollen fauteuil. Ik realiseer me dat de andere door haar te analyseren personen hier ook zitten.)

'Is er iets gebeurd?'

Als ze dat vraagt, merk ik pas dat ik hyperventileer, alsof ik het hele eind heb gerend. (Misschien is dat ook zo, ik weet het niet zeker, ik wacht nu al dagen op deze afspraak.)

'Je lijkt erg ontdaan,' zegt ze en ze kijkt geïnteresseerd naar me.

'Ik...' begin ik, maar ik raak meteen de kluts kwijt.

Waar moet ik beginnen? Ik ben misselijk en wil huilen tegelijk. Om duidelijk te maken hoe groot dit voor mij is: ik huil nooit, ik kan me zelfs niet herinneren dat ik als kind heb gehuild. (Maar ik herinner me ook niet veel van mijn jeugd.)

Elise kijkt me geduldig en rustig aan, ze wacht op wat ik ga zeggen.

Ik haal diep adem, vouw mijn handen om ze te beletten aan mijn haar te zitten, waarna het hoge woord eruit komt: 'Ik heb de zak gekregen.'

Elise is oprecht verbaasd. 'Zomaar opeens?'

'Ja!' zeg ik.

Of schreeuw ik? Want ze kijkt me vreemd aan en zegt: 'Rustig maar, Robert. Hier ben je veilig. Niemand zal je hier aanvallen. Wil je me vertellen...?'

Ik vertel wat baas Jessica heeft gezegd tijdens het gesprek drie dagen geleden: het gaat steeds slechter in de tijdschriftenbranche. Steeds minder mensen kopen een tijdschrift. Internet neemt het over, maar de bladen zijn er niet in geslaagd inkomsten te genereren die opwegen tegen de geringere papieren oplagen... blablabla.

'Ze verhuizen de redactie naar Malmö,' zeg ik. 'Ze hebben daar andere, soortgelijke weekbladen en door bepaalde functies te combineren en andere te schrappen, willen ze geld besparen. Mijn werk wordt door anderen op de afdeling Financiën gedaan. Die doen het *erbij*...'

Ze knikt ernstig, meelevend.

'Ze kunnen me niet houden,' zeg ik. 'Hoe graag ze dat ook zouden willen...'

Ik doe baas Jessica's stem na als ik dat laatste zeg.

'Bovendien vindt ze me langzaam.'

We zwijgen een poosje. Ik weet niet wat ik nog meer moet zeggen. Elise speelt met een naad van haar rok, gaat met haar nagel op en neer langs de stofvouw. Dat is haar gebruikelijke gebaar als ze wacht totdat ik iets zeg. Ik heb haar getest: ze kan het een heel therapie-uur (dat geen zestig minuten duurt zoals alle andere uren, maar vijftig) volhouden.

Uiteindelijk verbreek ik de stilte.

'Ik ben de enige die wordt ontslagen,' zeg ik. 'De anderen mogen meeverhuizen of krijgen een andere baan in het bedrijf...'

'Dat moet erg naar voor je zijn...' zegt Elise met haar zachte therapiestem.

Naar? Meer dan naar. Ik kan niet goed tegen verandering. Of stress. Ik heb een vertrouwd, veilig bestaan nodig zonder eisen.

'Ik kan jou straks niet meer betalen,' zeg ik na een poosje.

Mijn stem breekt bijna en ik kan wel huilen. Elise kijkt geïnteresseerd naar me, alsof ze vindt dat dit een grote vooruitgang is, vergeleken met onze gewone, meer geordende therapiesessies.

'We kunnen het tijdelijk stopzetten,' zegt ze. Ze leunt naar voren en legt een hand op mijn knie (dat heeft ze nooit eerder gedaan). 'Je kunt weer verder met de therapie als je een nieuwe baan hebt – als je dat wilt. Je bent intelligent en talentvol, er is geen reden om aan te nemen dat je dat niet voor elkaar krijgt.'

Soms weet ik niet of we het tijdens onze uren wel over dezelfde persoon – over mij – hebben.

Als ik daar wegga, is het kleine beetje warmte dat er 's ochtends was, verdwenen, er zijn grijze wolken op komen zetten. Ik voel me ziek. Zonder naar de mensen te kijken dring ik langs hen heen op het trottoir, ik ren bijna naar de metro in de Birger Jarlsgatan. Het is alsof ik mijn adem inhoud, alsof ik me onder water bevind. Hoog boven me glinstert mijn appartement als een fonkelende waterspiegel. Pas als ik de deur achter me op slot heb gedaan, kan ik een zucht van verlichting slaken.

Ik zet de stereo aan en ga weer in foetushouding op de bank liggen.

Puur ter verduidelijking: ik kan me niet voorstellen, op geen enkele manier, dat ik een nieuwe baan zou krijgen. Ze nemen geen mensen aan zoals ik. Niet in deze tijd. In geen enkele tijd. Ik ben zo niet. Ik heb niet die... uitstraling. Ik ben niet positief, niet enthousiast en ik heb absoluut de drive niet die je kennelijk al nodig hebt om uitgenodigd te worden voor een sollicitatiegesprek.

Als ik probeer te denken aan wat er zal gebeuren, zie ik mezelf alleen maar slapen op een bankje in het park, met een oude, vlekkerige, lichtblauwe deken om me heen.

Dat is niet helemaal uit de lucht gegrepen.

Toen ik vijftien was – het laatste jaar bij mijn pleegouders – ben ik weggelopen. Ik had geen geld, ik kon eigenlijk nergens heen. Ik weet nog dat ik voor het huis van mijn ouders stond – van mijn echte ouders, het huis waar ik was opgegroeid – en dat ik door de ramen naar binnen keek en in het gele lamplicht nieuwe, onbekende mensen zag bewegen.

Twee dagen later pakte de politie me op toen ik op een bankje in het park lag te slapen, gewikkeld in een lichtblauwe deken die ik in een container had gevonden. Na een heleboel gesprekken met maatschappelijk werkers ('Ik beloof dat ik het nooit meer zal doen.') mocht ik terug naar het pleeggezin.

8

Dinsdag 3 november

'Nee, nee, nee...' Nastasia Sikonova bewoog zich zijwaarts naar de brancard, als een dier dat een vijand nadert. Ivan stak zijn hand naar haar uit, probeerde haar tegen te houden, maar ze schudde hem geïrriteerd af.

Haar blik was gefixeerd op de twee mannen die voorzichtig over het modderige pad liepen. Een witte lijkenzak was vastgesjord op de brancard die ze tussen zich in droegen. Die was dicht, maar ze kon toch zien dat het lichaam dat erin lag veel te klein was voor de zak.

Een geüniformeerde agent sneed haar de pas af, ging midden op het pad staan en stak zijn armen uit om haar tegen te houden, maar ze duwde hem bruusk opzij.

Toen ze bij de brancard kwam, ritste ze de zak open en trok eraan totdat hij het kleine meisjeslichaam blootgaf. Ze boog zich eroverheen, aaide trillend met haar vingers over het gezicht, het haar, de buik die tevoorschijn kwam waar de trui omhoog was gegleden, het moedervlekje onder de navel waar Nastasia altijd mee speelde als ze in bad gingen of zich klaarmaakten voor de nacht.

'Nee, nee, nee... Olinda, wat heb je gedaan? Mijn kleine meisje! Och, och... Het komt allemaal goed. Nu is mama hier. Het komt goed. We zijn straks samen... Kleine Olinda, hoor je me? Mama is er. Je hoeft niet bang meer te zijn...'

Ze boog weer voorover en kuste het voorhoofd van het meisje, keer op keer, zonder te merken dat er schilfertjes gestold bloed aan haar lippen bleven plakken.

In het weiland ernaast stond nog steeds een groepje mensen van Missing People naar het tafereel te kijken, ongemakkelijk, onzeker afwachtend. Maar Nastasia zag hen niet, ze merkte nauwelijks dat de agent voorzichtig een arm om haar heen sloeg.

'Ik vind het zo erg,' zei hij.

Nastasia draaide zich naar hem om, zag dat het een jongeman was, misschien niet ouder dan dertig. 'Komt het goed met haar?' vroeg ze met een open, weerloos gezicht, dat vlak was geworden door de shock.

Hij antwoordde zonder haar aan te kijken: 'Nee. Ze is... dood.'

Haar schreeuw deed hem schrikken.

'Je hebt het mis! Ze moet naar huis, ik zal voor haar zorgen. Het komt goed met haar...'

Nastasia wreef heftig met haar handen over haar gezicht, haalde haar nagels over haar huid.

Niemand zei iets. Toen Ivan voorzichtig haar armen vastpakte om verder krabben te voorkomen, draaide ze zich bliksemsnel om en sloeg hem in het gezicht. Het geluid van de klap klonk als een geluid in een vacuüm, het werd door de omringende bomen opgezogen. Zijn hoofd werd opzijgedraaid, maar hij deed niets, reageerde nauwelijks, hij liet haar gewoon los en ging zwijgend naast haar staan toen ze zich opnieuw over hun dochter boog.

Een lach wekte Nastasia, ze schrok ervan en keek op. Er liepen twee tieners over het pad, samen met drie geüniformeerde agenten. Ze zag dat een van de jongens grijnsde, zijn makker een duw gaf en naar haar wees, alsof hij iets grappig vond.

Ze liep naar hen toe en ging voor een van de jongens staan.

'Hebben jullie dat gedaan?'

Haar stem schel en gebarsten.

'Wat?' zei de jongen.

Hij grijnsde weer en keek naar zijn vriend. Opeens, hij kreeg geen tijd om zich te verweren, sloeg ze hem in het gezicht, net als ze bij haar man had gedaan.

'Shit, wat doe je, stomme bitch! Wij hebben toch niks gedaan!'

Ze beet hun toe: 'Jullie hebben mijn dochter gedood! Jullie hebben Olinda vermoord!'

'Waar heb je het over, stom wijf! Hou op, verdorie...'

De jonge agent liep naar Nastasia toe en leidde haar met zachte bewegingen terug over het pad, weg van de beide tieners.

Intussen waren er twee ambulances gearriveerd, ze stonden op het gras naast het voetpad. Een blonde vrouw met een geel reflecterend hesje kwam naar Nastasia toe en sloeg voorzichtig een arm om haar heen. De dragers van de brancard ritsten de lijkenzak weer dicht en droegen het lichaam naar de wachtende bus een eindje verderop. Nastasia volgde hen met haar blik, ze draaide zich om naar haar dochter.

'Nee, nee, nee...'

Maar nu klonk haar stem berustend.

'Nastasia... Heet je zo? Ik ben Åsa, verpleegkundige. Ik zal je iets geven waardoor je je iets beter voelt...'

Nastasia draaide zich naar haar om, hield haar hoofd een beetje schuin, als een klein meisje. Ze huilde niet, probeerde zich niet te verzetten, haar armen hingen slap langs haar lichaam.

'Laat me alsjeblieft doodgaan...' fluisterde ze.

9

Zondag 25 oktober

Ik vind het vreselijk als iemand zich opdringt, iets van me wil. Me een heleboel vragen stelt.

Ik haat het.

Zoals vandaag. Als er wordt aangebeld, voel ik meteen dat er iets mis is. (Er wordt nóóit bij me aangebeld. In principe nooit.)

Als ik de hal in loop en door het spionnetje kijk, staat er een donkerharige vrouw van een jaar of vijfendertig voor de deur. Ik herken haar. Het is de vrouw die afgelopen dinsdag voor de flat stond en me nakeek.

Ik weet wat ze komt doen. Ik heb eerder van dit soort bezoekjes gehad.

Het begon acht jaar geleden. Ik beging de vergissing om mee te werken aan een tv-programma (een serieus maatschappelijk programma op de publieke zender). De opzet was dat ik de gelegenheid zou krijgen mezelf te presenteren, mijn kant te laten zien en te vertellen over mijn leven (of liever het gebrek daaraan). De verslaggever (de naam ben ik kwijt) sloeg me met een heleboel fantastische woorden om de oren: *gelegenheid, meedoen, je verhaal doen, interessant voor anderen, blablabla...*

Maar toen ik later naar het programma keek, bleek ik als psychopaat en moordenaar te zijn neergezet.

'Heb je spijt van je daden?' vroeg de verslaggever in het programma.

Er werd ingezoomd op mijn gezicht, een dwalende, onzekere blik. 'Nee.'

Na dat nee zei ik een heleboel andere dingen. Dat ik me niets van de moord herinnerde en daarom niet echt berouw kon voelen. Maar dat hadden ze er allemaal uit geknipt.

'Heb je straf gekregen?'

Weer een close-up. Mijn scheve, onzekere glimlach, die op het tv-scherm alleen maar gemeen leek. 'Nee.'

En weer een knip.

'Wat was je band met Max?' Die vraag stelden ze meermalen terwijl we filmden, en ten slotte antwoordde ik met mechanische stem: 'Hij was mijn speelkameraad, mijn vriend...'

'En toch heb je hem doodgeslagen?'

'Ja.'

Cut.

De ene vraag na de andere, telkens hetzelfde.

Ik werd het slechte jongetje. Het monster.

Sindsdien is mijn zaak (die 'de betonmoord' was gaan heten) in verschillende programma's en bladen opgedoken. En altijd was er wel iemand zo slim om mijn naam te googelen en vervolgens besloot in actie te komen.

Het meest gebruikelijke is dat ik brieven krijg. 'Mensen zoals jij moeten dood!' Hanenpoten, slecht papier. Soms hebben ze zelfs letters uit kranten geknipt, net als in een oude ontvoeringsbrief.

Maar ik heb ook poep in mijn brievenbus gehad (één keer) en het woord 'kindermoordenaar' op mijn voordeur (ook met poep, twee keer). Terwijl ik het woord voor de tweede keer wegveegde, kwam de voorzitter van de vereniging van eigenaren – een man van rond de vijfendertig met een stropdas en een wit overhemd – en zei dat ik de boel schoon moest houden, anders moesten ze *maatregelen treffen*. Hij kneep in zijn neus toen hij dat zei en wierp me een minachtende blik toe.

Daarom ga ik nu midden in de hal staan wachten totdat de vrouw verdwijnt, bereid om snel 'de boel' schoon te maken als ze weg is. Maar in plaats daarvan opent ze de brievenbus en roept: 'Ik hoor de muziek, ik weet dat je thuis bent. Doe nou open!'

Ik ben inderdaad vergeten de stereo uit te zetten.

'Kom op! Ik wil alleen praten...'

Ik herken de stem: het is de journalist. De vrouw die me een paar dagen geleden heeft gebeld.

'Doe open! Of ik praat zo...'

Straks horen de buren het nog, of loopt die verwaande voorzitter voorbij, en waarschijnlijk is het vanwege die angst dat ik uiteindelijk de deur opendoe.

'Wat is dit?' vraagt ze. 'Waarom doe je niet open?'

Ze kijkt me boos aan, alsof zij de benadeelde partij is. Het volgende moment wringt ze zich met bijna onwerkelijk soepele bewegingen langs me heen. Ik sta nog in de lege deuropening, als zij zich omdraait. Haar donkere pagekapsel (wanneer is dat weer modern geworden?) zwiept als een katapult weg van haar gezicht.

'Ik ben Lexa. Lexa Andersson. De meesten noemen me Lex. Ik ben journalist,' zegt ze snel.

Als ik niet reageer, gaat ze verder: 'Jij bent toch Robert Lindström?'

Ze spreekt zo snel dat ik nauwelijks versta wat ze zegt. Ze ratelt als een teleprinter in een oude film. Maar ik knik en mompel 'ja'.

Ze glimlacht. Triomfantelijk.

Ik kijk haar misprijzend aan. 'Wat wil je? Ik wil niet dat je...'

'Ik wil met je praten,' zegt ze en ze loopt de woonkamer in. Daar staat ze met een hand op haar heup de kamer te bekijken – te *inspecteren*.

Misschien moet ik vertellen dat ik al bijna tien jaar in mijn appartement woon, maar het enige wat voor gezellig kan doorgaan zijn de drie verschillende boekenkasten die de ene wand van de woonkamer bedekken. Alle drie overvol. Op elkaar gestapelde boeken, pocketboeken, folianten, bellettrie, vakboeken – in een ongeordende chaos op elkaar gepropt.

De rest van het appartement maakt een kale of liever schamele indruk. Alsof iemand gewoon wat overgebleven meubels over de kamers heeft verspreid. Lukraak. Zonder idee erachter. Een groene, versleten bank uit de jaren veertig (rommelmarkt), een bekraste glazen tafel een beetje schuin ervoor (ook rommelmarkt), een witgeverfde plantenstandaard in een van de hoeken (van mijn biologische ouders). Dat is alles. De rest is lege ruimte.

Ik weet niet waarom het zo is geworden. Ik héb wel echt mijn best gedaan.

Voordat ik haar heb kunnen tegenhouden (een voorzichtige hand op haar arm die ze niet lijkt op te merken) loopt ze naar de bank. Twee van de drie zitplaatsen zijn bedolven onder stapels papieren. Het zijn voor het merendeel 'belangrijke documenten': ongeopende brieven van de bank, jaaroverzichten, brochures van de Belastingdienst... Dingen die ik verafschuw, maar niet durf weg te gooien. Maar er zitten ook uitgescheurde krantenpagina's tussen, die met hun wondranden uit de stapels steken.

Ze pakt een van de krantenpagina's en begint te lezen. Daarna kijkt ze me aan, verbaasd. 'Bewaar je dit? Artikelen over kindermoordenaars?'

Ik knik, gegeneerd, alsof ik op iets goors ben betrapt.

Ik sta niet bovenaan op de lijst van 'moordende kinderen' – er is er een die nog maar vijf was toen hij samen met zijn broer een speelkameraadje wurgde – maar ik sta meestal derde of vierde, afhankelijk van welke zaken ze meenemen.

Voor wie zich dat afvraagt: ik ben geen *hoarder*. Ik heb hier geen stapels kranten tot aan het plafond, geen smalle paadjes tussen de rotzooi door, niets van dat alles.

Lexa loopt langzaam door naar de slaapkamer (onopgemaakt bed, vieze kleren op de vloer). Een stofvlok beweegt gezapig met haar passen mee, alsof hij haar nieuwsgierig volgt.

Als ze overal is geweest en in de keuken is aangekomen, draait ze zich naar me om. 'Je bent gestoorder dan ik dacht,' zegt ze.

Pats-boem. Geen schertsende toon, geen vriendelijke glimlach. Ze inspecteert me opnieuw. Ze spant haar lichaam, haar kaken worden hard. Ik zie dat ze in een soort onwrikbare besluitvaardigheid haar halsspieren aanspant, alsof ze zich schrap zet voor de strijd met een koppige, lastige sta-in-de-weg (ik).

Zij: elegante zwarte kleren die op zo'n pas gewassen, schone manier ritselen, een zilveren ketting met een sieraad dat zacht rinkelt als ze mijn voorraadkast opendoet en verstrooid langs de planken gaat.

Ik: een slobberig T-shirt met een ketchupvlek op de buik (ontdek ik), een vieze, versleten spijkerbroek. Meer niet. Niet eens een paar sokken. Vermoedelijk stink ik naar zweet.

'Waar heb je de koffie?' vraagt ze.

Ik knik naar het kruidenkastje naast de afzuigkap. Ze loopt naar het koffiezetapparaat en doet er water in.

Zij: een figuur met rondingen en opvallend grote borsten (plastische chirurgie?) die ze accentueert met een zwart, loeistrak shirt.

Ik: een buikje (niet heel dik, maar toch) dat boven mijn versleten spijkerbroek te zien is.

'Wat wil je?' vraag ik.

Ik mag haar echt niet.

'Zoals ik al zei, ik ben journalist en ik schrijf reportageboeken. Zoiets als documentaires op tv. Maar dan in boekvorm.'

Als ik niets zeg, gaat ze verder.

'Ik heb naar jouw zaak gekeken. Er is destijds veel over geschreven en ook de jaren daarna rond diezelfde datum. Maar niemand heeft er vanuit jouw perspectief over geschreven.'

Ze neemt me vorsend op om te zien of ik haar volg.

'En dat wil ik doen. Een boek schrijven vanuit jou. *Het verhaal van een kindermoordenaar*. Zoiets.'

'Ik kom nooit aan bod in dat soort...' zeg ik zonder haar aan te kijken.

'Dat heb ik gezien. In alle artikelen ging het over het slachtoffer, over Max Sander. Daarom vond ik dat jij erin moest voorkomen. Dit boek zal over jou gaan. Het is mijn USP.'

Ik moet onnozel hebben gekeken, want ze legt snel uit: 'USP. *Unique selling point*. Zo heb ik het aan de uitgeverij verkocht. Het verschijnt rond de tijd dat het dertig jaar geleden is.'

'Dat wil ik niet. Ik heb al meegedaan aan zo'n documentaire. Dat was...'

'Welke dan?' valt ze me in de rede.

Als ik het zeg, haalt ze minachtend haar neus op.

'Die was vreselijk! Maar dit wordt niet zo. Dat beloof ik, je krijgt echt de kans je hele verhaal te vertellen. Om te zeggen wat je wilt...'

Ik sta met mijn armen over elkaar en mijn mondhoeken omlaag toe te kijken, terwijl ze twee van mijn kopjes op mijn keukentafel zet.

'Nou, wat vind je ervan?'

Ik geef nog steeds geen antwoord, maar in plaats van onzeker te worden en vaart te verliezen gaat ze nog sneller praten.

'Je schrijft alles op wat je te binnen schiet over jezelf, over je jeugd, je vriendschap met Max, over de moord, je ouders, hoe je leven is geworden. En als je niet wilt schrijven, dan hoeft dat niet. Ik doe sowieso interviews met jou en schrijf met jouw stem. Daar ben ik goed in. Research en zo regel ik. En voor alle interviews die we moeten houden, maak ik de afspraken, je hoeft er alleen maar bij te zijn. We krijgen beiden onze naam op het boek en delen het voorschot.'

Ze kijkt me enthousiast aan en lijkt te verwachten dat ik er blij mee ben. Hetzelfde argument, bijna exact dezelfde woorden als acht jaar geleden.

'Maar de mensen hóéven me niet te begrijpen,' zeg ik. 'Ze moeten me gewoon vergeten...'

Ze kijkt verbaasd. 'Je was een kind, Robert! Geen psychopathische moordenaar. Dit is een kans om... ik weet het niet, jezelf te vergeven, misschien.'

Hoe weet ze dat, dat ik geen psychopaat ben? Ze kent me niet.

'Herinner je je iets van de moord?' vraagt ze opeens (alsof ik al ja heb gezegd tegen haar voorstel).

'Niet veel.'

Als ik het niet al heb gezegd: ik herinner me níéts van de moord. Ik heb me er nooit iets van herinnerd. De psychologen spreken van geheugenverlies, dissociatieve amnesie. Dat schijnt een normale reactie te zijn bij kinderen die een ernstig ongeluk hebben meegemaakt. Of het ook veel voorkomt bij kinderen die hun vriendje hebben vermoord, hebben ze niet gezegd.

'Dat komt wel,' zegt Lexa. 'Als we teruggaan naar de plaatsen uit die tijd... als we met je vroegere vriendjes praten en met personen die dicht bij je stonden... Je geheugen komt weer terug.' Ze glimlacht naar me, meewarig en bemoedigend tegelijk. 'Kom op...'

Ik denk niet dat het komt door wat ze zegt, maar door haar manier van doen. Ik weet niet hoe ik haar moet beschrijven, het is alsof de hele persoon te strak is opgewonden. Geforceerd, manisch. En ten slotte hoor ik mezelf zeggen: 'Oké.'

Dat was vanochtend. Nu heb ik het benauwd. Ik heb mijn mobiel gepakt en haar nummer opgezocht (het enige in de lijst 'recent'), maar het nog niet durven aanklikken.

Mijn eigen tienduizendkronenvraag: wie was ik geweest als ik die dag niet naar het braakliggende veldje was gegaan en Max niet met de brok beton op het hoofd had geslagen?

Iemand anders. Dat is het enige wat ik weet. Alles was anders geweest.

Toen ik die vraag eens aan Elise – mijn voormalige therapeute – stelde, zei ze dat het normaal was die te stellen, maar dat je met dergelijke vragen niks opschoot.

'Alles wat ons overkomt, wordt een deel van onze ervaringen en draagt eraan bij ons te vormen tot wie we zijn, ook als we ons dat niet herinneren. Je kunt geen delen weghalen uit het leven, ook pijnlijke gebeurtenissen niet, zonder ook delen van jezelf weg te halen. Je kunt herinneringen en emoties niet amputeren.'

Daarna lachte ze naar me en zei ze dat ik had besloten het niet nog eens te doen (iemand vermoorden, dus), dat ik zoveel meer was dan die drie minuten van mijn leven. (Iemand had geschat dat ik er drie minuten over had gedaan om Max dood te slaan.)

Ik weet niet zeker of Elise gelijk heeft. Soms denk ik het omgekeerde, dat die minuten alles zijn wat ik ben: een kindermoordenaar. Dat dat het enige is wat helemaal waar is aan mij.

10

Dinsdag 3 november

Sixten kon zich achteraf niet herinneren hoe hij van de berg af was gekomen. Hij had het lichaam gezien en overgegeven, dat herinnerde hij zich duidelijk – en dat hij later bij een ambulance had gestaan en dat iemand aan zijn arm had geschud. Maar hij wist niet meer hoe hij daar was gekomen. Dat was raar. Hij was nooit eerder zo... weg geweest.

'Je moet naar een dokter,' zei de vrouw die zijn arm vasthield. 'Weet je het telefoonnummer van je vader of moeder?'

Sixten schudde zijn hoofd.

'We moeten je ouders bellen.'

'Nee,' zei hij hees. 'Dat wil ik niet.'

De vrouw keek hem verbaasd aan. 'Je begrijpt toch dat we contact met hen moeten opnemen? Je bent in shock en moet naar een dokter. En dan moet je je ouders bij je hebben.'

Hij staarde hardnekkig naar de grond. 'Waar is Nicklas?' vroeg hij.

'Die is al in het ziekenhuis, zijn ouders waren hier. En jouw ouders moeten hier ook naartoe komen.'

Hij schudde koppig zijn hoofd met stijf opeengeperste lippen.

'Wie moeten we dan bellen?'

'Mij mankeert niks. Denk je dat ik een gaatje in mijn hoofd heb of zo?'

'Nee, natuurlijk niet, maar...'

'Ik ben oké!'

Ze glimlachte terwijl ze hem zacht naar de ambulances duwde. 'Natuurlijk ben je oké, maar je bent in shock. En daar is niets raars aan.'

Sixten gaf zo'n hevige ruk dat de vrouw haar greep verloor. Hij draaide zich om en rende in de richting van het pendelspoor en de school. De tas die hij nog steeds over zijn schouder droeg, hotste en bonkte tegen zijn heup.

'Wacht! Kom terug!' riep ze, maar hij rende gewoon door, langs de ambulances en politieauto's die nog steeds hun zwaailichten aanhadden. Ten slotte passeerde hij het zwarte busje, waar de twee mannen de brancard met Olinda erop voorzichtig de laadruimte in reden.

11

Vrijdag 30 oktober

Vandaag ben ik op het werk (de eerste keer sinds mijn ontslag). Als ik de redactie binnenkom, staat Anna L. op van haar stoel en geeft me een enorme knuffel. Letterlijk. Ik zak weg in haar omvangrijke boezem en zuig een paar keer hijgend de van parfum doordrenkte lucht op, als een hamster die te stevig wordt geknuffeld door zijn baasje.

'Hoe is het?'

Ze is duidelijk aangedaan. Ik knik, ik weet niet wat ik moet zeggen. Lisa is ook van streek.

'Het is belachelijk!' zegt ze.

Ik moet toegeven dat hun verontwaardiging me goeddoet. Tenzij ze zelf bang zijn dat ze ontslagen worden…

'Het is tegen de wet! Je hebt een opzegtermijn van minstens drie maanden. Ik ga met ze praten. Dit kunnen ze niet maken!' zegt Anna L.

Ze is in het verleden (onduidelijk wanneer precies) vakbondsvertegenwoordiger geweest. Lisa is het met haar eens. Woorden als 'klootzakken' en 'meedogenloze psychopaten' vliegen door de ruimte. Ik krijg er geen speld tussen voordat ze van uitputting lijken te zwijgen.

'Ik heb een ontslagvergoeding gekregen,' zeg ik.

Anna L. kijkt teleurgesteld.

'Hoeveel tijd heb je gekregen?' vraagt Lisa sceptisch.

'Een halfjaar.'

Ze knikken allebei alsof ze de afspraak goedkeuren, maar het interessanter vonden toen ik onrechtvaardig werd behandeld. We blijven een poosje zwijgend staan. Als ik vervolgens opkijk, zijn er meer collega's om ons heen komen staan. Ze staan naar me te kijken.

Dan komt er uit het niets een geheugenflits: de groep die me insluit op het besneeuwde schoolplein. De angst in mijn buik, de spieren die zich spannen voor het onvermijdelijke. Iemand die schuin achter me komt aanglijden en zijn knie in mijn zij zet. De pijn, het been dat verlamd raakt. De grijns op het gezicht als ze me ten val brengen. De trappen tegen mijn buik en mijn rug als ik in de sneeuw lig, het spuug in mijn gezicht, in mijn haar, de harde sneeuwballen…

En dan de leraar: 'Jullie doen Robert toch geen pijn?'

Waar? Welke school? Ik weet het niet.

Ik schakel de herinnering snel uit, duw haar weg. Ik hap naar adem, als om terug te keren naar de wereld boven het donkere water waar ik altijd op drijf.

'We zullen je missen, Robert,' zegt baas Jessica, die nu opeens voor me staat.

Ik schrik, ik heb haar niet zien aankomen.

'Je bent een betrouwbare… goede medewerker geweest.'

Ze praat verder, maar ik hoor alleen 'blablabla…' en dan, ten slotte: 'Veel succes verder!'

Iedereen applaudisseert.

Is dit het afscheid? Kennelijk. Want ze geeft me een bos bloemen en een mooi ingepakt doosje. Als ik het in ontvangst neem, wordt er weer even geapplaudisseerd, maar iets vermoeider ditmaal.

Dan kijken ze me allemaal aan, alsof ze verwachten dat ik iets ga zeggen.

'Bedankt!' zeg ik. 'Wat vliegt de tijd… Ik zal jullie missen…' (Niet waar.)

Hier en daar wordt geklapt. Er wordt koffie met taart geserveerd in het keukentje (ik lust geen taart) en de groep verdwijnt al snel naar de koffiezetapparaten met hier en daar een 'succes' en 'het ga je goed'.

Ik wacht totdat ze weg zijn en maak dan het pakje open. Een vulpen van het merk Parker. Ik leg hem in mijn tas, waar ik mijn bezittingen al in heb gestopt: een potje vitaminepillen, een houten figuurtje dat ik zelf heb gesneden en een koffiemok met de tekst IN SWEDEN WE CALL IT A FIKA.

De bloemen laat ik op het bureau liggen.

Het is even na tweeën als ik naar de receptioniste knik en door de glazen entree naar buiten loop.

Als ik thuiskom, ligt er een brief achter de deur. Een doodgewone, witte envelop van C5-formaat. Er zit één geprint blaadje in. In zwarte koeienletters staat er: JIJ HEBT MAX GEDOOD. Alsof iemand de woorden uitschreeuwt.

Ik draai het blaadje om. Niets.

Eerder kreeg ik dit soort brieven alleen als iemand een artikel over me had geschreven of een item over een kindermoordenaar had gemaakt. Maar nu?

Dan gaat me een licht op: die vrouw, Lexa, komt dit door haar? Heeft ze iemand iets verteld?

Ik maak een prop van het blaadje en gooi hem in de afvalbak in de keuken. Ik zal haar bellen om het te vragen. Maar als ik met mijn mobiel in mijn hand sta, bedenk ik me. Weer.

Naar de politie gaan met de dreigbrief heeft in ieder geval geen zin. Dat heb ik eerder gedaan. Ze namen mijn aangifte op en besloten meteen om geen vooronderzoek in te stellen. 'Er is geen mogelijkheid om te rechercheren.'

12

Dinsdag 3 november

Inspecteur Carl Edson wrong zich langs een paar nieuwsgierige kinderen op het modderige pad en liep naar de twee geüniformeerde agenten die voor het blauw-witte afzetlint stonden. Hij droeg zijn gebruikelijke donkere pak en een lichte herfstjas. Hij had er spijt van dat hij zijn rubberlaarzen niet had aangetrokken, die nog in de kofferbak stonden. Toen hij zijn legitimatie uit zijn binnenzak haalde en die aan de agenten liet zien, tilden ze het lint voor hem op.

'Stomme sukkels!' klonk boven op de berg een ruwe stem.

Carl zag forensisch onderzoeker Lars-Erik Wallquist onhandig de helling af komen.

'Wat is er?' vroeg hij.

'Wat er is?' zei Lars-Erik en hij bleef staan. 'Wat is dat voor vraag, verdorie? Ben je daar geweest?'

'Nee,' zei Carl.

'Nee, nou, dan ben je waarschijnlijk de enige.'

Carl trok zijn wenkbrauwen op en Wallquist ging verder: 'Al die Malle Pietjes hebben in de bosjes rond het lichaam rondgestapt.'

'Malle Pietjes?'

'Missing People dan. Plus een half dozijn patrouilles. En bovendien is een of ander rotjoch over het lichaam heen gerold en heeft vervolgens overgegeven... Je zou toch denken dat de mensen wel iets anders te doen hadden. Koffiedrinken, tv-kijken, met hun telefoontje spelen... wat dan ook – maar nee, hoor...'

Lars-Erik liep door naar de bus van de forensische onderzoekers, die iemand op miraculeuze wijze achterstevoren op het smalle pad had weten te zetten.

'Oké, ik begrijp het,' zei Carl en hij liep achter hem aan. 'Kun je iets zeggen over de vindplaats? Is het ook een plaats delict?'

Lars-Erik keek hem verbaasd aan. 'Ja,' zei hij. 'Ze is hier overleden.'

'Weet je dat zeker?'

Voordat hij antwoord kreeg, begreep Carl al dat de vraag verkeerd gesteld was.

'Nee, ik doe er maar een gooi naar!' zei Lars-Erik sarcastisch.

Carl glimlachte vriendelijk. Hij was allang gewend aan Wallquists voortdurende uitbarstingen. Strikt genomen kon hij zich niet herinneren dat de man ooit vriendelijk was geweest – behalve één keer toen hij hem per ongeluk tegenkwam in een natuurreservaat op het eiland Ingarö. Wallquist had hem enthousiast koffie aangeboden, terwijl hij had verteld dat hij daar was om naar wintervogels te kijken, in de eerste plaats de zeearend, en daarna over verschillende soorten had verteld. Steeds op zo'n vriendelijke, geïnteresseerde toon dat Carl zich had afgevraagd of het echt dezelfde man was.

Maar op het werk een week later was Lars-Erik weer zijn oude, chagrijnige zelf. Net als nu.

'Wat denk je? Dat ik mijn vak niet versta?' beet hij hem toe.

'Nee, natuurlijk niet. Ik dacht alleen aan al die mensen die de plaats delict hebben gecontamineerd, zoals je zei, dat die misschien zoveel hebben vernietigd dat je het niet meer met zekerheid kunt zeggen...'

Wallquist knikte bevestigend. 'Ja, daar zou je verdorie gelijk in kunnen hebben! Maar het is een plaats delict, dat weet ik zeker.'

Op dat moment kwam Jodie Söderberg, Carls naaste collega bij de landelijke recherchedienst, naar hen toe.

'Ze zijn met een buurtonderzoek rondom de school begonnen,' zei ze. 'We hebben ook een lijst van leraren nodig, zodat ze die kunnen horen...'

Ze hield op toen ze begreep dat Lars-Erik nog midden in een zin was.

'Sorry,' zei ze.

Lars-Erik haalde zijn neus op.

'Hebben jullie sporen van de dader gevonden?' vroeg Carl om het gesprek bij de plaats delict te houden.

'Nog niet.'

Lars-Erik liet een korte stilte vallen en keek Carl taxerend aan voordat hij verderging: 'Maar we hebben het eventuele moordwapen gevonden.'

'O ja?' zei Carl.

'Een steen. Ik wacht nog op de bevestiging van het lab.'

Carl schudde neerslachtig zijn hoofd. In zijn vijfentwintig jaar bij de politie had hij het meeste wel gezien. Zowel zijn ex-vrouw als zijn dochter Linda vond dat hij aan beroepsdeformatie leed. Dat hij een vakidioot was. Of een gevoelloze fascist, afhankelijk van de situatie.

Misschien hadden ze gelijk. Maar als het om kinderen ging, deed het nog steeds pijn.

Nu hij erover nadacht, besefte hij trouwens dat Linda al een hele poos niets dergelijks meer over hem had gezegd. Hun relatie was het afgelopen halfjaar merkbaar verbeterd, dat viel samen met het beëindigen van zijn relatie met Karin Hofstad, met wie hij had samengewoond. Misschien was Karin het probleem geweest, het feit dat Linda haar niet had gemogen. Maar er konden ook andere oorzaken zijn: de zaak waaraan hij afgelopen voorjaar en zomer zoveel tijd had besteed, had hem sterk aangegrepen. Een reeks brute moorden op criminelen. Hij had hem opgelost. Zo zag hij het in ieder geval zelf. Volgens anderen – bijvoorbeeld zijn chef Gert Uwe – was het hem niet gelukt.

Hoe het ook zij, die zaak had hem veranderd, was onder zijn huid gaan zitten. 'Je bent nederiger geworden,' had Linda daarna een keer gezegd, toen hij haar naar haar moeder had gebracht. Ze was met haar hand op de deurkruk blijven zitten en had hem aangekeken. 'Je bent veranderd. Ten goede.'

Hij nam aan dat ze bedoelde dat hij beter was gaan luisteren. Maar dat had hij haar niet gevraagd; hij was bang dat het hun nieuwe, verbeterde relatie zou bederven.

En trouwens, hij was niet gevoelloos. Alleen beheerst. En hij hield rekening met anderen door zijn emoties niet over hen uit te storten.

'Wat is er met je?' vroeg Lars-Erik. 'Een kater?'

Carl werd uit zijn gedachten opgeschrikt. 'Nee. Ik hou alleen niet van kindermoorden.'

'Nee, en wie wel, denk je? De moordenaar?'

Carl dacht na voordat hij antwoordde. 'Nee, ik denk zelfs hij niet...' Daarna voegde hij eraan toe: 'Of zij.'

'O, zou je denken?' zei Lars-Erik. Hij keek op zijn horloge. 'Heb je meer vragen waar ik het antwoord nog niet op weet?'

Carl knikte. 'Ja,' zei hij. 'Eén. Zijn er tekenen van seksueel geweld?'

'Je bedoelt of iemand zich aan haar heeft vergrepen?'

'Ja.'

'Jezus, Carl, vraag dat aan de forensisch arts.'

'Ik dacht dat ze misschien met jou had gesproken...'

'Nee, dat is niet zo. En nu moet ik aan het werk, als je het niet erg vindt.'

'Wie is de forensisch arts dan?'

Lars-Erik keek hem verbaasd aan. 'Beatrice Lundmark. Een nieuwe. Ze lijkt het van Cecilia te hebben overgenomen.'

'Is ze hier nog?'

'Nee, wat moet ze hier doen? Ze is een uur geleden weggegaan toen ze klaar was, en daarna is het lichaam opgehaald.'

'Oké, dank je. Het was...' zei Carl en hij wist niet hoe hij iets positiefs zou kunnen zeggen zonder te liegen.

Maar Lars-Erik luisterde al niet meer. Hij was al in de grote laadruimte van het busje gestapt om ergens naar te zoeken.

Toen Carl terugkwam bij de afzetting, stond Jodie met een vrouwelijke fotograaf te praten.

'Wat kunnen jullie vertellen over het lijk dat is gevonden?' hoorde hij de fotograaf vragen, terwijl ze de camera omhooghield en een foto maakte.

'Het is het lijk van een kind. Dat is alles wat ik er op dit moment van kan zeggen,' zei Jodie.

'En u?' vroeg de fotograaf net toen Carl bukte om onder het afzetlint door te kruipen.

'Ik heb er niets aan toe te voegen,' zei hij kortaf.

'We zijn een vooronderzoek gestart, meer kunnen we nog niet zeggen,' zei Jodie stijfjes en ze keek in de camera, terwijl de fotograaf nog een foto van haar maakte.

Carl wist dat het artikel over een paar minuten online zou staan met foto's en al. Hij hield niet van dat soort snelheid. Hij dacht vaak aan een Finse filosoof die hij eens had gelezen, die de samenleving had vergeleken met een sneltrein die alleen maar steeds sneller ging rijden – zonder dat iemand aan boord enig idee had waar ze naar onderweg waren.

En trouwens, bedacht hij soms, misschien lag het gewoon aan zijn leeftijd. Hij was onlangs eenenvijftig geworden en het ouder worden beviel hem niets.

'Vooronderzoek waarnaar?' hoorde hij de fotograaf vragen.

Hadden ze er geen verslaggevers op uit gestuurd?

'Naar moord,' zei Carl en hij trok Jodie met zich mee, weg van de afzetting.

Ze moesten een paar honderd meter lopen voordat ze bij het kapotgereden veld kwamen waar Jodie de auto had geparkeerd. Terwijl ze langzaam wegreed over het voetpad, pakte Carl zijn telefoon, toetste een nummer in en vroeg naar Beatrice Lundmark. Na een minuut nam een vrouw in een zacht Finland-Zweeds op.

'Met Carl Edson,' zei Carl. 'Van de Nationale Operationele Afdeling. Ik leid het onderzoek naar Olinda Sikonova bij de Lycksätraschool in Skogås. Jij bent ter plaatse geweest...'

'Ja,' zei Beatrice. 'Helaas kan ik vandaag nog niet met haar beginnen.'

'Ik begrijp het,' zei Carl. 'Maar...'

'Ik zal proberen om morgenvroeg meteen...'

'Dat is goed. Maar kun je nu al iets zeggen over de doodsoorzaak?'

'Voorlopig... verbrijzelde schedel. Ze heeft een massieve beschadiging aan de linkerhersenhelft. Maar meer kan ik niet zeggen voordat ik lijkschouwing heb gedaan.'

'Was het één klap? Of meerdere?'

'Rare vraag, maar ja, het lijken er meer te zijn geweest.'

Carl knikte zonder te bedenken dat ze hem niet kon zien. 'Nog andere verwondingen? Tekenen van strijd? Geweld?'

'Dat is mogelijk,' zei ze. 'Maar ik heb ter plaatse geen duidelijke verwondingen gezien. Alleen de slagwond op het hoofd.'

'Wanneer is ze overleden?'

'Moeilijk te zeggen, maar op grond van de lichaamstemperatuur en de lijkstijfheid: op de middag van haar verdwijning, gisteren dus.'

'Als je deze zaak, het meisje, prioriteit kunt geven, zou dat fijn zijn.'

Carl wilde net ophangen toen Beatrice opeens riep: 'Wacht. Ik doe het anders. Kom vanavond maar. Na achten.'

'Dank je,' zei Carl.

'Ik doe het voor haar. Ze is nog maar een klein meisje...'

Carl beëindigde het gesprek en Jodie vroeg: 'Waar gaan we nu naartoe?'

'Naar een zekere Sixten. Hij was een van de jongens die haar hebben gevonden. Hij en...' Carl bladerde in een notitieboekje dat hij uit zijn zak had gehaald. '...zijn vriend, Nicklas Eriksson. Maar we beginnen met Sixten, hij is van de plaats delict weggerend voordat we met hem konden praten. Een klasgenoot kon hem identificeren. Hij heet Sander van zijn achternaam.'

13

Dinsdag 3 november

'Man, wat een kanjer van een adrenalinekick!' Tony Pavic haalde een pakje sigaretten uit de zak van zijn Peak Performance-jack en stak een sigaret op.

Johan Brink knikte. 'Ga weg! Het was je reinste verhoor! Ik dacht dat ze ons zouden meenemen.'

'Stomme klotesmerissen. Ze snapten er geen hol van,' zei Tony en hij blies rook in het gezicht van zijn vriend.

'Verdomme, hou op!'

Tony grijnsde. 'We dumpen de shit bij het spoor, dan zijn we daarna helemaal safe...'

Ze zaten allebei op hun brommer op het Skogåsplein naast de kleine vijver die vol zat met vermolmde bladeren en troep. Ze hadden hun helm aan de spiegel hangen. Het was bijna zeven uur 's avonds en donker. Johan stak zijn hand uit en pakte de sigaret van Tony aan.

'Weet je het zeker?'

'Wees niet zo paranoïde.'

'Dat stomme joch dan?' zei Johan met een stem omfloerst door rook.

Tony spuugde op de grond en keek voor het eerst ook bezorgd. 'Weet je wie het is?' vroeg hij.

'Ik ken hem van gezicht, hij zit op de Lycksätraschool.'

'We pakken hem morgen... dan doen we de spullen vanavond.' Tony schoot de sigaret weg met zijn middelvinger, zodat die in een gloeiende rode boog door de lucht vloog, alvorens in een regen van vonken op de grond te komen en uit te doven.

'Oké.'

Ze reden weg, met hun helm diep in de nek, het kinstuk op hun voorhoofd. Op de Härbrevägen zetten ze de brommers voor Johans voordeur neer. Ze gingen een lange keldergang in met witgeverfde, grof gestuukte muren. De tl-buizen knipperden een voor een. Het rook naar stof en droog beton. Johans gezin had kelderbox 35. De kleine ruimte was bijna leeg; er stonden alleen een paar oude tuinmeubels tegen de muur met ernaast een groene plastic kist waarin ze vroeger de bijbehorende kussens bewaarden – toen ze nog in het rijtjeshuis woonden, vóór de scheiding. Nu gebruikten hij en Tony de kist als opslagplaats.

'Kijk jij of er niemand aankomt,' zei Johan geërgerd toen Tony meeliep de berging in.

'Doe effe chill! Er is hier geen hond...'

Toch posteerde Tony zich midden in de gang, hij stak zijn handen in zijn broekzakken en hield de kelderdeur in de gaten. Johan begon telefoons, jassen en een zak witte pillen tevoorschijn te halen, die hij snel in een zwarte sporttas stopte. Tot slot haalde hij een zwaar pakket uit de kist, dat in een oude spijkerbroek gewikkeld was. Hij liet het met een bons in de tas vallen.

'Serieus, Johan! Stel je voor dat het afgaat!'

'Ben je wel goed? Hij is niet direct geladen...'

'Maar toch...'

Toen ze klaar waren, deed Johan de tas als een rugzak op zijn rug en sloot hij de kelderbox zorgvuldig af.

'Oké?' vroeg hij toen ze weer op de brommer zaten.

Tony pakte een nieuwe sigaret, stak hem op en schudde zijn hoofd. 'We moeten ons gedeisd houden. Misschien zijn de flikken er nog. Het is zo'n ontzettende heisa geworden met dat meisje...'

Johan liet het stuur los en leunde achterover.

'Het is chill,' ging Tony verder. 'Zodra ze weg zijn, leggen wij onze spullen daar neer.' Hij liet een sleutel heen en weer bungelen. 'En wij zijn de enigen die bij het spoor kunnen komen.'

14

Zaterdag 31 oktober

Lexa is weer op bezoek. Ik was haar bijna vergeten. Daar ben ik goed in: in het vergeten van dingen die vervelend zijn, waar ik niet goed mee kan omgaan. Ik wis ze uit mijn brein, zoals je de prullenbak leegt op een computer.

Zodoende herkende ik eerst de vrouw niet die voor mijn deur stond, haar uitgestoken vinger klaar om nog een keer aan te bellen.

Pas toen ze zich langs me heen wrong, kwam de herinnering boven: Lexa Andersson, de journalist. 'We moeten aan de slag,' zegt ze. 'We moeten zoveel dingen doornemen!'

Ze draagt een roze shirt, dat even strak en onthullend is als het zwarte dat ze vorige keer aanhad, maar nu in combinatie met een legging en een soort tulen rokje dat bij de heupen uitstaat, alsof ze als ballerina verkleed is. (Kan niemand dat tegen haar zeggen?)

'Zo leuk dat je dit wilt doen!' zegt ze en ze omhelst me.

Ik sta in mijn slaapshirt en knuffel haar plichtmatig terug, een stijve arm om haar rug, alsof ik een prothese heb.

'Zet nu maar koffie!' zegt ze en ze duwt me weg. Nadrukkelijk, met een uitroepteken.

Het dringt tot me door dat zij helemaal iemand van de gebiedende wijs is. Zoals je mensen hebt die hun zinnen bijna altijd beëindigen met een vraag – *Ja toch? Wat jij dan? Of niet soms?* – zo besluit zij alle zinnen met een uitroepteken. Nu ook weer. Ze zet het bosbessengebak dat ze heeft meegenomen op tafel (en schuift tegelijkertijd met haar arm mijn ontbijt opzij): 'Ik ben dol op bosbessen! Ik lust er wel pap van!'

Terwijl ze in mijn keukenkastjes rommelt, gaat ze verder: 'Als we hier samen mee aan de slag gaan, moeten we een paar dingen helder hebben.'

Ze zet met een klap twee koffiekopjes op tafel.

'Eén,' zegt ze, terwijl ze koffie inschenkt. 'Suiker, melk?' (Alsof zij degene is die hier woont en niet ik.)

Ik schud mijn hoofd en wacht af wat ze gaat zeggen.

'Als je denkt dat je mij mag neuken, dan kun je dat vergeten. Oké. Ik zeg het maar, zodat je je niets in je hoofd hoeft te halen...'

Ik schud mijn hoofd en kijk gegeneerd naar de tafel. (Ik heb minstens één moment gedacht aan hoe haar gezicht zou staan als ze seks heeft, dus technisch gezien heeft ze misschien gelijk.)

'Mooi,' zegt ze. Ze zet een paar bordjes op tafel (na een grondige inspectie en nadat ze een ervan bij de vuile vaat heeft gezet), snijdt het bosbessengebak aan en gaat aan tafel zitten. Ik kijk naar haar, terwijl ze een opschrijfboekje, een pen en een dictafoon uit haar tas haalt, om die vervolgens op een rijtje voor zich op tafel te leggen.

'En in de tweede plaats?' zeg ik voorzichtig.

Ze kijkt me vragend aan.

'Je zei "een paar dingen" en toen zei je dat van... seks. Ik vraag me af of je een punt twee hebt.'

Ze knikte. 'Ja! Jij en ik, we moeten praten! Dit wordt een inleidend interview. Over de moord. Ik neem het op.' Ze drukt op 'record'. 'Gewoon wat je nog weet en wat je niet meer weet, we praten later verder. Ik heb het grootste deel van het vooronderzoek gelezen. Dit is meer om... te weten wat we aan anderen moeten vragen, persoonlijke dingen, wat interessant is, het terrein verkennen als het ware...' Ze struikelt bijna over haar woorden.

Ik knik, zoals je knikt tegen iemand die een beetje eng is, om die persoon niet boos te maken en een uitbarsting te riskeren.

Dan dringt het tot me door.

'Het vooronderzoek...' zeg ik. 'Dat is toch geheim? Hoe ben jij daaraan gekomen?'

Ik hoor zelf hoe ontdaan ik klink, maar ik kan het niet helpen.

Ze lacht, ze wappert met haar handen. 'Nee, nee, het is al een paar jaar openbaar. Iedereen kan het opvragen. Onderzoeken worden normaal gesproken openbaar als ze zijn afgerond, maar juist dit onderzoek is jaren geheim gebleven uit consideratie met jou.'

‘Uit consideratie met mij? Maar hoe…’

‘Ik heb het besteld, moeilijker was het niet. Het is meer dan zesduizend pagina’s lang, het kostte een vermogen om het te krijgen, maar ik wil altijd goed beslagen ten ijs komen bij mijn… bij jou.’

Iets zegt me dat ze ‘slachtoffers’ had willen zeggen. Het antwoord op de vraag ‘Als je een dier was, welk dier zou je dan zijn?’ zou in haar geval een roofdier zijn. Iemand die neemt. Die jaagt. Een wezel, denk ik. Een nerts. Een marter. In ieder geval een snel en lenig dier.

‘En o ja,’ gaat ze verder, ‘we moeten een lijst maken van personen met wie we moeten praten. Je weet wel, ouders, broers en zussen, oude vrienden uit die tijd – iedereen die iets over jou te melden kan hebben. Of over de jongen die je hebt doodgeslagen, Max… De politie, de familie van Max en een paar anderen die in het vooronderzoek voorkomen heb ik er al op staan.’

Als ik mijn ogen dichtdoe, klinken de woorden als water in een beek, een murmelende stroom. Als ze haar hoofd beweegt, wordt het zachte rinkelen van haar grote oorhangers erin opgenomen.

‘Je ouders, heb je…’ begint ze.

Ik schrik, doe mijn ogen open. ‘Die zijn dood. Allebei.’

Ze zegt iets meelevends en streept in haar boekje het woord ‘ouders’ door. ‘Broers of zussen? Andere familie?’

Ik schud mijn hoofd en ze streept ook de volgende zin door.

‘Vrienden?’ gaat ze verder. ‘Andreas Indgård is twee keer verhoord. Ook Hans Riesen en Magnus Isaksson worden in het vooronderzoek genoemd. Nog anderen?’

Ik probeer te bedenken over wie ze het heeft, maar ik kan geen gezichten aan de namen koppelen. Andreas, Magnus, Hans? Heb ik met hen gespeeld?

‘Sorry,’ zeg ik en ik schud mijn hoofd.

‘Dat geeft niet, daar hoef je geen sorry voor te zeggen.’

Ik zie aan haar dat ze haar best doet om aardig te zijn. Professioneel. Ze neemt een stuk van het bosbessengebak en begint snel te eten. Als een meeuw.

'Maar je weet hoe het is gegaan, de moord op zich?' vraagt ze met haar mond vol bosbessengebak. 'Of hoe de politie denkt dat het is gegaan?'

Misschien komt het doordat Lexa het erover heeft, maar opeens duikt er een herinnering op.

Ik zit aan een keukentafel, net als nu, en een vrouw buigt zich over me heen. Ze legt zacht een hand in mijn nek. 'Vergeet het,' zegt ze troostend. Ik ben verdrietig, ik huil. 'Je moet het nu loslaten. Verdergaan. Opnieuw beginnen.'

En dan is ze weg, de herinnering. Ik weet niet wie die vrouw is. En of het wel een herinnering is.

Op de achtergrond hoor ik Lexa doorpraten: 'In het vooronderzoek stelt de politie vast dat jij het braakliggende veldje op bent gelopen, dat Max daar al was en dat jullie ruzie kregen over de afgedankte schommelbank die daar stond. Jij wilde kennelijk laten zien hoe goed een brok beton op de veren kon stuiteren. Max wilde niet aan de kant gaan. Toen heb je hem met het stuk beton op zijn hoofd geslagen.'

Ik knik langzaam.

'Herinner je je dat?'

'Dat weet ik niet,' zeg ik. 'Misschien...'

Mijn ouders hebben een keer met me over de moord gepraat, maar ze hielden het heel kort, ze vonden het misschien beter om alleen de meest fundamentele elementen te bespreken: de brok beton, het hoofd, de dood... Geen details. 'Schaduwherinneringen' noemt Elise ze, dingen die me zijn verteld en waar ik later herinneringen van heb gemaakt. Zoals wanneer je een foto van jezelf als kind hebt gezien en later denkt dat de foto een herinnering is.

'Wat doe je?' vraagt Lexa opeens. 'Zit je nou aan je vingers te ruiken?'

'Nee,' zeg ik snel.

Ze kijkt me verbijsterd aan.

Ik stop snel mijn handen onder mijn bovenbenen, ik dwing ze stil te zijn.

'Wat een raar gedrag! Gaat het wel goed met je?' gaat ze verder.

'Prima.'

Ik zie dat ze me niet gelooft. En dat ze me niet lijkt te mogen.

'Heb je spijt?' vraagt ze dan.

'Van...'

'Van de moord, uiteraard. Heb je berouw? Voel je je schuldig?'

Die vraag is mij eerder gesteld, vele malen. Door pleegouders, mijn biologische ouders, maatschappelijk werkers, psychologen, iedereen heeft me die vraag gesteld: of ik berouw voel. Uiteindelijk antwoordde ik: ja. En dan knikten ze goedkeurend.

Maar dat was gelogen. Ik voel geen berouw. (Zoals ik in het tv-programma zei.) Ik weet niet waarom niet. Misschien omdat ik geen berouw kan hebben van iets wat ik niet meer weet.

'Nee,' zeg ik nu.

'Helemaal niet?'

Ik schud mijn hoofd.

'Oké, dat wilde ik even checken.'

Ze kijkt bezorgd. 'In het vooronderzoek beschrijft de psycholoog je als "niet empathisch, met psychopathische trekken".'

'O...' zeg ik.

Dat heeft niemand me eerder verteld. Ze observeert me, beoordeelt me.

'Maandag gaan we met de politieman praten die het onderzoek leidde en jou heeft ondervraagd, Göran Nyman.'

Ze zegt het alsof het iets is wat ze honderden keren eerder heeft gezegd (is dat zo?). Ik moet bang hebben gekeken, want ze legt haar hand op de mijne en zegt bemoedigend, bijna op de manier van Elise: 'Het komt goed. Ik help je. We doen dit sámen.'

Dan gaat ze door met het stellen van vragen: over mijn vrienden, over het pleeggezin, mijn biologische gezin, over Max... Ze vuurt de vragen op me af, zonder zich er iets van aan te trekken dat ik geen antwoorden heb.

Als ik haar een uur later uitlaat, zie ik Max' bebloede gezicht in de spiegel. Hij ligt op zijn buik met zijn wang op het beton en je kunt recht zijn hoofd in kijken en zijn walgelijke hersenen zien.

Zodra ik de voordeur achter haar heb dichtgedaan, loop ik de slaapkamer in. Boven op de kast heb ik een blauwgrijze schoenendoos neergezet – verstopt – met foto's uit mijn kindertijd. Ik heb er maar één keer in gekeken en dat was alleen omdat Elise dat van me vroeg. *Als je wilt, als het goed voelt, kun je een foto uitkiezen en die de volgende keer meenemen...*

Ik koos de foto van het gezin, die nu in de keuken staat, omdat die bovenop lag. Elise glimlachte toen ze de foto zag, ze vond hem leuk. En daarna stelde ze alle gebruikelijke vragen: *Waarom heb je deze uitgekozen? Wat voel je als je ernaar kijkt? Wat vind je van hen, van je pleegouders?*

Ik wist niet wat ik moest antwoorden.

Hoe voelde je je toen de foto gemaakt werd, denk je? vroeg ze ten slotte.

Ik wilde niet worden gezien, zei ik.

Het antwoord verraste me. Ik heb de doos sindsdien niet meer opengemaakt. Maar nu neem ik hem mee naar de woonkamer, haal het deksel eraf en pak er een paar foto's uit. Veel ervan zijn betekenisloos. Foto's van een bloeiende rododendronstruik (mooi, maar toch), een Volvo die voor het huis geparkeerd staat (de auto van mijn pleegouders?).

Maar er zijn ook andere foto's, van mij, van óns.

We zijn aan zee. Mijn pleeggezin en ik. Het is een stenig strand, met rotsen en ronde keien. En het is zomer. De vader van het gezin is al in het water, hij zwemt overdreven sportief in de kleine golven achter het strand. Een stukje het water in zit ik volledig gekleed, in een korte broek en een T-shirt, op mijn hurken, ik houd mijn armen om mezelf heen geslagen. De dochter van het gezin rent langs me heen, spat water op me. De foto moet door de moeder zijn gemaakt. Je kunt de waterdruppels in de lucht zien hangen, net voordat ze me raken.

Als ik naar de foto kijk, weet ik dat de vader de draak met me stak omdat ik niet zwom, hij noemde me een watje en een bangerd – de moeder nam het voor me op: *Laat hem met rust! Laat iedereen doen waar hij zin in heeft!*

Maar ik weet waarom ik mijn kleren niet wilde uittrekken: ik zou onbeschermd zijn, iedereen zou me kunnen zien. Me echt kunnen zien. (Ik hou nog steeds niet van zwemmen in het openbaar. Dat doe ik nooit.)

Ik ga door met het bekijken van de foto's. Op een ervan slaap ik. Ik zit op de achterbank van hun auto en slaap met mijn hoofd tegen de ruit. Ik kijk gepijnigd, alsof ik een nachtmerrie heb. Vermoedelijk over Max. Ik heb jarenlang gedroomd dat hij naast me op de betonnen plaat lag met zijn verbrijzelde hoofd en dat hij me aankeek met zijn dode ogen.

Het lijkt wel of ik huil in mijn slaap. Waarom neemt iemand zo'n foto? Waarschijnlijk heeft het meisje van het gezin dat gedaan.

Ik verscheur de foto, gooi hem op de grond. Ik pak een nieuwe, blijf koortsachtig in de doos graaien, de ene foto na de andere. Ik ben jarig en zit aan de keukentafel achter een taart. Het is duidelijk dat ik mijn verjaardag alleen met het pleeggezin vierde. Geen vriendjes, geen partijtje.

Een andere foto: we maken een uitstapje en zitten ergens op een strand worstjes te roosteren boven een kampvuur. Ik zit met mijn rug naar de anderen toe en kijk uit over het water. Je kunt mijn gezicht niet zien, maar ik weet dat ik het ben: de armen stevig om de knieën geslagen, de kromme rug, de veel te grote jas die ik aanheb.

Als ik de laatste foto terugleg, trillen mijn handen. Ik heb nooit eerder goed naar de foto's gekeken. Dat kon ik niet.

Dit zijn de enige foto's die ik uit mijn kindertijd heb. Uit mijn jeugd.

Toen ik een jaar of wat later terugkwam bij mijn echte ouders, in hun nieuwe huis in de stad, hadden ze alle foto's opgeruimd. Ik denk dat ze dat voor mij hadden gedaan, dat ze niet wilden dat ik aan *die vreselijke gebeurtenis* herinnerd zou worden. Dat zei iedereen tegen me, dat dat het beste was, als ik alles zou vergeten en verderging – mijn ouders, de maatschappelijk werker met wie we contact hadden, de kinderpsycholoog van het Bureau Kinder- en Jeugdpsychiatrie bij wie ik nog steeds kwam, ook al was ik al ouder dan vijftien.

Misschien hadden ze gelijk. Ik herinner me een van de vragen die de psycholoog van het bureau me stelde, een korte, mollige vrouw met donker haar en een grote bril met schildpadmontuur: *Als je mocht kiezen, welke superheld zou je dan willen zijn?*

Simpel: de onzichtbare man. Altijd. Overal.

15

Dinsdag 3 november

Hij was niet bang. Dat was niet de reden dat hij op de veranda voor zijn huis bleef treuzelen en peinzend met zijn vinger over de roestbelletjes op het zwartgeverfde ijzeren hekje ging. Sixten was bijna nooit bang. Maar hij moest iets verzinnen om tegen zijn moeder te zeggen, een smoes, iets waardoor ze geen vragen zou stellen. Het was net zoiets als hindernissen bouwen, zo zag hij dat.

Opeens vloog er een merel op. De vogel liet een geërgerde waarschuwingsroep horen. Sixten volgde hem met zijn blik terwijl hij in het licht van de buitenlamp wegvloog naar een al kale appelboom in de tuin van de buren. Hij richtte met zijn vinger en fluisterde: 'Pang.'

Terwijl hij nadacht, duwde hij een van de roestbelletjes op het hekje kapot en keek naar het keukenraam; hij zag zijn moeder binnen bewegen in het gele licht. Ze liep naar het fornuis en legde iets in de gootsteen. Hij rook de baklucht die door de afzuigkap werd afgevoerd.

Toen nam hij een besluit, snel, zonder aarzelen. Hij schudde zijn schouders los, haalde diep adem en liet de lucht langzaam ontsnappen, als een sportman voor een wedstrijd – en opende de voordeur.

'Sixten? Waarom ben je zo laat?' riep zijn moeder vanuit het huis.

Hij trok zijn jas uit en liep de keuken in. Ze stond bij het fornuis met een schort voor, dat strak om haar smalle taille zat. Het donkere haar keurig gekapt. Ze was knap, dat wist hij, dat had hij anderen horen zeggen. Ze was net als de vrouwen op de foto's in de weekbladen die ze las, in de advertenties voor dagcrème, parfum en kleding.

Niet zoals Nicklas' moeder met haar piekhaar en de slobberige joggingbroek waar haar buik overheen hing.

'Ik ben langer op school gebleven,' zei hij en hij ging aan de keukentafel zitten.

‘En wat deed je daar?’

‘Dat meisje dat weg was, je weet wel...’ Hij zei het schijnbaar nonchalant, maar sloeg haar nauwlettend gade. Had ze erover gehoord? Wist ze wat er was gebeurd?

‘Ja,’ zei ze en ze draaide zich naar hem om.

‘Ze hebben haar vandaag gevonden,’ zei hij.

‘Hoe was het dan met haar?’

‘Ze was...’ Toen hij buiten op de veranda stond, had het hem gemakkelijk geleken om ‘dood’ te zeggen. Nu zei hij: ‘Ze leefde niet meer.’

‘Is ze dood?’ Zijn moeder staarde hem aan.

Sixten keek naar de tafel en knikte zwijgend, terwijl hij met zijn duim en wijsvinger in zijn bovenbeen kneep, hard, aan de binnenkant waar de huid dun was. ‘Iemand had haar doodgeslagen,’ zei hij met tranen in zijn ogen. ‘Ze lag in een plastic zak, een witte... Nicklas was er ook bij.’

Ze ging op haar hurken voor hem zitten, stak een hand uit en tilde zijn kin op, zodat hij haar moest aankijken. ‘Is ze vermoord?’ vroeg ze ernstig. ‘Hier?’

Hij knikte. ‘Op de berg aan de andere kant van het pendelspoor.’

‘Heeft de politie de dader dan al gepakt?’

Hij haalde zijn schouders op.

‘Je moet voorzichtig zijn, Sixten! Ik moet er niet aan denken dat jij het was geweest. Ik heb alleen jou.’

‘Ik ben voorzichtig,’ zei hij. ‘Altijd. Dat weet je.’

Ze liet zijn kin los, stond weer op en liep terug naar het fornuis. Hij was erdoor. Hij wist dat ze er niet meer over wilde praten, het kwam te dicht bij de gebeurtenissen in haar jeugd, met haar broer.

‘Wat eten we?’ vroeg hij.

‘Bloedworst.’

‘Maar mama...’ Hij was niet van plan geweest zo teleurgesteld te klinken, niet nu, toch was zijn stem uitgeschoten.

‘Ik vind het lekker,’ zei ze.

‘Maar je weet dat ik het níét lekker vind!’

‘Je eet maar wat de pot schaft.’ Ze zette het bord op tafel.

Hij prikte in de zwarte, halvemaanvormige schijven die erop lagen, samen met rode vossenbessenjam. En even zag hij weer Olinda's ingeslagen schedel. 'Ik hoef het niet...' zei hij.

'Wat jij wilt, maar je krijgt niets anders,' zei ze.

Hij vroeg zich af of hij zou vertellen hoe hij Olinda had gevonden, over het bloed. Dat zou haar op andere gedachten brengen en dan zou ze hem toch iets anders geven. Maar nu sneed haar bestek hard over het bord, met scherpe, resolute gebaren. Dwingend. Hij keek naar de jam en besloot om niets te zeggen.

'Eet nu maar!' zei ze.

Hij sneed lusteloos kriskras over de zwarte schijven. Daarna zwegen ze. Ze praatten nooit tijdens het eten, niet veel in ieder geval. Soms vroeg hij hoe haar dag was geweest, voornamelijk om iets te zeggen. Hij dacht dat ze dat leuk vond, maar hij vond dat het nogal onecht klonk, als iets wat zijn vader zou hebben gezegd om een gesprek gaande te houden. En de stilte stoorde hem niet echt. Hij vond het prettig om in zijn eigen gedachten te verzinken.

Hij speelde met zijn vork om de tijd te verdrijven. Hij draaide hem rond met de tanden omhoog en probeerde hem op het tafelkleed te laten balanceren.

Toen zijn moeder haar eigen bord wegzette, keek hij op.

'Mag ik van tafel?'

'Nee,' zei ze.

Nu had ze haar harde stem. De opa-stem. Die had ze van haar vader.

Hij liet de vork nog eens draaien, ving hem op voordat hij op de tafel viel, liet hem draaien, ving hem op...

Zijn moeder stond met haar rug naar hem toe om het bestek in de vaatwasser te zetten. Toen hij opeens een gil gaf, schrok ze en ze draaide zich geïrriteerd om. 'Wat nou weer?'

Hij hield zijn hand stevig om zijn linkerwijsvinger, probeerde de pijn met een vertrokken gezicht tegen te houden.

'Wat doe je?' vroeg ze.

Ze kwam naar hem toe en maakte de wijsvinger los uit zijn greep. Er liep een druppeltje bloed over de vingertop.

'Wat heb je gedaan?'

'Ik heb me met de vork geprikt,' zei hij en hij trok een grimas.

'Ik zie het...' Ze hield zijn vinger omhoog en keek naar de rode streep onder de nagel waar een van de tanden van de vork naar binnen was gegaan. 'Dat gaan we even schoonmaken met chloorhexidine...'

Ze ging naar de badkamer om de EHBO-set te halen, een kleine rode toilettas met een wit kruis erop.

'Hoe kreeg je dat nou weer voor elkaar?' vroeg ze.

Sixten zag dat ze een beetje glimlachte, als om een dwaze streek. Ze hield van dat soort gekkigheid. Als iemand op een grappige manier viel of iets waanzinnig stoms deed. Soms keken ze samen naar *Jackass*-filmpjes op YouTube.

'Ik probeerde hem te pakken voordat hij viel... en toen prikte ik me...'

Ze schudde haar hoofd om hem.

'Zo,' zei ze toen ze er een pleister op had gedaan, 'ook weer gepiept. Wil je nog steeds geen bloedworst?'

'Nee,' mompelde hij.

'Oké, voor deze ene keer dan.' Ze haalde zijn bord weg.

'Sorry,' zei hij.

Ze knikte terwijl ze de laatste spullen in de vaatwasser zette. 'Wil je liever een boterham met leverpastei?'

Voordat hij kon antwoorden ging de bel. Een hard, brommend geluid.

Ze keek op. 'Wat is dat nou weer?'

Sixten luisterde naar haar voetstappen in de hal, hoorde dat ze de deur opendeed.

'Ja?' zei ze, weer met haar opa-stem.

'Dag, ik ben Jodie Söderberg. Dit is Carl Edson. We zijn van de politie. Bent u Camilla Sander?'

16

Woensdag 15 augustus, achtentwintig jaar eerder

Hij schommelde loom op de roestige schommelbank, bewoog heen en weer met zijn benen. De veren piepten op de maat van zijn bewegingen. Max Sander was elf jaar, had een zongebruinde huid en blonde, verwarde haren. Zijn vriend Robert stond naast hem. Ze zaten bij elkaar in de klas en kenden elkaar al zeven jaar, vanaf hun vierde.

Het was een warme zomerdag. De schommelbank stond in de schaduw op een betonnen plaat van een huis in aanbouw dat nooit was afgebouwd. Hier en daar staken uiteinden van pijpen en roestige wapeningsstaven uit het beton en overal lag achtergelaten bouwmateriaal: lappen glaswol, kapotte stukken piepschuim die door de tijd langzaam werden vermalen tot witte korrels, zakken beton. Een van de zakken lag nog op de plaat. Het papier was nat geworden en kapotgegaan, zodat er grote harde brokken waren ontstaan.

Op het braakliggende terrein, of het veldje, zoals iedereen in de buurt het noemde, waren zaailingen opgeschoten, wat ervoor zorgde dat de gezinnen in de omringende villa's de achtergelaten bouwrommel niet hoefden te zien. Het veldje was een geliefde speelplek geworden voor de kinderen uit de buurt. Hier hadden kleuters bergen bladeren in brand gestoken, tieners hadden er stiekem hun eerste sigaret gerookt en op de oude, roestige schommelbank zitten vrijen.

Max haalde een frambozensnoepje in een rood papiertje uit zijn zak. Hij had er nog vijf, maar om de een of andere reden bood hij zijn vriend er geen aan.

Robert liep rond over het terrein, hij schopte tegen de rommel op de grond. Hij zocht naar spannende dingen en had al de resten gevonden van een mes met een roestig, stomp lemmet. Een week later zou het in zijn huis teruggevonden worden.

Wat er daarna gebeurde, is nooit helemaal duidelijk geworden. Het vooronderzoek van de politie presenteert een aantal verschillende scenario's. Volgens onderzoeksleider Göran Nyman en rechtspsycholoog Olof Pors is dit het meest waarschijnlijke verloop:

Robert liep naar de halfvergane zak met beton en probeerde hem op te tillen. De zak brak en er kwam een grote brok los. Hij pakte hem op en liep naar de schommelbank om hem op de kale veren te laten stuiteren. Eerder had hij dat met kleinere stenen gedaan, maar hij dacht dat deze hoger zou komen.

Hij vroeg of Max aan de kant wilde gaan, maar zijn vriend bleef zitten. Hij vroeg het nog een paar keer, telkens bozer, terwijl Max koppig bleef zitten met het snoepje in zijn mond – er zaten resten in zijn mond en zijn keel toen ze hem later vonden. Ten slotte tilde Robert het stuk beton met beide handen boven zijn hoofd. Het was niet groot, maar woog wel 8,6 kilo. Gezien Roberts beperkte lichaamskrachten – hij was een dunne en opvallend kleine jongen – moet het hem de nodige inspanning hebben gekost om de brok op te tillen; waarschijnlijk had hij er al zijn wilskracht voor nodig.

Toen de brok beton de zijkant van Max' hoofd raakte, zat hij midden op de schommelbank, met zijn ogen en zijn lichaam naar voren gericht. Waarschijnlijk klonk er een dof, vochtig geluid, dat door de omringende zaailingen werd opgevangen en gedempt. Op hetzelfde moment viel het slappe jongenslijf voorover op de betonnen plaat. Daar bleef het liggen, roerloos, als toevoeging aan het bouwafval op het perceel. Volgens de forensisch arts was Max Sanders waarschijnlijk al dood voordat zijn lichaam op de plaat terechtkwam. Robert liep naar het lichaam toe en sloeg Max nog vier of vijf keer met de brok beton.

Toen Max' oudere zus, Camilla Sander, ongeveer een halfuur later ter plaatse kwam – volgens het onderzoek kan het maximaal een uur zijn geweest – trof ze Robert bewusteloos aan naast Max. Robert zat toen onder het bloed. Het meeste kwam van zijn vriend, aangezien Robert in de plas bloed had gelegen die uit Max' ingeslagen hoofd was gekomen.

Camilla nam haar jongere broer op schoot en probeerde hem wakker te maken. Waarschijnlijk raakte ze snel in shock. Toen ze het na een poosje moest opgeven – ze was alle begrip van tijd kwijt – schudde ze Robert wakker. Hij was verward en leek niet te begrijpen wat er was gebeurd.

In verhoren vertelt ze dat ze schreeuwde: 'Jij hebt Max vermoord!' Daarna rende ze de circa tweehonderd meter naar huis, om hulp te halen.

Haar moeder, Tina Sander, belde vervolgens de politie, zette haar dochter onder de douche en legde haar bebloede kleren in de week. Op die manier vernietigde ze alle sporen op Camilla's kleren. Pas daarna begaf Tina zich naar het veldje, waarschijnlijk was ook zij in shock geraakt.

Intussen was Robert verdwenen. Toen de politie twintig minuten later kwam, was Tina niet aanspreekbaar. Pas vierentwintig uur later kon de politie haar en haar dochter verhoren.

17

Dinsdag 3 november

'Maar wat heeft Sixten daarmee te maken?' vroeg Camilla Sander en ze liet Jodie Söderberg en Carl Edson binnen in een grote kamer die gedomineerd werd door een brede houten trap met een ijzeren leuning, die naar een bovenverdieping leidde.

'Uw zoon was erbij toen ze het lichaam van het meisje vonden,' zei Jodie. 'Daar willen we even met hem over praten...'

'Sixten heeft over haar verteld,' zei Camilla. 'Verschrikkelijk...'

Voor de rij ramen die uitzicht boden op de tuin stond een eettafel. Aan de korte kant van de kamer bevond zich een open haard met ervoor een bankstel rond een lage tafel van rookkleurig glas met een fantasievol onderstel van gebogen zwartmetalen buizen. Jodie keek of ze ergens een tv-toestel zag, maar kon er geen ontdekken. Misschien zat het ergens in of achter.

Camilla maakte een gebaar naar de bank. Zelf trok ze een fauteuil bij en draaide die naar hen toe.

'We willen hem alleen vragen wat hij heeft gezien,' zei Carl en hij liet zich op de bank zakken, die zo diep was dat hij in een half liggende positie terechtkwam.

'Ik begrijp het,' zei Camilla. 'Maar hij heeft niets gezien. Hij heeft alleen gezien hoe ze haar naar beneden droegen. Er hebben daar vast een heleboel kinderen gestaan. Dat is natuurlijk spannend...'

'Nee,' zei Carl. 'Uw zoon en zijn vriend hebben het lichaam gevonden...'

Camilla keek hem zwijgend aan.

Jodie ging naast Carl zitten, op het puntje van de bank, om rechtop zittend in haar notitieboekje te kunnen schrijven. 'Heeft hij dat niet verteld?' vroeg ze.

Camilla schudde haar hoofd, maar keek naar Carl toen ze antwoordde. 'Jongens! Je weet nooit wat je eraan hebt, of wel soms?'

'Misschien niet,' zei Carl. 'Ik heb geen ervaring met zonen.'

'Maar u hebt wel kinderen?'

'Een dochter.'

'Ik had een dochter zullen krijgen,' zei Camilla, 'maar... dat gebeurde niet. Ik heb alleen Sixten... En ik ben bang dat ik een beetje een moederkloek ben wat hem betreft.' Ze glimlachte weer naar Carl.

Jodie voelde zich merkwaardig buitengesloten uit het gesprek. 'Vaak kunnen kleine, onbeduidende details van groot belang zijn voor een onderzoek,' zei ze en ze deed haar best om vriendelijk te klinken. 'En als uw zoon vaker op de steile rotsen onder de school is, kan hij iets hebben gezien wat waardevol is voor ons.'

'Ik begrijp het,' zei Camilla ernstig. 'Vanzelfsprekend. Ik zal hem halen.' Ze stond op, maar toen ze halverwege de kamer was, draaide ze zich om: 'Mijn excuses dat ik daarnet zo kortaf was. Dat komt... Er is vaker over Sixten geklaagd, op school... Vandaar dat ik...'

Jodie knikte. 'Natuurlijk. En het is een natuurlijke reactie als er zich iets dergelijks in je omgeving voordoet...'

'Wat is er?' vroeg een jonge stem.

Er kwam een donkerharige jongen in een zwart sportshirt naast Camilla staan. Ze leken opvallend veel op elkaar.

Jodie stond op, liep naar hem toe en stak haar hand uit. 'Ben jij Sixten?'

De jongen knikte en nam haar hand aarzelend aan.

'Ik ben Jodie en dit is Carl. Wij zouden je een paar vragen willen stellen. Is dat goed?'

Hij draaide gegeneerd heen en weer.

'Sixten?' zei Camilla vermanend. 'Ze zijn van de politie, je moet antwoord geven.'

'Oké.'

'Jij hebt je klasgenoot Olinda gevonden, nietwaar?' vroeg Jodie.

'Ik wilde alleen maar kijken...' zei Sixten verlegen. 'Het was niet de bedoeling...'

Carl leunde naar voren op de bank. 'Wat was niet de bedoeling?'

Sixten keek op, niet naar Carl, maar naar zijn moeder. 'Ik heb niks gedaan,' zei hij. 'Ik liep gewoon achter die zoekers aan. En toen zag ik de voet...' Hij zweeg.

'Ja?' zei Jodie.

'Ik had nog nooit iemand gezien die dood was, dus ik ging er dichterbij staan. En toen struikelde ik.'

'Je viel boven op haar,' zei Carl, niet in staat zijn irritatie te verbergen.

Sixten keek naar zijn knieën en zei niets.

'Geen probleem, Sixten,' zei Jodie vriendelijk. 'Vertel maar wat er gebeurde...'

'Ja, ik viel boven op haar,' zei Sixten zacht.

Carl leunde weer achterover op de bank.

'Goed,' zei Jodie. 'Dan weten we dat.'

Ze richtte zich weer tot Camilla. 'We zullen een DNA-monster bij Sixten moeten afnemen, om de sporen die hij heeft achtergelaten te kunnen uitsluiten. Is dat goed? En vingerafdrukken.'

'Ja, natuurlijk,' zei ze verstrooid, terwijl ze naar Sixten keek.

Jodie glimlachte naar hem. 'Je voelt er niks van. We gaan met een wattenstaafje langs de binnenkant van je wang...'

Ze wilde zijn vertrouwen winnen, maar hoorde zelf dat het gemaakt klonk. Eigenlijk hield ze niet van kinderen, niet op die onvoorwaardelijke manier van sommige van haar vriendinnen – ze hield van individuen, net als bij volwassenen. En ze voelde dat ze Sixten niet mocht.

'Ben je vaker op de berg of in het bos bij het water?' vroeg ze vriendelijk om haar emoties te verbergen.

'Nicklas en ik gaan er soms na schooltijd heen.'

'Wat doen jullie dan?'

Sixten haalde zijn schouders op. 'Gewoon. Klimmen... In de bunkers kijken of iemand daar iets leuks heeft laten liggen.'

'Ben je daar gisteren geweest?' vroeg Carl.

Sixten keek eerst hem en daarna zijn moeder aan. 'Ik ben er even geweest,' zei hij. 'Na school, op weg naar huis. Het regende...'

'Samen met Nicklas?' vroeg Jodie.

Sixten schudde zijn hoofd. 'Nee, ik alleen.'

‘Het was er een natte bedoening, zeker?’

‘Ik wilde alleen zijn,’ mompelde hij. ‘Ik wilde niet dat iemand me zou zien…’

‘We hebben problemen gehad op school,’ zei Camilla snel en ze keek weer naar Carl. ‘Met een aantal klasgenoten… Maar nu is het beter geworden, toch, Sixten?’

Hij knikte weer.

‘Heb je iemand gezien toen je daar was?’ vroeg Jodie.

Hij schudde zijn hoofd. ‘Ik heb Olinda niet gezien,’ zei hij. ‘Als je dat bedoelt. Maar ik heb wel op haar gewacht na school. Heel lang.’

‘Waarom? Zouden jullie iets doen samen?’

‘Wat?’

‘Waarom wachtte je op haar? Deed je dat vaker?’

‘We zouden iets gaan doen na schooltijd. Maar ze kwam niet.’

‘Ging je daarom naar het bos?’ vroeg Carl. ‘Om Olinda te zoeken?’

Sixten schudde opnieuw zijn hoofd. ‘Nee,’ zei hij. ‘Daar was ik omdat ik alleen wilde zijn…’

‘En heb je ook niemand anders gezien?’ vroeg Jodie.

‘Nee,’ zei hij. ‘Het regende. Er waren niet veel mensen buiten…’

‘En je hebt niets gehoord?’ vroeg Carl. ‘Roepen of gillen?’

Jodie leunde naar voren over de salontafel, streek haar lange blonde haar naar achteren dat ze was vergeten in een paardenstaart te doen. Ze had het notitieboekje op schoot. Niet te veel willen, dacht ze.

‘Nee,’ zei Sixten.

‘Oké. En daarna? Wat deed je daarna?’

‘Ik ging naar huis.’

‘En vandaag, toen je Olinda vond, heb je toen iets gezien? Iets wat er gisteren niet was?’

‘Nee…’ zei hij. ‘Of… Tony en Johan misschien.’

‘De oudere jongens die erbij waren toen je Olinda vond?’

‘Ja.’

‘Ken je hen?’

‘Ze zitten op de Dalsätraschool,’ zei hij en hij keek naar zijn handen, die aan iets op zijn schoot zaten te friemelen.

Jodie observeerde hem. 'Zijn ze vaak... vervelend tegen jou en Nicklas?' vroeg ze voorzichtig.

Sixten knikte.

'Nou, dat was het dan...' zei Jodie en ze stond op.

Ze gaf Camilla een hand.

'Ik heb een auto gezien,' zei Sixten opeens.

'Een auto?' vroeg Carl en hij zakte weer terug op de bank.

'Een witte auto. Bij de school, toen ik op Olinda wachtte. Die stond op het parkeerterrein waar de leraren hun auto altijd neerzetten...'

'Oké,' zei Jodie. 'Hoe kwam het dat die je opviel?'

Sixten antwoordde niet, hij keek naar zijn handen die hij stijf gevouwen op schoot hield.

'Herkende je de auto?'

Hij schudde zijn hoofd.

'Was er iets raars mee?'

'Hij was wit...'

'Oké, maar waardoor viel die jou op?'

'Hij bleef daar zo lang staan. En er zat iemand in.'

'Hoelang?'

Hij haalde zijn schouders op. 'Ik zag hem in de laatste pauze, toen ik Olinda vroeg of we zouden spelen... en later, toen ik op haar wachtte.'

'En toen je uiteindelijk wegging, stond de auto er toen nog?' vroeg Carl.

'Nee.'

'Dus die reed weg, terwijl jij op Olinda wachtte?'

Sixten knikte. Hij keek bijna blij, alsof hij het spannend vond om te mogen helpen.

'Weet je nog wat voor merk het was?' vroeg Jodie.

'Nee.'

'Wat voor soort auto was het? Een bestelwagen, een sedan?'

'Eentje met een achterklep.'

'Een combi?'

Hij knikte.

'Je hebt het kenteken zeker niet gezien?' vroeg Jodie.

Sixten bleef naar zijn handen kijken, terwijl hij zijn hoofd weer schudde.

'Heb je de persoon gezien die in de auto zat?' vroeg Carl.

'Nee.'

'Maar kon je zien of het een man of een vrouw was? Oud of jong?'

'Geen vrouw. Een oude man... of in ieder geval geen jonge.'

'Zaten er meer personen in de auto?' vroeg Carl.

'Nee.'

'En je hebt hem niet zien uitstappen?'

'Nee, hij zat er de hele tijd in.'

Jodie legde haar notitieboekje weer neer. 'Dank je wel,' zei ze tegen Sixten. 'Als je nog iets te binnen schiet, willen we graag dat je ons dat vertelt. Oké?'

Ze gaf een visitekaartje aan Camilla.

Carl haalde zijn portefeuille uit de binnenzak van zijn jasje en deed hetzelfde.

Camilla nam de kaartjes in ontvangst en liep met hen mee naar de hal. 'Ik wist dat niet... van Olinda, dat Sixten haar had gevonden,' zei ze, alsof ze weer haar excuses aanbood.

'Dat begrijpen we,' zei Jodie. 'Het is niet erg, hij vertelde het immers. En het moet een nare ervaring voor hem zijn geweest.'

Camilla knikte. 'Ik ga met hem praten.'

Terug in de auto wachtte Jodie met wegrijden. De motor draaide stationair.

'Zijn we al met het buurtonderzoek begonnen?' vroeg Carl en hij keek in zijn notitieboekje.

'Ik denk het wel,' zei Jodie afwezig.

'We moeten opnieuw beginnen,' zei Carl en hij maakte zijn gordel vast. 'We moeten iedereen vragen of ze een witte stationcar hebben gezien.'

Ze knikte zwijgend, zat aan Camilla te denken. Ze had iets wat Jodie een onbehaaglijk gevoel gaf.

Ze moest denken aan de keren dat ze met haar moeder was gaan paardrijden in het bos bij Järna. Ze was toen net zo oud als Sixten nu. Haar moeder was dol geweest op de paarden. Jodie verafschuwde ze. Ze herinnerde zich één keer in het bijzonder toen ze had proberen te zeggen dat ze liever zou willen gaan schermen. Ze waren bij een weiland blijven staan. Haar moeder had zich omgedraaid in het zadel en op gekwetste toon gezegd: 'Ik dacht dat je zo van paardrijden hield.'

Daarna was ze ervandoor gegaloppeerd en had ze Jodie alleen gelaten met een bokkige pony die niet wilde lopen. Toen Jodie uiteindelijk terug was gekomen bij de stal, had haar moeder haar paard al afgezadeld. 'Daar ben je! Waar bleef je?' Luchtig, alsof het maar een spel was geweest. 'Natuurlijk hoef je niet door te gaan met paardrijden. Schermen klinkt erg leuk.'

Maar Jodie was nooit met schermen begonnen. De dichtstbijzijnde vereniging zat te ver weg en haar moeder had geen zin gehad om haar te brengen.

Misschien deed Camilla's vriendelijkheid haar aan haar eigen moeder denken, ze had het gevoel dat die geforceerd was, dat ze zich ervoor inspande.

'Gaan we nog eens weg?' vroeg een stem naast haar opeens.

Ze schrok op en zag dat Carl haar vragend aankeek.

18

Maandag 2 november

Lexa heeft een auto gehuurd, een kleine witte Ford met een saai grijs interieur. Ze houdt het stuur stevig vast, maar beweegt de hele tijd op haar stoel, ze kijkt uit de zijraampjes, verandert van houding, rekt zich uit om zichzelf in de binnenspiegel te bekijken.

Ik zit zwijgend op de bijrijdersstoel.

We zijn op weg naar Sigtuna, naar de politieman die het onderzoek over mij heeft geleid, Göran Nyman.

'Heb je het vooronderzoek gelezen dat ik je heb gegeven?' vraagt ze, zonder haar blik af te wenden van de weg.

Ik haal mijn schouders op. Lexa heeft me een kopie van het héle vooronderzoek gegeven toen ze afgelopen zaterdag bij mij thuis was. Een grote, grijze doos, die ze op de keukentafel zette met de opdracht: 'Lezen!'

Ik heb erin gebladerd, hier en daar een zin of een alinea gelezen. Lukraak verhoren opengeslagen, technische rapporten, forensisch-medische en psychologische verklaringen, reconstructies, getuigen die mee terug werden genomen naar de plaats delict. (Hebben ze mij daar ook mee naartoe genomen, hebben ze me over het gebarsten beton laten lopen?)

Er zijn ook foto's, een heleboel foto's. Van het veldje, van mij – en van Max. Ik herken hem maar vaag op de foto's. Je kunt duidelijk zien dat hij dood is.

Misschien zien alleen de doden die vredig zijn gestorven eruit alsof ze slapen. Want Max ziet er niet uit alsof hij slaapt, maar meer alsof hij vastzit in een nachtmerrie waaruit hij niet kan ontwaken. Hij ziet er vreselijk uit, angstig… En zijn hoofd is natuurlijk aan één kant verbrijzeld.

Eerlijk gezegd vind ik het niet prettig om het onderzoek in te zien. Ik krijg er de kriebels van. Het is net alsof ik over een andere, onbekende persoon lees, die niets met mij te maken heeft. Maar ik weet natuurlijk dat ik het ben. Dat ik het wás.

'Weet je dat je een IQ van meer dan 130 had? Hebt?' gaat Lexa verder.

'Nee. Is dat goed of slecht?'

'Goed,' zegt ze en ze werpt me een verbaasde blik toe. 'Heel goed. Slechts twee procent heeft zo'n hoog IQ. Was je goed op school?'

Ik denk aan de scholen waar ik op heb gezeten. 'Nee,' zeg ik.

De rest van de rit zwijgen we, totdat Lexa naar een bord met de tekst SIGTUNA wijst. Ik hoor aan haar uitspraak dat het een mooie stad is, met historie. *S-i-i-igtuna*. Maar daar zie je niks van. We passeren een klein centrum dat alleen uit een lelijk busstation bestaat, een paar lage gebouwen en iets wat het begin van een promenade lijkt te zijn. Lexa slaat links af en volgt een smalle straat vlak langs het Mälarmeer. Een bleke zon glinstert in het water en geel-rode wilgen strekken zich uit en spiegelen zich in het oppervlak. Tegen de helling staan pittoreske rode en gele houten huizen, met keurige, herfstkleurige tuinen omgeven door schuttingen en met uitzicht op het meer.

'Hier,' zegt Lexa, wijzend naar een geel huis. 'Hier is het.'

We parkeren en lopen door een laag, wit hekje en volgen een knerpend grindpad naar de ingang. Het vergeelde grasveld is bijna volledig bedekt met dorre blaadjes die niemand bij elkaar heeft geharkt. Onder de fruitbomen liggen cirkels van bruine, beschimmelde appels en peren die niemand heeft opgeraapt.

'O ja,' zegt Lexa en ze drukt op de ouderwetse bel naast de voordeur. 'Hij mag je niet.'

19

Dinsdag 3 november

Het witte licht van de tl-buizen aan het plafond versterkte het instituutsgevoel. Carl Edson trok de lichte jas dichter om zich heen, hurkte naast een whiteboard waarop iemand de kolomkoppen HERSENEN, HART, LONGEN, LEVER, NIEREN, MILT, LONGEN had geschreven. De letters waren voor de helft uitgewist nadat iemand het gewicht en bevindingen had ingevuld om die gegevens na de lijkschouwing weer uit te vegen.

De vrouwelijke forensisch arts was bezig achter een roestvrijstalen snijtafel. Ze boog zich geconcentreerd over het kleine kinderlichaam dat het koud leek te hebben op het gladde metaal.

Afgezien van het doffe geruis van de ventilatoren was het stil in de kamer. Carl kon zijn eigen schoenen horen piepen op de blauwe linoleumvloer en de plotselinge harde geluiden als de gerechtsarts een instrument op de tafel neerlegde, om meteen een nieuw op te pakken – scherpe geluiden tegen de witte tegelwanden.

En dan de geur. Desinfecterende middelen en de onbestemde, zware geur die, zoals hij wist, afkomstig was van de lijken die in de koelvakken hiernaast werden bewaard.

'Waarom zit je daar zo?' vroeg ze opeens met een duidelijk Finland-Zweeds accent.

Carl liep schoorvoetend naar haar toe. Beatrice Lundmark. Hij wist in ieder geval haar naam nog.

Ze gebaarde dat hij een paar meter van de tafel moest blijven staan, dat hij niet te dichtbij mocht komen. Hij begreep waarom. Hij droeg geen beschermende kleding. Zelf droeg ze een blauwe operatiejas, een wit plastic schort en witte armbeschermers tot over de ellebogen. Haar gezicht werd beschermd door een plastic bril, maar hij zag dat ze geraakt was door het meisje voor zich.

'Wat kun je over haar zeggen?' vroeg Carl.

'De doodsoorzaak is een aantal krachtige slagen op het hoofd met een rond, stomp voorwerp.'

Hij herinnerde zich dat Lars-Erik had gezegd dat ze een steen hadden gevonden die ze ter analyse hadden opgestuurd. 'Een steen?' opperde hij.

'Ja, dat zou kunnen. De indeuking van de klap is bijna rond. Niet ovaal, zoals die na een slag met bijvoorbeeld een honkbalknuppel zou zijn.'

'Kun je zeggen hoeveel klappen ze heeft gekregen?'

Beatrice keek verbaasd op. Ze had vriendelijke donkere ogen en een bijzonder uiterlijk met een scheef, onregelmatig gebit. Ze was waarschijnlijk niet ver in de veertig. 'Ja, ze heeft vier of vijf klappen gehad op haar linkerslaap. De eerste klap is schuin van boven gekomen, terwijl de volgende haar recht van opzij hebben geraakt.'

Carl pakte er een notitieboekje bij en begon te noteren. 'Nog iets?' vroeg hij.

'Ze is waarschijnlijk gestorven zoals ze gevonden is, of heel kort na het intreden van de dood verplaatst. Er zitten aarde- en bladresten in de wondkorsten op het hoofd, wat erop wijst dat ze gecontamineerd zijn voordat het bloed gestold was.'

Carl knikte. Dat kwam overeen met wat Wallquist had gezegd.

'Ze heeft ook schaafwonden aan haar handen.'

Hij wachtte op meer informatie, maar Beatrice werkte zwijgend verder met het lichaam.

'Afweerletsel?' vroeg hij.

Hij miste de gerechtsarts met wie hij eerder altijd had gewerkt, Cecilia Abrahamsson. Hij had zich vaak gestoord aan haar droge, arrogante manier van doen, maar ze had altijd begrepen wat hij wilde weten. Ze had heel plotseling opgezegd na het moordonderzoek van afgelopen zomer, aan het eind waarvan de verkeerde mannen voor het misdrijf waren veroordeeld. Hij wist niet of dat de reden van haar opzegging was, zoveel contact hadden ze niet, maar hij ging er wel van uit. Na die zaak had hij zelf met de gedachte gespeeld om te stoppen. Maar toen hij zijn dochter daarover had verteld, had Linda hem alleen maar uitgelachen. 'Je houdt van je werk, pap, je bént je werk.'

Hij kon toch veranderen, dacht hij. Anders worden.

Beatrice schudde haar hoofd. 'Geen afweerletsel, meer alsof ze is gevallen. Er zit ook een plekje op haar knie.'

'Alsof iemand haar heeft geduwd?'

Beatrice haalde haar schouders op. 'Dat is mogelijk.'

Carl onderdrukte een zucht. 'Zie je tekenen van seksueel geweld?'

'Ik had gehoopt dat je daar niet naar zou vragen,' zei ze met een benauwde glimlach.

'O?'

'Ja, nou, er zijn wel uitwendige letsels op haar onderlichaam. Postmortale verwondingen. Maar geen sporen van zaadvloeistof.'

'Condoom?'

Ze schudde haar hoofd. 'Nee, ook geen resten van glijmiddelen.'

'Waarom wilde je dan dat ik er niet naar zou vragen?'

Ze boog zich over het lichaam. Carl stond er een eindje vandaan.

'Kijk hier... het gaat om lichte verwondingen die begrensd zijn tot de schaamlippen en de schedeopening. Het zou seksueel geweld kunnen zijn. Maar het zou óók gewoon geweld kunnen zijn... alsof iemand haar in het kruis heeft getrapt. Als haar broek en onderbroek niet omlaaggetrokken waren, zou ik met zekerheid zeggen dat ze níét was blootgesteld aan seksueel geweld. Maar nu... misschien wel.'

Carl zuchtte, luid deze keer.

20

Dinsdag 3 november

Erik Olofsson nam een hap van zijn boterham met kaas en salami, terwijl hij nauwkeurig het zes cijfers lange wachtwoord van zijn computer intikte. Daarna legde hij de boterham op een bord en nam een slok chocolademelk. Met zijn linkerhand bewoog hij de cursor over het scherm, klikte de harddisk met de naam 'G' aan, voerde nog een wachtwoord in, tien tekens ditmaal, zowel cijfers als letters. Daarna leunde hij achterover op de zwart-rode gamingstoel en begon de mappen te doorzoeken.

Hoewel hij boven in het gebouw woonde, stond de computer zorgvuldig in de 'blinde' hoek van het appartement opgesteld, waar hij door geen enkel raam te zien was.

Hij had regels voor wat hij wel en niet mocht doen. Maar de laatste tijd was hij slordig geweest. Hij had de risico's niet serieus genoeg genomen. Daar had hij zich niet toe kunnen zetten.

Nu keek hij op de klok. Twintig over acht. Hij had de avond en de hele nacht de tijd.

Erik Olofsson was buschauffeur bij het openbaarvervoerbedrijf van Stockholm en had onregelmatige werktijden. Dat beviel hem goed, het gevoel enigszins naast de mensen van de gewone dagelijkse sleur te staan. Het gevoel dat hij bijzonder was.

Vroeger had hij op een kleuterschool gewerkt, als pedagoog, toen hij net als iedereen was, maar dat was vóór het vonnis.

Zoveel dingen waren vóór het vonnis. Zijn baan, zijn vrienden – de weinige die hij had gehad – een vriendin, familie…

Daarna was er bijna niets.

Nu ging hij naar de map 'Thailand', hij zocht het juiste bestand op en dubbelklikte. De laatste tijd was dit bestand een soort favoriet geworden.

De film vulde het scherm, een bouwvallig huis – een schuurtje, eigenlijk – onder een palmboom. De deur stond open. De camera bewoog een beetje schokkerig naar de deur, om vervolgens vlak achter de drempel te stoppen en helemaal stil te worden. Hij wist dat het kwam doordat hij hem op een statief had gezet. In de volgende sequentie zag hij zichzelf het schuurtje binnengaan.

Opeens klonk er een geluid in het appartement en hij zette de film op pauze. Hij keek snel om zich heen. Het licht was uit, de wanden werden alleen door het groenblauwe scherm verlicht. Er was vast iemand door het trappenhuis gelopen.

Hij drukte weer op play en de film ging verder. In het schuurtje stond een bed, waar een meisje op lag. Ze heette Cake, of zo werd ze genoemd. Ze hadden gezegd dat ze elf was, maar ze leek niet ouder dan negen. Misschien jonger. Hij zag zichzelf, zijn rug en nek, toen hij dichter naar haar en het bed toe liep.

Dat hij ook in de film zat, maakte die nog waardevoller voor hem. Het was ook riskanter – maar wie zou hem ontdekken? Niemand. Daar was hij van overtuigd. Hij was niet van plan nog eens dezelfde fout te maken als de vorige keer. Hij zou niet delen. Niet meedoen op sociale forums. Hij trok zelfs de internetkabel uit de computer voordat hij de film startte, hij wilde geen risico lopen.

Voor het opstellen van de camera had hij extra moeten betalen – veel extra – maar het resultaat was het geld en het extra risico waard geweest.

Terwijl hij keek, voelde hij zijn opwinding toenemen.

Na afloop liep hij de hal in, hij trok zijn dikke zwarte 8848-jack aan en zijn stevige wandelschoenen en ging de deur uit. Het gebouw was stil en hij liep voorzichtig de trappen af om niemand te storen, om geen aandacht te trekken.

Toen hij buiten kwam, ademde hij diep in. Vervolgens wandelde hij naar het bos en het pendelspoor. Hij maakte vaak dezelfde wandeling, hij wist dat hij een heel eind zou lopen en dat het misschien wel de hele nacht zou duren voordat de angst was bezworen en hij weer op huis aan kon gaan.

21

Maandag 2 november

Göran Nyman ziet eruit alsof hij de tachtig nadert. Hij heeft grijs, netjes achterovergekamd haar (brylcreem?) en ronde wangen met couperose. Hij heeft zich duidelijk op het interview gekleed. Hij draagt een lichtblauw vest, een wit overhemd en een rode stropdas.

Als hij ons ziet, maakt hij aanstalten om op te staan uit zijn fauteuil, maar hij komt niet verder dan met zijn bovenlichaam heen en weer te bewegen. Lexa loopt dwars door zijn werkkamer heen (een ouderwets bureau bij het raam en een hele wand met boekenkasten) en geeft hem een hand. Het valt me op dat hij haar zijn linkerhand geeft.

'Dit is Robert Lindström,' zegt ze met een gebaar naar mij.

'Daar heb je niets van gezegd, dat híj erbij zou zijn,' zegt hij zonder mij aan te kijken.

'Dat heb ik aan de telefoon gezegd, dat ik Robert erbij wilde hebben,' zegt Lexa nonchalant. 'Ben je dat vergeten?'

'Nee, natuurlijk niet... maar ik ben er niet blij mee.'

Ze gaat op de bank tegenover hem zitten en legt haar kleine dictafoon op een koperen rooktafel. Als ik naast haar ga zitten, volgt Göran me met zijn blik. Zijn ogen zijn misschien ooit angstaanjagend geweest, maar nu zijn ze enkel troebel, waterig blauw. Ik herken hem helemaal niet.

'Zoals ik aan de telefoon al zei, wil ik je naar een paar dingen in de zaak-Max Sander vragen,' gaat Lexa onverstoorbaar verder.

Ze bladert in haar notitieboekje, lijkt naar de juiste bladzijde te zoeken, terwijl ze blijft praten: 'Het is natuurlijk heel lang geleden gebeurd. Achtentwintig jaar geleden. Hoeveel herinner je je van het onderzoek?'

'Dat herinner ik me,' zegt hij op verrassend barse toon. 'Zo'n zaak vergeet je niet.'

Ze glimlacht naar hem. 'Mooi. Ben je tevreden over het onderzoek?'

Ze doet alsof het zomaar een vraag is, maar Göran snuift en kijkt verontwaardigd. 'Ja, waarom zou ik dat niet zijn? Het was een ongelooflijk gedegen vooronderzoek, het meest uitgebreide dat ik in mijn loopbaan heb meegemaakt.'

'Zijn er geen dingen die je achteraf anders had willen doen?'

'Nee. Nee, we hebben verdomd goed werk geleverd, dat vind ik nog steeds.'

Lexa lacht bevestigend. 'Laten we bij het begin beginnen: jullie krijgen de melding en komen bij dat zogenaamde veldje, waar jullie Max Sander dood aantreffen.'

Göran knikt terwijl ze praat.

Lexa kijkt weer in haar opschrijfboekje. 'Weet je nog waarom jullie verdenking op Robert viel?' vraagt ze.

'Mijn hemel,' zegt Göran en hij slaat met zijn linkerhand op de leuning van de fauteuil, als om zijn woorden te onderstrepen. 'De jongen werd naast zijn dode kameraad gevonden, van top tot teen onder het bloed.'

Lexa knikt weer, alsof ze het met hem eens is. 'Je bedoelt dat de getuige Camilla Sander, Max' oudere zus, hem naast het lichaam zag liggen toen ze daar kwam.'

'Ja!'

'Oké. En dan gaat het onderzoek van start met verhoren, technisch onderzoek enzovoort, totdat jullie een persbericht uitsturen waarin gemeld wordt dat de elfjarige Robert Lindström schuldig is.'

Göran knikt weer.

'Ik heb het vooronderzoek vrij zorgvuldig gelezen,' gaat Lexa verder, 'maar sommige dingen zijn me niet helemaal duidelijk en ik hoop dat jij me die kunt uitleggen.'

Göran fronst zijn wenkbrauwen.

'In het eerste verhoor,' zegt Lexa, 'heb jij of heeft iemand anders een aantekening gemaakt dat Robert zijn verhaal een paar keer heeft veranderd, maar dat hij nu dichter bij de waarheid begint te komen. De rechtspsycholoog, Olof Pors, schrijft hier dat de werkelijke gang van zaken zo pijnlijk was geweest dat een elfjarige die niet in zich kon opnemen.'

Göran knikt.

'Maar,' zegt Lexa, 'om zijn verhaal te kunnen veranderen moet Robert toch eerst een andere versie hebben verteld?'

'Ja, natuurlijk!' zegt Göran en hij kijkt haar aan.

'Maar dit is het eerste verhoor van Robert dat in het vooronderzoek is opgenomen en dat wordt bijna twee weken na de moord afgenomen.'

Göran leunt naar voren in de fauteuil en schudt verontwaardigd zijn hoofd. 'Nee, nee, we hebben Robert meteen daarna verhoord. Diezelfde dag of misschien de dag na de moord.'

'Ja, daar ging ik ook van uit,' zegt Lexa. 'Maar ik heb het bij het plaatselijke parket nagevraagd en ze verzekeren me dat ik het hele vooronderzoek heb gekregen. Er zijn geen eerdere verhoren.'

'Dat begrijp ik niet...'

'Maar je weet zeker dat jullie Robert eerder hebben verhoord?'

'Absoluut.'

'Je weet niet waar de eerste processen-verbaal zijn gebleven?'

'Nee, echt niet. Ik heb een volledig vooronderzoek achtergelaten, dat kan ik je wel vertellen.'

'Oké, ik wilde het alleen even checken.' Lexa glimlacht hem vriendelijk toe.

Ik stop mijn handen onder mijn bovenbenen, klem ze vast, voel het kriebelen in mijn lichaam.

Opeens gaat de deur open en Görans vrouw Berit komt binnen met een dienblad met koffie. 'Ik dacht dat jullie hier wel trek in zouden hebben,' zegt ze glimlachend. 'We hebben niet veel in huis, dus jullie moeten genoegen nemen met een paar koekjes...'

Ze zet een schaal met Ballerina- en Singoalla-koekjes neer, schenkt koffie in voor haar man en legt daarbij een hand op zijn arm. 'Gaat het goed, Göran?' Ze vraagt het zachtjes, maar ik hoor de ongerustheid in haar stem. Ze heeft vast aan de deur geluisterd. Hij knikt, terwijl hij een koekje neemt.

Lexa wacht met de volgende vraag totdat Berit de kamer uit is en ze de deur achter zich heeft gesloten.

'Is er ooit sprake geweest van onderzoek naar andere verdachten?' vraagt ze.

Göran kauwt op zijn Ballerina. 'Nee,' zegt hij en hij slikt hoorbaar. 'Dat was niet nodig.'

'Waarom niet?'

Göran snuift weer luid. 'Robert bekende... En bovendien was er technisch bewijs tegen hem. Zijn afdrukken zaten op de brok beton die als moordwapen was gebruikt en... en...' Hij slaat weer met zijn hand op de leuning. '...en we hebben zijn voetafdrukken gevonden en vezels van zijn kleren. Bovendien heeft hij zijn verhaal een paar keer veranderd. Hij beweerde dat hij het niet meer wist. Wij als onderzoekers waren er allemaal van overtuigd dat hij het had gedaan. En we bleken gelijk te hebben, nietwaar?'

Weer een snelle glimlach van Lexa. 'Andreas Indgård, een vriend van Robert, zag diezelfde middag een ouder kind, een tiener, in de buurt van het veldje. Jullie hebben hem één keer verhoord, voor zover ik kan zien, maar jullie hebben zijn verhaal nooit nagetrokken. Waarom niet?'

'Een tiener?' vraagt Göran. 'Wie dan? Die herinner ik me niet...'

'Hij heette Bernt Juuso.'

'Bernt, o ja. We hebben onderzoek naar hem gedaan en ik kan je vertellen dat er geen enkele reden was om hem te verdenken.'

'Wie besloot dat?' vraagt Lexa onverstoorbaar.

'Ik, wij allemaal... Hij had een vriend, hoe heette die ook weer?'

'Ted Löfgren.'

'Ja, precies. Die bevestigde dat ze elkaar die middag hadden gezien en samen iets hadden ondernomen. Ze waren gaan zwemmen, meen ik. Een aantal andere getuigen kon dat ook bevestigen. Dat staat toch allemaal in het vooronderzoek? Nee, Bernt is nooit verdacht. Integendeel, hij was een van de getuigen die Robert die middag het veldje op hebben zien lopen.'

Lexa bladert in haar boekje.

Ik zwijg, als een toeschouwer bij mijn eigen leven.

'Misschien,' zegt ze. 'Maar er zijn andere dingen in het onderzoek die ik niet goed begrijp. Hier bijvoorbeeld...'

'Is dit een verhoor of zo?' kapt Göran haar opeens af.

'Nee, zeker niet. Zoals ik al zei, ik wil graag dat je me een paar dingen uitlegt die ik niet begrijp.'

Als Göran niets zegt, gaat Lexa verder en ze wijst naar een passage op een blaadje die alleen zij kan zien. 'Camilla trof Robert bewusteloos aan op het veldje. Toen was Max al dood. Maar op de brok beton zat niet alleen bloed van Max, maar ook van Robert. Is dat niet eigenaardig?'

'Luister eens!' zegt Göran en hij steekt een trillende wijsvinger uit naar Lexa. 'Dat heeft de rechtspsycholoog, Olof… Het is gebruikelijk om…'

'Ja, Olof Pors beweert dat Robert na de moord in paniek is geraakt en zichzelf met de brok beton op het hoofd heeft geslagen om zich van het leven te beroven.'

'Ja, hij heeft geprobeerd zich van kant te maken. Dat heeft hij zelf toegegeven.'

Nu spuugt Göran de woorden bijna uit, terwijl hij naar voren leunt in de stoel.

Op dat moment gaat de kamerdeur opnieuw open en kijkt Berit om de hoek. 'Alles goed, Göran?' vraagt ze.

Hij zakt weer terug in de stoel. 'Ja, ja, alles goed! Lieve help! Ik ben niet van glas!'

Zonder nog iets te zeggen doet ze de deur weer dicht.

'Waar waren we?' vraagt Göran.

'Roberts zelfmoordpoging,' zegt Lexa en ze bladert snel in haar papieren. 'Blablabla… Hier! Verhoor op 2 september. Vraag: *Sloeg de angst je daarna niet om het hart?* En iets verder: *Probeerde je met de brok beton op je eigen hoofd te slaan? Omdat je besefte wat je had gedaan en dat niet aankon?*' Lexa kijkt op. 'In dit verhoor zijn jullie degenen die beweren dat hij een zelfmoordpoging heeft gedaan.'

Göran kijkt verbaasd.

'Is dat geen rare verhoortechniek?' gaat Lexa verder. 'Om zulke duidelijk leidende vragen te stellen?'

'Hoor eens hier,' zegt Göran. 'We waren geen van allen expert in het verhoren van kinderen, niemand binnen het onderzoeksteam. Daarom schakelden we vakmensen in die ons konden helpen. Psychologen die wisten hoe je kinderen moest verhoren. We wílden dat het op de juiste manier zou gebeuren.'

'Olof Pors?' vroeg Lexa.

'Onder anderen. Olof was een van de meest vooraanstaande rechtspsychologen van Zweden, met veel ervaring in het werken met kinderen. Hij wist wat hij deed.' Göran staart haar ontdaan aan.

Ik kan de ader op zijn voorhoofd zíén kloppen.

'Oké, dus daarom stelden jullie in het ene verhoor na het andere dit soort leidende vragen?'

'Als ik het me goed herinner,' zegt Göran, 'dan zei Olof dat kinderen een zetje nodig hebben om op dreef te komen, dat ze het gevoel moeten hebben dat de volwassenen hen begrijpen...'

Lexa knikt langzaam. 'Jij was in die tijd al een heel ervaren politieman. Vond jíj dat niet problematisch?'

'Nee, dat vond ik niet. Olof was... heel deskundig. En Robert veranderde zijn verhaal een paar keer, zoals gezegd. Hij probeerde zich eruit te kletsen.'

'Jullie hebben nooit gedacht dat Robert het jullie alleen maar naar de zin probeerde te maken?'

'Nee, nee, nee... zo was het niet!' Göran doet een nieuwe poging om op te staan uit de fauteuil, maar komt weer niet verder dan een heen en weer schommelen met zijn bovenlichaam. 'Zeg, ik weet niet waar je op uit bent, maar we hebben de juiste dader aangewezen! De regiochef noemde het vooronderzoek voorbeeldig! En hij bekende! Robert Lindström bekénde dat hij zijn vriend had vermoord!'

Göran kijkt mij opeens beschuldigend aan.

'Ja,' zegt Lexa. 'In het laatste verhoor zegt Robert: "Misschien heb ik het wel gedaan." Jullie hadden een reeks foto's van de plaats delict laten zien, close-ups van Max, het bloed, het stuk beton, en hem gevraagd of hij zich niet beter zou voelen als hij het allemaal opbiechtte en er niet meer mee rond hoefde te lopen. Je zegt dat hij niet bang hoeft te zijn en het rustig kan vertellen... Enzovoort.'

Göran wappert met zijn handen als om een irritant insect te verjagen. 'Dat heeft Olof allemaal uitgelegd...' zegt hij. 'Robert was zo jong dat hij niet helemaal kon overzien wat hij had gedaan, daar zou hij aan onderdoor zijn gegaan. Maar iedereen die aan het onderzoek meewerkte, wist heel zeker dat dat een echte bekentenis was.'

'Na het verhoor werd het vooronderzoek afgesloten,' ging Lexa verder. 'In een persbericht maakten jullie bekend dat de dader een minderjarige was die aan de zorg van de sociale instanties was toevertrouwd. Het vooronderzoek is nooit door de rechtbank getoetst.'

Göran keek haar met onverholen minachting aan. 'Je kunt een kind niet voor de rechter dagen, als je dat nog niet wist!'

'Maar je had de rechtbank kunnen vragen het vooronderzoek te bestuderen en de bewijzen te toetsen, zonder Robert in staat van beschuldiging te stellen.'

'Ja, maar dat was niet aan mij. Vraag dat maar aan de officier van justitie. Of aan Roberts advocaat. Maar ik kan je dit zeggen: daar heeft niemand met een woord over gerept. Waarom niet? Omdat de zaak zonneklaar was! Robert Lindström was schuldig!'

Ik zie een sliert speeksel glinsteren op zijn kin, opgewonden spuug dat met de woorden mee naar buiten is gevlogen. Met een heftige beweging slaagt hij er uiteindelijk in om op te staan uit de fauteuil. Als hij met zijn armen zwaait om zijn evenwicht te bewaren, stoot hij een vaas met bloemen om, zodat het water over de koekjesschaal, over de tafel en op de grond loopt. Hij lijkt het niet eens te merken.

'Ik heb er niets meer aan toe te voegen!' zegt hij met gespannen stem. 'Berit!'

Zijn vrouw doet de deur meteen open.

'Laat hen uit! We zijn klaar!'

Als we even later in de hal onze jas staan aan te trekken, doet ze de deur van Görans werkkamer dicht en komt vlak bij ons staan. 'Neem het hem maar niet kwalijk,' zegt ze. 'Hij is zo driftig geworden sinds... Ja, jullie begrijpen dat wel, hij is niet meer dezelfde na...'

'Na wat?' vraagt Lexa.

De kleine vrouw kijkt haar aan. 'Weten jullie dat niet? Zes jaar geleden heeft hij een auto-ongeluk gehad. Het was niet zijn schuld. Een jongeman die dronken achter het stuur zat. Ze hebben Göran drie weken in slaap gehouden. Bijna alle botten in zijn lijf waren gebroken en hij had een zwaar schedeltrauma.'

'Wat erg...' zegt Lexa. 'Dat wist ik niet.'

Berit werpt een snelle blik in de richting van de gesloten deur van de werkkamer van haar man voordat ze verdergaat. 'Eigenlijk is hij niet boos op jullie...'

'Dat zit wel goed,' zegt Lexa, 'maar... herinnert hij zich de zaak-Max Sander echt?'

Berit beweegt heen en weer met haar hoofd. 'Dat denk ik wel. Dingen die lang geleden zijn gebeurd, herinnert hij zich goed. Met wat er nu gebeurt is het ernstiger gesteld. En je kunt geen verstandig gesprek meer met hem voeren. Als hij iets vindt, dan vindt hij dat. Zo was hij daarvoor ook wel, maar nu...' Ze laat een stilte vallen, kijkt verdrietig. 'Hij is net een kind, een koppig, opstandig kind.'

Als ik bij de auto kom, zit er een reclameblaadje onder de ruitenwisser. Ik maak het blaadje los en wil het net weggooien, als ik de tekst erop lees. In geprinte letters staat er: STOPPEN. NU.

Als Lexa even later komt (ze heeft van het toilet gebruikgemaakt), geef ik het briefje aan haar.

'Wat is dit?' vraagt ze en ze kijkt me aan.

'Dat zat onder de ruitenwisser.'

Ze draait zich snel om, alsof de persoon die het briefje heeft geschreven nog ergens in de buurt staat. 'Wat is dit in vredesnaam?' zegt ze.

'Iemand die niets moet hebben van...'

'Mij,' had ik willen zeggen, maar Lexa valt me in de rede.

'Heb je dit soort briefjes eerder gekregen?'

Ik knik.

'Ik bedoel de afgelopen tijd,' zegt ze heftig.

'Niet precies dezelfde tekst, maar...'

'Wanneer?'

'Een paar dagen geleden...'

'Shit, Robert! Waarom heb je niets gezegd?'

'Dat was ik van plan, maar ik heb dat soort briefjes eerder ook af en toe...'

Ze hapt naar adem, alsof ze me wil uitschelden, maar in plaats daarvan gooit ze haar schoudertas op de achterbank. 'Dit is geen toeval!' zegt ze.

Ik haal mijn schouders op.

'Dit is omdat ik... omdat wij in jouw zaak aan het graven zijn,' zegt ze. 'Omdat we met mensen praten, vragen gaan stellen.'

Ze start de motor en scheurt weg met een schok, alsof ze hier snel vandaan wil komen.

'Met wie heb je dan gepraat?' vraag ik in een poging te helpen.

'Wat bedoel je?'

'Het moet iemand zijn van de mensen met wie je contact hebt opgenomen.'

Als ze niet antwoordt, ga ik voorzichtig verder: 'Wie heb je nog meer gevraagd behalve Göran Nyman?'

'Mijn god, iedereén!'

'Heb je een lijstje?'

'In mijn schoudertas...'

Ik reik naar achteren en haal haar notitieboekje tevoorschijn. Ze heeft echt iedereen gebeld. Göran Nyman, Olof Pors, Camilla Sander, Bernt Juuso, Andreas Indgård, Magnus Isaksson... De lijst gaat maar door. Achter elke naam staat genoteerd wanneer ze heeft gebeld. Bij Göran Nyman staat de datum van vandaag en '10 uur' omcirkeld. Bij Camilla Sander staat een vraagteken.

'Gaan we met Camilla praten?' vraag ik.

Lexa schudt haar hoofd. 'Wíj niet. Ik ga dat doen. Als ik haar zover weet te krijgen dat ze meedoet...'

Ik knik. Ik heb niet de wens om haar te ontmoeten.

'Het kan iedereen van hen zijn...' zeg ik dan.

Lexa kijkt naar de weg en trommelt met haar vingers op het stuur.

'Het betekent maar één ding,' zegt ze even later. Ze draait zich naar mij toe. 'Dat we gelijk hebben. Dat het onderzoek slecht is. De politie hield vast aan één versie van de gebeurtenissen en als de feiten daar niet mee klopten, gingen ze leidende vragen stellen en construeerden ze vergezochte theorieën over zelfmoord.' Ze spuugt de woorden uit.

Ik kijk weg, ik wil niet meer luisteren. In plaats daarvan probeer ik me haar weer voor te stellen terwijl ze seks heeft. Ik denk dat zij iemand is die de ogen sluit, die zich overgeeft…

'Als ze het bewijsmateriaal aan de rechtbank hadden voorgelegd, dan weet ik zeker dat er geen spaan van het vooronderzoek heel was gebleven,' zegt ze.

Nee, ik heb het mis: ze heeft seks terwijl ze doorgaat met praten, ongemerkt, terwijl ze druk bezig is met iets anders. Als een bizar soort multitasking.

Als we terugkomen in de stad, is de bleke herfstzon die boven Sigtuna scheen verdwenen. In plaats daarvan regent het nu, een koude, grijze herfstbui, die valt terwijl we over de Klarastrandsleden langs kasteel Karlberg rijden.

'En dan nog iets,' zegt ze en het klinkt bijna alsof ze het erg vindt: 'Dat het onderzoek geen stand zou hebben gehouden voor de rechtbank, betekent natuurlijk niet dat je onschuldig bent.'

Ik stop met uit het raam kijken en kijk haar vragend aan.

'Je kunt Max nog steeds hebben vermoord,' gaat ze verder. 'Misschien heb je een medeplichtige gehad, er is van alles mogelijk…'

Ik reageer niet. Ik ben al een heel leven schuldig. Ik *wil* degene zijn die hem heeft vermoord.

22

Woensdag 4 november

'Olinda Sikonova kan seksueel zijn misbruikt,' zei Carl Edson.

Hij keek naar Jodie en het handjevol politiemensen dat in de kleine teamkamer op het politiebureau van Flemingsberg zat.

Die zag er net zo uit als elke willekeurige kantoorruimte: een paar rijen bureaus, kasten met ordners langs de wanden, tl-buizen aan het plafond en een whiteboard waarop Carl bovenaan 'Olinda Sikonova' had geschreven.

Onder de naam had hij foto's van de plaats van de moord opgehangen, close-ups van de slagwond in het hoofd, de naar beneden getrokken broek, de steen waarmee ze was gedood. Daarnaast had hij een plattegrond van de moordplaats geplakt met een cirkel rond de rotsspleet.

'Maar de forensisch arts weet het niet zeker,' ging hij verder. 'Er zijn geen sporen van sperma in of op het meisje aangetroffen en het letsel aan haar lichaam kán op een andere manier zijn ontstaan.'

Het was nog maar net negen uur 's ochtends, maar Carl voelde hoe moe hij was. Hij had zich moeilijk van de herinneringen aan het tengere lichaam op de roestvrijstalen snijtafel kunnen bevrijden en had die nacht slecht geslapen. Twee koppen sterke koffie bij het ontbijt hadden niet geholpen en nu had hij trek in een derde.

'Maar we kunnen een seksueel motief niet uitsluiten. Daarom moeten we een lijst maken van alle bekende en verdachte pedofielen die zich redelijkerwijs in het gebied kunnen hebben bevonden,' ging hij verder.

'Dat doe ik wel,' zei een man die met een laptop op schoot zat. Hij had zich als assistent Rickard Rosmark voorgesteld, een jongeman met vriendelijke blauwe ogen en donkere krullen.

'Mooi. En kijk dan wie van hen een witte auto op hun naam geregistreerd hebben staan.'

Rickard knikte.

'Lars-Erik, wil jij beginnen?' vroeg Carl.

Lars-Erik Wallquist stond op van een stoel achter in de kamer. Hij was gekleed in een van zijn gebruikelijke flanellen shirts en een afgedragen spijkerbroek die hoog over zijn omvangrijke taille was opgetrokken. De vijf agenten in het vertrek draaiden hun stoel om hem beter te kunnen zien. De glimmende stalen poten schraapten over het linoleum. Toen Lars-Erik de aandacht van iedereen had, zette hij een half leesbrilletje op en tuurde naar het blaadje dat hij in zijn hand hield. Carl wist dat het toneelspel was. Lars-Erik had geen blaadje nodig, hij herinnerde zich al zijn bevindingen tot in het kleinste detail.

'Als we de idioten buiten beschouwing laten die over de plaats delict hebben rondgebanjerd, de onaangepaste tieners, Johan Brink en...' Hij keek op zijn blaadje. '...Tony Pavic, de man van Missing People, Jens Sköld, een politieassistent en die twee kinderen met hun kromme poten die haar hebben gevonden, Sixten Sander en Nicklas Eriksson...'

Carl wachtte geduldig totdat hij ter zake zou komen.

'Als we die kleine volksverzameling buiten beschouwing laten die om de een of andere onduidelijke reden vond dat ze op de plaats delict moest rondstampen, dan zijn er geen duidelijke sporen van een dader. We hebben drie peuken, een condoom, vier snoeppapiertjes en een kapotte aansteker gevonden, maar die dingen lagen er waarschijnlijk allemaal al voordat het meisje daar kwam.'

'En zitten er ook geen sporen op de steen waarmee het meisje is doodgeslagen?' vroeg Carl.

'Nee,' zei Lars-Erik. 'Behalve bloed- en weefselsporen van het slachtoffer hebben we niets kunnen vinden. Geen DNA, geen vezels. De dader droeg vermoedelijk handschoenen en een regenpak.'

Carl knikte. Hij herinnerde zich dat het twee dagen geleden had geregend. 'En geen sporen van sperma in de buurt van de plaats delict?'

Lars-Erik zette zijn bril af. 'Nee,' zei hij.

Carl wachtte op een vervolg, maar Lars-Erik zei niets meer en ging zitten.

'Oké,' zei Carl. 'Dank je wel. Zoals jullie allemaal weten, hebben we een getuigenverklaring over een witte auto die rond de tijd van de moord op het schoolterrein geparkeerd stond. Hebben we daar al iets over?'

Asbjörn Bolander, een inspecteur met stijve benen, die de lange route had bewandeld en zich had opgewerkt in de hiërarchie van het politiekorps, kuchte ongeduldig, maar zei niets. Hij zat dicht tegen de pensioengerechtigde leeftijd aan, maar had nog een borstkas als een roeier en dik, grijs haar dat hij achterovergekamd droeg en dat opzij en in de nek opgeschoren was. Hij zag eruit als een oude reserveofficier. Zelfs zijn gezicht was breed, met vastberaden, naar beneden wijzende mondhoeken. Carl had eerder met hem gewerkt en wist dat hij in zijn manier van doen bijna net zo star was als hij eruitzag.

'We praten nog met het schoolpersoneel,' zei hij met een diepe, donkere stem. 'Tot nu toe hebben twee van de leraren een witte combi op het parkeerterrein zien staan, maar meer kunnen ze geen van beiden zeggen. Ze hebben geen idee van merk, kenteken en of er iemand in de auto zat. Het enige wat we met zekerheid weten is dat het niet een van hun eigen auto's was.'

Hij sprak als een man die gewend is bevelen te geven, bedacht Carl en hij vroeg zich af of Asbjörn het ongemakkelijk vond dat hij en Jodie er waren. Hij dacht van wel. Vermoedelijk had niet Asbjörn, maar zijn baas, Nils Pålsson, zo snel om hulp van NOA gevraagd.

'Oké,' zei Carl. 'Het buurtonderzoek?'

Ylva Palmquist, een vrouwelijke assistent van in de dertig, keek op. 'Tot nu toe niets. Maar we zijn nog met de laatste flats bezig, dus er wordt nog aan gewerkt.' Ze glimlachte bemoedigend.

'Mooi!' zei Asbjörn en hij draaide zich stijf om. 'En Rickard hier...' Hij knikte naar de assistent. '...heeft het misdaad- en het verdachtenregister al doorgespit en een paar namen van eerdere kindermoordenaars gevonden. Is dat iets?'

Dat was geen vraag, dat hoorde Carl wel. Eerder een instructie.

Rickard keek gegeneerd, maar begon snel op zijn laptop te typen. 'Seksuele delicten heb ik daar dus niet in meegenomen. Ik wist niet...' Hij keek Carl vragend aan.

'Dat is oké, ga door.'

'Er zijn er niet veel die overeenkomen met het soort misdrijf waar we nu naar op zoek zijn. De meeste moorden op kinderen worden immers gepleegd door ouders of naaste familieleden thuis. En dat kunnen we in dit geval waarschijnlijk uitsluiten...' Hij haalde in een onzeker gebaar zijn hand langs zijn mond.

'Misschien nog niet helemaal...' zei Carl.

'Oké, maar ik heb ze hoe dan ook uitgesloten. En bij kinderen onder de achttien die buitenshuis om het leven zijn gebracht kreeg ik drie resultaten over de laatste tien jaar.'

'Dan halen we die klootzakken op,' zei Asbjörn. Hij zei het tussen neus en lippen door.

Carl herinnerde zich dat dat Asbjörns normale manier van praten was, dat hij ze zo noemde, de pedofielen en criminelen, dat waren allemaal klootzakken. Hij beweerde altijd dat 'een harde hand' de beste oplossing was.

'Nee,' zei Carl. 'Ze worden nog nergens van verdacht. Je verhoort ze een voor een, zoals gebruikelijk.'

'Ja,' zei Asbjörn met opeengeklemde kaken na even zwijgen.

'En nu terug naar de witte auto,' zei Carl. 'Als de bestuurder de dader is...'

'Áls?' viel Asbjörn hem meteen in de rede.

'Ja, als...' zei Carl vermoeid. 'Het is veel te vroeg om ons vast te pinnen op bepaalde specifieke hypotheses. Voorlopig werken we breed.' Hij liep naar de plattegrond op het whiteboard. 'Gisteren zijn we vanaf het stuk groen onder de steile heuvel omhooggegaan naar de moordplaats. Maar als je een auto hebt, zul je eerder om het groene gebied heen rijden en vanuit de woonwijk erboven komen. In dat geval zou de dader ergens hier moeten hebben geparkeerd...' Hij wees het aan op de kaart.

'We hebben met een aantal bewoners gesproken,' zei Ylva. 'Maar niemand heeft een witte auto gezien. Helaas.'

'Praat nog een keer met hen,' zei Carl, 'maar zeg niets over de kleur. Het was donker, misschien hebben ze niet gezien dat de auto wit was. Vraag alleen of ze daar die avond een stationcar hebben zien staan.'

'Oké,' zei Ylva, 'dat gaan we doen.'

'Dan gaan we verder met de jongens die het lijk hebben gevonden,' zei Carl.

Asbjörn was zo ver onderuitgezakt op zijn stoel, dat Carl ongewild met de grote hoeveelheid haar in zijn neusgaten geconfronteerd werd. Carl keek snel weg en vervolgde: 'Ze heten Sixten Sander en Nicklas Eriksson. Jodie en ik hebben met hen gesproken. Maar behalve de witte auto hebben ze geen van beiden iets gezien. Jodie heeft met de twee tieners gesproken.'

Jodie stond op en wendde zich tot de rest van de groep. 'Tony Pavic en Johan Brink hebben in het verhoor gezegd dat ze niets van de moord wisten. Ze hadden alleen het zoekteam gezien en dat vonden ze spannend. Als je hen moet geloven, hadden zij het meisje vóór Sixten en Nicklas gevonden. Hoe dan ook denk ik dat we nog wat verder met hen moeten praten. Daar zijn meer redenen voor...' Ze pakte een notitieboekje op van de tafel voor zich. 'Ze zitten allebei in de negende klas van de Dalsätraschool, in de buurt van de plaats van de moord. Ze waren al bij ons bekend. Diefstallen, mishandeling, bedreiging. Ze schijnen regelmatig kinderen te hebben beroofd van telefoons, jassen en dergelijke. Bij minstens één gelegenheid heeft Johan Brink jongere kinderen met een mes bedreigd. Ze zijn allebei betrapt op het in bezit hebben van kleinere hoeveelheden drugs, vooral pillen en cannabis. De sociale dienst is een paar keer ingeschakeld, maar tot nog toe hebben ze geen actie genomen.'

Asbjörn trok misprijzend een wenkbrauw op. 'Wat bedoel je?' vroeg hij. 'Dat zíj Olinda hebben gedood?'

'Waarom niet?' vroeg Jodie. 'Het is denkbaar dat ze hebben geprobeerd haar te beroven en dat er iets fout is gelopen.'

Asbjörn schudde ongelovig zijn hoofd.

'Zoals ik al zei,' zei Carl. 'Het is te vroeg om sporen uit te sluiten. Het een is net zo waarschijnlijk als het ander. Jodie, ga jij daarmee verder?'

Ze knikte.

'Iets anders waar ik aan moest denken,' zei Carl. 'Die grotachtige verdieping waar het meisje is gevonden, die is toch zo goed als verborgen?'

'Als je niet tegen die sparren aan valt, zou je nooit weten dat er iets achter zit,' zei Asbjörn bars.

'Dus dat zou moeten betekenen dat onze dader de omgeving goed kent. Ik zou graag willen dat je dat meeneemt in je zoekopdrachten, Rickard, welke daders – man of vrouw – eerder in de buurt van de plaats delict hebben gewoond.'

'De dader kan het terrein net zo goed van tevoren hebben verkend,' zei Asbjörn.

Jodie draaide zich om. 'Dat denk ik niet. Een volwassene zou de ruimte achter de sparren alleen ontdekken als hij of zij er per ongeluk in viel, zoals je eerder zei.'

'En wat is je punt?' vroeg Asbjörn.

'Mijn punt is dat zo'n grot iets is wat kinderen ontdekken als ze spelen...'

'Dus jij denkt dat een kind het heeft gedaan?' vroeg Asbjörn verbaasd.

'Nee, maar ik denk dat Rickard bij het zoeken zou moeten kijken wie hier is opgegroeid.'

'Oké,' zei Carl. 'Rickard, jij maakt lijsten van de pedofielen en kindermoordenaars die in of in de buurt van Skogås hebben gewoond. En dan wil ik graag dat je ten minste twintig jaar terugkijkt.'

Rickard keek op van zijn laptop. Hij was doorgegaan met typen terwijl zij praatten. 'Oké,' zei hij. 'Ik heb één resultaat. Een zekere Erik Olofsson, die in de Vallhornsgatan woont. Dat is maar een paar honderd meter van de plaats delict. Hij is veroordeeld wegens verkrachting van kinderen in Svenljunga negen jaar geleden. Hij ontvoerde twee meisjes van acht en elf en vergreep zich aan hen, maar hij heeft ze niet vermoord. Hij werd gepakt toen hij zijn derde slachtoffer probeerde mee te nemen. Drie jaar geleden had hij zijn straf uitgezeten en toen is hij weer hier komen wonen.'

'Ga door,' zei Carl.

Rickard keek verbaasd op, alsof hij alles al had gezegd. 'Nou, hij is hier dus opgegroeid... heeft op de Lycksätraschool en op de Dalsätraschool gezeten. Dus dat komt overeen met wat Jodie zei.'

'Hebben we iets over hem sinds hij is vrijgekomen?'

'Niets. Niet dat ik kan zien in ieder geval...'

Asbjörn stond verbazingwekkend snel op voor een man met zo'n groot lichaam.

'Wat is er?' vroeg Carl.

'Wat bedoel je? We gaan hem halen, natuurlijk!'

'Rustig aan. Dat gáán we doen – maar niet jij en niet nu.'

'Echt wel! Ik rij er nu heen!' Asbjörn richtte zich tot Rickard. 'Kom op, joh! Nu pakken we die klootzak!'

Carl had de pest aan dit soort situaties, eigengereide mannen die de baas speelden door middel van hun fysieke kracht en die zichzelf het recht toe-eigenden om alle regels aan hun laars te lappen. 'Ga zitten!' zei hij zo bars mogelijk. 'Allebei! Zitten!'

Asbjörn bleef staan en keek hem aan, hij taxeerde hem als het ware met zijn blik.

'Jij gaat Erik Olofsson níét verhoren,' zei Carl.

Asbjörn kruiste zijn armen voor zijn enorme borstkas, maar ging vervolgens zitten.

Rickard was nog niet opgestaan.

'In plaats daarvan doe je wat we hebben besproken, je zoekt die drie kindermoordenaars van Rickard op en gaat met ze praten.'

Asbjörn knikte zonder iets te zeggen.

'Verder nog iets?' vroeg Carl. 'Over Erik Olofsson?'

'Ja,' zei Rickard verward. 'Hij heeft een auto. Een vw Golf Variant. Een witte.'

'Daar heb je het al, verdomme!' zei Asbjörn.

'Jodie en ik gaan met hem praten,' zei Carl snel. 'Dat was het. Aan de slag.'

De stoelpoten schraapten luid over de vloer toen ze opstonden.

'Tot slot nog één ding,' zei Carl en hij probeerde het lawaai te overstemmen. 'We zullen nogal wat belangstelling van de media krijgen in deze zaak. Ik wil dat jullie naar de persafdeling doorverwijzen – of in geval van nood naar mij. Oké?'

Niemand leek te luisteren.

23

Maandag 2 november

Het is middag, maar door de regen voelt het als avond. Ik sta op het parkeerterrein van de leraren en kijk naar de school. Mijn oude school, waar ik op zat toen ik Max vermoordde.

De motor draait stationair en met regelmatige tussenpozen doen de ruitenwissers een veeg over de ruit, zodat het schoolgebouw en het schoolplein weer duidelijk worden.

Lexa heeft mij de auto gegeven, ze heeft hem me opgedrongen. 'Parkeren in Södermalm is een ramp,' zei ze. Daar woont ze, in Södermalm, in een mooie portiekwoning in de Heleneborgsgatan vlak bij de Högalidskerk. Iemand van het Bo Kaspers Orkest woont in hetzelfde portiek, vertelde ze, terwijl ze me letterlijk de autosleutel in de hand duwde. (Ik begreep dat ze het zei om indruk op me te maken, maar ik heb nooit naar het Bo Kaspers Orkest geluisterd, ik heb er nooit wat aan gevonden.)

Rij naar het veldje en je oude school, nu je een auto hebt. Kijk om je heen. Misschien komt het je bekend voor. Misschien komen er herinneringen boven. Wie weet.

Ik kijk naar het schoolplein. Ik weet dat ik daar overheen ben gelopen, voordat de instanties me weghaalden en me op andere scholen plaatsten, ver weg van het veldje en Max' dode lichaam.

Even overweeg ik uit te stappen en het schoolplein op te lopen, maar als ik op mijn horloge kijk, realiseer ik me dat er nu nog les wordt gegeven en ik wil niet… Ik zou bijna opschrijven dat ik me niet wil opdringen, maar ik denk dat ik net als altijd niet wil worden gezien.

Elise zou zeggen dat ik mezelf bescherm door de herinneringen uit de weg te gaan. En misschien doe ik dat ook wel als ik onnozel naar buiten staar door de voorruit, terwijl de ruitenwissers de regen van de ruit vegen. ('Je stelt zoveel eisen aan jezelf. Heb je er weleens over nagedacht dat wat jij als zwakheid beschouwt misschien normale emoties zijn en een normale behoefte aan veiligheid en geborgenheid?')

Een hele poos later schakel ik de motor uit en zit ik daar gewoon. Ik zou willen dat ik 'in gedachten verzonken' kon zeggen, maar dat kan ik niet, ik denk nergens aan, ik staar gewoon voor me uit.

Ik weet niet hoelang ik daar sta, maar opeens zijn het schoolplein en het parkeerterrein vol met kinderen in regenkleren en met rugzakken. Ik laat hen passeren, start dan de motor en rijd weg.

Het is even na zevenen 's avonds als ik bij Lexa aanbel.

Ze kijkt me verbaasd aan. 'Is er iets gebeurd?' vraagt ze. 'Je bent doornat. Wat heb je gedaan?'

Ik haal mijn schouders op. 'Ik ben bij mijn oude school geweest.'

Ze knikt bemoedigend en trekt me het appartement in. 'Herinner je je iets?'

Ze haalt een handdoek uit de badkamer, geeft die aan mij en laat me vervolgens op de donkerrode bank in de woonkamer plaatsnemen. De tv staat aan. Ze zet hem uit, gaat naast me zitten en wacht totdat ik ga vertellen.

'Maar je hebt dus gedaan wat ik zei,' gaat ze verder als ik niets zeg, 'je bent door de buurt van je jeugd gelopen?'

'Gereden...' zeg ik en ik hou mijn ogen strak op de salontafel gericht.

'Dat maakt niet uit, je bent er geweest.'

Als ik opkijk, zie ik dat ze glimlacht, alsof dit een groot succes is. Dat is het niet.

'Ik wil niet meer,' zeg ik. 'Het is te lastig, ik kan het niet...'

Ze buigt zich naar me toe en geeft me een knuffel. 'Dat weet ik,' zegt ze. 'Dat begrijp ik. Herinneringen doen soms pijn. Maar het zijn toch jouw herinneringen, het is goed dat die terugkomen.'

Als ik niet reageer, gaat ze door.

'Luister: als je te horen kreeg dat je een hersentumor had die op zo'n ongelukkige plek zat dat je een groot deel van je herinneringen zou verliezen als ze die zouden proberen te verwijderen, of misschien wel al je herinneringen. En als je hem liet zitten, zou je binnen een jaar doodgaan.' Ze schuift een eindje van me weg op de bank, alsof ze me goed wil zien. 'Wat zou je dan kiezen?'

Ik geef geen antwoord. Ik haat dit soort pest-of-choleravragen.

'Zou je voor doodgaan hebben gekozen? Ja toch? Ik ook.'

Ze lacht weer naar me en ik begrijp dat ik alleen door te zwijgen toegestemd heb in verdergaan. Me heb geschikt.

'Wil je thee?' vraagt ze, terwijl ze opstaat en de keuken in loopt.

Als ze terugkomt met twee grote mokken thee, zegt ze: 'Je vraagt mij nooit iets.'

Ik haal mijn schouders op, maar ze heeft gelijk, ik heb haar niets gevraagd.

'Ben je niet nieuwsgierig naar wie ik ben?'

'Ik weet het niet...'

Ze kijkt me over de rand van haar mok heen aan, terwijl ze in de thee blaast. 'Er staat een wildvreemde vrouw bij je op de stoep, die je overhaalt om...' Ze maakt een gebaar naar de woonkamer. 'Om hieraan mee te doen. Wil je niet weten wie ik ben? Of ik getrouwd ben of gescheiden, of ik kinderen heb? Wie mijn ouders zijn? Wat ik heb gedaan?'

'Lexa,' zeg ik. 'Wat is dat voor naam? Daar heb ik nog nooit van gehoord. Heeft het iets met "wet" te maken?' Ik heb geen idee waarom ik uitgerekend die vraag stel.

'Die heeft mijn vader bedacht,' zegt ze. 'Hij had eigenlijk een zoon willen hebben, die Axel zou heten. Die naam zit aan vaderskant in de familie. Daar heten ze allemaal Axel. En toen kwam ik. Hij was zo teleurgesteld dat hij mijn moeder overhaalde om mij Lexa te noemen, het omgekeerde van Axel. Dus hier ben ik. Dat was de enige keer dat hij zijn zin doordreef bij mijn moeder...'

'En je moeder?'

Lexa glimlacht alsof ze aan iets grappigs denkt. 'Zij mocht mijn beide andere namen kiezen. Kathrine Selma. Eigenlijk zou ik Kathrine genoemd worden. Lexa zou gewoon een verstopte tussennaam worden die niemand zou kennen. Zo had mijn moeder het in ieder geval bedacht.

Maar op school koos ik Lexa. Toen de juf op de eerste dag de namen van de kinderen oplas, zei ik dat ik Lexa genoemd werd. Waarschijnlijk om mijn moeder te pesten.'

'Leven je ouders nog?' vraag ik.

Lexa zet snel haar mok neer. 'Mijn moeder wel,' zegt ze. 'Mijn vader is overleden.'

'Wat deed hij? Je vader.'

Opnieuw zijn het gewoon woorden die me voor de mond komen. Ik weet niet wat ik zeg.

'Wiskundige,' zegt ze kortaf, eigenaardig gegeneerd.

'En je moeder?'

'Ze is tv-producent. Werkt veel. Ik zie haar niet vaak. Vroeger ook al niet. Maar ze is... succesvol.'

'Wat naar,' zeg ik.

Ze kijkt me verbaasd aan en ik haast me eraan toe te voegen: 'Dat je vader... is overleden, bedoel ik.'

Even later duikt er nog een vraag op in mijn hoofd: 'Broers of zussen?'

'Een broer.'

Ik hou mijn mok met beide handen vast, nip voorzichtig van de drank en probeer geen lelijk gezicht te trekken. (Ik lust geen thee.)

'Wil je nog iets weten?' vraagt ze.

'Nee.'

'Nee, nee.' Ze klinkt verbaasd, teleurgesteld bijna, maar ik weet niet wat ik nog meer moet vragen.

24

Woensdag 4 november

Carl zat zwijgend in de auto op weg naar Skogås, om niet te laten merken hoe geërgerd hij was over Asbjörn. Jodie keek hem verbaasd aan, maar zei niets. Had hij in zichzelf gepraat? Als hij alleen thuis was, betrapte hij zichzelf daar soms op. Hij herinnerde zich dat hij zich als kind had geschaamd tegenover zijn vrienden als zijn vader in een hoekje stond te mompelen terwijl hij timmerde of eten kookte – en nu deed hij het zelf ook.

'Hier is het,' zei Jodie, toen ze het gigantische parkeerterrein op reed dat zich langs de hele rij portiekwoningen uitstrekte.

Carl leunde voorover op de stoel en keek omhoog naar de dichtstbijzijnde flat. Het was roze en beige, gebouwd van beton, met mathematisch regelmatige balkons met uitzicht op het parkeerterrein. Hoe kwamen ze er indertijd bij zo te bouwen? Maar hij wist het antwoord: ze hadden geloofd in rationaliteit, vooruitgang en werk. En buiten beschouwing gelaten dat hier mensen moesten wonen.

Erik Olofsson woonde op nummer 22, helemaal bovenin.

'Ik doe het woord,' zei Carl, terwijl hij de onaangename bewegingen van de lift op weg naar boven voelde. 'Jij geeft je ogen goed de kost.'

Jodie knikte.

De deur met het naambordje E. OLOFSSON zat schuin rechts vanaf de lift. Oude kookluchtjes en de geur van droog beton, die Carl zich herinnerde uit de tijd dat hij als kind in de zomer kranten had rondgebracht en na een week keelontsteking had gekregen.

'Oké?' vroeg Jodie.

Hij knikte en ze belde aan.

Even later belde ze nog eens aan. Ze wilden net weglopen toen de deur opeens opening. Een magere man van een jaar of vijfendertig met een smal gezicht en verwarde haren keek om de hoek.

'Ja?' vroeg hij afwachtend.

Hij had duidelijk liggen slapen en zich snel aangekleed. Het zwarte T-shirt hing half over de spijkerbroek die hij vergeten was dicht te ritsen. Carl zag dat hij een witte onderbroek droeg.

'Erik Olofsson?'

De man knikte waakzaam.

'Ik ben Carl en dit is Jodie. We zijn van de politie en willen graag even met je praten...'

De man wilde de deur dichttrekken, maar Carl kon op tijd zijn voet ertussen zetten. 'Als je nu niet met ons wilt praten, moeten we je vragen mee te gaan naar het bureau,' zei hij.

'Arresteren jullie me?' vroeg de man.

'Als je besluit niet met ons te praten wel. We willen je horen over gebeurtenissen van de afgelopen dagen.'

Erik staarde hem aan alsof hij zijn opties overwoog. Er gingen schokjes door de spiertjes rond zijn ene oog, als een soort tic. Hij bevochtigde zijn lippen met zijn tong. 'Oké,' zei hij ten slotte. 'Kom dan maar binnen. Maar ik lag feitelijk te slapen...'

Hij liet de deur los en Carl hield hem zo ver open dat Jodie als eerste naar binnen kon gaan. Het rook muf in het appartement, alsof er in weken niet was gelucht.

'Kunnen we ergens gaan zitten?' vroeg Jodie vriendelijk.

Erik liep naar de keuken en ging op een van drie verschillende keukenstoelen zitten die bij een halvemaantafel bij het raam stonden. Carl ving een glimp op van het parkeerterrein in de diepte. Het was geen grote keuken en hij moest langs de muur schuifelen om tegenover Erik te kunnen gaan zitten. Jodie bleef in de deuropening staan.

'We hebben een paar vragen over afgelopen maandag. Wat heb je toen gedaan?' vroeg Carl.

Erik keek hem verbaasd aan.

'De tweede november?' verduidelijkte hij. 'Eergisteren.'

'Ik was hier, denk ik... Ik moet even nadenken.'

Erik volgde Jodie met zijn blik toen ze de woonkamer in liep. De tic rond het oog kwam terug en hij likte weer zijn lippen. Daarna stond hij snel op, liep naar een wandkalender die aan de koelkast hing, ging ongeconcentreerd met zijn vinger langs de dagen, terwijl hij weer een steelse blik op Jodie wierp.

'Nee, ik was hier. Ik had ochtenddienst, ik was om twee uur klaar... Toen ben ik naar huis gegaan, heb wat geslapen, het rustig aan gedaan... Ik ben op tijd naar bed gegaan. Ik had daarna een late dienst en ik moest proberen genoeg slaap te krijgen.'

'Ik begrijp het,' zei Carl. 'Toen je klaar was met je werk, om twee uur zei je, waar bevond je je toen?'

'Farsta Centrum. Ik reed bus 831; op die lijn lossen we elkaar in Farsta Centrum af...'

'En daarna?'

'Ben ik met de bus naar huis gegaan.'

'Naar Skogås Centrum?'

'Ja.'

'En onderweg naar huis ben je nergens gestopt?'

'Nee, waarom zou ik?'

Carl maakte een onbestemd gebaar met zijn handen. 'Om boodschappen te doen of iets te regelen, om bij iemand langs te gaan...'

Erik schudde zijn hoofd. 'Nee, ik ben rechtstreeks naar huis gegaan. Ik ben altijd doodmoe na die vroege diensten.'

'Dus je bent niet naar de Lycksätraschool gegaan?'

Erik trok zijn wenkbrauwen op. Alsof hij de vraag niet begreep. 'De Lycksätraschool? Nee...'

'Maar je weet waar de Lycksätraschool staat?'

Erik haalde zijn schouders op. 'Natuurlijk. Ik ben hier opgegroeid.'

'Een school voor basis- en voortgezet onderwijs. Veel kinderen. Weet je zeker dat je daar niet bent geweest?'

'Zoals ik al zei, ik ben rechtstreeks naar huis gegaan, ik heb een boterham gegeten en ben een uur later naar bed gegaan...' Hij draaide zich weer om en keek naar Jodie, die langzaam langs de boekenkast in de woonkamer liep.

'Vind je het vervelend dat ze naar je spullen kijkt?' vroeg Carl.

Erik schrok. 'Nee... Dat maakt me niet uit.'

'Mooi, dan gaan we verder. Ga je weleens naar die school?'

'Nee. Waarom vraag je dat?'

De tics kwamen nu vaker en werden heviger. Hij trok op een rare manier met zijn gezicht.

'Heeft dit te maken met mijn... met wat ik heb gedaan?' vroeg hij.

Carl observeerde hem zonder te antwoorden.

'Daar heb ik voor gezeten, dat weet je! Ik heb mijn straf uitgezeten. Nou moeten jullie niet komen...'

'Heb je een auto?' kapte Carl hem af.

Erik likte weer zijn lippen. 'Ja.'

'Een witte Golf Variant?'

'Ja, hoezo? Wat... waarom vraag je naar mijn auto? Is hij gestolen?'

'Wanneer heb je hem voor het laatst gebruikt?'

'Dat weet ik niet meer. Ik gebruik hem niet zo vaak. Vaak verplaats ik hem alleen naar een andere parkeerplaats. Je mag hier niet zo lang staan...'

'Wanneer heb je dat voor het laatst gedaan?'

'Dat weet ik niet.'

'Afgelopen maandag?'

'Nee, dat zei ik toch al. Ik ben naar huis gegaan en gaan slapen.' Hij was harder gaan praten. Zijn kaken waren gespannen.

'Gezien jouw...' Carl twijfelde welk woord hij zou gebruiken. '...geschiédenis moet een school met kleine kinderen zo dichtbij... verleidelijk zijn.'

Erik keek op en glimlachte scheef. 'Verleidelijk? Jullie zijn niet goed snik! Is het voor jou een verleiding om dicht bij vrouwen te zijn?' Erik knikte naar Jodie, die nu bij de keukendeur stond.

'Je weet wat ik bedoel,' zei Carl rustig.

'Nee, dat weet ik niet!'

'Je bent veroordeeld voor het verkrachten van twee kinderen en als je je straf hebt uitgezeten besluit je honderd meter van een school te gaan wonen, waar allemaal kinderen op zitten van de leeftijd van je slachtoffers...'

'Zo, nou! Ik kon kiezen tussen een mooi driekamerappartement in Vasastan en een paar tweekamerappartementen in Södermalm, maar ik koos dit kloteappartement omdat het vlak bij een school zit.' Erik stond zo heftig op dat zijn stoel tegen de muur sloeg, waarna hij met een luide klap op de grond kwam.

Jodie zette een stap naar voren, klaar om in te grijpen.

'Dit was het enige appartement dat ik kon krijgen! Dit is Stockholm, verdomme!'

'Ik weet niet of je het nieuws hebt gevolgd, maar afgelopen maandag is er een elfjarig meisje overvallen en vermoord bij deze school,' zei Carl en hij keek de man rustig aan, die trillend tegenover hem stond.

'Rond het tijdstip waarop het meisje is verdwenen, heeft een aantal getuigen in de buurt een witte auto gezien...'

'Dat was ik niet!' schreeuwde Erik. 'Ik ben in therapie geweest. Ik ben nu een ander mens...'

'Ben je nu in therapie?' vroeg Carl.

'Nee... nee, ik was in therapie toen ik in de gevangenis zat. Daarna ben ik gestopt.'

Carl knikte. 'Ga je de komende tijd ergens heen?'

'Nee.' Erik zakte in elkaar, keek naar de grond, alsof hij spijt had dat hij uit zijn slof was geschoten.

'Mooi. Misschien komen we nog terug.' Carl stond op. 'Bedankt dat we mochten storen,' zei hij en hij liep naar de hal.

'Je hebt een computer in de woonkamer,' zei Jodie en Carl draaide zich om.

'Ja,' zei Erik.

'Zou je die willen opstarten en laten zien wat erop staat?'

'Nee,' zei hij weerbarstig.

'En als ik het je nog eens vriendelijk vraag?'

Erik schudde zijn hoofd. 'Er staan een heleboel privédingen op. Dan moeten jullie maar een huiszoeking doen.'

'Daar kunnen wij hier en nu toe besluiten,' zei Jodie. 'Wil je zo vriendelijk zijn de computer aan te zetten?'

'Helaas. Hij is beveiligd en ik ben het wachtwoord vergeten. Ik gebruik hem zo zelden...' Erik keek haar demonstratief aan.

Carl wachtte af wat hij nog meer zou zeggen, maar hij zei niets.

'Blijf jij hier bij Erik,' zei Carl tegen Jodie. 'Ik moet even iets checken.'

Carl liep het trappenhuis in en belde officier van justitie Daniel Sandén.

'Toch snap ik niet waarom we hem niet mochten arresteren,' zei Jodie, toen ze tien minuten later snel over het parkeerterrein liepen.

'Er zijn te weinig belastende feiten,' zei Carl. 'Daniel heeft gelijk.'

Jodie opende de auto en ging achter het stuur zitten.

'De forensisch arts zei dat Olinda niet het slachtoffer is geweest van een voltooide verkrachting, toch?' zei ze en ze keek hem vragend aan.

'Wat bedoel je?' vroeg Carl en hij ging op de bijrijdersstoel zitten.

'Eén ding vind ik vreemd...'

Carl zag een gordijn bewegen achter een van de bovenste ramen en nam aan dat het Erik was die hen nakeek.

'De andere meisjes heeft hij verkracht,' ging Jodie verder. 'Eigenlijk is het raar dat hij Olinda zou vermoorden in plaats van haar te verkrachten. Het seksuele delict zou toch... hoe moet ik dat zeggen, de basis van zijn gedrag moeten zijn. De kern.'

'Misschien is hij slimmer geworden,' zei Carl en hij draaide zich naar haar om. 'Heeft hij geleerd hoe hij aan ontdekking moet ontkomen. Ik weet niet, misschien heeft hij met een condoom om gemasturbeerd?'

Jodie keek hem misprijzend aan.

'Zonet was je boos omdat we hem niet arresteerden,' zei Carl. 'Ik begrijp niet waarom je nu...'

'Ik bedoel alleen dat het raar is,' zei ze snel en ze startte de motor. 'Niet dat we geen verder onderzoek naar hem moeten doen.'

Carl zweeg terwijl ze het parkeervak uit reed. 'Sorry,' zei hij toen. 'Dat heb je goed gezien, Jodie.'

Ze reden de weg op.

'Jij gelooft meer in die tieners, Tony en Johan?' vroeg Carl vervolgens.

Ze haalde haar schouders op.

'Maar waarom zouden die het hebben gedaan?' ging hij verder. 'Een uit de hand gelopen overval, dat houdt niet echt stand, of wel? Dan hadden ze haar dood moeten slaan in de bosjes vlak naast het pendelspoor. En haar niet een steile heuvel met gladde rotsblokken op moeten laten klimmen.'

'Als jongens als Johan en Tony mensen beroven, doen ze dat niet voor de spullen,' zei ze. 'In elk geval niet alleen maar.'

'Waar dan voor?'

'Voor de kick. Om de angst en de machteloosheid van het slachtoffer te zien... Om hun zelfbeeld als sterk persoon te bevestigen.'

Carl leek te twijfelen. 'Heb je dat gelezen?'

'Ja,' zei ze. 'Of nee, dat niet... Maar ik denk dat het als een overval kan zijn begonnen. Ze komen haar tegen op het pad, geven haar een duw, volgens de forensisch arts had ze immers schaafwonden op haar knieën en handen. Dan leidt het een tot het ander en ten slotte dwingen ze haar mee te gaan de heuvel op, trekken haar kleren uit en...'

'Oké,' zei Carl. 'Ik begrijp het. Ik weet alleen niet of je me al hebt overtuigd. Maar hoe dan ook, je gaat met hen praten. Dan zien we wel wat dat oplevert.'

'Ze wonen hier vlakbij,' zei Jodie. 'Zullen we nu even...'

Carl schudde zijn hoofd. 'Nee, dat moet je alleen doen. Breng mij maar naar het bureau.'

'Maar...'

'Ik moet met Asbjörn praten. Neem jij Rickard maar mee.'

Ze keek hem stomverbaasd aan, maar Carl zei niets meer.

'Oké, wat jij wilt,' zei ze.

25

Woensdag 4 november

Asbjörn zat achter zijn bureau in de teamkamer met twee vingers op zijn laptop te hameren, alsof hij op een oude, onwillige schrijfmachine typte.

'Heb je even?' vroeg Carl vriendelijk, terwijl hij de kamer binnenliep.

Asbjörn stopte met typen en leunde achterover op zijn stoel terwijl hij Carl bestudeerde. 'Nee, dat heb ik niet,' zei hij.

'In de vergaderkamer,' zei Carl met een glimlach. 'Het duurt niet lang.'

Asbjörn stond moeizaam op, alsof hij door middel van zijn bewegingen wilde aangeven hoe bezwaarlijk dit voor hem was.

Carl liep voor hem uit de gang in, naar een kleine spreekkamer met plaats voor vier. 'Ga zitten,' zei hij en hij sloot de deur achter hen.

'Waar gaat het over?' vroeg Asbjörn en hij nam op een half uitgetrokken stoel plaats.

Carl bleef even staan. Hij wist dat zwijgen, wachten op de ander en niet meteen op vragen reageren altijd onzekerheid creëerde. Het was een machtstechniek waar hij niet dol op was, maar die hij had leren gebruiken. 'Ik heb gemerkt dat je iets dwarszit,' zei hij rustig. 'Ik vraag me af of het een probleem voor je is dat Jodie en ik bij dit onderzoek assisteren.' Hij zei het vriendelijk, beleefd, om te voorkomen dat er niet nog meer emoties ontstonden en nog meer strijd.

Asbjörn haalde zijn neus op. 'Assisteren, noem je dat zo als jullie van NOA het komen overnemen?'

Carl sloeg de man tegenover hem gade, keek in de blauwgrijze ogen die hem minachtend aankeken. Hij realiseerde zich dat Asbjörn beledigd was. 'Hoe wil jíj het zien?' vroeg Carl.

Asbjörn sloeg met zijn handpalmen op de tafel. Ook al had hij er niet veel kracht achter gezet, in het kleine kamertje klonk het als een explosie. 'Dat jij hier komt en jóúw race loopt. Dat je geen enkele interesse hebt voor wat wij als voorstaddienders hebben bedacht. Of voor wat wij kunnen bijdragen.'

Carl antwoordde niet, maar liet Asbjörn doorgaan.

'Voor jullie zijn we gewoon een stel idioten die maar wat aanrotzooien en met onze wapenstok boeven slaan.'

'Als dat de indruk is die je van me hebt gekregen, bied ik mijn excuses aan,' zei Carl na een pauze. 'Ik zal in gedachten houden hoe ik overkom en jouw visie en die van je collega's echt meenemen...'

Asbjörn antwoordde niet, keek hem alleen wantrouwend aan.

'Maar ik wil even uitleggen wat er in de teamkamer gebeurde met Erik Olofsson,' zei Carl. 'Ik vond het een slecht idee dat iemand met zoveel boosheid als jij daar liet zien hem zou verhoren. Daarom reageerde ik zo.'

'En jij denkt dat ik niet professioneel kan zijn?' vroeg Asbjörn. 'Bedoel je dat?'

'Natuurlijk kun je professioneel zijn. Maar op dat moment was dat niet echt... te zien.'

Asbjörn zweeg, leek het te laten bezinken. 'Misschien werd ik inderdaad boos, ja. Ik kan ze niet uitstaan, die... pedofielen.' Hij keek op. 'Heb jij kinderen? Kleinkinderen?'

'Een kind,' zei Carl.

'Dan weet je het! Het raakt je!'

Carl knikte. 'Dat weet ik. En als Erik Olofsson schuldig is, pakken we hem. Maar niet met bedreigingen en bangmakerij. Je bent een ervaren politieman...'

Asbjörn zat stil.

Carl zag dat hij verbluft was, alsof hij voorbereid was geweest op strijd, maar niet hierop. 'Bedankt voor je tijd,' zei Carl en hij liep naar de deur. 'Als er nog iets is, zeg het dan alsjeblieft meteen tegen mij, wil je?'

Asbjörn mompelde iets wat Carl niet verstond en liep daarna houterig terug naar de teamkamer.

Carl wachtte totdat hij uit het zicht was verdwenen, waarna hij de andere kant op liep, naar de liften.

26

Maandag 2 november

Ik weet niet waarom ik het niet tegen Lexa zei, maar toen ik in Skogås was en door de buurten reed waar ik was opgegroeid, kwam er een herinnering boven. Ik stond voor Max' huis. Aan de ene kant was er een stuk aangebouwd, maar de rest van het huis herkende ik. De witte kalksteen, het grote terras... En toen dook ze op, uit het niets.

Ik zit op een fiets voor hun huis. Het is lente, ik fiets voor het eerst weer na de winter. Ik schraap met mijn voet heen en weer over de steentjes die nog op straat liggen na het strooien, ik voel de warmte van de zon op mijn spijkerbroek.

Max' fiets ligt een eindje verder op de oprit. Hij staat op de veranda voor de voordeur, ineengedoken achter het hekje, hij schreeuwt tegen me: 'Ik zeg het tegen mijn moeder!' Er komt bloed uit zijn kin, zijn ene arm hangt een beetje scheef en die houdt hij stevig vast.

Ik weet weer wat er was gebeurd.

We waren aan het fietsen op het schoolplein, we reden in de kuil tussen de schoolpleinen van de basisschool en de middelbare school. Het was een soort dubbele kuil met een vlak stuk ertussen. Ik reed voorop, nam een aanloop en sprong, zodat ik zacht neerkwam onder in de kuil, en met mijn achterwiel door het grind slipte.

Daarna was Max aan de beurt. Toen hij bij de kuil kwam, werd hij bang en hij remde, kwam met te weinig snelheid aan en in plaats van onderin te landen, landde hij in het midden, op het platte deel. Zijn achterwiel kwam hard neer en hij werd naar voren gegooid, over het stuur heen. Hij vloog in een wijde boog over de fiets, ving zich met zijn handen op in het grind en stootte zijn kin en zijn knieën. Achter hem maakte de fiets een salto door de lucht om hem daarna in de rug te raken.

Toen ik erheen liep om hem te helpen, trok hij zijn hand weg, hij hapte naar adem en schreeuwde met gesmoorde stem tegen me: 'Je hebt me erin geluisd!'

Hij bloedde uit zijn kin, het stof in zijn handpalmen werd donker op de plek waar bloed naar buiten kwam sijpelen en zijn linkerarm hing in een rare hoek.

'Je zei dat ik langzaam moest fietsen!' kwam het er met horten en stoten uit, tussen het huilen en naar adem happen door.

Daarna maakte hij zich hinkend uit de voeten, over het plein van de middelbare school en hij verdween over het voetpad naar zijn huis. De fiets lag nog in het grind. Ik pakte hem op en liep met zijn fiets en de mijne aan de hand naar zijn huis.

'Je hebt me erin geluisd,' herhaalt hij nu vanaf zijn plaats achter het hekje van de veranda, terwijl hij intussen jammert om zijn arm. 'Ik zeg het tegen mijn moeder.'

Daarna rent hij de laatste treden op, doet de deur open en verdwijnt naar binnen.

De volgende dag kwam zijn zus naar me toe op weg naar school. Ze gaf me van achteren een duw, zodat ik viel. 'Je snapt toch wel dat je niet kunt fietsen in die dubbele kuil!' zei ze terwijl ze zich over me heen boog.

'Dat heb ík anders wel gedaan,' zei ik.

Ze keek me raar aan en zei toen: 'Je bent niet goed wijs! Het is jouw schuld dat Max zijn arm heeft gebroken!'

Als ik thuiskom van mijn bezoek aan Lexa, ontdek ik dat het geen echte herinnering is, maar een foto. Als ik de hal in kom, dringt dat in één keer tot me door (alsof ik het onbewust al wist).

Ik loop snel naar de slaapkamer en haal de schoenendoos met foto's tevoorschijn. De foto zit helemaal onderin, ik moet hem in mijn hand hebben gehad toen ik eergisteren de inhoud had doorgenomen, maar ons niet had herkend. Max niet en mezelf ook niet.

De foto is genomen vanaf de straat voor Max' huis. Je kunt Max vaag zien, ineengedoken achter hun verandahekje. Hij is niet zijn gewone zelf, misschien omdat hij huilt, misschien omdat hij niet helemaal scherp is. Ik sta met de rug naar de camera, met mijn voeten aan weerszijden van een kleine BMX-fiets. Het huis van Max is een eindje onder de nok afgesneden, maar de oprit en zijn fiets staan erop.

Waarom heeft iemand die foto gemaakt? Mijn vader? Waarom? Misschien zag hij niet dat Max huilde, dat er iets was gebeurd. Ik stel me voor dat hij een nieuwe camera had gekocht die hij wilde uitproberen toen hij mij kwam halen, dat het Pasen was en dat we een paaslunch gingen hebben. Op de foto zie je dat het vroeg in de lente is, dat er nog geen blad aan de bomen zit en dat het licht koud en hard is.

Mijn ouders, mijn biologische ouders, hebben mij en Max waarschijnlijk ook niet herkend, anders hadden ze de foto samen met de andere foto's weggegooid. Nu is hij op de een of andere manier onder in de schoenendoos terechtgekomen, bij de foto's van mijn pleegouders.

27

Woensdag 4 november

Op een groot bord boven een restaurant in het centrum van Skogås stond PLANKSTEAK 99 KR. Toen Jodie klein was en haar ouders planksteak aten, had ze dat al stom gevonden. Sindsdien had ze er niemand reclame voor zien maken – tot nu toe.

'Hier is het,' zei ze tegen Rickard, die op de bijrijdersstoel zat en zijn laptop op schoot balanceerde. 'Härbrevägen.'

Het was een flat van vier verdiepingen in een soort rozebruine kleur. Katarzyna Pavic woonde op de eerste verdieping. Rickard belde aan. Na nog een keer bellen deed een kleine vrouw met donker haar en krachtige, bijna masculiene trekken open. Ze droeg een flodderige jurk en keek hen vijandig aan.

'Ja, wat is er?'

Rickard stelde hen voor, maar de vrouw bleef demonstratief staan, zonder aanstalten te maken hen binnen te laten.

'We zijn op zoek naar Tony Pavic. Is hij thuis?' vroeg Jodie.

'Nee.'

'Mogen we even binnenkomen?'

De vrouw aarzelde een moment, waarna ze hen met tegenzin binnenliet in een krap en donker appartement met gesloten gordijnen. 'Wat heeft hij nu weer gedaan?' vroeg ze in gebroken Zweeds.

'Ben jij zijn moeder?' vroeg Jodie. 'Katarzyna Pavic.'

'Ja, dat ben ik.'

'We zijn bezig met een moordonderzoek,' zei Rickard. 'Het is belangrijk dat we hem te spreken krijgen...'

De vrouw veegde haar handen af aan haar jurk. 'O, is dat zo? Maar zeg nu eerst maar eens wat hij heeft gedaan.'

'Daar willen we het met hem over hebben,' zei Jodie.

Katarzyna aarzelde. 'Als hij hier was, zou dat kunnen,' zei ze toen. 'Maar ik weet niet.'

'Hoe laat komt hij thuis?' vroeg Rickard.

'Wat weet ik daarvan? Hij komt, hij gaat... Misschien bij zijn vader.' Ze spreidde haar handen.

'Jullie zijn gescheiden, toch?' vroeg Jodie.

'Ja, al een hele tijd.'

'Is Tony vaak bij hem?'

Katarzyna spreidde weer haar handen en gaf met dat gebaar aan dat ze het niet wist.

'Wanneer heb je hem voor het laatst gezien?'

'Gisteren... Ik denk... Ja, gisteren.' Ze knikte nadrukkelijk.

'Kan het je niet schelen waar hij is?' vroeg Rickard, niet in staat zijn verbazing te verbergen.

'Hé, heb jij kinderen?' vroeg Katarzyna.

Rickard aarzelde.

'Nee, je hebt geen kinderen,' ging ze verder. 'Dat zie ik aan je. Je begrijpt het niet. Hij is vijftien, hè... Ik kan hem niet in de gaten houden. Daar ben ik allang mee gestopt... met in de gaten houden.' Ze maakte een moedeloos gebaar.

Jodie meende iets hards waar te nemen in haar gezicht, in haar stem. 'Als je iets van hem hoort,' zei ze en ze gaf haar een visitekaartje, 'bel ons dan alsjeblieft. Het is belangrijk.'

Katarzyna stopte het kaartje in de zak van haar jurk en knikte naar de voordeur.

Een halfuur later zaten ze in de auto, nadat ze ongeveer dezelfde antwoorden hadden gekregen van Johans moeder, Louise.

Jodie trommelde met haar vingers op het stuur. 'We moeten ook maar bij de vaders langs,' zei ze.

'Tony's vader woont het dichtstbij, in Hökarängen,' zei Rickard. 'Hij heeft nogal wat op zijn cv staan. Een aantal gevallen van mishandeling, onder andere van Tony's moeder...'

‘Hökarängen-Zuipwijk…’ zei Jodie, ze startte de motor en reed naar Rijksweg 73.

Onder het rijden voelde ze dat Rickard naar haar keek. ‘Wat is er?’ vroeg ze.

‘Niks,’ zei hij en hij glimlachte. ‘Je werkt al een hele tijd met Carl samen, hè?’

Ze haalde haar schouders op. ‘Een paar jaar. Hoezo?’

‘Zomaar… Hoe is hij?’

Ze dacht even na en zei toen: ‘Correct, denk ik.’ Het drong tot haar door dat dat een goede beschrijving was van Carl. Hij deed wat hij moest doen en hield zich aan regels en wetten, ook morele. Dat vond ze fijn aan hem. Ze wist wat ze aan hem had, voelde dat ze op hem kon bouwen. ‘En betrouwbaar,’ voegde ze eraan toe.

Rickard knikte, maar ze kon zien dat hij op een ander antwoord had gehoopt, op roddels. Hij richtte zijn aandacht weer op zijn laptop, die hij opengeklapt op schoot had. Zijn donkere krullen vielen voor zijn ogen.

‘Hoe denk jij over Tony en Johan?’ sneed Rickard een ander onderwerp aan. ‘Kunnen zij het hebben gedaan?’

Ze wilde niet over haar theorie vertellen, niet aan Rickard. Daarom zei ze: ‘We moeten eerst maar met ze praten, dan zien we het wel.’

Hij keek haar aan met een blik die opeens onzeker was.

Ze nam aan dat hij wilde zeggen dat ze te jong waren en dat het tijdverspilling was om achter die jongens aan te jagen.

‘Heb je nog plannen voor vanavond na het werk?’ vroeg hij.

Ze keek hem verbaasd aan.

‘Ik dacht, als je zin hebt om uit te gaan en ergens een hapje te eten…’ ging hij verder. ‘Dit even allemaal los te laten…’ Hij maakte een gebaar naar de grote schoenendozen van Telia die naast de snelweg opdoemden.

‘Oké,’ zei ze zonder na te denken. Ze had meteen spijt.

28

Woensdag 4 november

'Hebben jullie met ze gesproken? Met die jongelui?' vroeg Asbjörn hatelijk toen Jodie en Rickard de teamkamer binnenliepen. Hij zat achter zijn bureau.

Carl, die aan de andere kant van de kamer zat te lezen, keek op van zijn blaadjes, zette zijn bril af en luisterde geïnteresseerd.

Ook Ylva keek op van haar computer.

'Nee,' zei Jodie. 'We...'

Meer kon ze niet zeggen voordat Asbjörn haar in de rede viel. 'Het is belangrijk om snel te werken in een zaak als deze. Ik dacht dat jullie dat wel doorhadden.'

'Dat begrijp ik,' zei Jodie geïrriteerd. 'Maar zoals ik probeerde te zeggen hebben we niet met hen gesproken om de eenvoudige reden dat ze verdwenen zijn.'

'Verdwenen?' vroeg Asbjörn.

'We hebben met hun ouders gesproken, maar die hebben hen sinds gisteravond niet meer gezien,' zei Jodie.

'Tony's moeder en Johans moeder hebben nu formeel aangifte gedaan van hun verdwijning,' voegde Rickard eraan toe.

Asbjörn observeerde hen zwijgend. Zijn grote handen rustten op het bureau.

'Denken jullie dat ze opzettelijk wegblijven?' vroeg Carl.

Rickard weifelde.

'Dat is een mogelijkheid,' zei Jodie snel.

'Wat zouden ze voor reden hebben om weg te blijven?' vroeg Ylva.

Asbjörn leunde achterover. 'Mijn hemel,' zei hij. 'Misschien zitten ze wel bij een vriend thuis te blowen... of zijn ze op diefstaltournee.'

'Dan kan natuurlijk,' zei Carl. Hij legde zijn blaadje neer, stond op en liep naar het whiteboard. 'Wat denken de ouders?' vroeg hij.

Jodie haalde haar schouders op. 'Ze zijn ongerust, maar ze hebben eigenlijk geen idee waar hun zonen mee bezig zijn.'

'We moeten hoe dan ook een opsporingsbericht laten uitgaan,' zei Carl. 'En met hun vrienden praten. Ylva?'

Ze wilde knikken, maar schrok toen Asbjörn zijn handen met een zware bons op het bureau liet vallen. 'Dat andere spoor,' zei hij en hij richtte zich tot Carl. 'Wat heb je uit die smeerlap weten te krijgen?'

'Erik Olofsson is niet bij de school geweest, hij lag afgelopen maandag thuis te slapen... Ik heb met Daniel gesproken, maar... we hebben meer nodig: getuigen die hem kunnen aanwijzen bij de school waar Olinda is verdwenen, concrete omstandigheden die hem verdacht maken.'

Asbjörn knikte, terwijl hij zijn kaken op elkaar klemde.

'We hebben in ieder geval toestemming gekregen om zijn mobiele gegevens op te vragen,' ging Carl verder. 'Als hij afgelopen maandag bij het pendelspoor in de buurt is geweest, komen we daarachter...'

'Dat regel ik,' zei Rickard. 'Hoe is het trouwens met dat jongetje? Zou hij Erik Olofsson niet kunnen aanwijzen?'

'Sixten?' vroeg Carl. 'Ik ben vandaag op de school geweest en heb foto's van de Variant en van Erik Olofsson laten zien, maar hij kon niets met zekerheid zeggen.' Carl haalde de envelop met foto's uit de binnenzak van zijn jasje en gaf ze aan Asbjörn. 'Maar als jij mensen hebt die met Sixtens klasgenoten en andere leerlingen van de Lycksätraschool kunnen praten...'

Asbjörn pakte de envelop aan, terwijl hij iets mompelde wat Carl als 'ja' interpreteerde.

'Er moet toch nog wel iemand zijn behalve Sixten, die de auto heeft gezien,' ging Carl verder. 'Behalve die leraren dan... Iemand die er feitelijk iets over kan zeggen. Jouw mensen kunnen misschien ook met de vrienden van Tony en Johan op de Dalsätraschool gaan praten?'

Asbjörn knikte stijfjes en zei: 'Misschien goed voor jullie om te weten dat ik de drie kindermoordenaars heb nagetrokken waar Rickard mee kwam...' Hij scheurde een blaadje uit zijn schrijfblok. 'Eén zit in de bak voor mishandeling,' las hij op. 'De tweede is geëmigreerd en zit ergens aan de Spaanse zuidkust.'

‘En de derde?’ vroeg Carl.

‘Dood.’

Carl ging met zijn hand door zijn haar. ‘Oké, dus onze sporen van dit moment zijn de verdwenen tieners en – Erik Olofsson.’

Hij schreef de namen op het whiteboard en vroeg aan Rickard: ‘Hoe is het met jouw lijsten gegaan?’

Rickard schoof heen en weer. ‘Ik heb dus gezocht naar personen die veroordeeld zijn voor verkrachting buitenshuis van meisjes jonger dan vijftien. Verkrachting of een poging daartoe. Dat is de ene lijst. De tweede bestaat uit personen die veroordeeld zijn voor moord of poging tot moord op meisjes onder de achttien, of voor mishandeling van meisjes van zeven tot veertien jaar, buitenshuis. Daar heb ik vervolgens diegenen uit gefilterd die in de afgelopen twintig jaar in Skogås hebben gewoond.’

‘En wat kwam daaruit?’ vroeg Carl ongeduldig.

‘Tot nu toe is Erik Olofsson het enige interessante resultaat. Voor de rest zijn het jongeren die veroordeeld zijn voor mishandeling. Maar ik heb nog niet alle resultaten kunnen nalopen.’

‘Goed. Ga daar maar mee door.’ Carl keek op zijn horloge. 15.46 uur. ‘Ik wil nog even met Olinda’s ouders gaan praten,’ zei hij. ‘Misschien zijn er dingen die we nog van haar moeten weten. Ga je mee, Jodie?’

‘Zeker,’ zei ze en ze pakte haar jas van de rugleuning van de stoel.

Hij hield de deur voor haar open. ‘Dan gaan we.’

29

Dinsdag 3 november

Ik ben misselijk. Als ik van de slaapkamer naar de keuken loop, heb ik het gevoel dat de vloer zacht en sponzig is geworden, alsof ik door mijn benen zak...

Ik weet waar het van komt. Er zijn in veel te korte tijd veel te veel dingen gebeurd. Ik kan daar niet goed tegen. Toen ik dat tegen Lexa zei, begreep ze er niets van. 'Ik doe al rustig aan vanwege jou.'

Vandaag gaan we met Andreas Indgård praten, van wie ze maar blijft volhouden dat het een jeugdvriend van me is. (Als ze het aan me had gevraagd, had ik gezegd dat ik nog nooit van hem heb gehoord, maar ze vraagt me niets.)

'Het lijkt hem leuk jou te ontmoeten,' zegt ze als ik haar met de huurauto voor haar flat in de Heleneborgsgatan oppik.

Zij wil per se rijden (of liever: ze weigert mij te laten rijden). Dat maakt mij niet uit. Ik vind het prima om naast haar te zitten.

'Hier,' zegt ze en ze geeft me een Daim, terwijl ze naar de Hornsgatan zigzagt. 'Openmaken!'

Geen 'alsjeblieft', 'graag' of 'wil je'. En ook niet: 'Wil jij ook?' Altijd dat gebiedende. Ik haal de plastic wikkel eraf en geef de reep aan haar. Tegen haar ingaan lukt gewoon niet.

'Ik moet iets hebben voor mijn bloedsuiker,' verklaart ze en ze lacht naar me.

Ik kijk op de klok. Tien uur 's ochtends. Ze moet een uur geleden toch nog hebben ontbeten.

'Oké,' zeg ik.

Bij een rood stoplicht kijkt ze me aan (beoordeelt me?). Als ze wegrijdt, zegt ze: 'Ik heb in mijn jeugd zware anorexia gehad. Ik was bijna doodgegaan. Ik heb een tijdje zevenendertig kilo gewogen. Sindsdien heb ik iets nodig voor mijn bloedsuiker...' Ze gooit het lege Daim-papiertje op de vloer bij mijn voeten. 'Dus dan weet je dat,' zegt ze.

'Oké,' zeg ik weer, bij gebrek aan betere woorden.

Ik weet nooit wat ik moet zeggen als mensen mij persoonlijke dingen toevertrouwen. Volgens Elise komt dat doordat ik als kind geen intimiteit heb geleerd. Dat klinkt aannemelijk.

Lexa lijkt er niet mee te zitten. (Ze vertelt over haar anorexia zoals je vertelt dat je ergens bent opgegroeid of dat je vader lasser is.) Nu kijkt ze blij, ze kauwt op haar chocola en draait de Liljeholmsbrug op.

Het regent niet meer. De zon komt door een laag dunne wolken heen en wordt weerspiegeld in het water onder ons. De herfstkleuren worden versterkt.

Na een halfuur rijden parkeert Lexa voor een groot wit gebouw in Trångsund, vlak bij het water. Een nieuwe blauwe Volvo stationcar staat op de oprit naar een garage. Erachter is een rij fietsen te zien in verschillende maten, die tegen de muur van de garage staan.

We lopen een klein trapje op en een goed onderhouden tuin door. De voordeur gaat open voordat we hebben aangebeld en we zien Andreas Indgård in de deuropening staan. Ik ga er in ieder geval van uit dat hij het is. Hij is lang, vast wel zo'n één meter negentig, hij ziet er sterk uit en heeft dik haar.

Hij kijkt me nieuwsgierig aan. 'Ik had niet gedacht dat ik jou nog eens zou zien,' zegt hij en hij geeft me een hand.

Ik kan net 'leuk je...' zeggen, voordat Lexa het overneemt. 'Fijn dat je tijd voor ons had!' Ze loopt soepel langs hem heen.

Andreas kijkt me verbluft aan en knikt vaag.

Ik begrijp dat het hem te snel gaat, dat hij niet weet hoe hij met een persoon als Lexa moet omgaan.

Terwijl ik achter hem aan door de hal loop, de keuken in, vraag ik me af wat voor werk hij doet. Hij ziet er welvarend uit, alsof hij goed verdient. Aan de koelkast en de vriezer hangen foto's van zijn vrouw en drie kinderen (daar ga ik tenminste van uit, dat het zijn vrouw en kinderen zijn). Ontspannen foto's waarop ze zwemmen, ijs eten, skiën... (Bankier?)

'Het spijt me dat we zomaar binnen komen vallen,' zeg ik en ik klink meer bezwaard dan mijn bedoeling was geweest.

Hij lacht alsof ik iets grappigs heb gezegd. 'Je bent niks veranderd,' zegt hij, terwijl hij met het koffiezetapparaat in de keuken bezig is. (Leraar?) 'Ik heb in de loop der jaren vaak aan je gedacht, weet je. Hoe het met je ging. Je was opeens verdwenen.'

Ik weet niet wat ik moet zeggen, dus ik zeg wat ik denk: 'Ik kan me jou niet herinneren. Ik herinner me bijna niets uit die tijd.'

'Nee, dat zei Lexa...' Hij kijkt een beetje bedroefd en richt zich weer op de koffie.

Als we even later in de woonkamer plaatsnemen, heeft Lexa al een dikke map, pennen en een schrijfblok op de salontafel gelegd. Ze zet de digitale dictafoon aan op het moment dat we binnenkomen. Ik verwacht dat ze zal vragen of het mag, maar dat doet ze niet. Als ik haar aankijk, glimlacht ze me bemoedigend toe. Dan richt ze zich tot Andreas: 'Zoals ik aan de telefoon al zei, wil ik graag dat jij de achtergrond schetst waartegen het toen is gebeurd. Vertel iets over de buurt, de vriendengroep, de school...' Ze lacht en neemt een hap van een koffiebroodje. 'Hoe was Robert bijvoorbeeld in die tijd?' gaat ze verder voordat Andreas iets kan zeggen. 'Jullie waren vrienden, voor zover ik heb begrepen...'

Een kruimel van het broodje komt tussen haar tanden door naar buiten en landt als een wit stipje op de tafel.

Ik zie dat Andreas het ook ziet, maar hij zegt niets. In plaats daarvan kijkt hij mij aan als hij antwoordt. 'Jij... jij durfde alles. Je was nergens bang voor. Weet je nog dat je van het dak van de school sprong? Ik dacht dat je dood zou gaan... Maar je had je nauwelijks pijn gedaan.'

'Nee?' zeg ik (en ik voel me dom).

Hij lacht. 'Je had altijd van die idiote ideeën. Je sprong van het hoogste wandrek in de gymzaal, je fietste een steile helling af... Ik heb vaak gewenst dat ik meer was zoals jij,' zegt hij en hij kijkt me doordringend aan. 'Weet je dit echt niet meer?'

Hij lacht, maar ik lach niet terug. Het is een raar gevoel dat hij weet wie ik was als kind, terwijl ik zelf geen idee heb.

'Helaas,' zeg ik.

Lexa kijkt Andreas ongeduldig aan. 'Wat deden jullie nog meer?'

Hij haalt zijn schouders op. 'Rondhangen, voetballen, met de PlayStation spelen, zoals alle jongens van die leeftijd...'

'Met welke vriendjes speelden jullie?'

Hij denkt even na. 'Max, natuurlijk, en soms met Magnus... en Hans... Maar meestal waren Robert en ik samen. We trokken altijd samen op.'

'Herinner je je nog meer van Robert en jou?'

Hij glimlacht verontschuldigend. (Arts?) 'Niet zo een-twee-drie.'

'Vertel eens over de dag waarop Max overleed,' zegt Lexa en ze slaat het ene been over het andere.

Andreas zet zijn koffiekopje met een zorgvuldig gebaar neer. (Chirurg?)

Lexa leunt naar voren over de tafel en duwt haar borsten naar voren. Doet ze dat bewust? Zou me niks verbazen.

'Ik heb Robert die dag gezien, dat weet ik. Ik herinner me dat ik vroeg of hij bij me kwam spelen, dan konden we een spelletje op de PlayStation doen dat ik voor mijn verjaardag had gekregen, Super Mario, geloof ik...'

'Oké,' zegt Lexa.

'Maar hij wilde niet,' gaat Andreas verder. 'Hij wilde op het veldje gaan spelen. Ik weet nog dat ik boos werd...' Hij kijkt me gegeneerd aan. Misschien omdat hij in de derde persoon over me spreekt, terwijl ik naast hem zit. (Dat maakt me niet uit; ik ben het gewend.)

'Was Max er ook bij?'

'Nee.'

'Waarom ging je niet mee naar het veldje?'

'Dat wilde ik niet... Of dat móćht ik niet van mijn moeder.' Hij lacht. 'En ze had gelijk, of niet?'

Lexa zegt niets, lacht niet.

'Sorry, dat was niet de bedoeling,' zegt hij. 'Maar ze waren vrij streng, mijn ouders. Heel anders dan die van Robert, die hem lieten doen wat hij wilde...'

Mocht ik doen wat ik wilde? Dat lijkt me niet. Ik heb het gevoel dat dat niet klopt. Ik kijk Lexa beschuldigend aan. Is dit echt de juiste persoon om mee te praten? Hij lijkt me volstrekt onbetrouwbaar. (Verkoper?)

'En daarna?' vraagt Lexa, zonder zich iets van mij aan te trekken. 'Ben je naar je eigen huis gegaan?'

'Ja, maar ik moest dezelfde kant op als Robert, dus we liepen samen naar het veldje. Daar zagen we Bernt.'

'Juuso?'

Hij knikt.

'Hebben jullie met hem gepraat?'

'Ben je gek? Hij was levensgevaarlijk. Iedereen was bang voor hem. Zodra ik hem zag, ging ik het huis van Eva-Lotta binnen, die aan de andere kant van de straat woonde.'

Hij kijkt me aan alsof ik dat zou moeten weten, alsof wij een heleboel gemeenschappelijke herinneringen hebben.

Maar ik heb geen idee wie Eva-Lotta was.

'Rood haar, grappig... We speelden vaak Monopoly bij haar.'

Ik schud beleefd mijn hoofd.

Hij kijkt teleurgesteld. Alsof dit een soort bizar klassenfeest is en ik niet aan de verwachtingen voldoe. 'Ik verstopte me in ieder geval bij haar,' zegt Andreas.

'En Robert?'

'Nee, die verdween gewoon. Naderhand begreep ik dat hij zich op het veldje had verstopt.'

'En wat deed Bernt?'

Andreas haalt zijn schouders op. 'Geen idee. Toen ik tevoorschijn durfde te komen, was hij weg. Toen ben ik naar huis gegaan.'

Lexa bladert in haar opschrijfboekje. 'Toen je hoorde dat Max dood was – en toen je daarna hoorde dat Robert hem had vermoord – wat dacht je toen?'

'Ik was in shock. Dat waren we allemaal. Max was dood. En Robert had het gedaan...'

'Ja?'

'Het leek onmogelijk. Natuurlijk, Robert was wild, totaal grenzeloos in bepaalde opzichten... Ik weet nog...' Hij lacht en richt zich tot mij. 'Weet je dat nog, Robert? Dat ik een keer bij jou thuis was en dat je mij voordeed hoe je moest messenwerpen? Binnen? Je mikte op een oude stoel die in je kamer stond. Dat had ík thuis eens moeten proberen...' Hij schudt met zijn ene hand alsof hij zich heeft gebrand en richt zich weer tot Lexa. 'Maar... Robert was niet op die manier wild. Niet gemeen...'

Een nieuwe glimlach, zo'n charmante reclameglimlach. (Marketingmanager?)

'Maar je geloofde wel dat Robert Max had gedood?'

'Ze zeiden dat hij het had gedaan – de politie, onze ouders, iedereen – dus dan zou het wel zo zijn. Je vertrouwde ze immers. Mijn god, we waren kinderen, we accepteerden de dingen gewoon...'

Lexa schrijft iets in haar boekje, alsof hij iets belangrijks heeft gezegd. (Ik snap niet wat dat zou kunnen zijn.) 'En nu, hoe denk je er nu over?'

Hij trekt een ernstig gezicht. 'Daar heb ik veel over nagedacht. En ik kan het niet rijmen. Het klopt niet met elkaar.'

'Wat klopt niet?'

'Zoals ik zei. Robert was niet zo. Als het een ongeluk was geweest, oké. Robert had zeker een ongeluk kunnen veroorzaken dat Max het leven had gekost. Maar Max z'n schedel was ingeslagen. Een keer of... hoeveel was het? Vijf, zes.'

Lexa knikt en noteert.

'En waarom zou Robert het hebben gedaan?' gaat Andreas verder. 'Max was zijn speelkameraad. Onze vriend.'

'Was Max een goede vriend?' vraagt Lexa. 'Vonden jullie hem aardig?'

Andreas schuift heen en weer en kijkt naar mij alsof hij om instemming vraagt. 'Aardig, aardig... Hij woonde bij ons in de straat. In die tijd speelde je met de kinderen die in de buurt woonden. Zo was het gewoon. Maar als ik heel eerlijk moet zijn, vond ik hem niet zo aardig. En Robert vond hem waarschijnlijk ook niet zo aardig.'

'Waarom niet?' vroeg Lexa.

'Waarom niet? Hij deed dingen... Niet zoals Robert. Max deed gemene dingen. Ik herinner me dat hij een controller van mijn Nintendo kapot had gemaakt. Hij goot er limonade op, zodat je de knoppen niet meer kon indrukken. Hij zei dat de controller al stuk was, maar ik wist dat hij hem met opzet had vernield, alleen omdat hij jaloers was.'

Lexa kijkt op van haar boekje. 'De politie heeft Robert aangewezen als de dader, maar wie zou jij voor de dader hebben gehouden als het Robert niet was?'

'Daar heb ik meermalen over nagedacht... des te vaker sinds ons telefoongesprek. De enige die ik kan verzinnen is Bernt.'

'Waarom?'

'Jij hebt Bernt niet gekend... Maar het zou heel goed een akelig spelletje van hem geweest kunnen zijn dat uit de hand liep...'

'Een spelletje?'

'Ja. Een keer, een jongen in onze parallelklas, herinner jij je hem nog, Robert? Simon heette hij. Bernt en een van zijn vrienden trokken Simon mee naar het veldje en mishandelden hem, eigenlijk alleen omdat hij er een beetje stom uitzag met zijn beugel en zijn bril. Eerst hield de vriend hem vast, terwijl Bernt sloeg. Daarna werd het erger. Zoals ik het me herinner van wat Simon me vertelde, haalde Bernt een mes tevoorschijn en begon in Simons armen te snijden. Niet heel diep, maar wel zo diep dat het bloedde.'

'Werd er geen aangifte gedaan?'

'Jawel, Simons ouders gingen naar de politie, maar Bernt ontkende alles, hij zei dat Simon zichzelf had gesneden en dat hij alleen maar had geprobeerd hem tegen te houden. Het was het woord van de een tegen dat van de ander. En de vriend van Bernt stond natuurlijk aan Bernts kant, dus...'

'Dus wat?'

'Dus gebeurde er niets. Simon moest zijn verontschuldigingen aanbieden omdat hij de schuld op Bernt had willen schuiven. Diezelfde zomer ging Simon verhuizen, zijn ouders wilden daar niet langer wonen. Maar ik weet heel zeker dat Simon het niet had verzonnen.'

Lexa maakt koortsachtig aantekeningen. (Waarom? Ze heeft de dictafoon toch?)

Ik ben opgestaan en loop achterwaarts de kamer uit, alsof ik slaapwandel.

Opeens kijkt Lexa me aan. 'Wat is er?'

'De wc?' zeg ik. 'Waar is die?'

'De hal in, links,' zegt Andreas.

Achter me hoor ik hen verder praten, nu over Max. Ze merken niet dat ik stilletjes de voordeur opendoe en hem voorzichtig weer achter me dichtduw.

Als Lexa een halfuur later naar buiten komt (of een uur later, dat weet ik niet, de tijd is als het ware onwerkelijk geworden), sta ik tegen de auto geleund te wachten.

'Waarom ben je zomaar weggegaan?' vraagt ze. 'Hij heeft dingen over Max verteld die je vast wel had willen horen.'

Ik doe een stap bij de auto weg. Ze heeft het mis: ik wil het níét horen.

Ze loopt naar het portier aan de bestuurderskant, maar stopt en haalt iets onder de ruitenwisser vandaan. Weer een briefje dat iemand daar heeft achtergelaten. Het was mij niet opgevallen.

'Wat is dit?' vraagt ze. 'Is hier iemand geweest?'

'Nee, alleen ik.'

Ze vouwt het blaadje open en leest voor: '*Laatste waarschuwing!* Wat is dit in godsnaam? Dit is toch krankzinnig! Wat is dat voor klootzak die ons achtervolgt?' Ze kijkt om zich heen, maar de straat is leeg.

30

Woensdag 4 november

Een vrouw van rond de vijfendertig kwam in de deuropening staan. 'De politie heeft toch al met hen gesproken?' zei ze. 'Waar gaat het nu over?'

'En jij bent?' vroeg Jodie.

'Lina,' zei de vrouw. 'De zus van Nastasia, ik help hen... Het gaat niet goed met ze.'

'Dat begrijpen we,' zei Jodie. 'Maar we moeten nog een paar vragen stellen.'

De vrouw knikte naar een halfopen deur achter in een donkere hal. Jodie zag de overladen kapstok en besloot haar jas aan te houden. Tussen jacks en mutsen stonden twee hengels tegen de muur, en op de grond eronder een grote beige plastic bak. Ze hadden vast geen energie gehad om die dingen op te ruimen, alles stond er nog net zo, vastgevroren in het moment waarop Olinda was verdwenen.

Nastasia en Ivan zaten op een groene bank in de woonkamer van het huis. Ze leken hol, als etalagepoppen die iemand schone kleren had aangetrokken en daar had neergezet. Nastasia's haar was los. Ivan leek zich onlangs te hebben geschoren. Ze keken geen van beiden op toen Jodie en Carl binnenkwamen. Ze bleven gewoon voor zich uit zitten staren.

'Gecondoleerd...' zei Jodie en ze nam in de fauteuil tegenover hen plaats.

Carl bleef in de deuropening staan.

'Ik weet dat jullie met onze collega's hebben gesproken,' zei Jodie voorzichtig, 'maar ik hoop dat we nog een paar vragen mogen stellen... Over de tijd voorafgaand aan... wat Olinda is overkomen.' Ze glimlachte meelevend, maar de benauwdheid, de stilte en de lege blikken werkten haar op de zenuwen, kwamen als iets fysieks op haar af.

In een flits was ze weer negen. De benauwde geur sloeg haar tegemoet toen ze thuiskwam uit school en de voordeur opendeed. Ze hoorde de stilte in huis voordat ze haar moeder in bed vond, apathisch, met de luxaflex dicht.

Ze schrok toen Carl even haar arm aanraakte, terwijl hij in de stoel naast haar kwam zitten en ze begreep dat ze te lang niets had gezegd.

'Laten we met de school beginnen,' zei ze snel en ze rechtte haar rug. 'Hadden jullie de indruk dat Olinda problemen had op school? Met klasgenootjes, leerkrachten?'

Het echtpaar op de bank bleef voor zich uit staren.

Jodie wilde haar vraag net herhalen toen Ivan antwoordde: 'Nee, helemaal niet.'

'De laatste tijd ook niet?'

Ivan schudde zijn hoofd. 'Het was allemaal net als altijd. Ze was een vrolijk meisje dat het naar haar zin had op school, ze had vriendinnen...' Hij ademde diep in en bracht zijn gebalde vuist haastig naar zijn mond en beet op de knokkels.

Jodie zag de wonden van eerdere beten, langwerpige korsten, alsof iemand met een mes in zijn hand had gehakt.

'We waren gaan vissen afgelopen zondag, Olinda en ik...' Hij knikte in de richting van de hal.

'We begrijpen dat dit lastig is,' zei Carl voorzichtig. 'Maar heeft ze weleens verteld over iemand die zich vreemd gedroeg? Die misschien probeerde met haar te praten, contact met haar te krijgen op de een of andere manier? Een volwassene?'

Ivan schrok. 'Hoezo?' vroeg hij met onverwacht heldere stem. 'Verdenken jullie een pedofiel?'

Carl schudde zijn hoofd.

Jodie zag dat hij het moeilijk vond.

'We proberen alleen verschillende mogelijkheden uit te sluiten.'

Ivan leek na te denken. 'Nee,' zei hij toen. 'Maar...' Hij kneep zijn mond dicht, perste zijn lippen op elkaar. '...er waren een paar jongens voor wie ze bang was.'

'Zaten ze bij haar op school?' vroeg Jodie.

Ivan draaide zich om naar zijn vrouw, die nog steeds voor zich uit staarde en niet leek te luisteren.

Jodie wist niet of ze wel doorhad dat ze daar waren.

'Nee,' zei Ivan. 'Ze waren ouder en zaten op de Dalsätraschool.'

'En je weet niet hoe ze heetten?'

Hij schudde zijn hoofd.

'Komen de namen Tony Pavic en Johan Brink je bekend voor?'

Ivan schudde opnieuw zijn hoofd. 'Ik weet het niet,' zei hij. 'Ze zei alleen dat ze altijd wegrende als ze hen zag, dat het griezels waren...'

'Hebben jullie hen al opgepakt?' vroeg Nastasia met een rasperige, hese stem.

De woorden kwamen zo plotseling dat Carl en Jodie er allebei van schrokken.

'Wie bedoel je?' vroeg Carl.

'Die tieners! Met wie jullie de berg af kwamen. Die zoeken jullie toch?'

'Tony en Johan?' vroeg Carl.

'Hoe moet ik weten hoe ze heten? Maar die zoeken jullie toch?' Nastasia staarde eerst naar Jodie en daarna naar Carl.

Even dacht Jodie dat Nastasia haar een klap wilde geven, maar er gebeurde niets.

'We hebben hen gezien...' zei Ivan en hij keek naar zijn handen. 'Toen de politie met hen uit het bos kwam. We dachten dat jullie...' Hij zweeg.

'Heeft Olinda iets met die jongens te maken gehad?' vroeg Jodie.

Nastasia wendde zich weer af.

Ivan keek Jodie wanhopig aan. 'Nee,' zei hij zacht.

Jodie keek vragend naar Carl, die gebaarde dat ze weg moesten gaan.

'Dat was het,' zei ze. 'Bedankt dat we even mochten storen.' Ze stond op en legde haar visitekaartje op de salontafel.

'Jij rijdt,' zei Jodie, toen ze even later naar de auto liepen.

'Ik dacht dat je mijn rijstijl niet kon waarderen...'

Ze gooide hem de autosleutel toe en spreidde haar armen. 'Dat is ook zo, maar ik ben... moe,' zei ze.

Ze zag dat hij het vreemd vond, dat hij haar niet geloofde, maar hij nam toch achter het stuur plaats.

'Vond je het lastig daarbinnen?' vroeg hij even later.

Ze maakte een onbestemd gebaar. 'Het is in orde… Niks aan de hand.'

Voor haar geestesoog zag ze haar tante Ann in de deuropening staan en in haar neus knijpen. De depressie van haar moeder had maar een paar weken geduurd, maar in Jodies herinnering waren het maanden waarin ze zelf had geprobeerd eten te koken, de huishouding te doen, de boodschappen… Om alles normaal te laten lijken.

'Het doet mij ook wat als het kinderen zijn,' zei Carl en hij stopte voor een rood stoplicht. 'Dat is oké. Je bent geen slechte diender omdat het je iets doet.'

Ze zag dat hij naar haar glimlachte. 'Dank je wel,' zei ze.

Het volgende moment sprong het licht op groen en ze werd tegen haar stoel geduwd toen hij een flinke dot gas gaf.

Tante Ann had ervoor gezorgd dat haar moeder onder behandeling kwam. Daarna had ze Jodie mee naar huis genomen. Maar niets was normaal geworden.

'Je denkt aan je eigen jeugd?' vroeg Carl en hij keek haar aan.

Ze schrok. Hoe wist hij dat? Had ze hem iets verteld? Wanneer dan? Ze probeerde zich te herinneren of er een personeelsfeest was geweest waarop ze dronken was geweest en misschien loslippig was geworden, maar er schoot haar niets te binnen.

'Je vader is ervandoor gegaan, toch?' vroeg Carl.

'Ja,' zei ze gedempt.

Dick Sherman. Haar Amerikaanse vader. Ze herinnerde zich dat ze in het zwembad hand in hand met hem van de hoogste duikplank was gesprongen en dat ze het had voelen kriebelen in haar buik toen ze samen met hem naar het water viel, het veilige gevoel van zijn lichaam. En dat hij dicht naast haar had gestaan toen ze met trillende armen een veel te grote boog wilde spannen. Ze was zijn meisje geweest. Ze waren twee handen op één buik geweest.

Vervolgens zou hij terugkeren naar de Verenigde Staten en zij zou alleen achterblijven met haar moeder. Ze had het raam op de tweede verdieping van hun huis opengezet en ze had hem omhoog zien kijken, haar een laatste blik zien toewerpen en zwaaien, waarna hij in de taxi stapte. Ze had willen roepen dat hij niet weg moest gaan, maar in plaats daarvan had ze een stapje terug gedaan, ze had zich achter het gordijn verstopt en haar rug tegen de muur geduwd. Toen ze daarna weer voor het raam was gaan staan, was de taxi al gaan rijden en had ze de achterlichten door de straat zien verdwijnen.

'Heb je hem nog weleens gezien?' vroeg Carl. 'Toen je al volwassen was, bedoel ik.'

Ze schudde haar hoofd. Dat was de laatste keer dat ze hem had gezien. In haar portemonnee bewaarde ze de enige foto die ze nog had, waarop ze op een strand stonden en elkaar in het koude water probeerden te duwen. Ze zetten zich allebei schrap en lachten.

'Waarom niet?'

Het drong tot haar door dat Carl de eerste was die dat vroeg. 'Hij...' zei ze en ze haalde diep adem. 'Hij heeft nooit geprobeerd contact met mij op te nemen... niet één keer. Ik denk niet dat hij me wilde zien.'

Carl keerde zich naar haar toe. 'Hoe weet je dat? Heb je het gevraagd?'

Jodie zag dat ze de auto voor hen op veel te hoge snelheid naderden. 'Carl! Verdorie, let op het verkeer!' Ze duwde haar voet krampachtig tegen de vloer.

Met een marge van minder dan een meter bracht hij de auto tot stilstand. 'Maar heb je het gevraagd?' vroeg Carl weer, alsof er niets was gebeurd.

'Nee,' zei ze.

'Dat zou je moeten doen.'

Ze keek hem verbijsterd aan.

'Misschien heeft hij het wel geprobeerd,' zei hij. 'Toen je klein was. Zonder dat jij dat te horen hebt gekregen.'

31

April, achtentwintig jaar eerder

Robert ging op de betonnen plaat zitten met zijn benen over de rand. Hij had een van de stukken piepschuim gepakt die op het veldje lagen en was erop gaan zitten.

Andreas kwam naast hem zitten en gooide zijn schooltas op de grond.

Robert gaf hem een duw. 'Kom op!' zei hij enthousiast.

Uit zijn ene jaszak haalde Andreas een pakje sigaretten en een doosje lucifers, die hij aan Robert gaf.

'Wacht!' zei hij en hij maakte een hoofdgebaar dwars over de betonnen plaat heen. 'Kijk daar...'

Aan de rand van het veldje zagen ze Max Sander zwijgend naar hen staan kijken, slechts half verborgen achter een paar nog kale zaailingen.

'Waarom besluip je ons?' riep Andreas.

Robert lachte. 'Wil je ook?' vroeg hij en hij wuifde met het pakje naar Max.

Maar Max bleef staan, zwijgend, en volgde hun bewegingen met zijn blik.

'Ben je je tong verloren of zo?' riep Robert.

Andreas haalde een sigaret uit het pakje. 'Durf je niet?' riep hij met de nog niet aangestoken sigaret in zijn mondhoek. 'Je vader is daar streng in, hè?'

Max antwoordde nog steeds niet, maar hij klom op de plaat en ging op de achtergelaten schommelbank zitten.

Andreas streek een lucifer af, stak zijn sigaret aan en hield Robert het vlammetje voor.

'Jongens, wat lekker!' zei Robert, maar hij begon meteen te hoesten.

Ze waren niet gewend aan roken, allebei niet. Andreas had het pakje een week geleden op het schoolplein gevonden en dit was de tweede keer dat ze het probeerden. Ze hadden geprobeerd te inhaleren – Robert had uitgelegd hoe het moest – maar ze hadden het geen van beiden gekund. Nu puften ze in plaats daarvan aan de sigaretten, ze vormden hun lippen tot een grote O en probeerden de rook uit te blazen.

'Je vindt mijn zus leuk, hè?' vroeg Max opeens vanaf de schommelbank.

Robert schrok en draaide zich naar hem om. 'Camilla? Ben je gek?'

'Waarom kijk je dan altijd naar haar?'

Robert nam een trekje, probeerde nonchalant een rookkring te blazen, maar kwam niet verder dan een wazig wolkje. 'Dat doe ik helemaal niet.'

Max sprong van de schommelbank, haalde een vel ruitjespapier vol met rekensommen tevoorschijn en hield het voor hen. In de kantlijn had iemand herhaalde malen *Camilla* geschreven in verschillende handschriften.

'Hè?' zei Andreas en hij grijnsde naar hem. 'Je bent echt verliefd op Camilla.'

'Verdorie, hoe kom jij...' zei Robert, maar hij kreeg rook in zijn longen en kon zijn zin niet afmaken. Hoestend rukte hij het blaadje uit Max' hand, maakte er een prop van en stopte die in zijn zak. 'Blijf van mijn spullen af!' siste hij hees.

'Oké.'

'Snap je? Je houdt je kop,' zei Robert en hij pakte Max bij zijn kraag.

'Oké, oké...'

Maar Max zou de afspraak de volgende dag al schenden. In de lunchpauze, toen bijna de hele klas aan het voetballen was op het geasfalteerde schoolplein. Roberts team had een strafschop gekregen.

'Als je de bal erin schiet, vertel ik het,' fluisterde Max.

'Wat?' vroeg Andreas, die ernaast stond.

Max leunde naar voren en zei zodat alleen zij het hoorden: 'Als Robert de bal erin schopt, vertel ik dat jullie stiekem roken. En dat je verliefd bent op mijn zus.'

'Maar dat ben ik helemaal niet!' zei Robert.

'Vraag maar aan Camilla...'

'Heb je het tegen haar gezegd?'

Max grijnsde en draaide zich om.

Op hetzelfde moment deed Robert een uitval en gaf hem een duw in de rug. Max was klein van stuk en nogal mollig, een onhandige jongen. Nu viel hij pardoes op het asfalt. Er kwam algauw een kring van leerlingen om hen heen staan, gelokt door het vooruitzicht van een vechtpartij.

'Kom op, Robert. Sla erop!'

Toen een leraar hen even later uit elkaar kwam halen, begon Max te huilen.

Naderhand herinnerde Andreas Indgård zich dat de rector en zijn ouders het over het 'pesten' van Max hadden gehad. Andreas en Robert hadden op gesprek moeten komen en hun had schorsing boven het hoofd gehangen. Dat ze stiekem rookten was ook aan het licht gekomen, en daar waren Andreas' ouders zo boos over dat ze hem verboden ooit nog naar het veldje te gaan.

Tegenwoordig woont Andreas Indgård in Trångsund, slechts een paar kilometer van zijn ouderlijk huis. Hij heeft een gezin, een vrouw en drie kinderen, maar hij denkt nog steeds af en toe aan wat er achtentwintig jaar geleden is gebeurd.

'Van de doden niets dan goeds, maar Max was iemand die er in zekere zin om vroeg.'

32

Woensdag 4 november

'Dit is goed eten!'

Linda nam een grote hap pasta met gehaktsaus. Carl glimlachte.

Dit was zijn week en hij voelde zich vaak schuldig omdat hij niet het soort eten kookte dat Linda's moeder goed voor haar vond. En dat was geen pasta met gehaktsaus.

'Hoe gaat het met je?' vroeg hij. 'Op school en met vriendinnen en zo...'

Ze zaten aan de kleine keukentafel in Carls appartement in Skärmarbrink.

'Wel goed...'

Zijn dochter was aan het eind van de zomer zeventien geworden en leek opeens zoveel ouder. Afgelopen voorjaar hadden zij en Carl vaak ruzie gehad, maar in de loop van de zomer waren de ruzies steeds minder frequent geworden om in de herfst helemaal te verdwijnen. Misschien omdat Linda het had uitgemaakt met haar hasj rokende vriendje. Of omdat hijzelf zijn relatie met Karin Hofstad had verbroken, met wie hij had samengewoond.

Als hij heel eerlijk moest zijn, was Karin bij hém weggegaan. Zijn aandeel in de scheiding beperkte zich tot niet protesteren toen ze wilde verhuizen. Ze waren in de loop der tijd uit elkaar gegroeid. Ze kon het steeds minder goed verdragen hij zoveel tijd en aandacht aan zijn werk besteedde en hij kon er steeds slechter tegen... Ja, waar kon hij eigenlijk niet meer tegen?

'Hoe gaat het op je werk?' vroeg hij aan zijn dochter.

Ze had een bijbaan in een café in Södermalm; voor zover Carl wist werkte ze er bijna elk weekend.

'Goed,' zei ze. 'Maar laatst gebeurde er iets.'

Carl knikte.

‘Het stelde niet veel voor, maar...’ Ze aarzelde. ‘Ik was ziek de vorige keer dat ik moest werken. Toen stuurden ze een berichtje dat het niet oké was dat ik het zomaar verstek liet gaan en ze wilden dat ik toch een paar uur zou komen...’

‘Terwijl je ziek was?’ vroeg Carl.

‘Ja. Mama heeft me geholpen met het antwoord.’

‘Mooi zo! Wat hebben jullie gezegd?’

‘Dat ik niet van plan was te werken als ik ziek was, dat dat voor mijzelf en voor hen niet goed was. Maar toen ik dit weekend weer werkte, zeiden ze dat ik onbetrouwbaar was...’

‘Weten ze niet dat het tegen de wet is om met voedingsmiddelen te werken als je ziek bent? Ik zou...’

‘Papa!’

Hij beheerste zich, draaide pasta om zijn vork, maar at niet.

‘Als ik weer een keer ziek ben, willen ze dat ik bereid ben toch een poosje te komen werken.’

Carl ademde diep in.

‘Papa!’ zei ze. ‘Kun je niet gewoon luisteren?’

‘Ik wil niet dat je daar nog langer werkt.’

‘Ben je gek? Bij al mijn vrienden is het hetzelfde. Ik ben zeventien, ik kan geen andere baan krijgen.’

‘Mag ik niet met een inspecteur van de volksgezondheid gaan praten?’

‘*Oh my god*, doe eens chill! Het is míjn baan!’

‘Dat weet ik, maar je zou moeten opzeggen. Je hoeft niet te werken. Je hebt studiefinanciering en je moeder en ik kunnen je helpen als er iets bijzonders is. En je kunt goedkopere alternatieven kiezen als je uitgaat...’

‘Maar wat denk je? Dat ik naar luxe restaurants ga?’

‘Nee, natuurlijk niet. Ik bedoel alleen dat je goedkoper kunt leven in plaats van daar te werken. Toen ik klein was, haalde niemand het in zijn hoofd om uit eten te gaan met vrienden.’

‘Maar ik moet wél werken, snap dat dan! En er zijn geen andere banen als je zeventien bent.’

‘Kom op, Linda,’ zei hij en het verbaasde hem dat hij zo geïrriteerd klonk. 'Je kunt toch genoegen nemen met wat je hebt, en niet zo... verwend zijn.' Hij hoorde zelf dat het laatste er verkeerd uit kwam.

Linda stond zo heftig op, dat haar bord rinkelde op het tafelblad. 'Dat kun je niet menen! Vind je mij verwend?'

'Ik bedoelde het niet...'

'Wat is dan het probleem?'

Hij zag dat ze tranen in haar ogen had, maar begreep niet hoe het zo was gekomen. 'Ik wil je alleen maar beschermen, snap je dat niet?'

'Maar je bent boos op míj.'

'Ik ben niet boos... Ik probeer alleen uit te leggen dat je je soms misschien moet aanpassen.'

'Maar je snapt er niets van! Je bent altijd zo'n politieman. Alles moet er goed aan toegaan. Legaal. Maar zo werkt het niet, papa. Niet in het echte leven, niet bij mij en mijn vrienden.'

'Maar...'

Ze gilde – geen woorden, maar een kreet van pure frustratie – en liep weg.

Hij hoorde de deur van haar kamer dichtslaan, hard. Hij bleef even zitten, nam een hap van het eten, maar merkte dat zijn eetlust verdwenen was. Hij stond op, gooide de resten in de gft-bak en begon de vaatwasser in te ruimen.

33

Woensdag 4 november

'Wat denk jij?' vroeg Rickard. Hij nam een slok van het bier dat voor hen was neergezet en leunde vervolgens naar voren.

'Van het werk?' vroeg Jodie.

Ze zaten in een restaurant aan het Nytorget. Door de grote ramen die uitkeken op de Skånegatan zag ze de regen zachtjes stromen in het licht van de straatlantaarns. Groepjes mensen die van de bushalte in de Renstiernas gata op weg waren naar huis, liepen snel voorbij met hun hoofd omlaag en hun paraplu opgestoken.

Jodie had een wijde zwarte broek aangetrokken en een geborduurde witte tuniek. Ze had haar haar los, niet in een staart zoals tijdens het werk. Toch voelde ze zich ongemakkelijk.

'Ja, van de zaak,' zei Rickard. Hij leek vrolijk, schoof de iets te lange lokken opzij die aldoor in zijn gezicht vielen. Hij trok zijn dikke wollen coltrui uit. Eronder droeg hij een simpel zwart shirt. En een versleten spijkerbroek.

Wat een jongen nog, dacht ze. Zelf was ze tweeëndertig, maar ze voelde zich ouder. 'Ik weet het niet,' zei ze. 'Ik heb vandaag de ouders van Olinda gesproken...' Ze schudde haar hoofd en maakte een gebaar van onbehagen. 'En jij?'

'Ik denk hetzelfde als wat jij eerder zei, dat de dader iemand is die daar is opgegroeid...' Hij zei het iets te snel, alsof hij bij haar in een goed blaadje wilde komen.

'Waarom dan?' vroeg ze en ze klonk afwijzender dan ze had bedoeld.

'Omdat ze zo goed verstopt was. Een lichaam verbergen is niet zo makkelijk. Ik denk dat de adrenaline op dat moment door je lichaam giert en om dan nog de tijd te nemen om te zoeken...'

Ze keek uit het raam, volgde de verrichtingen van een automobilist, een man van middelbare leeftijd, die voor het okerkleurige huis aan de overkant probeerde te parkeren en wegreed toen dat niet lukte. 'We hoeven niet over het werk te praten,' zei ze en ze lachte. 'We kunnen het in plaats daarvan over... jou hebben.'

'Wat wil je weten?' vroeg hij.

'Wat moet ik weten?'

Hij lachte, maar door zijn neus, als om een privégrapje. 'Ik vertel drie dingen over mezelf,' zei hij toen. 'Twee zijn waar, één is gelogen. Oké?'

Ze haalde haar schouders op.

'Ik heb computertechniek gestudeerd aan de Technische Universiteit,' begon hij. 'Ik heb in totaal drie vriendinnen gehad. Mijn ouders zijn overleden toen ik vijftien was.'

Als ze eerlijk moest zijn was ze alleen met hem uitgegaan vanwege zijn uiterlijk. Ze dacht in ieder geval dat ze nee zou hebben gezegd als hij minder knap was geweest. 'Ik geloof dat je computertechniek hebt gestudeerd,' zei ze.

Hij knikte.

'En ik geloof...' Ze lachte.

Rickard keek haar vanonder zijn krullen aan.

'...dat je ouders zijn overleden toen je vijftien was. Zoiets zeg je niet als het niet waar is. En bovendien geloof ik echt niet dat je in totaal drie vriendinnen hebt gehad.'

Hij lachte naar haar. 'Goed! Ik heb er vier gehad.' Hij lachte om haar verbazing. 'Je dacht dat het er meer waren?' vroeg hij.

Ze schudde haar hoofd en zei ernstig: 'Nee, minder. Ik dacht één of maximaal twee...' Ze lachte toen ze zijn beteuterde gezicht zag.

Op hetzelfde moment kwam de ober met hun borden en ze wachtten allebei zwijgend tot hij weer weg was.

'Wat is er met je ouders gebeurd?' vroeg ze.

'Een auto-ongeluk. Ik was alleen thuis, ze waren de stad uit. Op weg naar huis botsten ze frontaal op een vrachtwagen.'

'Wat erg.'

'Het is nu zo lang geleden... Ik ben er al overheen.'

'Maar hoe ging het verder met jou?'

'Ik bleef in ons appartement wonen. Een groot vierkamerappartement. Mijn tante hield een oogje in het zeil, maar verder mocht ik op mezelf wonen... Ik woon er nog steeds. Hier vlakbij in de Åsögatan.'

Jodie knikte.

'Mijn beurt,' zei hij. 'Waarom ben je bij de politie gegaan?'

Jodie stopte met kauwen. 'Ik weet het niet... Toeval, denk ik.' Ze wist niet waarom ze niet eerlijk wilde vertellen dat haar vader ook politieman was geweest, maar voor haar gevoel was alles wat met haar vader te maken had privé.

'Bij mij ook,' zei Rickard. 'Toeval. Dat van die computertechniek was niet helemaal waar. Ik ben er na anderhalf jaar mee gestopt, ik wist niet wat ik wilde worden. Toen bedacht ik dat ik bij de politie kon gaan, vooral omdat ik het blootleggen van dingen via de computer juist zo leuk vond... hacken, zeg maar.' Hij lachte. 'Al van kleins af aan. Ik had een soort beeld dat er een geheim in computers zat dat ik zou kunnen onthullen. En ik bedacht dat politiewerk misschien wel zoiets was, dat je geheimen ontsluierde, moordenaars opspoorde...' Hij glimlachte en zag er nog jongensachtiger uit.

'En was dat zo?'

Hij schudde zijn hoofd.

'Niet echt. In mijn fantasie was het allemaal spannend. Maar nu, zoals met deze zaak, is het alleen maar akelig...' Hij nam een slok bier en zette het glas voorzichtig neer. 'Jouw beurt,' zei hij. 'Drie dingen over jou.'

'En één moet een leugen zijn?'

'Ja.'

Ze dacht na. 'Oké. Ik ben half-Amerikaans. Voordat ik bij de politie ging, wilde ik psycholoog worden. Ik heb drie keer een marathon gelopen.' Ze had willen zeggen hoeveel mannen ze had gehad, maar voelde dat ze hem daarmee misschien in verlegenheid zou brengen.

34

Dinsdag 3 november

Ik ben weer op mijn oude school. Maar nu is het avond en sta ik alleen op het schoolplein. Een paar straatlantaarns verlichten het geasfalteerde plein en de voetpaden ernaast. De lucht is vochtig grauw en plakkerig. Er waait een zwakke wind tussen de gebouwen door. Ik loop naar een van de voetbaldoelen, raak de paal aan met mijn hand en voel de kou van het metaal. Die goals stonden er vast ook al toen ik hier op school zat.

Ik volg het voetpad door het bos omlaag naar het water. Merkwaardig genoeg weet ik de weg nog, ik weet precies waar ik ben. Als ik door de tunnel onder het pendelspoor door loop, komt er opeens een trein uit zuidelijke richting. Het geluid is verbazingwekkend zacht, maar ik voel de trillingen in de grond onder mijn voeten. Dan is het weg.

Ik loop door naar waar het pad zich splitst, een pad naar de rijtjeshuizen en een naar het water. Ik herinner me vaag dat er verderop een oude oorlogsbunker moet zijn, maar aan deze kant van het pad is geen verlichting en als het bos om me heen zich verdicht, wordt het al snel te donker om er te lopen. Even sta ik stil te luisteren, ik verbeeld me dat ik iets hoor in het duister. Vervolgens keer ik snel om.

Maar als ik op de terugweg uit de tunnel kom, hoor ik het geluid weer, een takje dat breekt ergens in het bos vlak bij het pendelspoor, een meter of twintig, dertig verderop. En dan stemmen. Of geluiden waarvan ik denk dat het stemmen zijn.

Ik staar het donker in, ik luister, maar hoor niets meer. Misschien was het maar een dier, een ree of een das. Ik weet het niet, maar ik bel Lexa, ik heb niemand anders die ik kan bellen. Ze klinkt moe, alsof ze lag te slapen.

'We hebben net twee dreigbrieven gekregen,' zegt ze. 'En jij nog één. Misschien moet je een beetje voorzichtig zijn...'

Ze zegt het niet op haar gewone, felle toon, maar peinzend, ernstig. Alsof ze zich werkelijk zorgen maakt om mij.

Op weg naar huis vanaf Andreas Indgård vroeg ik haar wat ze van me dacht, of ik schuldig was of niet. Eerst praatte ze door net als anders, over het slechte politieonderzoek en het boek, maar daarna werd ze ernstig.

'Als ik eerlijk moet zijn,' zei ze, 'weet ik niet wat ik moet denken.'

En even later: 'Maar als – en ik zeg als – je Max niet hebt gedood, dan loopt er een moordenaar vrij rond. Al achtentwintig jaar.'

Ze draaide zich naar me om en keek me vreemd aan.

'Maar eigenlijk ben jij de enige die kan zeggen of je Max hebt vermoord of niet. Jij was erbij toen hij stierf. Jij weet wat er gebeurd is, Robert. Probeer het je gewoon te herinneren.'

35

Woensdag 4 november

De pendeltrein vertrok om 22.13 uur van station Skogås. Ameera Abbas schoof de versnellingshendel zachtjes naar voren en voelde de 206 ton zware trein met een zachte schok accelereren. Ze leunde achterover op haar stoel. Buiten het stationsgebied zette ze het grote licht aan en zag het schijnsel met de rails meebewegen.

Ze reed al drie jaar op de X60-trein naar Nynäshamn en kende intussen elk stukje van de spoordijk. Nu ze wat zuidelijker kwam, ging het spoor het bos in en uit, over open velden en langs spaarzame bebouwing. Er stond een hek, maar ze wist dat er altijd een kans bestond dat er wild de spoordijk op kwam. Ze had een keer een eland aangereden, een eenjarig kalf dat verward op de spoordijk naar de trein stond te kijken en pas op het laatste moment – toen het al te laat was – aan de kant sprong. De trein had het achterlijf van de eland geraakt, het was maar een doffe bons, maar in haar spiegel had ze het lichaam door de lucht zien wervelen voordat het op de grond was gekomen en van de dijk was gegleden, tegen het hek. Aan de trein was bijna niets te zien, wat vel dat aan een plaat was blijven zitten, naast een vrijwel onzichtbare deuk.

Toch hoorde ze het geluid van de botsing met de eland weer in haar hoofd toen ze de schaduw op de rails zag, vooraan in het licht van de koplamp. Een das, dacht ze eerst. Of een everzwijn. Ze drukte op de claxon en hoorde het harde loeien van de door druklucht aangedreven tyfoon. Ook al bevond ze zich in de cabine, het geluid was onaangenaam hard. Maar ze zag geen beweging.

Op een afstand van minder dan honderdvijftig meter zag ze pas wat het was.

Ze drukte de rode dodemansknop aan de rechterkant van het bedieningspaneel in. De wielen en de magneetremmen piepten schel over de rails en lieten de hele trein heen en weer slingeren. Ze wist dat hij toch niet op tijd tot stilstand zou komen. Toen er nog maar een meter of twintig resteerde, probeerde ze weg te kijken, maar haar blik werd onbewust naar het spoor getrokken. Ze zag de gezichten, de dunne lichamen, voordat ze onder de trein verdwenen. Er klonk een vochtig, gedempt geluid – of misschien verbeeldde ze zich dat. Voor haar geestesoog zag ze, ze kon er niets aan doen, dat het draaistel met een druk van bijna 18 ton per wiel de lichamen kliefde.

Pas toen de trein met een laatste schok tot stilstand was gekomen, pakte ze de telefoon waarmee ze de verkeersleiding kon bellen.

'Ik heb twee mensen aangereden,' zei ze met abnormaal vlakke stem, alsof ze melding maakte van een probleem met de remmen.

'Weet je het zeker?' vroeg de man aan de andere kant van de lijn.

'Ja.'

'Waar?'

'Ze lagen op het spoor. Het ging te snel… ik heb ze doormidden gereden.'

'Rustig maar. Waar bevind je je?'

'Ten zuiden van Skogås…'

'We slaan meteen alarm. Laat de trein staan. Doe niets. Informeer de passagiers, maar zeg niet wat er is gebeurd, alleen dat er een ongeluk heeft plaatsgevonden en dat jullie een poosje zullen blijven staan. Wij doen de rest…'

36

Woensdag 4 november

Carl parkeerde de auto op het weiland rechts van het voetpad, schakelde de motor uit, maar bleef achter het stuur zitten. Jodie zat zwijgend naast hem. Ze bevonden zich slechts een paar honderd meter van de plaats waar ze gistermiddag het lichaam van Olinda hadden gevonden. Voor hen rees de spoordijk op in het glinsterende zwaailicht van twee ambulances en een patrouillewagen. Een eindje verderop zag hij de discrete lijkwagen staan.

'Zullen we?' vroeg Jodie en ze opende haar portier.

Carl knikte en stapte uit. Bij de open achterdeuren van een van de ambulances boog een verpleger zich over een gezette vrouw van achter in de vijftig. Beiden waren goed zichtbaar in de warme interieurverlichting van de ziekenwagen. Carl hoorde haar keer op keer dezelfde zin uitspreken: 'Ik heb ze doormidden gereden... Ik heb ze doormidden gereden.'

De machinist, dacht hij. Het zou even duren voordat ze haar konden verhoren.

Jodie liep een steil pad op, naar een open diensthek in de hoge afrastering die onbevoegden de toegang tot de spoordijk versperde.

Iemand had een afzetlint voor de opening gespannen en er stond een jonge politieassistent naast. Hij knikte toen Jodie en Carl onder het lint door kropen. 'Ze liggen verderop langs het spoor,' zei hij een beetje hees en hij wees de richting aan met zijn arm.

Carl had het idee dat hij de geur van braaksel rook. De eerste patrouille ter plaatse, raadde hij. Het was even na elven 's avonds en de spoordijk lag in het donker. Hij wilde Jodie net vragen of ze een zaklamp had, toen een felle lichtkegel het macadam en de bielzen voor hen verlichtte.

'Hallo,' zei een stem.

Carl kon het gezicht in het donker achter de zaklamp niet goed zien, maar hij herkende de stem: Rickard.

'Hallo,' zei Jodie.

Carl hoorde dat er iets was. Haar toon was dezelfde als toen hij haar vanuit de auto op weg hiernaartoe had gebeld, alsof ze verlegen was. Had ze Rickard bij zich gehad? Daarna vroeg hij zich gegeneerd af wat hij daarmee te maken had. Ze was vrij om te doen wat ze wilde. In zijn hoofd hoorde hij de stem van zijn dochter: *Moet je nou echt de hele tijd politieman zijn?*

'Ben jij daar al geweest?' vroeg hij aan Rickard en hij knikte naar de plek waar de technici felle werklampen hadden opgesteld.

'Ik heb hen van een afstand gezien,' zei Rickard moeizaam. 'Dat was genoeg. Ze zien er verschrikkelijk uit.'

'De meldkamer zei over de radio dat het om twee tieners ging. Klopt dat?' vroeg Carl.

'Ik geloof het wel.'

Carl richtte zich tot Jodie. 'Ik ga met de technici praten. Blijf jij hier? We zouden moeten proberen getuigen te vinden, maar dat zal niet gemakkelijk zijn. Wie is er op zo'n avond bij donker buiten?'

'De moordenaar...' zei Rickard en hij waagde een kort lachje.

Carl keek hem hoofdschuddend aan. 'Mag ik je lamp even?' zei hij en hij stak zijn hand uit.

Hij liep voorzichtig langs het spoor. In de verte zag hij mannen in witte plastic pakken, die zich in het felle lamplicht naast een witte tent bewogen. Hij bleef op gepaste afstand staan en sloeg de technici op de rails gade. Hij kon zien dat ze gestrest waren, dat ze zich sneller bewogen dan anders. Ze hadden de trein achteruit terug laten rijden naar station Skogås en het pendelverkeer stilgelegd, maar dat kon niet heel lang zo blijven, bedacht Carl.

Hij stak zijn vrije hand in de zak van zijn dikke winterjas en voelde op hetzelfde moment de eerste regendruppel. Ditmaal was hij in ieder geval zo verstandig geweest om rubberlaarzen aan te trekken.

Over de spoordijk kwam een vrouw zijn kant op gelopen. Voorzichtig, voetje voor voetje, om niet te vallen in het donker.

'Beatrice,' zei Carl en hij scheen op de grond voor haar voeten. 'Carl Edson...'

'We hebben elkaar al eens ontmoet,' zei ze in haar zachte Finland-Zweeds.

'Ja, dat weet ik. Ik dacht alleen... in het donker.' Wat dacht hij eigenlijk?

Hij voelde zich eigenaardig ongeconcentreerd. 'Kun je iets zeggen over...' vroeg hij met een hoofdknik naar de verlichte plek.

'Twee jongemannen, zeer ernstig toegetakeld.'

'Een ongeluk?'

Ze schudde haar hoofd. 'Nee, ze waren al dood toen de trein over hen heen reed. Al een tijdje. Dus iemand moet de moeite hebben genomen de lichamen de spoordijk op te slepen en ze dwars over het spoor te leggen.'

Carl probeerde helder te denken. 'Waarom...' begon hij, maar hij viel zichzelf in de rede en begon opnieuw: 'Heb je een idee hoelang ze al dood waren?'

Ze bewoog haar hoofd van links naar rechts. 'Moeilijk te zeggen... maar afgaand op de lijkstijfheid en de lichaamstemperatuur... ongeveer een etmaal. Tussen de twintig en de achtentwintig uur, zeg maar, dan zit je goed.'

Carl telde terug. 'Dus ze zijn in de loop van gisteravond overleden.'

Ze knikte.

'Doodsoorzaak?'

Ze schudde moedeloos haar hoofd. 'Heb je ze gezien?'

'Nee...'

'Als je ze had gezien, zou je het niet vragen. Er is een trein over hen heen gereden, dan kun je zelf wel bedenken hoe ze eruitzien.'

'Ik begrijp het,' zei Carl beleefd. 'Dus je hebt geen idee hoe ze zijn overleden?'

'Nee, maar ik zou er een gooi naar kunnen doen. Ze hebben hoofdletsel dat ze moeten hebben opgelopen toen ze nog leefden. Of dat de doodsoorzaak is, kan ik pas zeggen als ik sectie heb verricht.'

'Een steen?'

'Nee, ik denk niet dat het een steen was.'

'Een honkbalknuppel?'

Beatrice keek opgelaten. 'Misschien een honkbalknuppel,' zei ze met tegenzin. 'Maar dan wel een smalle. De dikte van een ijzeren buis, voor zover ik kon zien. Maar ik moet hen nog beter bekijken.'

'Overeenkomsten met Olinda Sikonova?'

'Je stelt een heleboel vragen die ik nu niet kan beantwoorden. Ik zal morgenvroeg naar hen kijken en dan bel ik je. Meer zeg ik nu niet...' Ze verdween in het donker langs de spoordijk.

Terwijl het harder ging regenen, hoorde Carl een geïrriteerde stem op de plek waar de technici waren.

'Godsamme!' Lars-Erik Wallquist. 'Oké, mannen,' zei de forensisch onderzoeker gestrest. 'We hebben nóg een tent nodig. Nu meteen.'

Carl had met hem willen praten, maar besefte dat een gestreste en geïrriteerde Lars-Erik hem alleen maar zou uitschelden. In plaats daarvan liep hij achter de mannen van de lijkwagen aan toen ze de eerste brancard over de spoordijk droegen. De witte lijkenzak was stevig vastgesjord, maar in het schijnsel van de zaklamp zag Carl dat hij in het midden inzakte. Hij begreep dat ze de lichaamsdelen van de rails hadden geraapt en ze in de zak hadden gestopt.

Toen hij bij het hek en de afzetting kwam, zag hij dat Rickard en Jodie nog op dezelfde plaats stonden.

'We hebben met twee hondenbezitters gesproken, maar die waren op alle zwaailichten afgekomen,' zei Jodie snel. 'Dus aan hen hebben we niets...'

Carl knikte. 'Ik ga nu naar huis,' zei hij. 'Ik hoop dat niemand de familie al heeft geïnformeerd?'

Rickard schudde zijn hoofd.

'Mooi,' zei Carl. 'Wacht daarmee totdat we zeker zijn van de identiteit. Eventueel kunnen jullie hun ouders ophalen om hen te identificeren. Kleren en eventuele moedervlekken zijn misschien genoeg. Ze kunnen de lichamen maar beter niet te zien krijgen...'

Jodie knikte.

'Morgen weten we meer,' zei Carl. 'Dan moeten we erover nadenken waarom iemand hen de spoordijk op heeft gesleept.'

'Is dat niet duidelijk?' vroeg Rickard.

Carl draaide zich naar hem om.

'Om het op een ongeluk te laten lijken?' ging hij verder, nu iets minder stellig.

'Misschien,' zei Carl. Hij hoorde zelf dat hij geërgerd klonk en schreef dat toe aan vermoeidheid. Hij keek op zijn horloge en zag dat het na middernacht was.

37

Woensdag 4 november

Lexa maakt een tevreden indruk. Ze sprankelt, gaat ervoor, is geïnteresseerd. *Ze heeft er zin in.* (Meestal moet ik niets hebben van overdreven enthousiasme, maar bij Lexa past het. Die is meestal zo.)

Vandaag gaan we met Bernt Juuso praten. We hebben niets afgesproken, het wordt een verrassingsinterview (Lexa's woord). Ze heeft een paar keer geprobeerd telefonisch een afspraak met hem te maken, maar hij gooide telkens de hoorn erop of nam niet op.

Mij sleept ze mee om meer respons van hem te krijgen, zodat het boek... interessanter wordt. ('Meer gewicht krijgt,' zei ze geloof ik).

Ik zie tegen het interview op. Ik weet dat het niet haar schuld is. Elise zou hebben gezegd dat ik zelf besluit om erbij te zijn. Maar toch. Ik ben een toeschouwer geworden bij *De show van je leven*, waarin ik luister naar personen die ik niet herken, verhalen aanhoor die ik me niet herinner en me eigenlijk ook niet wíl herinneren...

'De auto staat er nog,' zegt ze als ze op de oprit van Bernt Juuso parkeert. 'Hij is nog niet naar zijn werk.' Ze zegt het alsof we een vlucht hebben gehaald en springt uit de auto, ze loopt snel voor me uit het tuinpad over.

De lage herfstzon werpt lange schaduwen over het gazon. De dauwdruppels glinsteren op de herfstbladeren die de wind in bergjes bij elkaar heeft gewaaid.

Bernt woont in een stenen villa een paar honderd meter van het huis waar ik ben opgegroeid. (Waarom blijven mensen hier wonen?) Zoals ik me hem voorstel uit mijn kindertijd, draagt hij een spijkerbroek, een zwartleren jack en heeft hij lang haar. Maar de man die de deur opendoet, is kortgeknipt en draagt een wit overhemd, een donker pak en glimmende zwarte schoenen. Onder zijn boord vang ik weliswaar een glimp op van een tatoeage en zijn gezicht is vermoeid en vol met dunne rimpeltjes, alsof de huid is uitgedroogd, maar toch, dit had ik niet verwacht.

'Ja?' zegt hij afwachtend en hij kijkt ons met onaangenaam lichte ogen aan. 'Als jullie iets willen verkopen, ik heb geen interesse. En bovendien ben ik op weg naar mijn werk, dus als jullie het niet erg vinden...' Tijdens het praten trekt hij een jas aan. Daarna kijkt hij ons weer aan, verbaasd, alsof hij had verwacht dat we al weg waren. 'Nee, bedankt!' zegt hij overdreven duidelijk en hij houdt zijn hoofd een beetje schuin, niet in een vragend gebaar, maar eerder agressief, alsof hij zich afvraagt hoe hij de aanval zal inzetten.

'Ik ben Lexa Andersson en dit is Robert Lindström. We hebben contact met je gezocht...'

Bernt blijft staan, kijkt Lexa aan en wacht af of er meer komt. Als hij weet wie we zijn, laat hij dat in ieder geval niet merken.

'We zouden je willen interviewen over Max Sander. Ik weet niet of je mijn ingesproken berichten op je voicemail hebt gehoord?'

Bernt knikt langzaam. 'Ik heb het nogal druk... En wat heb ik daarmee te maken? Ik heb niets te zeggen over Max.'

'Een paar korte vragen maar...' verzoekt Lexa.

'Hoelang moet het duren?' vraagt hij, terwijl hij op zijn horloge kijkt, een groot en duidelijk duur model. 'Ik moet zo naar mijn werk...'

'Misschien kunnen we vanavond terugkomen? Om zeven uur? Is dat een idee?'

Hij reageert niet, hij kijkt alleen, eerst naar Lexa en dan naar mij, alsof hij ons beoordeelt. Iets probeert vast te stellen. Dan knikt hij langzaam. 'Oké, zeven uur is goed.' Een fijn web van rimpels verschijnt op zijn gezicht als hij glimlacht. 'En nu, als jullie het me niet kwalijk nemen...' zegt hij en hij wringt zich langs ons heen, terwijl wij op de veranda blijven staan en hem snel over het tuinpad zien lopen.

'Wat doe je voor werk?' roept Lexa naar hem.

Bernt blijft staan en draait zich om. 'Auto's. Ik ben autoverkoper.' Het lijkt erop dat hij het leuk vindt dat te zeggen, dat hij er trots op is. Dan stapt hij in zijn auto en scheurt weg.

‘Herken je hem?’ vraagt Lexa en ze kijkt me met opgetrokken wenkbrauwen aan.

Ik schud mijn hoofd, maar ik voel wel iets: een naar, gespannen gevoel in mijn maag.

‘Ik ga vanavond ook met Magnus Isaksson praten,’ zegt ze, terwijl we teruglopen naar de auto.

‘Magnus…’ zeg ik.

‘Je jeugdvriend!’

‘Ik ga niet mee,’ zeg ik snel.

38

Donderdag 5 november

Lars-Erik Wallquist zag er moe uit toen hij om zich heen keek in de teamkamer, zijn bril opzette en zijn keel schraapte. 'We hebben het terrein rondom de vindplaats uitgekamd en we denken dat we de locatie van de moord hebben gevonden. Ze zijn vermoord op een afstand van ongeveer vijftien meter van de plaats waar we de lichamen hebben gevonden, naast een duiker in de spoordijk. We hebben bloed gevonden dat met de lichamen overeenkomt, maar geen sporen die we met zekerheid aan de dader kunnen toeschrijven.'

Toen niemand iets zei, ging hij verder: 'Wat betreft de identiteit, we hebben monsters naar het forensisch lab gestuurd, maar nog geen uitslag gekregen.'

'Als ik er even tussendoor mag komen: we zijn er vrij zeker van dat dit onze tieners zijn,' zei Carl. 'Jodie, daar ben jij mee bezig geweest?'

Jodie pakte er een briefje bij. 'De moeders van beide jongens, Katarzyna en Louise, hebben de kleren geïdentificeerd. We hebben ook een identiteitsbewijs op naam van Johan Brink gevonden in de zak van een van de jassen. Dus het is heel waarschijnlijk dat het Tony Pavic en Johan Brink zijn.'

Lars-Erik keek haar geïrriteerd aan met zijn bril in zijn hand. 'Mag ik verdergaan?'

'Ga je gang,' zei Carl en hij deed zijn best om beleefd te klinken.

'Bij de vermoedelijke plaats delict hebben we ook een bergplaats gevonden waarin zich een tas bevond met tweehonderd gram cannabis, vijftig ecstasypillen, drie telefoons, drie portemonnees... en een geladen pistool. De spullen zaten in een plastic bak die goed verborgen was. Op de telefoons zaten vingerafdrukken, die we naar het lab hebben gestuurd, maar daar hebben we nog geen uitslag van.'

'Dus ze kunnen zijn gedood terwijl ze met gestolen goederen bezig waren?' vroeg Ylva.

Lars-Erik zuchtte. 'Dat moet je aan iemand anders vragen. Wij proberen alleen vast te stellen wie de spullen in de plastic bak hebben aangeraakt. We hebben het wapen ook opgestuurd voor ballistisch onderzoek.'

Carl knikte.

Lars-Erik nam zorgvuldig het blaadje door dat hij in zijn hand hield.

Iedereen wachtte zwijgend.

'O ja,' zei hij ten slotte. 'We hebben de omgeving uitgekamd, op zoek naar een eventueel moordwapen... maar niets gevonden.'

'Oké,' zei Carl vermoeid. 'Verder nog iets?'

'Ja.' Lars-Erik stopte zijn bril in de zak van zijn roodgeruite flanellen overhemd en keek hen aan.

'Wat dan?' vroeg Carl, niet in staat zijn irritatie te verbergen.

'Heeft niemand zich afgevraagd hoe de beide jongens op het spoorwegterrein konden komen?'

Nog steeds was er niemand die iets zei.

'Het spoor is afgezet met een veiligheidshek, maar naast de duiker is een diensthek, alleen bedoeld voor personeel, waar normaal gesproken een stevig hangslot op zit...'

'Verdomme, man, wees eens duidelijk!' Asbjörn sprak de woorden grommend uit.

Carl draaide zich om en probeerde hem met zijn blik het zwijgen op te leggen.

Gek genoeg grijnsde Lars-Erik alleen. 'De sleutel van het hangslot lag naast de plastic bak op de grond,' zei hij.

'Hadden ze de sleutel gejat?' vroeg Asbjörn verbaasd.

'Dat denk ik niet. Ik denk dat ze het oude slot hadden opengebroken en er een eigen slot voor in de plaats hadden gehangen. Slim gedaan, als je het mij vraagt.'

'Maar waarom?' vroeg Jodie.

Lars-Erik keek haar verbaasd aan.

'Daar zou een van jullie slimmeriken op moeten antwoorden, maar als je het mij vraagt, denk ik dat ze een veilige bergplaats wilden hebben.' Lars-Erik raapte zijn papieren bij elkaar. Hij keek tevreden.

Carl wist dat hij dit als uitsmijter had bewaard om zijn presentatie mee te besluiten. 'Dank je wel,' riep hij hem na.

Lars-Erik wuifde met zijn ene hand en sloeg de deur dicht.

Carl liep naar het whiteboard. De namen van de tieners stonden er al op, naast die van Erik Olofsson. Eronder hingen een paar foto's van de gehavende lichamen op het spoor.

'Deze informatie dwingt ons nog eens goed na te denken,' zei Carl. 'De theoretische mogelijkheid bestaat natuurlijk nog steeds dat Johan Brink en Tony Pavic Olinda hebben vermoord, al is die tamelijk klein...'

Ylva kuchte. 'Zijn er...' begon ze aarzelend, 'zijn er eigenlijk aanwijzingen dat de moord op de jongens iets met Olinda Sikonova te maken heeft?'

Carl maakte een vaag gebaar. 'Ik heb vanochtend met de forensisch arts gepraat. Tony en Johan zijn met een smal voorwerp, een buis of zoiets, doodgeslagen. Misschien een ongewoon dunne honkbalknuppel of een ijzeren pijp. Ze hebben allebei minstens vijf, zes klappen gekregen. Ze zijn allebei ook op de geslachtsorganen geslagen. En net als bij Olinda zijn die klappen post mortem toegebracht.'

'En dat kwam niet van de trein?' vroeg Jodie.

Carl schudde zijn hoofd. 'Nee, het staat vast dat dat niet door de trein is gebeurd. Vermoedelijk is het letsel veroorzaakt door het wapen waarmee ze zijn vermoord.'

Hij schreef SEKSUEEL MOTIEF? op het bord onder JOHAN en TONY.

'En de bergplaats van het gestolen goed?' vroeg Asbjörn. 'Hoe past dat in het plaatje?'

'Niet,' zei Carl. 'In ieder geval nog niet. We weten niet eens of het hun bergplaats was.'

Jodie leunde naar voren op haar stoel. 'Alles lag er nog in, toch?' vroeg ze.

'Voor zover wij weten wel, ja,' zei Carl.

'Maar waarom heeft de moordenaar niet alles meegenomen? Ik bedoel, de drugs en het pistool zouden toch op zijn minst een bepaalde straatwaarde moeten hebben...'

'Je bedoelt dat de bergplaats niet het motief was...'

'Precies,' zei Jodie. 'En als ze niet vermoord zijn vanwege de bergplaats, zouden de moorden dan niet toch in verband kunnen staan met de moord op Olinda? Vooral in het licht van wat de forensisch arts zei over de slagen op hun geslachtsorganen...'

Carl knikte. 'Goed punt. We zullen uiteraard onderzoeken of het om dezelfde dader zou kunnen gaan,' zei hij. 'En tot nu toe hebben we maar één verdachte.' Hij wees naar de foto van Erik Olofsson en richtte zich toen tot Asbjörn. 'Hoe is het met de leerlingen van de school gegaan?'

'We hebben met ze gesproken,' zei Asbjörn. 'Maar niemand kon Olofsson aanwijzen. Een paar leerlingen zeiden dat ze hem wel hadden gezien, maar ze wisten niet meer waar of wanneer. Dat kan net zo goed in het centrum of in de supermarkt zijn geweest toen hij melk ging kopen. Hij woont in de buurt.'

'En Tony en Johan, had iemand iets over hen te melden?'

Asbjörn schudde zijn hoofd.

'En niets over de witte stationcar?' vroeg Carl.

'De witte auto, mijn god...' zei Asbjörn. 'Drie personen hebben de witte auto van hun buren aangewezen en vier hebben aangegeven dat ze zelf een witte auto hebben. Alle zeven zijn het stationcars. Geen van die auto's heeft maandagmiddag bij de school gestaan, dat hebben we nagetrokken.'

Carl knikte, liep naar het whiteboard en omcirkelde de woorden WITTE AUTO onder de foto's van Olinda. 'Wat ik vreemd vind aan die auto,' zei Carl en hij keek hen weer aan, 'als de dader Olinda in zijn auto heeft meegenomen, waarom vinden we Olinda dan in een grot zeshonderd meter van de school?' Hij wees naar de plattegrond waarop de plaats van de moord gemarkeerd was. 'Waarom rijdt hij niet naar de zee? Of naar een verlaten bosweg tientallen kilometers hiervandaan?'

'Als je iemand wilt meenemen gaat dat het gemakkelijkst met de auto,' zei Jodie, 'zelfs als het maar om zeshonderd meter gaat...'

'Maar dat verklaart niet waarom hij ervoor koos haar uitgerekend daar, in het bos, te vermoorden, of wel? Nadat hij haar met de auto had opgepikt.'

Ze haalde haar schouders op. 'Misschien heeft die plek een emotionele betekenis voor hem, vanwege iets wat daar is gebeurd...'

'Mijn hemel, dat is toch puur giswerk,' zei Asbjörn balorig.

Jodie zei niets.

'We zijn nu allemaal aan het gissen,' zei Carl en hij schreef SPECIALE PLAATS? op het bord.

'Rickard, kun jij kijken of er in de buurt van de plaats van de moord eerder misdrijven zijn gepleegd?'

'Natuurlijk...'

'Hoe gaat het met het zoeken naar kindermoordenaars en zedendelinquenten, schiet dat een beetje op?'

'Ja, dat schiet op... of... het heeft niets opgeleverd. Ik heb er niet meer gevonden. Met deze zoekparameters in ieder geval niet. Daarbij komt alleen Erik Olofsson eruit.'

'Oké,' zei Carl. 'Ga nog verder terug in de tijd. Als we spelen met de gedachte dat onze dader nu veertig of vijftig is. Wanneer heeft hij hier dan op school gezeten?'

'Eind jaren zeventig,' zei Rickard snel. 'De eerste flats rond het centrum zijn in de jaren zestig gebouwd, dus veel verder teruggaan in de tijd heeft geen zin.'

'Ga zo ver mogelijk terug...'

Rickard toetste weer iets in op zijn computer.

Carl vroeg zich af of hij meteen begon met zoeken of dat hij met iets anders bezig was. Tegen Asbjörn zei hij: 'Dit is je kans om met Erik Olofsson te praten. Ga na wat hij gisteren en eergisteravond heeft gedaan.'

Asbjörn bromde en zei: 'Ik neem Ylva mee.'

'Doe dat,' zei Carl. 'Jodie en ik gaan naar de Dalsätraschool.'

Het vertrek vulde zich met geschraap van stoelpoten toen iedereen opstond.

'Trouwens,' zei Carl. 'Het is misschien goed als jullie dat weten. De moeder van Olinda Sikonova, Nastasia, heeft gisteren een zelfmoordpoging gedaan. Ze heeft het overleefd en is op de Spoedeisende Hulp Psychiatrie terechtgekomen.'

39

Juli, achtentwintig jaar eerder

Het regende die ochtend. Na een lange periode van warm en droog weer, viel er eindelijk een dichte, milde zomerregen, van die regen waar de lucht lekker door ging ruiken – van het stof op de straten, het gras van de gazons en de bomen.

Misschien droegen Magnus en Robert daarom geen regenpak, maar alleen een dun jack en een spijkerbroek, toen ze aanbelden bij Max.

Ze waren helemaal natgeregend. Vooral Robert. Op weg erheen had hij met uitgestoken armen en zijn hoofd in zijn nek rondjes gedraaid op straat. Hij hield van regen, hij vond het fijn om de waterdruppels op zijn gezicht te voelen.

Maar Max wilde niet naar buiten. En als ze binnen gingen spelen, moesten ze hun kleren uittrekken – al hun natte kleren.

Daar waren zijn ouders, Kenneth en Tina Sander, heel strikt in. Ze hadden het grootste deel van hun huis zelf verbouwd en ze zagen er streng op toe dat hun kinderen geen rommel maakten en geen dingen kapotmaakten in huis. Die dag werkten beide ouders, maar toen Magnus en Robert weigerden meer uit te trekken dan alleen hun jas, riep Max zijn zus erbij.

Magnus Isaksson woont nog steeds in Skogås, slechts een paar honderd meter van zijn ouderlijk huis. Hij begrijpt nu niet meer waarom hij toen niet gewoon wegging, waarom hij niet tegen Robert zei dat ze dan wel bij hem thuis konden spelen. 'Maar Max' grote zus had iets. Ze was ouder dan wij en we waren een beetje bang voor haar, denk ik, Robert en ik allebei.'

Max' zus bleef bovendien in de hal staan om te controleren of ze wel echt hun kleren uittrokken. Magnus bloosde, iets wat hij altijd nogal snel deed, maar stapte toch uit zijn spijkerbroek. Toen beide jongens in hun onderbroek en T-shirt stonden, lachte ze hen uit en liep weg.

Max' kamer zat naast de keuken, een kleine jongenskamer met ramen aan de achterkant. Boven een bureau met een groene bureaulamp had zijn vader een boekenrek opgehangen. Het bed stond achteraan tegen de muur. Er hingen geen posters in de kamer, alleen een schilderij dat een huis aan het strand en een woelige zee voorstelde – geschilderd door Max' oma.

Toen ze de kamer binnenkwamen, haalde Max een paar stripbladen van het bed en zette ze voorzichtig in een tijdschriftenhouder in het boekenrek, waarna hij ging zitten. Magnus en Robert bleven vlak achter de deur staan en keken naar Max' verzameling speelgoedautootjes die op de planken stonden. Ze waren heel, bijna als nieuw. Magnus herinnert zich dat hun eigen speelgoed uit die tijd bijna meteen nadat ze het hadden gekregen kapotging – bij experimenten met suiker en salpeter, kleine explosies op het veldje.

Maar Max was zuinig geweest op zijn autootjes, jaar na jaar, totdat hij te oud was geworden om ermee te spelen. Magnus dacht dat het was omdat hij bang was. In de klas gingen geruchten dat Max door zijn vader werd geslagen als hij iets kapotmaakte.

Ten minste één gebeurtenis bevestigt deze geruchten: in de derde klas was Max boos geworden om een rekensom die hij niet had begrepen, ook al had de juf hem die meermalen uitgelegd. Uiteindelijk had hij zijn schrift doormidden gescheurd en op de grond gegooid en was hij huilend de klas uit gerend. De juf was achter hem aan gegaan. De hele klas had muisstil zitten luisteren hoe ze op Max had gemopperd omdat hij het schrift kapot had gescheurd. Hij had pas gereageerd toen ze zei dat zijn ouders het kapotte schrift moesten vergoeden en haar stamelend gevraagd of ze alsjeblieft niets tegen zijn ouders wilde zeggen. Hij had gezegd dat hij kon nablijven of het schoolplein kon schoonmaken – wat dan ook, als ze zijn ouders maar niet inlichtte. Maar dat weigerde de juf.

De volgende dag was hij niet op school gekomen en de dag daarna ook niet. Pas op dag vier was hij er weer. Hij zei dat hij ziek was geweest. Maar toen hij voor het eerst sinds die gebeurtenis weer meedeed met gym, hadden enkele leerlingen de blauwe plekken op zijn achterste gezien, de blauwrode striemen op de achterkant van zijn bovenbenen.

In Max' jongenskamer liep Robert nu naar het boekenrek boven het bureau. 'Hè, heb jij er zo een?!' zei hij en hij pakte een blauwe walkman met koptelefoon op.

'Blijf af!' schreeuwde Max en hij stond snel op van het bed.

Robert keek hem verbaasd aan. 'We kunnen hem toch wel proberen?'

'Nee! Ik ben de enige die hem mag gebruiken!' Max wilde de walkman uit zijn handen trekken, maar door de heftige beweging liet hij hem op de grond vallen. 'Je hebt hem kapotgemaakt!' schreeuwde hij. Hij viel op zijn knieën, raapte zijn walkman op en inspecteerde hem, drukte op de playknop en hield zijn oor tegen de koptelefoon.

Alle drie hoorden ze Tomas Ledin zingen: *'Vad gör du nu för tiden?'*

Maar Max hield zijn walkman met beide handen vast en begon te huilen. Zijn stuntelige lichaam trilde en het leek wel of hij zat te bidden, zoals hij daar gebogen zat over de blauwe cassetterecorder.

Robert en Magnus lachten onzeker.

'Mijn vader zal zeggen dat je een nieuwe moet kopen!' schreeuwde Max en hij keek Robert aan.

'Maar hij is niet kapot.'

'Hij is wel kapot. Kijk maar!' Max hield zijn walkman omhoog en wees naar een kras in de blauwe lak.

'En trouwens, dat heb ik niet gedaan. Dat heb jij gedaan,' zei Robert.

Het rare, herinnert Magnus zich, was dat het voor Max niet uitmaakte dat het apparaat het deed. Het leek wel of Robert het puur door zijn aanraking had bezoedeld.

Toen Camilla haar broer hoorde schreeuwen, kwam ze de kamer in en vroeg waar ze mee bezig waren.

'Hij heeft mijn walkman op de grond gegooid,' zei Max en hij wees naar Robert, die in zijn T-shirt en onderbroek midden in de kamer stond. 'Met opzet.' Hij zei het heel vanzelfsprekend, ook al wist hij dat het een ongeluk was geweest.

Camilla zei dat ze weg moesten gaan, dat ze het aan hun moeder zou vertellen dat ze hier waren geweest en spullen kapot hadden gemaakt.

Maar Robert en Magnus hoorden geen van beiden meer iets over Max' walkman. Ze zagen hem die ook nooit meer gebruiken.

40

Donderdag 5 november

Carl en Jodie zaten in het lege klaslokaal en observeerden de tiener die zich op de stoel tegenover hen liet zakken.

Adam Ocan was lang en tenger, met een wat kromme rug en stevige sneakers. Alles aan hem zag er buitenproportioneel en onwennig uit, alsof zijn lichaam uit zijn krachten was gegroeid. Vanonder de capuchon van zijn zwarte hoodie, die hij strak om zijn gezicht had getrokken, wierp hij hun een steelse blik toe.

'Jouw leraren en klasgenoten zeggen dat jij Tony en Johan het best kende,' zei Carl.

Adam haalde zijn schouders op, speelde met iets op de tafel. 'Kennen, kennen…' zei hij.

'Ze zaten bij jou in de klas toch?'

'Ja, dat wel, maar zoveel ging ik niet met hen om…'

Carl zuchtte. Hij wist hoe het was om les te geven aan een klas met kinderen zoals Adam. Hij had een semester als invaller gewerkt terwijl hij een blok theoretische filosofie volgde aan de universiteit. Hij had zelfs overwogen leraar te worden. Maar na de eerste les veranderde hij zijn toekomstplannen. Hij had zijn naam op het bord geschreven en zich voorgesteld aan een achtste klas in Bandhagen, toen een van de jongens achterin zijn hand opstak: 'Rukt u vaak, meester?'

De klas had gelachen en hij had geprobeerd hem met een snedig antwoord op zijn nummer te zetten, maar hij had niets beters kunnen bedenken dan: 'Daar heb jij niets mee te maken.'

De school was vroeger niet veel beter geweest, bedacht Carl. Hardop vroeg hij: 'Mocht je hen?'

'Tony en Johan? Ging wel. Ze konden best tof zijn, maar…' Hij haalde zijn schouders op.

'Ik begrijp het,' zei Jodie. 'Maar heb je de afgelopen dagen iets raars aan hen gemerkt?'

'Nou, ik wil ze niet verlinken...'

Jodie boog zich naar hem toe. 'Je weet dat ze dood zijn, toch, dat we hen gisteravond bij het pendelspoor hebben gevonden?'

Hij knikte en wilde anders gaan zitten, wat tot gevolg had dat hij overeind moest komen om niet van zijn stoel te vallen. 'Dat heb ik gezien.'

'Het is belangrijk dat je het vertelt,' zei Carl. 'Wat weet je van hen?'

'Nou, wat ik zei, ik kende hen niet zo goed... Maar ze verkochten spullen en zo...'

'Op school?'

'Hier... en op het plein... Verdomme, dat weet iedereen.'

'Wat voor spullen?'

'Computerspullen, telefoons... ik weet het niet. Dingen die ze te pakken hadden gekregen.'

'Iets anders?' vroeg Carl. 'Drugs, cannabis, ecstasy?'

Adam trok het koordje van de capuchon heen en weer totdat er nog maar een smalle opening over was voor zijn neus en ogen. 'Wiet en E, absoluut... Maar zo goed weet ik het allemaal niet.'

'Oké,' zei Carl. 'Als iemand hun iets wilde aandoen, wie zou dat dan zijn? Enig idee?'

'Nou, weet je... Die gasten waren *not nice*... Er waren er een heleboel die de pest aan hen hadden...' Hij liet zich weer onderuitzakken en leek na te denken. 'Maar er was een man... strak gekleed, jasje-dasje...'

'Ja?' zei Carl.

'Ik heb hem op het plein gezien. Ik dacht dat hij hun dealer was of zo.'

Carl leunde naar voren. 'Op het plein? Je bedoelt het Skogåsplein?'

'Ja, bij de vijver daar.'

'Wanneer heb je hem precies gezien?'

'Weet ik niet... Afgelopen maandag of dinsdag...'

'Denk na!'

'Oké, oké... Wacht, het was de dag waarop ze dat meisje van de Lycksätraschool hebben gevonden.'

'Dinsdag,' zei Jodie.

'Zou je die man herkennen?' vroeg Carl.

'U bedoelt op een foto?'

'Ja.'

'Nee, ik zag hem alleen toen ik mijn brommer op slot zette. Tony en Johan waren daar, ik zei hallo en toen ben ik weggelopen. Ik moest naar de ICA, melk kopen voor mijn moeder. Ik snapte wel dat er iets aan de hand was... met die gast.'

'Kun je iets meer over hem vertellen?' vroeg Jodie.

'Strak in het pak, dus... wat ik al zei.'

Jodie keek hem aan. 'Hoe is Carl gekleed, vind je?'

'Nou, *no offence*, maar best strak.' Adam grijnsde.

Carl glimlachte. Hij vatte het op als een compliment. 'Verder nog iets? Kapsel? Dik, slank?' vroeg hij.

Adam schudde zijn hoofd. 'Zo goed heb ik hem niet gezien. Hij zat de hele tijd in een auto.'

'Een auto?' viel Carl hem in de rede.

'Hij was midden op het voetpad gaan staan, vlak bij het plein, daardoor zag ik hem...'

'Wat was het voor auto?'

Adam keek opeens verlegen. 'Dat weet ik niet. Een auto. Zag er mooi uit. Volvo of... Hoe heten die? Volkswagen, BMW. Nieuw, in ieder geval.'

'Kleur?' vroeg Carl.

'Licht, denk ik. Zilver misschien... of blauw?'

'Wit?'

Adam haalde zijn schouders op.

Carl had een foto van Erik Olofsson bij zich en liet die aan Adam zien. 'Zou het deze man kunnen zijn?' vroeg hij.

'Dat weet ik niet. Het zou kunnen, maar...'

Hij haalde opnieuw zijn schouders op.

'Praatten ze met elkaar? Of wat deden ze toen ze elkaar zagen?' vroeg Jodie.

'Nee, hij keek alleen naar hen...'

‘Maar… denk je dat ze iets met elkaar te maken hadden?’

‘Dat weet ik dus niet. Hij hield hen de hele tijd in de gaten. En toen ze wegreden op hun brommers, reed hij met de auto achter hen aan. Maar wel…’

‘Ja?’ zei Jodie.

‘…langzaam, zeg maar. Niet alsof hij ze probeerde in te halen. Ik weet het ook niet, ik heb niet heel goed gekeken, misschien was hij gewoon aan het… je weet wel, cruisen.’

Carl keek Jodie vragend aan, die bijna onmerkbaar haar hoofd schudde. ‘Dank je wel,’ zei hij. ‘Je hebt ons goed geholpen. Kun je je naam en telefoonnummer hier opschrijven? Dan kunnen we contact met je opnemen als we nog vragen hebben.’

Adam keek Carl glazig aan, maar begon toen gehoorzaam te schrijven.

41

Woensdag 4 november

Als ze me tegen zeven uur oppikt op het Telefonplan, is Lexa veranderd. Stiller, alsof ze ergens mee zit. Als ik vraag wat er is wil ze het niet zeggen. Maar ik weet dat het door Magnus moet komen, of hoe hij ook alweer heette. Door informatie over mij die haar niet bevalt, die haar choqueert. Zo kijkt ze, alsof ze plotseling iets te weten is gekomen.

We parkeren weer voor het huis van Bernt Juuso. Zijn auto staat weer op de oprit. We lopen over het tuinpad, de korte trap op, en bellen aan. Hij doet bijna meteen open en laat ons binnen.

Als hij op de bank in de woonkamer gaat zitten en nonchalant zijn armen op de rugleuning legt, komt zijn exclusieve horloge onder de witte overhemdsmouw uit (hij heeft het pak van die ochtend nog aan).

‘Zo,’ zegt hij. ‘Wat willen jullie?’ Hij klinkt verveeld.

Ik krijg het gevoel dat hij op ons neerkijkt, ook al zit hij en staan wij.

Lexa lijkt het als gewoonlijk niet te deren. Ze pakt haar dictafoon en zet hem op de lage glazen tafel, terwijl ze tegenover hem plaatsneemt. ‘Zoals ik zei, we schrijven een boek over Robert Lindström en de moord op Max Sander van achtentwintig jaar geleden.’

Bernt kijkt me aan.

Ik ga snel naast Lexa zitten.

‘Oké, dat had ik begrepen. Maar wat heeft dat met mij te maken?’

‘Jij komt voor in het politieonderzoek. Op 15 augustus tussen twaalf en één uur ’s middags ben je in de buurt gezien van het braakliggende veldje waar Max Sander twee uur later dood werd aangetroffen.’

Bernt kijkt haar aan zonder te reageren.

Lexa wacht.

Ten slotte leunt hij naar voren op de bank en legt hij zijn handen op het glazen tafelblad. ‘Waar ben je op uit?’ Zijn stem is nu scherper.

Als hij vooroverbuigt, zie ik de tatoeage in zijn nek weer. Een slangenkop.

'Ik wil alleen dat jij vertelt wat je je van die dag herinnert, dat je jouw versie geeft.' Ze houdt haar hoofd een beetje schuin. Het ligt er zo dik bovenop dat ik me schaam.

Maar Bernt lijkt het niet te merken. Hij zit even stil, lijkt te overwegen wat hij moet doen en leunt dan opeens weer achterover op de bank. 'Oké... Ik herinner me dat ik op weg was naar mijn kameraad.'

'Ted Löfgren?' vraagt Lexa.

Hij knikt. 'Het was bloedheet. We zouden naar het Drevvikenmeer gaan om te zwemmen. Iemand had mijn brommer gejat, dus ik moest lopen in die klerehitte...'

'Ging je naar Ted?'

'Ja.'

'Dus jullie hadden niet op het strand afgesproken?'

Hij lacht. 'Je kende Ted niet, verdomme. Hij kwam zelf nooit ergens. Nu snap ik dat hij een of andere stoornis moet hebben gehad, maar toen... Als ik hem mee wilde hebben, moest ik hem halen.'

'Oké, en onderweg kwam je langs het veldje?'

Hij knikt, smalle ogen gefixeerd op Lexa.

'Weet je nog hoe laat het was?'

Hij haalt zijn armen van de rugleuning. 'Je zei toch dat het tussen twaalf en één uur was. Hoe moet ik dat verdomme weten? Het is bijna dertig jaar geleden!'

'Oké, en wat gebeurde er?'

Hij haalt zijn schouders op. 'Niets. Ik zag daar een paar snotjongens rondstruinen. Robert...' Hij knikt naar mij. '...was er een van.'

'Wie zag je nog meer? Max?'

'Nee, maar wel een andere jongen. Ik weet niet hoe hij heet, maar hij was van dezelfde leeftijd. Staat dat niet in het politieonderzoek waar je het steeds over hebt?'

'Maar jij wist wel hoe Robert heette? En Max?'

'Natuurlijk. Max was het broertje van Camilla. We hadden toen een tijdje verkering. En Robert was daar soms...'

'Dus jij en Camilla waren een stelletje?' vroeg Lexa.

'Ja. Ze was zo'n dertien of veertien jaar oud, maar razendknap. Dat is ze trouwens nog steeds. Ik zie haar af en toe in de wijk...'

'Oké,' zegt Lexa peinzend. 'Maar zag je wat ze aan het doen waren? Robert en die andere jongen?'

'Robert liep het veldje op en die andere jongen schoot als een rat weg over straat.'

'En jij? Wat deed jij?'

'Zoals ik al zei, ik ging naar Teds huis, en toen gingen we beiden zwemmen bij de landtong.'

'Andreas Indgård, zo heet die andere jongen, en Robert vertelden tijdens de verhoren dat ze bang voor je waren.'

Bernt glimlacht, terwijl hij me aankijkt met zijn lichte ogen.

Als ik als kind bang voor hem was, begrijp ik dat wel. Ik ben nu ook bang voor hem.

'Ik liep in die tijd wat te klieren. Maar gewoon voor de grap. We deden nooit iets. We maakten hen alleen bang, je weet wel, je bent vijftien, zestien in een buitenwijk waar geen fuck te doen is...' Hij grijnst.

'Nee,' zegt Lexa. 'Dat weet ik feitelijk niet.'

'Nee? Oké... Dan ben je misschien ook niet in een lelijke buitenwijk opgegroeid.'

'Nee, misschien niet. Maar jij hebt ervoor gekozen om in deze lelijke buitenwijk te blijven wonen. Waarom?'

Hij kijkt uit het raam. 'Ik zal er wel aan gewend geraakt zijn,' zegt hij, maar ik hoor dat hij zich opgelaten voelt. Alsof hij zich schaamt dat hij daar nog woont.

'Is er zoveel jaar na dato nog iets waarover je hebt nagedacht wat betreft die dag? Waar je je over hebt verbaasd?'

Bernt leunt achterover op de bank, spreidt zijn armen weer over de rugleuning, maar kijkt nog steeds bezwaard. 'Wat zou ik moeten denken? Robert' (hij kijkt mij aan) 'heeft Max doodgeslagen. Dat was verschrikkelijk!'

'Oké,' zei Lexa. 'Nu zijn er dingen in het vooronderzoek die zo merkwaardig zijn dat het feitelijk onzeker is of Robert wel echt degene is die Max heeft doodgeslagen.'

Bernt trekt zijn wenkbrauwen op en kijkt haar aan alsof hij het niet begrijpt. 'Meen je dat?' vraagt hij verbluft.

'Ja,' zegt Lexa. 'Wat vind je daarvan?'

'Dat klinkt totaal geschift! Hij zat immers onder het bloed. Iedereen wist dat hij het had gedaan.' Hij kijkt me aan als hij dat zegt. Dan staat hij op van de bank en loopt naar de deur. 'Dat had je weleens mogen zeggen voordat je hier kwam.'

'Waarom?'

'Dan had dit hele geleuter niet gehoeven! De politie is hier eindeloos mee bezig geweest, en dan...' Hij knipt met zijn vingers. '...hup, hebben ze opeens ongelijk! Hoe verzin je het?'

Ik sta op, maar Lexa blijft zitten. 'Heb je nog contact met Ted Löfgren tegenwoordig?' vraagt ze.

'Ik wil dat jullie nu weggaan. Allebei. Wegwezen.' Hij glimlacht terwijl hij het zegt, de verkopersglimlach, maar zijn stem is anders. Scherp.

Lexa staat op, raapt langzaam haar notitieboekje, pen en dictafoon bij elkaar (zonder hem uit te schakelen).

'Ted?' vraagt ze weer. 'Zien jullie elkaar nog weleens?'

'Soms,' zegt Bernt en hij wijst met zijn hand naar de hal om haar weg te krijgen. 'We pakken af en toe een pilsje...'

Terwijl we onze schoenen aantrekken, kijkt hij met een beledigde uitdrukking naar Lexa, alsof ze hem heeft belazerd. 'Kom ik nu ook in dat stomme boek?'

'We zullen zien. We zijn nog niet begonnen met schrijven.'

'Dat wil ik niet.'

'Oké, dan weet ik dat.'

Ik kijk op mijn horloge. We zijn minder dan twintig minuten bij Bernt Juuso binnen geweest.

'Als je iets te binnen schiet, laat het me dan weten,' zegt Lexa en ze overhandigt hem een visitekaartje.

Ik kijk haar verbaasd aan. Het lijkt wel of ze niets heeft gehoord van wat hij zei.

Maar hij pakt het aan. 'Bedankt voor jullie komst,' zegt hij (alsof we klanten zijn die voor een nieuwe auto komen).

Als ik thuiskom, zoek ik de fles whisky op die ik in de boekenkast heb verstopt, achter een groot boek over de natuur. Er zit nog maar een paar centimeter vloeistof in. Ik draai de dop eraf en drink zo uit de fles, ik sla het allemaal in één keer achterover. Toch blijven mijn handen trillen.

In de auto op weg van Bernt Juuso vroeg Lexa of ik heb gelezen wat er is gebeurd.

Ik begreep er niets van.

'Er is een klein meisje dood gevonden in de buurt van jouw oude school. Ze verdenken een paar tieners.'

Het was donker buiten. Straatlantaarns en koplampen van tegenliggers verlichtten haar gezicht in korte flitsen om het meteen daarna weer in de duisternis te laten verdwijnen.

Ik hoorde haar diep inademen, alsof ze zich schrap zette.

'Jij moet daar geweest zijn op het moment van haar verdwijning... afgelopen maandag, nadat we met Göran Nyman hadden gesproken.'

'Wat bedoel je?' Ik denk dat ik verontwaardigd klonk, maar dat weet ik niet zeker.

'Je bent meteen daarna naar mij toe gekomen. Heb je iets gezien? Of iemand?'

'Nee,' zei ik. 'Het regende. Ik zat in de auto naar het schoolplein te kijken. En toen ben ik door mijn oude wijk gereden, zoals je me had aangeraden. Maar dat weet je al.'

Ze keek me even aan. 'Denk na,' zei ze toen.

'Verder was er niets...'

'Ik vertrouw je, Robert, snap je dat?'

'Waarom zeg je dat? Heeft dit iets met Magnus te maken? Heeft hij iets gezegd wat...'

'Nee,' viel ze me in de rede en ze keek me aan alsof ík degene was die raar deed.

Maar ik geloof haar niet. Ze is achterdochtig geworden door iets wat Magnus heeft gezegd. Dat moet wel.

Tijdens de rest van de rit zwegen we. Maar toen Lexa voor haar portiek parkeerde – dubbel, zoals gewoonlijk – en mij de autosleutel gaf, zodat ik verder kon rijden, ging haar mobiel. Het was een kort gesprek.

Toen ze had opgehangen keek ze me verbaasd aan. 'Dat was Camilla, de oudere zus van Max. Ze wil me spreken. Alleen.'

Ze hebben morgen afgesproken. Ik maak me merkwaardig zenuwachtig over die ontmoeting – ook al zal ik er niet eens bij zijn.

42

Donderdag 5 november

Alleen Rickard en Asbjörn waren ter plaatse toen Carl en Jodie de teamkamer weer binnenstapten; toch kwam hun een zware lucht van natgeregende kleren en zure koffie tegemoet.

'Het is hier om te stikken,' zei Jodie, toen ze langs Rickards plaats liep. 'Wat heb je gedaan?'

Carl hoorde dat dat een pesterijtje was, maar dat leek Rickard niet door te hebben.

'Hè?' Hij keek verbaasd op. 'Ik heb alleen in dataregisters gezocht.'

Voordat Carl kon vragen wat hij had gevonden, kuchte Asbjörn aan de andere kant van de kamer. 'Zijn jullie iets wijzer geworden?' vroeg hij. Hij leunde achterover op zijn stoel en kruiste zoals gewoonlijk zijn armen voor zijn borst. 'Op die school?'

Zijn toon was hatelijk en Carl nam aan dat hij beledigd was omdat ze de Dalsätraschool hadden bezocht, terwijl hij en Ylva daar al waren geweest.

'Misschien,' zei Carl en hij leunde tegen zijn bureau. 'Een van hun klasgenoten had afgelopen dinsdag een man in een auto gezien, die achter Tony en Johan aan reed. Helaas kon hij de man niet uitvoerig beschrijven, hij wist alleen dat hij netjes gekleed was.'

Asbjörn knikte, alsof hij dat al had verwacht. 'En de auto?' vroeg hij.

'Een lichte kleur, dat was alles wat hij kon zeggen.'

Asbjörn ging terug naar zijn computer, hij scrolde zorgvuldig met de muis, terwijl hij op het scherm las.

'Hoe is het met jullie gegaan dan, met Erik Olofsson?' vroeg Carl. 'Hebben jullie iets uit hem weten te krijgen?'

Asbjörn keek weer op. 'Nee, niets. Weer hetzelfde verhaal. Dat hij had gewerkt en meteen daarna naar huis was gegaan. Hij zegt dat hij thuis tv zat te kijken op het moment waarop de tieners doodgingen en de spoordijk op werden gesleept. En hij is in weken niet in de buurt van het pendelspoor geweest.'

'En jij gelooft hem?' vroeg Carl.

'Ik denk dat hij liegt dat hij zwart ziet.'

'Over waar hij zich bevond?'

'Over alles...'

Rickard keek op van zijn computer. 'O ja,' zei hij. 'Ik heb de gegevens van Eriks mobiel binnengekregen...'

Carl stond op.

En Asbjörn maakte zich lang op zijn stoel.

'En?' vroeg Carl. 'Waar was hij maandagmiddag?'

'Thuis...'

Carl ging op het bureau zitten.

Asbjörn zakte in elkaar en staarde weer naar zijn computer.

'Maar dat betekent niet...' zei Rickard.

'Ik weet het,' zei Carl. 'Hij kan de telefoon thuis hebben laten liggen en weg zijn gegaan om Olinda dood te slaan... Vraag zijn mobiele data voor dinsdag en woensdag ook maar op.'

'Oké...' Rickard reed naar voren achter de twee grote computerschermen die hij op zijn plaats had opgesteld. 'Ik heb misschien nog iets...'

Carl draaide een zwarte viltstift rond in zijn hand.

'Het is een tikkeltje vergezocht,' ging Rickard verder. 'Maar jij wilde toch dat ik verder terug zou gaan in de tijd...'

Carl knikte.

'Achtentwintig jaar geleden is er een jongen vermoord in Skogås. Er is toen veel over die zaak geschreven, begin jaren negentig. Het slachtoffer heette Max Sander en degene die als dader werd aangewezen was zijn vriend, Robert Lindström. Ze waren beiden elf jaar.'

'Ga door,' zei Carl en hij liep naar het bord.

'Zoals ik al zei, heb ik op vier verschillende misdaadcodes gezocht, wat vrij veel treffers opleverde. Nadat ik iedereen eruit had gefilterd die geen band met Skogås had, hield ik toch nog tweeëndertig namen over. De meeste van hen waren betrokken bij bendeoorlogen... Als ik die weghaal, blijven er veertien namen over. Daarvan zijn er negen niet verdacht, aangezien ze in de bak zitten of dood zijn, of...'

Jodie en Asbjörn waren gestopt met werken en keken nu geïnteresseerd naar Rickard.

'Oké,' ging hij verder. 'Van de vijf namen die overbleven, heeft Asbjörn er al drie nagetrokken. Erik weten we. Robert Lindström is de enige interessante nieuwe naam die is opgedoken.'

'Mooi,' zei Carl. 'En wat valt er over hem te zeggen?'

'Hij is hier opgegroeid,' zei Rickard. 'Op een steenworp afstand van de school waar Olinda op zat. Na de moord op zijn klasgenoot is hij in een behandelcentrum terechtgekomen en daarna heeft hij jaren in een pleeggezin gezeten...' Rickard keek op de computer. 'In Mälarhöjden.'

'Waar woont hij nu?' vroeg Carl.

'In Hägerstensåsen.'

Jodie kuchte, pakte haar koffiekopje van het bureau, draaide het rond in haar hand en keek naar het bord.

Carl wachtte totdat ze van de koffie zou drinken, die daar vast al vanaf de lunch had gestaan, maar dat deed ze niet.

In plaats daarvan vroeg ze aan Rickard: 'Je zei dat Robert Lindström werd "aangewezen". Wat gebeurde er?'

'Hij was nog maar elf, dus er kwam geen rechtszaak. Ze legden het vooronderzoek gewoon neer.'

'Goed werk, Rickard,' zei Carl. 'Heb je het adres en mobiele nummer?'

43

Donderdag 5 november

Lexa Andersson zat al met een kop koffie en een broodje aan een tafeltje achterin, toen Camilla Sander het cafeetje in het midden van de Sveavägen binnenkwam.

'Lexa is het toch?' vroeg Camilla en ze stak haar hand uit. Ze glimlachte breed. Ze droeg een strakke zwarte leren broek en een witte zijdeachtige knoopblouse. 'Leuk om een gezicht bij de stem te zien. Je ziet er bijna net zo uit als ik me had voorgesteld,' ging ze verder. 'Ik ga even koffie halen. Wil jij nog iets?'

Lexa schudde haar hoofd, maar toen Camilla terugkwam, zette ze toch een schoteltje met een bonbon op haar dienblad.

'Hier,' zei ze. 'Ik weet dat je niets wilde, maar hier kun je geen nee tegen zeggen. Die neem ik hier altijd. Superlekker.' Weer een glimlach. Perfecte witte tanden.

'Dank je wel,' zei Lexa. Ze was verbaasd. Aan de telefoon had ze een beeld gekregen van een stijf persoon, iemand die helemaal niet zo spontaan was.

'Ik weet dat je me wilt spreken vanwege het boek dat je samen met Robert schrijft...' zei Camilla, terwijl ze ging zitten. Lexa haalde haar notitieboekje en pen tevoorschijn, maar Camilla legde haar hand op de hare. '...maar dit is geen interview.'

Lexa keek haar verbaasd aan. 'Waarom wilde je me dan spreken?'

'Ik wil je alleen waarschuwen.'

'Waarschuwen?'

'Voor Robert. Voor hoe hij is. Voor wat hij kan doen.' Camilla nam een hap van een broodje dat dik belegd was met kiemgroente, tomaten en sla. 'Hij heeft vast een heleboel verhalen verteld over Max,' zei ze toen ze haar mond leeg had. 'Maar je kunt hem niet vertrouwen. Dat moet je goed begrijpen.'

Lexa glimlachte in een poging inschikkelijk te zijn. 'Ik trek alle verhalen na,' zei ze. 'En ik probeer iedereen te interviewen die er toen bij was, niet alleen Robert. Ik had gehoopt dat ik ook met jou zou kunnen praten.'

'Heeft hij verteld van de walkman?' vroeg Camilla, alsof ze niet had gehoord wat Lexa zei.

'Híj niet, maar ik ken het verhaal...'

'Max had een walkman gekregen voor zijn verjaardag,' ging Camilla verder en ze keek haar doordringend aan. 'Dat weet je nog wel, dat iedereen in die tijd een walkman had. Het was het coolste dat je kon hebben. Mijn ouders konden het eigenlijk niet betalen, maar hij had zo lang gezeurd dat ze er geld voor hadden opgespaard. Toen kwamen Magnus en Robert bij ons thuis en het eerste wat Robert deed, was de walkman op de grond gooien. Alleen omdat hij er zelf geen had.'

Lexa zette het koffiekopje neer en ademde diep in, vermande zich. 'Ik heb het precies andersom gehoord, dat het een ongeluk was... en dat hij niet eens kapot was.'

'Heeft Magnus dat gezegd?'

'Dat kan ik niet...' zei ze en ze stak haar handen op in een hulpeloos gebaar. 'Bronbescherming.'

Camilla knikte. 'Robert vernielde vaker dingen van Max,' zei ze, 'niet alleen zijn walkman. En die was wél kapot. Nadat Robert daar was geweest, deed de fastforwardknop het niet meer. Max heeft het nooit tegen onze ouders gezegd... Ik weet dat hij er verdrietig om was.'

Lexa zette haar koffiekopje neer. 'Waarom zei hij het niet tegen jullie ouders?'

Camilla haalde haar schouders op. 'Maakt dat uit?'

'Ik vraag me alleen af of hij het niet durfde te zeggen.'

'Waarom zou hij dat niet durven?'

'Ik heb gehoord dat hij af en toe slaag kreeg.'

Camilla leek na te denken, ze hield haar hoofd schuin. 'Ik zal niet ontkennen dat mijn vader streng kon zijn. En natuurlijk kreeg Max af en toe een draai om zijn oren. Maar zo erg was het eerlijk gezegd niet. Wij hebben er in ieder geval niets aan overgehouden.'

Ze keek Lexa uitdagend aan, die begreep dat ze er niet over door moest vragen.

'Ik weet niet wat ze je hebben verteld,' ging Camilla verder, 'Robert en zijn vrienden. Maar je weet toch dat ze bijna van school gestuurd zijn omdat ze Max pestten?'

Lexa knikte.

'Ik zal Max niet verdedigen,' zei Camilla. 'Hij zal ook zijn slechte kanten hebben gehad. Maar hij was echt bang voor die jongens. Robert en Andreas deden echt gestoorde spelletjes. Ze schoten met pijl-en-boog op elkaar, gooiden met messen... Eén keer gaf Robert Max een duw toen hij op het schoolplein fietste, zodat Max zijn arm brak. Daarna zei hij natuurlijk dat Max gewoon met zijn fiets was gevallen... En natuurlijk had niemand het zien gebeuren. Dat soort dingen deed hij alleen als niemand het zag, als hij alleen was met Max...'

'Oké,' zei Lexa, zonder haar irritatie te kunnen verbergen. 'Dit wordt een beetje raar. Ik heb gehoord dat Max Robert de schuld in de schoenen schoof en dat hij zelfs af en toe dingen verzon.'

Camilla schoot in de lach. 'Iedereen heeft natuurlijk recht op zijn eigen versie... Maar ik kan je dingen vertellen die ze Max hebben aangedaan...' Ze observeerde Lexa zwijgend. 'Nee, dat ga ik niet doen,' zei ze vervolgens. 'Je zou me toch niet geloven.' Ze pakte met haar wijsvinger een paar kruimels op van tafel en legde ze op het dienblad. 'Ik ben hier niet om jou te vertellen hoe jij je boek moet schrijven,' ging ze verder. 'Of is het Roberts boek? Dat bepaal je natuurlijk zelf. Maar als ik jou was, zou ik een beetje voorzichtig zijn.'

Lexa glimlachte stijf. Ze voelde zich steeds ongemakkelijker. 'Bedankt... heel attent van je,' zei ze, 'maar zoals ik al zei, ik maak gebruik van diverse bronnen, ik neem zo veel mogelijk interviews af...'

'Heeft hij verteld over zijn broer?' onderbrak Camilla haar.

Lexa kon haar verbazing moeilijk verbergen. 'Dus daar heeft hij niets over gezegd? Vraag hem daar eens naar. Of vraag het aan zijn ouders...'

'Zijn ouders leven toch niet meer?' zei Lexa.

'Zegt hij dat?' Camilla glimlachte geïnteresseerd. 'Dat bedoel ik nou. Je moet een beetje oppassen met Robert. Zijn ouders leven allebei nog. Ze wonen in de binnenstad. Ze hebben het huis meteen daarna verkocht. Je snapt wel dat ze daar niet wilden blijven wonen.'

Lexa voelde dat ze zweette, maar ze durfde niet te kijken of ze donkere kringen onder haar armen had gekregen.

'Maar je hebt wel onderzoek naar hem gedaan?' vroeg Camilla en ze leunde een eindje naar voren, bijna gretig. 'Voordat je begon...'

'Ja, uiteraard.'

'Dan weet je ook van zijn eigen gezin, waarom hij is gescheiden? Of waarom zíj is gescheiden?'

'Heb je het nu over Robert?'

'Heeft hij het ook niet over zijn eigen gezin gehad?'

'Ik weet niet goed wat je bedoelt...'

Camilla glimlachte weer, meewarig. 'Robert is een poosje getrouwd geweest. Hij heeft een kind, een zoon, geloof ik. De jongen zal nu een jaar of veertien, vijftien zijn.'

'Een zoon? Maar hoe weet jij...'

'Hoe ik dat weet? Hij...' Camilla ademde diep in. 'Oké. Ik had niets willen zeggen. Dan lijkt het alsof ik wil roddelen. Maar je moet echt begrijpen met wie je samen een boek schrijft.'

Lexa voelde dat ze de grip op dit interview – of wat het ook was – helemaal kwijtraakte. Ze wist dat ze weg moest gaan en moest vragen of ze opnieuw konden afspreken nadat ze meer research had gedaan. Maar ze bleef zitten.

'Een paar jaar geleden kwam Robert bij me langs,' ging Camilla verder. 'Ik wilde hem niet binnenlaten, maar hij ging niet weg. Hij gedroeg zich dreigend en gaf mij de schuld van alles wat er in zijn leven gebeurd was. Hij beweerde dat ik hem erbij had gelapt. Sindsdien heb ik hem een beetje in de gaten gehouden.'

Lexa draaide het lege koffiekopje rond op het dienblad. 'En je hebt níét geprobeerd hem erbij te lappen?' vroeg ze.

Camilla lachte. 'Nee, echt niet. Wil hij je dat wijsmaken?'

'Nee, maar dit... Het komt allemaal wel heel plotseling. Ik...'

'Dat bedoel ik,' zei Camilla en ze klonk opeens meelevend.

Hier baalde Lexa zo van. Van het gevoel voor joker te staan, het mis te hebben.

'Je hebt vast wel gehoord of gelezen over de theorie van de politie dat Robert daarna een zelfmoordpoging heeft gedaan,' ging Camilla verder.

Lexa knikte, dwong zichzelf te focussen, scherp te blijven. 'Die theorie is door een rechtspsycholoog naar voren gebracht,' zei ze.

'Dat kan wel zijn,' zei Camilla, 'maar ik geloof geen moment in een zelfmoordpoging. Ik denk dat hij precies hard genoeg heeft geslagen om flauw te vallen. Als hij al flauwviel. En daarna fakete hij een soort geheugenverlies.'

'Maar zelfs de psycholoog dacht dat het geheugenverlies echt was...' zei Lexa.

'Hij heeft ze voor de gek gehouden,' zei Camilla met een lachje. 'Hij heeft het aldoor *geveinsd*. Ik ben ervan overtuigd dat hij het nog weet. De moord, wat er daarna gebeurde, alles...'

Lexa zweeg. Ze voelde dat Camilla naar haar keek.

'Oké,' zei ze even later. 'Dit neemt een vreemde wending. Zijn er meer... dingen die ik moet weten?'

Camilla haalde haar schouders op. 'Ik kan niet alles vertellen wat Robert deed. Maar één ding: hij was een dierenbeul.'

'Zijn vrienden zeggen dat hij...'

'Wacht. Eerst luisteren. We hadden een hond, een dwergpoedel. Kling. Een schatje, de liefste hond van de wereld. Robert was altijd gemeen tegen hem. Als hij bij ons thuis was, moesten we de hond voor alle zekerheid in een andere kamer opsluiten.'

'Wat deed Robert dan?' vroeg Lexa.

'Hij wilde dat ze spullen vastbonden aan Kling z'n staart. Om hem te zien rennen. Hij gooide dingen naar hem, schoenen, stenen... omdat hij het leuk vond als de hond boos werd en blafte. Een keer vertelde Max dat Robert wilde dat ze hem met een lucifer aanstaken om te kijken of hij brandde...'

'Dit klopt helemaal niet met het beeld dat ik van Robert heb. Ik zou eerder zeggen dat hij voorzichtig is, verlegen, onhandig... onzeker.'

Camilla schudde haar hoofd. ‘Zo wil hij dat je hem ziet…’

Lexa wachtte op een vervolg, maar Camilla zweeg.

‘Dit was nogal veel in één keer…’ zei Lexa even later. ‘Kan ik dit natrekken? En dan bij je terugkomen, iets beter voorbereid?’

Camilla knikte. ‘Doe dat. Maar wees voorzichtig.’ Opeens leunde ze naar voren en legde een hand op Lexa’s arm. ‘Trouwens, wat doe je komend weekend?’ Weer de perfecte glimlach waarmee ze het café was binnengekomen.

Lexa haalde haar schouders op. ‘Hoezo?’

‘Ik ga op zaterdag altijd bowlen. Ga je mee?’

DEEL TWEE

44

Donderdag 5 november

'Camilla liegt,' zei Robert verontwaardigd.

Lexa zat op de groene bank, ingeklemd tussen de stapels papieren, en volgde hem met haar blik terwijl hij door zijn woonkamer ijsbeerde. Hij was veranderd, vond ze. Opeens zag ze alleen de slechte houding, de vurige uitslag in zijn hals en op zijn wangen, van de stress, rode vlekken die zich snel over zijn huid verspreidden, de handen die nerveus aan zijn haar zaten.

'Maar verdorie, Robert! Ik heb je ouders nagetrokken. Ze leven nog! Jij zei...'

'Ik weet wat ik gezegd heb...' zei hij zacht. 'Maar het is niet wat je denkt. Ik kan het uitleggen...'

Ze beheerste zich, probéérde zich te beheersen, niet boos te worden. 'Ik kan het ook uitleggen, ze hebben een andere achternaam aangenomen. Björkhed, maar dat weet je vast al...'

Robert deed zijn mond open, maar zei niets.

Lexa staarde hem aan. 'En je bent getrouwd geweest! Het klopt wat Camilla zegt...'

Robert liep naar de boekenkast, haalde er een boek uit en zette het weer terug. 'Wat bedoel je?' fluisterde hij.

'Ik bedoel dat je getrouwd geweest bent, Robert, dat je een vrouw had. Wat denk je dan dat ik bedoel?'

'Ik wil er niet over praten...' zei hij en hij wendde zich af.

Ze schudde moedeloos haar hoofd. 'En je hebt een zoon.'

Hij schrok.

'Ik heb het je gevraagd, Robert! Weet je nog? Ik heb naar je familieomstandigheden gevraagd, naar je ouders, broers of zussen, kinderen... Alles!'

'Ik...'

'Hoe kun je dergelijke dingen níét vertellen?! Hoe werkt dat bij jou? Dacht je dat ik er niet achter zou komen, dat niemand het zou... ontdekken?'

'Ik weet het niet...'

'En dat je het allemaal niet meer weet, is dat ook gewoon lulkoek?' Ze stond op van de bank en liep naar hem toe. 'Je weet het nog wel, hè? Je herinnert je alles!'

Robert staarde naar de grond, probeerde langs haar heen te lopen.

'Zijn er meer dingen die je "vergeten" bent te zeggen? Waar je over hebt gelogen?' Ze ging voor hem staan, dwong hem te blijven staan. 'Laat ik het zo vragen: is er iets wáár van alles wat je me hebt verteld?'

'Ja,' zei hij. 'Alles is waar. Al het andere...'

'Maar hoe moet ik dat nu nog geloven? Hoe kan ik je vertrouwen?'

'Ik weet niet...'

'Je kunt niet liegen in zo'n boek. Of een heleboel dingen achterhouden. Dat snap je toch, Robert? Er mag geen woord onwaar zijn. Dan zakt het hele boek in, alles wordt een leugen, elke pagina, elke zin... En we zouden... ík zou afgemaakt worden.'

'Ik begrijp het, ik wilde...' Hij bracht zijn armen omhoog als om zich te beschermen en probeerde zich van haar af te wenden.

'Maar waarom?' vroeg ze, nu iets vriendelijker. 'Robert, kijk me aan! Waarom heb je gelogen?'

'Ik... ik weet het niet. Het...' Hij wrong zich langs haar heen en begon weer door de kamer te ijsberen.

'Camilla vertelde dat je een paar jaar geleden haar huis bent binnengedrongen. Dat je haar hebt bedreigd.'

'Ik heb haar niet bedreigd!' zei hij. 'Ik zocht haar gewoon op... Het was therapie, we hadden het over Camilla gehad, Elise en ik, en ik voelde... Ik wilde haar een heleboel dingen vragen. Ze was er immers bij, ze kon vertellen wat er gebeurd was...'

Lexa volgde zijn gang door de kamer, volgde hem met haar blik. 'Ik zal je een paar herinneringen geven,' zei ze. 'Max was bang voor je. Camilla vertelde dat ze af en toe met hem meeliep naar school... En als jij bij hen was, sloten ze hun hond op in een andere kamer, om te voorkomen dat jij gemeen tegen hem zou zijn.'

'Maar dat liegt ze!' zei Robert.

'Waarom zou ze daarover liegen?'

'Dat weet ik niet...' Hij hield zijn armen weer voor zijn gezicht. 'Maar zo was ik niet. Ik weet dat ik niet zo was...'

'Camilla is niet de enige,' zei Lexa. 'Ik heb eerder niets gezegd, maar Magnus Isaksson vertelde dat je razend kon worden. Niet zomaar boos, maar compleet redeloos, woest. Dat meer kinderen bang voor je waren.'

'Ik... dat weet ik niet meer... Maar ik weet wel dat ik Camilla nooit heb bedreigd!'

Ze ging in de deuropening staan, volgde zijn schokkerige bewegingen door de kamer nog steeds. 'Toen jij afgelopen maandag bij de school was, wat deed je toen eigenlijk?'

'Dat heb ik toch gezegd! Ik keek naar de school. Ik zat in de auto naar de school te kijken!'

Ze probeerde zijn gezicht te zien, te kijken of ze iets had gemist. 'Wie ben je, Robert?'

Voordat hij antwoord kon geven, werd er op de deur geklopt. Hij bleef staan en staarde de hal in. 'Ik krijg nooit bezoek,' zei hij en hij bleef onzeker midden in de kamer staan.

'Ga je niet opendoen?' vroeg Lexa, maar voordat hij naar de voordeur had kunnen lopen, klonk er een stem door de brievenbus.

'Politie! Doe open, alsjeblieft.'

45

Een kan water en een paar kartonnen bekertjes stonden op tafel in de verhoorkamer naast een computerscherm en een congresmicrofoon. In twee van de hoeken hingen videocamera's. Een klok aan de muur stond op tien voor vijf 's middags.

'Ga zitten,' zei Jodie Söderberg en ze knikte naar een van de groene kantoorstoelen aan de andere kant van de tafel.

Robert Lindström trok de stoel aan, zodat de poten over de vloer schraapten. 'Waarom ben ik hier? Wat willen jullie?'

'Daar komen we zo op,' zei Jodie.

'En waarom is Lexa er niet bij?' vroeg hij.

Ze glimlachte naar hem. Carl was met de vrouw die journalist beweerde te zijn naar een andere verhoorkamer gegaan. 'We willen graag dat jullie allebei afzonderlijk jullie verhaal doen,' zei Jodie. Ze pakte er een schrijfblok en een pen bij.

'Wat dan? Wat moeten we vertellen?'

'We kunnen beginnen met wat jij afgelopen maandag hebt gedaan, maandag 2 november.'

'Afgelopen maandag? Toen was ik in Sigtuna. Met Lexa, wij waren daar allebei.'

'Wat deden jullie daar?'

'We hebben met een politieman gesproken... Of, zij heeft met hem gesproken. Hem geïnterviewd voor een boek... over mij.' Robert leunde naar voren, draaide een van de kartonnen bekertjes los uit de stapel en vulde het met water.

'Waarom schrijft ze een boek over jou?'

'Omdat ik op mijn elfde mijn speelkameraad heb gedood... misschien.'

Jodie knikte. Ze had er niet bij stilgestaan dat je daar een boek over kon schrijven, maar ze nam aan dat het vast goed zou verkopen. 'Dat onderzoek kennen we,' zei ze. 'En hoe heette de politieman die jullie hebben geïnterviewd?'

'Göran Nyman.'

'En hoe laat hebben jullie hem gesproken?'

Robert haalde zijn schouders op. 'Om een uur of tien.'

'En daarna? Wat hebben jullie daarna gedaan?'

'Lexa is naar huis gegaan.'

'En jij?'

'Ik mocht de auto meenemen. Het is een huurauto… Lexa vond parkeren in Södermalm een crime.'

Jodie keek naar zijn handen, die het kartonnen bekertje ronddraaiden, het op tafel zetten, het oppakten, er meer water in schonken… 'Ja, ja,' zei ze. 'En wat deed je met de auto? Je woont in Hägersten. Ben je naar huis gereden?'

Hij schudde zijn hoofd.

'Wil je alsjeblieft antwoorden? Voor de opname?'

'Ik ging naar de wijk waar ik in mijn jeugd heb gewoond…'

'In Skogås?'

'Ja. Maar het idee dat ik daar moest gaan kijken, bij mijn oude school, het veldje waar het gebeurd was, mijn huis… dat kwam van Lexa.'

'Welke school was dat?'

'De Lycksätraschool.'

'En die auto, wat was het voor auto? Is het een stationcar?'

'Ja, een huurauto. Een Ford, geloof ik… Dat moet je maar aan Lexa vragen, die heeft hem gehuurd.'

'Dat zullen we doen. Wat voor kleur heeft de auto?'

'Wit.'

Jodie schreef iets in haar collegeblok om de opwinding te verbergen die ze voelde. 'Dus je zat in een witte Ford stationcar bij de Lycksätraschool?' vroeg ze.

'Ja.'

Eerst de feiten, bedacht ze. Simpele dingen, vragen die gemakkelijk te beantwoorden zijn. 'Hoe laat was het toen?'

‘Ergens in de middag,’ zei Robert. ‘Ik heb geen horloge.’

Ze keek naar zijn lege polsen. ‘Maar wat denk je? Zou je om… zeg een uur of drie bij de Lycksätraschool geweest kunnen zijn?’

‘Misschien.’

‘Wat deed je toen je daar was? Nam je een kijkje?’

‘Nee, ik ben in de auto blijven zitten. Het regende…’

‘Dus je hebt niet over het schoolplein gelopen? Naar het pendelspoor? Naar het water?’ Ze keek zo ontspannen mogelijk naar hem om haar opwinding te verbergen.

‘Nee,’ zei hij. ‘Daar was ik niet op gekleed. Ik had geen regenkleding bij me.’

‘Dus je zat gewoon in de auto? Heb je iets gezien toen je daar zat?’

‘Het schoolplein.’

‘Geen schoolkinderen?’

‘Ja, natuurlijk wel, een heleboel kinderen.’

‘En je bent het pad omlaag naar het water niet af gelopen? Voorbij de steile heuvel?’

‘Nee, waarom vraag je dat aldoor? Ik zat in de auto.’

‘Je hebt daar als kind vast wel gespeeld. Zou het niet leuk zijn geweest om dat nog eens te zien?’

Opeens keek hij op. ‘Ben ik daarom hier? Omdat jullie denken dat ik dáár iets mee te maken heb? Met dat meisje dat dood is gevonden?’

Jodie glimlachte uit de hoogte naar hem. ‘We denken niets. Zoals gezegd, dit is een routineverhoor…’

‘Maar ik heb niets gezien.’ Hij draaide zijn lege bekertje rond. ‘Alleen schoolkinderen. Ze hadden regenkleding aan, ze waren op weg naar huis.’

‘En wat deed je toen?’

‘Ik reed weg.’

‘Waarom?’

Hij haalde zijn schouders op, maar ze zag dat zijn ogen alle kanten op schoten. ‘Ik had daar al een hele poos gestaan…’

‘En waar reed je naartoe?’

‘Naar het veldje.’

‘Het veldje?’

Hij keek opeens beschaamd. ‘Ja, dus, toen ik klein was, was het een braakliggend perceel. Nu staat er een huis. Daar is Max… gedood.’

‘De vriend uit jouw kindertijd?’

‘Ja.’

‘Lag dat veldje dicht bij de school?’

‘Ja.’

‘Maar je reed erheen? Je ging niet lopen?’

‘Nee, dat zei ik toch. Het regende. Ik had geen zin in lopen.’

Ze zag dat hij steeds gestrester raakte. Zijn vingers friemelden nerveus aan zijn haar, hij krabde huidschilfers los, die op zijn schouders vielen. ‘Ik begrijp het,’ zei ze. ‘Hoe was dat?’

‘Wat?’

‘Om je op de plaats te bevinden waar je je vriend had gedood?’

Hij keek zo snel op dat hij het bekertje water bijna omgooide. ‘Ik…’ begon hij verontwaardigd, maar hij stopte. ‘Dat weet ik niet. Ben ik klaar?’

‘Nog een paar vragen.’

Het leek wel of hij zich schrap probeerde te zetten. Zoals je je bij de tandarts probeert voor te bereiden op de pijn die zal komen.

‘Je bent hier opgegroeid,’ zei ze. ‘Speelde je vaak op de berg bij het water toen je klein was?’

‘Dat deden we allemaal.’

Ze glimlachte. ‘Hadden jullie geen geheime plek toen je klein was? Een grot waar jullie bij elkaar kwamen?’

‘Je bedoelt de militaire bunkers?’

‘Nee, ik denk aan een kleine grot, misschien meer een holte, onder een groot rotsblok. Een paar honderd meter onder het pendelspoor. Weet je wat ik bedoel?’

Hij leek na te denken. De rubberzolen van zijn schoenen piepten over de vloer toen zijn benen rusteloos op en neer sprongen. ‘Misschien…’

‘Maar daar was je nu niet?’ vroeg ze.

‘Nee! Hoezo?’

‘Ze hebben daar het lichaam van het meisje gevonden…’

Toen Jodie psychologie studeerde, had ze geleerd hoe moeilijk het ook voor ervaren deskundigen was om vast te stellen of iemand de waarheid sprak of niet. En ze wist hoe gemakkelijk het was om in een nerveuze aanleg het bewijs te zien dat iemand loog. Maar ten aanzien van Robert wist ze het toch zeker – hij loog. Of hij verzweeg iets.

Ze besloot het over een andere boeg te gooien. 'Wat heb je afgelopen dinsdag gedaan? De dag na jullie gesprek met de politieman in Sigtuna.'

'Ik... Wé hebben een jeugdvriend van me bezocht.'

'Jij en Lexa Andersson? Was dat ook voor het boek?'

'Ja.'

'En hoe heet die jeugdvriend?'

'Andreas Indgård.'

'En heb jij daarna de auto meegenomen?'

Robert knikte.

'En waar ben je toen naartoe gereden?'

'Zomaar ergens heen. Ik wilde gewoon weg.'

'Ben je weer bij je oude school geweest?'

'Dat weet ik niet, ik reed zomaar wat rond. Dat gedoe met het boek... om terug te komen... dat is lastig voor me.'

'Dat begrijp ik. Probeer het je toch te herinneren. Ben je naar Skogås gereden?'

'Misschien... Ik weet het niet. Ik zei toch dat ik gewoon wat rondreed.' Zijn stem was nu gebroken.

'En nog steeds in de witte huurauto?'

'Ja.'

'En je weet zeker dat je niet bij het pendelspoor bent geweest?'

'Ja, dat zeg ik toch! Ik ben daar niet geweest!'

Ze glimlachte vriendelijk naar hem. 'Nee, je zei dat je niet wíst waar je bent geweest.'

Hij was met zijn nagel over de uitslag op zijn wang gaan krabben, keer op keer. Ze zag dat er een bloedend wondje was ontstaan, maar dat leek hijzelf niet te merken.

'Waar gaat dit over?' vroeg hij.

'Twee jonge jongens zijn afgelopen dinsdag bij het pendelspoor vermoord.'

'Wat?'

'Vind je dat niet merkwaardig? Eén, dat je je bij de school bevond toen er een elfjarig meisje werd ontvoerd en gedood en twee, dat je opeens geen idee hebt waar je was toen de avond daarop twee tieners de dood vonden?'

Robert keek haar vreemd aan, vertwijfeld of verslagen, dat wist ze niet.

'Ik had geen idee... Ik was daar niet, zeg ik toch?'

Ze wachtte zwijgend af. Ze zag hem met zijn handen over zijn gezicht wrijven en ze zag dat de wond op zijn wang een lange rode streep achterliet. Ze voelde de bewegingen onder de tafel van zijn springende benen.

'Ik heb niets gedaan!' zei hij weer. 'Ik heb niet...'

'Vind je het goed als we een DNA-monster nemen?' vroeg ze kalm.

Hij keek haar onzeker aan.

'Dat helpt ons om je uit te sluiten van verdenkingen. Dan hoeft dit verder allemaal niet.'

'Oké, toe dan maar.'

Ze haalde een gesloten DNA-testkit tevoorschijn, maakte hem open, haalde er een paar blauwe veiligheidshandschoenen uit en trok ze aan. 'We nemen jullie huurauto ook mee voor technisch onderzoek. Die krijgen jullie terug als we ermee klaar zijn.'

'Gaan jullie mij... arresteren?' vroeg hij.

Ze schudde haar hoofd. 'Daar gaat de officier van justitie over. Maar ik denk het niet. Nog niet.'

46

'Ik moet het vragen...' Lexa zat op de bank naar Robert te kijken, die heen en weer liep door haar woonkamer. Ze geneerde zich zelden. De jaren als journalist hadden haar gehard, alle lastige vragen die ze had moeten stellen aan mensen die geen antwoord wilden geven, de telefoongesprekken in het holst van de nacht – uiteindelijk was alle gêne verdwenen, alle grenzen aan wat toelaatbaar was. Toch voelde ze zich nu opgelaten. 'Ben je schuldig?' vroeg ze.

Hij bleef staan en draaide zich naar haar om.

Ze speelde met de pen die op tafel had gelegen. Was ze bang? Misschien, maar ze dacht van niet.

'Wat?'

'Die kinderen die zijn overleden... heb jij daar iets mee te maken?'

'Natuurlijk niet! Dat wist ik niet eens voordat jij het vertelde...'

'Jij was bij het pendelspoor op het moment waarop de jongens werden gedood,' zei ze.

'Heb je dat tegen de politie gezegd?' vroeg hij en hij keek haar nerveus aan.

Ze was even stil, ze speelde nog steeds met de pen, draaide hem rond tussen haar vingers. 'Nee,' zei ze ten slotte en ze keek hem aan. 'Ik heb gezegd dat ik het niet wist, dat jij de auto had, maar dat ik niet wist wat je had gedaan...'

Dat was waar. De woorden waren spontaan opgekomen. Ze kon niet goed verklaren waarom ze de waarheid niet had verteld. Misschien omdat ze niet wilde inzien dat ze het zelf bij het verkeerde eind had gehad ten aanzien van Robert, dat het hele boekproject misschien van meet af aan verkeerd was geweest.

Robert draaide zich om en begon opnieuw door de kamer te ijsberen.

'Je gedraagt je alsof je schuldig bent,' zei ze.

'Maar dat ben ik niet,' zei hij met een hoge, gespannen stem. 'Ik heb niets gedaan.'

'Komt het door onze samenwerking? Ik weet dat ik je onder druk heb gezet om je dingen te herinneren...'

'Nee! Ik heb niets gedaan, zeg ik toch!'

'Oké,' zei ze en ze hield haar handpalmen omhoog in een gebaar van overgave.

Hij bleef staan en keek haar weer aan. 'Wat nu? Wat gaan we doen?'

'Ik denk dat we... een pauze moeten inlassen,' zei ze. 'Dit werkt zo niet meer, Robert. Ik ga met mijn uitgever praten en ik zal voorstellen dat ik het boek in mijn eentje afmaak. Je mag jouw deel van het voorschot natuurlijk houden...'

Hij keek haar met een blik vol onbegrip aan.

'Ik had het graag anders gewild,' zei ze.

'Jíj hebt contact opgenomen met míj,' zei hij. 'Jíj bent naar míj toe gekomen! Jij hebt dit in gang gezet!' Hij liep de hal in en trok zijn jas met schokkerige bewegingen van het hangertje.

Ze bleef op de bank zitten en sloeg hem gade.

'Ik heb niets gedaan,' herhaalde hij, terwijl hij zich in zijn jas wurmde. 'En alles wat ik tegen je heb gezegd is waar...'

Ze schudde haar hoofd. 'Begin nou alsjeblieft niet weer.'

'Ik wil niet dat jij het boek afmaakt,' zei hij. 'Niet zonder mij...'

'Robert, alsjeblieft...'

'Het gaat over míj! Ik wil niet dat je het in je eentje schrijft!'

Ze schudde haar hoofd. 'Daar ga jij niet over. Het wordt een boek óver jou, niet dóór jou.'

Het leek alsof hij iets wilde zeggen, maar geen woorden kon vinden, alsof hij niet wist hoe hij op haar moest reageren.

'We zullen nog een keer moeten afspreken om al jouw citaten in het manuscript langs te lopen,' zei ze en ze stond op van de bank. 'Dan kunnen we het er verder over hebben. Ik wil natuurlijk niet dat jij er geen goed gevoel over hebt.'

Hij zei nog steeds niets.

'Oké?' vroeg ze en ze stak haar hand uit.

Hij ademde diep in, alsof hij iets wilde zeggen, maar pakte in plaats daarvan zijn schoudertas vast. Toen hij hem optilde, raakte de riem aan één kant los van zijn haakje. De tas ging open en er vielen potloden en een schrijfblok uit, samen met een deodorant en een pakje kauwgum.

Lexa kon een diepe zucht niet onderdrukken. 'Robert...' zei ze, maar verder kwam ze niet.

Hij had zijn voet op de tas gezet en stond nu aan de riem te trekken. Vervolgens slingerde hij de tas over zijn hoofd heen en sloeg er als een razende mee op de vloer, keer op keer, en schopte ertegen.

Ze deed een stap terug.

Toen het andere haakje het uiteindelijk ook begaf, gooide hij de riem weg, zodat die tegen de muur vloog.

Lexa zag dat er een afdruk was gekomen op de plek waar de riem de muur had geraakt, maar ze zei niets. Ze hoorde hem blazen, terwijl hij de potloden opraapte en ze doormidden brak, ze samen met het schrijfblok door de kamer smeet en vervolgens de tas wegschopte.

'Ik... wil... niet... dat je... zonder mij... schrijft...' Toen stopte hij opeens, midden in een beweging, met een gezicht dat rood was van inspanning. Zijn armen hingen langs zijn lichaam, terwijl hij naar de resten van de tas en de potloden keek. Hij leek verbaasd. 'Mijn tas ging kapot...' zei hij beschaamd.

Lexa deed nog een stap naar achteren. 'Ruim de boel maar op,' zei ze. 'En daarna moet je weg. We kunnen in het vervolg met elkaar bellen.'

Robert knikte.

'Heb je een vuilniszak voor me?' vroeg hij. 'Dan kan ik...'

'Wacht maar, ik ga er een voor je halen.' Ze liep de keuken in, zocht een oude Coop-tas op en gaf die aan hem.

'Het was niet...'

'Ruim gewoon je spullen op en ga weg, alsjeblieft.'

'Maar ik...'

'Ga gewoon.' Ze keek hem aan toen hij de gebroken potloden, de stukken papier en de resten van de schoudertas bij elkaar raapte.

'Was je als kind ook zo?' vroeg ze. 'Bedoelde Magnus dit?'

Hij haalde zijn schouders op.

'Oké,' zei ze en ze opende de deur van het appartement. 'We hebben nog contact over het manuscript en zo.'

Toen hij weg was, deed ze het slot op de deur, zowel het Yale-slot als het dievenslot, ze wilde veilig zijn.

In haar werkkamer stond haar laptop open op het bureau. Ze ging erachter zitten, maar deed hem niet aan. Ze voelde dat de welbekende misselijkheid zich door haar lichaam verspreidde, hoe de hamburger die ze onderweg naar huis vanaf het politiebureau had gegeten, zich omdraaide in haar maag. En ze dacht aan haar moeder, dat ze haar woorden en zelfs haar manier van praten had gebruikt tegen Robert. *Begin nou alsjeblieft niet weer.*

Ze stond op van haar bureau en ging voor het raam naar buiten staan kijken. Het was donker, de straatlantaarns kregen een stralenkrans in de motregen. Ze wist dat ze de uitgeverij ervan in kennis zou moeten stellen dat Robert ermee was gestopt, dat het nu een ander boek zou worden dan ze had beloofd. Een slechter boek. Veel slechter. En ze hoorde weer haar moeders stem: *Je moet gewoon wat beter je best doen, Kathrine.*

Altijd Kathrine, nooit Lexa.

Toen kreeg ze de man aan de overkant van de straat in het oog. Hij wendde zich haastig af, alsof hij naar haar appartement had gekeken, maar niet ontdekt wilde worden. Toen ze naar voren leunde, zag ze hem op een drafje de straat oversteken en uit het zicht verdwijnen.

Het leek Robert wel. Maar wat deed hij daar nog? Wilde hij haar bang maken?

Ze liep weer naar haar bureau. Geïrriteerd pakte ze haar telefoon en belde het nummer dat ze al in haar notitieboekje had geschreven.

'Spreek ik met Ingrid Orrström?' vroeg ze toen een vrouw had opgenomen. 'Ik ben Lexa Andersson, journalist. Ik werk aan een boek over je ex-man...'

47

De tl-buizen aan het plafond flikkerden en tikten voordat ze de teamkamer verlichtten. Iedereen was al naar huis of buiten aan het werk.

'Koffie?' vroeg Carl, maar Jodie schudde haar hoofd.

Hij keek op de klok. Halfacht. Het was voor hem ook te laat, in ieder geval als hij vannacht wilde slapen. Hij ging op zijn stoel zitten. 'Wat vind je van Robert Lindström?' vroeg hij. 'Wat is jouw indruk?'

Jodie plofte op de stoel naast hem neer. 'Dat hij iets verzwijgt...'

Carl wreef met zijn hand over zijn gezicht en knikte. 'O, en wat dan?'

'Waar hij zich bevond op de avond waarop de tieners stierven...'

'Wat zegt hij dan?'

'Dat hij rondreed in zijn witte auto, maar dat hij niet weet waarheen. Dat gaat er bij mij niet in. Ik denk dat hij daar is geweest, bij het pendelspoor. Dat hij het zich daarom niet meer herinnert...' Ze boog zich naar hem toe en telde op haar vingers. 'Hij bevond zich bij de school toen Olinda Sikonova verdween. Hij reed in een witte auto, vermoedelijk de auto die Sixten Sander heeft gezien, en hij rijdt "gewoon wat rond" op de avond waarop de tieners worden vermoord...'

'Dat is een... samenloop van omstandigheden,' zei Carl. 'Als we zorgvuldig willen zijn...'

Jodie schudde haar hoofd. 'Hij heeft zijn vriendje vermoord toen hij elf was,' zei Jodie en ze stak een vierde vinger op. 'Dat is geen samenloop van omstandigheden. En hij is in de omgeving opgegroeid.'

'Oké,' zei Carl. 'Mee eens, er is veel wat in zijn richting wijst. Maar waarom nu? Je zei toch dat hij niet eens lijkt te weten wie die kinderen zijn. Zou hij lukraak een elfjarig meisje en twee vijftienjarige boefjes hebben uitgekozen en ze hebben doodgeslagen? Achtentwintig jaar na de eerste moord?'

Jodie leunde weer achterover op haar stoel. 'We zouden zijn telefoon moeten bekijken,' zei ze. 'Aan Rickard vragen of hij de mobiele gegevens kan opvragen. Dan zien we waar hij afgelopen dinsdag is geweest...'

Carl knikte. 'Dat is goed,' zei hij. 'Ik doe het wel...'

Ze zwegen.

'Ik weet wat je denkt,' zei Jodie even later.

'O ja?'

'Dat Erik een motief heeft, maar Robert niet.'

Carl glimlachte. 'Het is te vroeg...'

'Ja, ja,' viel ze hem in de rede. 'Eerst feiten, dan conclusies, ik weet het...' Ze glimlachte en gaf hem een por in zijn zij.

48

‘We kunnen in de keuken gaan zitten.’

Ingrid Orrström was een opvallend kleine vrouw met een vriendelijk gezicht. Ze ging Lexa voor door een smalle personeelsgang met oude ingebouwde vitrinekasten naar een kleine keuken met een gasfornuis. Aan de muur hing een verkiezingsposter van de communistische partij met naïef geschilderde vrouwen onder de boodschap VROUWENSTRIJD. Een overblijfsel uit de jaren zeventig, raadde Lexa.

Ze ging aan tafel zitten, haalde haar dictafoon tevoorschijn en zette hem aan.

‘Ik wil niet dat je me opneemt,’ zei Ingrid kortaf en ze keek naar het rode lampje dat was gaan branden.

Lexa schakelde de dictafoon uit en pakte een notitieboekje. ‘Mag ik wel aantekeningen maken?’

Ingrid aarzelde.

‘Als geheugensteuntje…’ zei Lexa.

‘Ik wil niet in je boek. Dat heb ik aan de telefoon toch al gezegd?’

‘Je komt er niet in, dat beloof ik. Wat wij bespreken, is alleen achtergrondinformatie. Ik heb…’ Lexa aarzelde, ze wist niet hoe ze het moest zeggen. ‘…een beter beeld van Robert nodig.’ Ze keek naar de vrouw die tegenover haar zat. Haar lange, donkere haar was in het midden gescheiden en zat in stijve vlechten om haar hoofd, waardoor ze er ouderwets uitzag.

‘Je kunt je gemakkelijk in hem vergissen,’ zei ze. ‘Hij is zo aardig… Of onhandig, eigenlijk.’

‘Je bent met hem getrouwd geweest?’

Ze knikte. ‘Ik was nog maar vierentwintig toen ik Robert ontmoette…’

‘Hoe hebben jullie elkaar ontmoet?’

‘Ik liet een kop koffie op hem vallen. Hij stapte een winkel uit met een dwaze grote koptelefoon op. Hij hoorde me niet aankomen. Dus ik mopperde op hem.’

Ze lachte en wreef met haar rechterhand over haar arm.

'Hij was stomverbaasd. Hij zei niets en probeerde zijn trui vol hete koffie bij zijn lichaam weg te houden. Het heeft vast heel veel pijn gedaan.'

Ze zweeg.

'Na een tijdje snapte ik wel dat het mijn schuld was. Dus ik bood aan de stomerij te betalen, maar dat wilde hij niet. En daarna... Ik weet niet hoe het kwam, misschien doordat hij gewoon weg wilde, doordat hij niet eens boos werd. Ik werd... nieuwsgierig, geloof ik.'

Ze lachte en schudde haar hoofd.

'Ik kreeg hem zover dat ik een nieuwe trui voor hem mocht kopen. Ik sleepte hem letterlijk een winkel binnen en duwde hem een pashokje in. Ik gedroeg me als... We hadden een hoop lol, in ieder geval. Daarna hebben we elkaar nog een paar keer gezien en daarna gingen we met elkaar. Of ik met hem. Toen ik een jaar later zwanger werd, besloten we het kind te houden en te gaan samenwonen. En toen zijn we getrouwd...'

'Hoelang zijn jullie getrouwd geweest?'

Ze was even stil. 'Een kleine drie jaar...'

'En waarom kwam daar een eind aan?'

Ingrid stond op en keek in een pan die op het fornuis stond. 'Hij vertelde wie hij was. Dat hij een ander kind had gedood toen hij klein was.'

'Wist je dat niet toen jullie gingen trouwen?'

Ze schudde haar hoofd. 'Ik wil een kop thee,' zei ze zonder zich om te draaien. 'Jij ook?'

'Ja, lekker,' zei Lexa.

Ingrid zette kopjes, melk en suiker op tafel. Daarna haalde ze een pak dieetpoeder boven uit een keukenkastje, graaide er even in en haalde er een pakje sigaretten uit. Ze glimlachte beschaamd. 'Zo een heb ik ook nodig.' Ze maakte een vragend gebaar naar Lexa.

'Nee, dank je,' zei ze.

'Ik ga onder de afzuigkap zitten, dat kan toch wel? Ik wil niet dat Emil het ruikt.'

'Emil, is dat de zoon van jou en van Robert?'

Ze knikte, ze trok een stoel naar het fornuis en zette de afzuigkap aan.

'Hij is bij een vriend huiswerk aan het maken.' Ze keek op de klok boven de keukentafel. 'Of computerspelletjes aan het spelen… Hij mag tot elf uur wegblijven.' Ze stak een sigaret op en nam een kort, onhandig trekje. 'Waar waren we gebleven?' vroeg ze.

'Toen jullie trouwden, wist jij niet wie hij was,' zei Lexa.

'Nee, precies… Dat vertelde hij me toen Emil ruim een jaar oud was. Soms vraag ik me af of ik de juiste beslissing heb genomen. Maar het werd een idee-fixe van me.' Ze nam weer een trekje en blies de rook uit onder de afzuigkap.

Lexa rook de geur van sigarettenrook die zich door de kamer verspreidde en vroeg zich af hoe Ingrid kon denken dat haar zoon er niets van zou merken.

'Ik raakte de gedachte niet kwijt dat hij Emil ook zou doden.'

'Was hij gewelddadig tegen Emil?'

'Nee, dat niet,' zei Ingrid en ze schudde haar hoofd. 'Maar hij was weleens… ongevoelig. Ik herinner me een keer dat Emil niet wilde slapen… Robert legde hem in de kinderwagen en schommelde er een beetje mee, zong een kinderliedje… "Goedenavond, goedenacht", je kent dat wel.'

Ingrid drukte de sigaret snel uit op een schoteltje dat ze op het fornuis had gezet en stak een nieuwe op.

'Maar Emil wilde niet slapen, hij bleef maar gillen en jengelen. Robert schommelde steeds harder met de wagen en ging steeds harder zingen, net zo lang tot hij bijna schreeuwde. Uiteindelijk ben ik naar de hal gerend en heb ik hem gevraagd waar hij in vredesnaam mee bezig was. Hij schommelde zo hard met de wagen dat Emil heen en weer gleed en tegen de zijkant botste, hij zag er doodsbang uit…'

Ingrid nam weer een trekje.

'Misschien begon ik me toen een en ander af te vragen, of ik had het al eerder gedacht, dat weet ik niet. Ik was teleurgesteld in hem omdat hij het niet had verteld. En het was raar om getrouwd te zijn met een moordenaar. Ik probeerde te denken dat hij een aardige, verlegen jongen was van wie ik hield, maar uiteindelijk was hij alleen nog… de kindermoordenaar.'

'Heeft hij tegen jou weleens geweld gebruikt?'

'Hoe bedoel je?'

'Was je bang voor hem?'

'Bang is het woord niet,' zei ze. 'Maar hij kon razend worden op dingen die kapotgingen of die niet werkten zoals hij wilde... Dan ging hij als een gek tekeer. Ik begreep dat nooit, maar bang? Nee, het zag er eerder stom uit. Ik moest soms weglopen om hem niet uit te lachen.'

'Maar hij werd nooit razend op jullie?'

Ingrid schudde haar hoofd. 'Nee, nooit op ons. Hij werd boos in situaties waar hij gestrest van raakte. Op die momenten zag ik... iemand anders in hem, iemand die ik niet kende. Het was naar, maar ik werd niet meteen bang.' Ingrid lachte.

Lexa keek op van haar notitieboekje. 'Waarom lach je?'

'Ach, niks.'

'Vertel! Ik zeg er niets over in het boek.'

Ingrid keek haar aan. 'Hij deed af en toe een beetje... apart in bed. Wilde dingen die ik niet altijd fijn vond...'

'Wil je erover vertellen?'

'Nee.'

'Gewelddadige dingen?'

'Nee, niet gewelddadig, maar... dominant. Als je dat begrijpt.'

'Bedoel je een soort rollenspel?'

'Niet echt, maar iets in die richting misschien...'

'Was hij... de dominante?'

'Soms wel en soms niet. Ik weet niet waarom ik dit vertel, het klinkt zo... platvloers. En dat was het niet, het was... onschuldig.' Ingrid streek weer over haar arm.

'En daarna zijn jullie gescheiden?' zei Lexa.

'Ja, ik zei dat ik wilde scheiden en vroeg hem het huis uit te gaan.'

'En Emil?'

'Ik heb de voogdij gehouden.' Ingrid drukte de sigaret uit en spoelde het schoteltje af onder de kraan. 'We waren het nooit oneens,' zei ze. 'Ik zei dat ik alleen het gezag over Emil wilde hebben, en Robert...' Ze zweeg en bukte om een rol folie uit een keukenla te halen. Ze plukte de peuken uit de gootsteen, wikkelde er een paar slagen folie omheen en gooide ze in de afvalbak.

'Wat deed Robert?' vroeg Lexa.

'Hij accepteerde het gewoon, hij ging naar Emil toe, die lag te slapen, aaide hem over zijn wang en ging weg...' Ingrid opende het keukenraam en keek naar buiten. Er stroomde koele avondlucht het vertrek binnen.

'Is hij nooit teruggekomen?' vroeg Lexa. 'Had hij geen eisen?'

'Nee, hij heeft gewoon zijn eigen spullen meegenomen. Alle andere dingen heeft hij voor mij achtergelaten.' Ingrid draaide zich om, maar ze ontweek Lexa's blik.

'Heeft hij nooit iets van zich laten horen? Wilde hij zijn zoon niet zien?'

Ingrid schudde zijn hoofd. 'Ik denk dat hij wist dat ík dat niet wilde...'

Op dat moment ging de voordeur open.

'Hallo! Ik ben thuis!'

Ingrid deed snel het keukenraam dicht. 'Hoi, schat! Hoe is het?'

'Goed.'

Een lange jongen met asblond, warrig haar kwam de keuken in. Toen hij Lexa zag, bleef hij staan. 'Dag,' zei hij.

'Dag, ik ben Lexa en ik ben...'

'Een vriendin,' zei Ingrid snel.

Emil gaf haar beleefd een hand. Hij leek niet erg op zijn vader. Afgezien van de ogen en de haarkleur was hij bijna een kopie van zijn moeder. Hij opende de deur van de koelkast en haalde er een pak melk uit, dat hij in een groot glas leegschonk. Het lege pak gooide hij geroutineerd in de gootsteen.

'Ik ga even tv-kijken,' zei hij.

'Niet te lang...' zei Ingrid.

'Waarom is het hier zo koud?' vroeg hij toen hij de keuken uit liep.

'Ik heb even gelucht,' zei Ingrid.

'Oké.'

Vijf minuten later stonden ze in de hal. Lexa had haar jas al aan en wilde net weggaan toen ze zich naar Ingrid toe boog en zachtjes vroeg: 'Vraagt hij er nooit naar?' Ze maakte een hoofdgebaar naar de woonkamer, waar de tv aanstond. 'Naar zijn vader? Vraagt hij zich nooit af hoe of wat?'

Ingrid schudde haar hoofd. 'Ik heb gezegd dat hij dood is. Dat hij bij een auto-ongeluk om het leven is gekomen. Daarom wil ik niet meedoen aan het boek, en er niet in genoemd worden. Ik wil niet dat hij er op die manier achter komt.'

'Maar je wilt het hem wel vertellen? Ooit?'

Ingrid zweeg een tijdje en schudde vervolgens haar hoofd.

In de taxi naar huis zat Lexa op de achterbank in haar notitieboekje te kijken toen de chauffeur een gebaar maakte naar de spiegel. 'Heb je een vriend die ook deze kant op rijdt?'

'Wat bedoel je?' vroeg ze en ze keek op.

'Nou, ik vroeg me af, die auto die achter ons rijdt... of dat iemand is die je kent.'

Lexa draaide zich om. De koplampen van een auto waren door de achterruit te zien. 'Hoe kom je op dat idee?'

De chauffeur haalde zijn schouders op. 'Hij reed gelijk met ons weg. En hij heeft dezelfde route naar de Ringvägen gevolgd. Ik dacht gewoon...'

'Nee, het is niet iemand die ik ken,' zei ze onnodig hard.

Ze staken de Hornsgatan over en sloegen de Lundagatan in. Toen ze zich omdraaide, zag ze dat de auto nog steeds achter hen reed, nog op dezelfde afstand. Met regelmatige tussenpozen werd hij verlicht door de straatlantaarns, een witte Mazda. Maar de bestuurder had de zonneklep omlaaggedaan, ook al was het laat op de avond.

'Verdomme,' mompelde ze.

'Wat zei je?' vroeg de chauffeur.

'Niks. Stop daar maar...' Ze wees naar haar portiek en de chauffeur bleef pal voor de deur staan. Terwijl ze hem haar pasje gaf om te betalen, zag ze de Mazda passeren en vervolgens linksaf de Pålsundsgatan in rijden. Te laat dacht ze aan het kenteken.

Ze stapte uit en liep snel haar portiek in, trok de deur in het slot, waarna ze in het donker naar buiten ging staan kijken. Na een tijdje werd er een cirkel van condens gevormd door haar ademhaling. Maar de auto kwam niet terug.

49

Vrijdag 6 november

Ze aten zwijgend. Carl had de ontbijttafel gedekt en geroosterd brood, boter en kaas klaargezet. Koffie voor zichzelf en een kop thee voor zijn dochter.

'En de groente dan?' vroeg Linda en ze glimlachte. 'Mama zegt dat ik jou daaraan moet herinneren.'

Carl stond op, opende de koelkast en vond een rode paprika, die hij in ringen sneed en op een bordje legde, dat hij voor haar neerzette.

'Die heb jij ook nodig,' zei ze.

'Het is goed zo.'

'Nee, dat is het niet.' Ze klonk ongebruikelijk resoluut.

Hij keek op van de krant die hij over de keukentafel had uitgespreid.

'Ik wil jou nog even bij me houden. Als je doodgaat omdat je slecht eet, veel stilzit of te veel hebt gerookt, dan vergeef ik het je nooit.'

Gerookt? Hij had toch nooit gerookt? Niet dat zij had gezien, tenminste. Toen ze klein was, hadden hij en haar moeder er bij 'feestelijke gelegenheden' eentje opgestoken, maar na de scheiding tien jaar geleden had hij geen sigaret meer aangeraakt.

Hij legde twee rode paprikaringen op zijn broodje kaas. 'Bedankt voor je bezorgdheid,' zei hij.

'Waar werk je aan?' vroeg ze. 'Op dit moment, bedoel ik. Je lijkt zo in gedachten...'

Hij zag dat ze naar hem lachte, ook al werd haar mond door het theekopje verborgen, hij zag het aan haar ogen.

'Je weet dat ik niet over het werk kan praten.'

Ze knikte. 'Maar hoe is het als je werkt? Wéét je wie de schuldige is? Ik bedoel, voel je dat aan?'

Hij schudde zijn hoofd, maar was eigenlijk blij met haar interesse.

'Daar lezen we over bij psychologie,' ging ze verder. 'Over intuïtie en zo. Bewuste en onbewuste gedachten... Het is vet interessant. Ik vind psychologie echt leuk. En toen dacht ik aan jou en aan je werk.'

'Oké,' zei hij. 'We wéten natuurlijk niet wie de schuldige is. We proberen feiten aan het licht te brengen die erop wijzen dat de persoon schuldig is, of die aantonen dat hij of zij het niet heeft gedaan... Het gaat niet zozeer om intuïtie, maar om het verzamelen van informatie.'

'Ik snap het,' zei ze en ze keek teleurgesteld. 'Je hoeft niet...' Haar glimlach was verdwenen en ze pakte haar telefoon, begon op knopjes te drukken, hield hem voor haar gezicht en trok een gekke bek.

Hij wist dat ze een foto maakte voor Snapchat en dat ze niet meer geïnteresseerd was in een discussie. Hij begreep haar wel. Hij had net zo goed iets kunnen voorlezen uit de boeken die hij op de Politieacademie had bestudeerd.

'Oké,' probeerde hij het nog eens, terwijl hij aan Robert Lindström dacht. 'Soms heb je het gevoel dat iemand liegt, of niet alles vertelt.'

Ze keek op van haar mobiel.

'Maar het is gevaarlijk om te veel op je onderbuikgevoel, je intuïtie, te vertrouwen, aangezien het onderzoek dan wordt beïnvloed doordat je op jouw manier "weet"...' Hij maakte aanhalingstekens in de lucht. '...wie de schuldige is. En dan krijg je natuurlijk een cirkelredenering.'

Hij stopte, maar ze keek hem enthousiast aan en leek op een vervolg te wachten.

'Daarom wil ik zo lang mogelijk alleen feiten verzamelen, zowel voor als tegen. En als we dan genoeg informatie hebben over een bepaalde persoon, getuigenverklaringen, technisch bewijs enzovoort, dan proberen we natuurlijk de bewijzen tegen die persoon te versterken. Het moet natuurlijk standhouden voor de rechtbank. Maar ik probeer toch af en toe een stapje terug te doen om te controleren of we niets over het hoofd zien en om onze informatie van de andere kant te bekijken...' Het klonk nog steeds als een hoop onzin, vond hij. En hij vroeg zich af wanneer hij begonnen was zo ambtelijk te praten.

Maar Linda had haar telefoon weggelegd en boog zich over de tafel heen. 'Onze leraar zegt dat onze psyche zo werkt dat we het niet kunnen laten om dingen aan elkaar te koppelen, om "patronen" te zien, ook waar ze niet zijn… En dat we op die manier onszelf voor de gek houden.'

'Precies,' zei hij. 'Zo bedoelde ik het ook ongeveer.'

'Mag ik niet een keer met je mee naar je werk?' vroeg ze.

'Dat kunnen we weleens doen.' Hij glimlachte, dronk zijn koffie op en zette het kopje op het aanrecht. 'Kom je vandaag uit school weer hierheen?' vroeg hij.

Ze schudde haar hoofd. 'Ik ga naar Tuva. We gaan naar een feest.'

'Bij wie?'

'Bij Elin. Ze zit bij me in de klas. Dat heb ik toch gezegd!'

'Oké, oké… En waar woont ze?'

'In Älta.'

'Hoe laat ben je dan thuis?'

'Daar ben ik nu vrij in, papa,' zei ze en ze zwaaide met haar wijsvingers, bij wijze van overwinnaarsgebaar.

Hij zuchtte. Het klopte. Ze hadden een ernstig gesprek gehad toen ze zeventien werd, waarin ze had uitgelegd dat zij de enige van de klas was die op een vaste tijd thuis moest zijn. Hij had geprobeerd uit te leggen dat het geen gebrek aan vertrouwen in haar was – maar in alle anderen. Maar hij had het op moeten geven.

'Oké,' zei hij. 'App me even als je weggaat van het feest. En maak me wakker als je thuiskomt.'

'Dat zal ik doen. Hou van je…'

Hij hoorde de voordeur dichtslaan en voetstappen snel de trap af gaan. Terwijl hij de ontbijttafel afruimde, dacht hij aan wat hij over intuïtie had gezegd. Als iemand hem had gevraagd wie voor zijn gevoel de schuldige was in het onderzoek, iemand die hij vertrouwde, Jodie misschien, dan zou hij toch 'Erik Olofsson' hebben gezegd.

50

Het was een paar minuten over negen 's ochtends toen Carl met zijn jas over zijn arm de teamkamer binnenstapte. Hij werd begroet door Asbjörn, die al achter zijn computer zat.

'Nog iets opgeschoten?' vroeg Asbjörn en hij keek op. 'Met die nieuwe man?'

'Robert Lindström?' vroeg Carl. 'Nee...'

Ylva was bezig met een buurtonderzoek. Jodie liet foto's zien aan Sixten Sander – ditmaal van Robert Lindström. Wat Rickard deed, wist hij niet, vermoedelijk was hij met Jodie meegegaan.

'We hebben een beetje geluk nodig, verdomme,' zei Asbjörn en hij stond op. 'Laat er eindelijk eens iemand iets hebben gezien...'

Misschien hadden ze niet zozeer geluk nodig als wel een doorbraak, bedacht Carl. Hij liep naar zijn bureau en hing zijn jas over een stoel.

'Ik ga koffie halen,' zei Asbjörn. 'Wil jij ook?'

'Nee, dank je.'

Carl had bij het ontbijt al drie grote koppen gehad en lang geleden besloten dat dat de maximale dosis cafeïne voor een ochtend was.

In de deuropening botste Asbjörn tegen Jodie en Rickard op, die op weg waren naar binnen.

'Wat zei ons mannetje?' vroeg Carl en hij keek Jodie aan.

'Als je Sixten bedoelt,' zei ze en ze liep naar haar bureau, 'die wist Robert Lindström aan te wijzen als de bestuurder van de witte auto.'

'Mooi zo,' zei Carl verbaasd. 'Eindelijk. Dan hoeven we tenminste geen middelen in te zetten om naar iemand anders te zoeken. Hebben we de uitslag van de technici over de auto al binnen?'

'Nee,' zei Rickard en hij ging achter zijn computer zitten. 'Niet dat ik weet, in ieder geval...'

Carl was even stil. 'Dus we kunnen Olinda nog steeds niet in verband brengen met de auto,' zei hij peinzend. 'Hoe is het met de gegevens van Roberts telefoon, weet je daar al iets van?'

Rickard leunde zijwaarts, zodat de zijkant van zijn gezicht zichtbaar werd achter de schermen. 'Van Robert Lindström?' vroeg hij verward. 'Nee, zo snel gaat dat niet. Dat besluit is immers pas gisteravond gekomen.'

'Oké, oké.'

'Maar... Ik zie dat ik zojuist Erik Olofssons telefoongegevens van dinsdag en woensdag heb gekregen.'

'Zit er iets interessants bij?' vroeg Carl.

'Wacht even...'

Hij hoorde Rickard scrollen en klikken met de muis.

'Ja, daar lijkt het wel op... Erik Olofsson bevond zich afgelopen dinsdagavond tussen 21.20 en 22.51 uur op het terrein rond het pendelspoor dat afloopt naar het Drevvikenmeer.'

'Wat zeg je?' vroeg Asbjörn, die de kamer weer in was gekomen.

Rickard herhaalde wat hij net had gezegd.

Asbjörn zette het kopje met zo'n harde klap op het bureau dat de koffie over de rand klotste. 'Die klootzak liegt dus!'

Carl stond op, liep naar het whiteboard en begon de tijdstippen op te schrijven. 'En op woensdag?'

'Ongeveer hetzelfde,' zei Rickard. 'Toen liep hij over hetzelfde terrein, tussen... 21.43 en 23.05 uur.'

Asbjörn sloeg met zijn vlakke hand op tafel. 'Nu hebben we hem!' zei hij.

Carl stak een hand op om hem te temperen.

'Wacht even. We hebben ook de bevestiging gekregen dat Robert Lindström in de auto bij de school zat, toen Olinda verdween... Maar voordat we ook maar iets doen, wil ik weten of we al iets van de kinderpornografiegroep hebben gehoord over Erik?'

Rickard knikte. 'Ik heb met hen gesproken. Hij is bijna een jaar geleden naar Thailand geweest. Ze verdenken hem ervan dat hij zich aan minstens één, maar vermoedelijk meer kinderen heeft vergrepen in de twee weken dat hij daar was, maar tot nu toe hebben ze geen gegevens boven tafel kunnen krijgen die dat bevestigen. Ze werken samen met de Thaise autoriteiten, maar...' Hij spreidde zijn armen.

'En ze gaan geen huiszoeking doen?' vroeg Carl.

'Daar lijkt het nog niet op.'

Carl liep naar zijn bureau en trok zijn jas aan. 'Oké,' zei hij. 'Dan halen we Erik Olofsson nu op. Jodie, ga je mee?'

51

De vrouw die de deur opendeed had lichte gemêleerde ogen, een gladde bijna wasachtige huid en blond haar dat ze in een knot in de nek droeg. Toen ze glimlachte, zag ze er jonger uit dan haar zesenzestig jaar, maar toen ze haar hand uitstak, zag Lexa de rimpels op de handrug en de benige vingerkootjes.

'Bedankt dat ik mocht komen,' zei ze.

Ina Juuso knikte vriendelijk. 'Ik vind het gewoon leuk als er iemand langskomt... Dan hoef ik niet met de planten te praten.'

Ze liet Lexa binnen in een eenvoudige woonkamer met meubels die uit de vroege jaren negentig afkomstig konden zijn, misschien dezelfde als waarmee Bernt was opgegroeid.

'Woonden jullie hier ook toen Bernt klein was?'

'Nee, toen woonden we in een huis. Maar toen mijn man overleed, ben ik verhuisd...'

Lexa opende haar mond om haar deelneming uit te spreken.

Ina wuifde het weg voordat ze iets kon zeggen. 'Het is al zo lang geleden... Nee, ik had geen geld. Ik was schoonmaakster, begrijp je. Ik maakte schoon in de pendeltreinen en soms in de metro. We hadden altijd genoeg om van rond te komen. Ulf, mijn man, verdiende goed... hij was verkoper. Maar als weduwe... nee, toen kon ik daar niet blijven wonen. Maar Bernt heeft het huis overgenomen,' zei ze met een glimlach.

Lexa fronste haar wenkbrauwen. Dus Bernt woonde in het oude huis van zijn ouders.

'Maar je wilde het toch over die jongen hebben...' zei Ina.

'Ja, inderdaad,' zei Lexa snel. 'Die oude moord bij jullie in de buurt, een jaar of...'

'...achtentwintig geleden,' vulde Ina aan. 'Ja, dat weet ik nog wel. We kenden Camilla, zijn oudere zus. Bernt heeft een poosje verkering met haar gehad.'

'Ja,' zei Lexa. 'Dat zei Bernt.'

'O, je hebt met Bernt gesproken,' zei Ina blij.

Lexa knikte. 'Hij is in de buurt van de plaats van de moord gezien die dag...'

'Het veldje,' zei Ina.

'Ja, het veldje,' herhaalde Lexa. 'In de verhoren van de politie zegt hij dat hij ging zwemmen met een vriend.'

'Ted,' zei Ina en ze lachte. 'Je ziet het, ik weet alles nog...' Ze maakte een gebaar naar haar hoofd.

'Precies,' zei Lexa. 'En dat bevestigde Ted tegenover de politie.'

Ina knikte. Ze keek Lexa aan met haar lichte ogen en wachtte op de volgende vraag. Ze leek dit wel leuk te vinden. Of misschien vond ze het gewoon fijn om te praten.

'Ik weet niet hoe ik deze vraag moet stellen zonder dat het verkeerd overkomt...' zei Lexa.

'Vraag het maar gewoon. Dat is meestal het beste.'

'Die dag, achtentwintig jaar geleden, was jij thuis toen Bernt thuiskwam.'

Ina knikte. 'Het schoonmaken van de treinen gebeurt 's nachts, als ze stilstaan. Die ochtend, het was woensdag, dat weet ik nog, kwam ik net als altijd uit mijn werk, ik maakte het ontbijt klaar voor Bernt en Ulf, en daarna ging ik naar bed.'

'Dan werd je misschien pas laat in de middag weer wakker?'

'O nee, ik had geen tijd om de hele dag in bed te liggen. Ik werd meestal om twaalf of één uur, uiterlijk twee uur, wakker. Dan deed ik de was, de vaat, ik ruimde misschien nog wat op en dan moest ik nog eten koken voordat ik weer een dienst ging draaien...' Ze lachte. 'Ja, mijn hemel, dat was zwoegen...'

Lexa knikte. Ze begreep wat ze moest hebben opgeofferd voor haar gezin. Maar misschien was dat toen zo. Wat wist zij ervan? Het idee van een gezin en kinderen had Lexa nooit aangesproken.

Ina sloeg haar handen met een klap ineen. 'Maar zeg nu eens wat je wilde vragen.'

'Oké,' zei Lexa. 'Ging Bernt die middag echt zwemmen? Met Ted?'

Ina keek naar haar handen, die ze op haar schoot had gevouwen. 'Ja,' zei ze. 'Ja, hij ging echt zwemmen.'

'Weet je dat zeker?'

'Dat vroeg de politie ook, achtentwintig jaar geleden. En ja, ik weet het zeker. Hij heeft die dag gezwommen.'

Lexa knikte, maar voelde de teleurstelling over zich heen spoelen. 'Weet je nog hoe laat op de dag?'

'Ergens in de middag… maar hoe laat precies, nee…' Ina schudde glimlachend haar hoofd. 'Je kijkt teleurgesteld. Wat had je gehoopt?' vroeg ze.

'Ik weet het niet,' zei Lexa en ze glimlachte.

'Het is achtentwintig jaar geleden… Er zijn eerder mensen hierin gaan wroeten. Misschien valt er niet zoveel meer over te zeggen… over die vreselijke gebeurtenis.' Ina glimlachte en stond op. 'Ik heb een vriendin beloofd dat ik langs zou komen. Ze heeft haar hand bezeerd en heeft hulp nodig met schoonmaken en koken.'

Lexa stond ook op en liep achter Ina aan naar de hal.

'Kom maar terug als je meer vragen hebt,' zei Ina en ze legde haar hand op Lexa's arm.

Toen ze de voordeur uit kwam, zag Lexa een auto wegrijden van het parkeerterrein en heuvelop rijden. Ze volgde hem met haar blik, maar zag al snel dat het niet de Mazda van gisteren was. Ze keek om zich heen op het parkeerterrein, maar daar stond ook geen witte auto. Toch raakte ze het gevoel niet kwijt dat iemand haar observeerde.

52

Erik Olofsson was netjes gekleed, zijn korte haar keurig gekamd. Hij had ook een baardje laten staan, of misschien waren het stoppels. Toen hij de deur van het appartement opendeed, glimlachte hij verlegen. 'Ja?' zei hij.

'Ken je ons nog?' vroeg Jodie. 'Carl Edson en Jodie Söderberg, van de politie.'

Erik knikte langzaam. 'Wat willen jullie nu weer? Ik dacht dat we klaar waren... Gisteren waren hier ook al twee fli... agenten.'

'Ja,' zei Carl, 'en nu willen we weer met je praten. Mogen we binnenkomen?'

'Liever niet,' zei Erik.

'In dat geval moeten we je vragen mee te gaan naar het bureau.'

'Dat moet dan maar,' zei hij.

Toen hij de deur dicht wilde doen, zette Jodie snel haar voet ertussen. 'Nu,' zei ze.

'Ik moet alleen even kijken of het koffiezetapparaat nog aanstaat,' zei Erik geïrriteerd. 'Mag dat?'

Ze knikte. 'Maar we wachten in de hal.'

Hij leek te willen protesteren en ademde diep in, maar liet toen de lucht gewoon weer ontsnappen en liep het appartement in. Jodie liep achter hem aan. Ze voelde de muffe lucht op zich afkomen.

'Duurt het lang?' vroeg Erik zonder zich om te draaien.

'Als je haast hebt, kunnen we nu meteen hier praten. Dan duurt het niet zo lang,' zei Jodie.

'Nee,' zei Erik. 'Ik ga alleen even het koffiezetapparaat checken,' herhaalde hij, maar hij passeerde de deur naar de keuken en liep door naar de woonkamer.

Daarna ging het allemaal snel. Jodie reageerde instinctief en wierp zich naar voren. Ze struikelde bijna over een plastic loper, voordat ze erin slaagde hem met een greep om zijn benen te vloeren. Zoals ze dat als kind met haar vader had geoefend.

'Carl!' riep ze. 'Kom hier! Ga naar de computer!'

Het duurde even voordat Carl reageerde. 'Wat moet ik doen?' vroeg hij toen hij de woonkamer binnenkwam.

'Beweeg de muis, zodat de computer niet op slot gaat.' Ze knikte naar de hoek waar op een goedkoop IKEA-bureautje een grote computer stond. Op het scherm een lichtblauw Windows-bureaublad met maar een paar mappen. De screensaver kon elk moment worden geactiveerd en dan was het te laat. 'Schiet op!' riep ze.

Carl liep erheen en bewoog de muis met twee vingers, alsof hij er vies van was.

Erik lag nog op de grond. Hij volgde Carl gespannen met zijn blik, zonder een poging te ondernemen zich uit haar greep te bevrijden.

'Meer,' zei ze. 'Je moet hem flink heen en weer bewegen.'

Carl deed wat ze zei, terwijl het scherm knipperde en zwart werd. Jodie kreunde. Maar meteen daarna ging het weer aan en opnieuw was het lege, lichtblauwe bureaublad te zien.

'Goed zo!' zei ze. 'Bel de technici. Vraag naar… hoe heet hij ook weer? De man die afgelopen voorjaar naar die usb-stick heeft gekeken?'

'Anders Pousne,' zei Carl en hij vroeg zich af hoe hij dat nog kon weten.

'Bel hem! En blijf bewegen met de muis, zodat de computer niet wordt vergrendeld.'

'Ja, ja…' zei Carl.

Een uur later stond hij nog steeds naar het lichtblauwe Windows-bureaublad te kijken. Maar nu was Anders Pousne bezig de harddisks van de politie aan de computer te koppelen. Lars-Erik Wallquist stond naast Carl, midden in de woonkamer.

'Iets wat erop wijst dat hij het is?' vroeg Carl, die heel goed wist dat het een stomme vraag was.

Lars-Erik draaide zich om en keek hem verbaasd aan. 'Wat zei je?'

Carl kuchte gegeneerd. 'Ik vroeg me af of hij het zou kunnen zijn, onze dader?'

'Verdomme, Carl! We zijn hier net! Kom morgen maar eens terug. Of overmorgen. Of volgende week.'

'Ik begrijp het,' zei Carl en hij zuchtte.

Anders draaide zich om en zei: 'Ik kan je zo meteen de uitslag wel geven,' zei hij. 'Als je nog even kunt wachten…'

'O,' zei Wallquist en hij haalde zijn neus op.

'Ja, ik wacht wel even,' zei Carl en hij liep naar een boekenkast waar weinig in stond.

Een foto van een vrouw die waarschijnlijk Eriks moeder was, stond naast een paar prachtwerken, fotoboeken van Stockholm en Lapland, een boek over Carl Larsson en een natuurboek dat Carl herkende uit zijn jeugd. Kerstcadeautjes, raadde hij.

Hij trok plastic handschoenen aan en opende een ervan, las op het schutblad: GEFELICITEERD MET JE VERJAARDAG, MAMA.

Op de plank erboven stond een bewerkt bord. Toen hij er met zijn handschoen overheen streek, bleef er een spoor achter in het stof. Hetzelfde gebeurde bij een glazen beer.

De leegte en de afwezigheid van persoonlijke dingen maakten een sombere en beklemmende indruk.

'Kun je iets vinden?'

Hij draaide zich om en zag dat Jodie achter hem stond. 'Nee…'

'Niemand is zo stom om een moordwapen thuis te bewaren,' zei ze. 'Als hij al iemand heeft vermoord.'

Carl zette de glazen beer weer op de plank. 'Ze kijken nu naar de computer,' begon hij, maar onderbrak zichzelf toen Anders Pousne hem wenkte.

'Als we alleen naar de inhoud van zijn harddisks kijken,' zei hij toen Carl en Jodie snel naar hem toe waren gekomen, 'dan is hij niet jullie man. Ik heb snel de laatst toegevoegde foto's bekeken en die zijn van meer dan twee maanden geleden… En er zitten geen foto's van Olinda Sikonova bij. En ook niet van Tony Pavic of Johan Brink.'

'Dank je,' zei Carl.

'Maar,' zei Anders, 'ik kan je wel vertellen dat hij zeker wel schuldig is aan het aanranden van kinderen.'

Carl knikte en liep vervolgens het appartement uit. Hij raakte er gedeprimeerd van. Niet zozeer omdat Erik Olofsson zich kennelijk aan kinderen had vergrepen, maar omdat zijn leven voor de rest zo leeg had geleken.

Carl vroeg zich af wat voor hemzelf het leven rijk en zinvol maakte – behalve Linda en zijn werk. Toen hij jong was, had hij veel gefotografeerd, vooral natuur, clichéfoto's van zonsopgangen aan zee, maar ook straatbeelden. Nu deed hij dat niet meer. Hij zat voor de tv, las af en toe een boek en sprak af met vrienden. Dat laatste kwam bovendien maar heel zelden voor.

Buiten op het parkeerterrein sloegen het vocht en het grijze weer hem tegemoet, maar hij haalde toch diep en opgelucht adem. Jodie kwam naast hem staan.

'Heb je met hem gepraat?' vroeg hij.

'Gewoon een eerste verhoor...'

'Heeft hij gezegd wat hij eergisteren bij het pendelspoor deed?'

'Hij was aan het wandelen. Om zijn angst te dempen...'

Carl knikte. Op de een of andere manier begreep hij dat wel, dat de pedofiel zelf leed. 'Maar je denkt niet dat hij iets met de moorden te maken heeft?'

'We moeten maar zien wat de technici ontdekken, maar nee, ik geloof het niet,' zei Jodie.

'Ik ook niet...' zei Carl en hij opende het portier.

Verder kwam hij niet, want zijn mobiel ging.

Het was Asbjörn. 'Waar zijn jullie?' vroeg hij zonder introductie.

'Voor het huis van Erik Olofsson.'

'Kunnen jullie meteen hierheen komen?'

'Jawel, maar waarom?'

'Ylva heeft een getuige gevonden. En dit zou een goeie kunnen zijn...'

53

Ze was tweeënveertig jaar, ze heette Lena Islandsson en woonde in een van de rijtjeshuizen boven de steile helling waar Olinda Sikonova was gevonden. Ze had kortgeknipt, donkerblond haar en nerveuze, lichtblauwe ogen die continu leken te glimlachen, alsof ze het iedereen naar de zin wilde maken.

Carl stelde zich aan haar voor, maar ging vervolgens als toeschouwer bij de deur staan. Hij had gehoopt dat Ylva het verhoor zou doen, maar Asbjörn zat al met een grimmige gelaatsuitdrukking aan tafel.

'Bedankt dat je tijd voor ons maakt,' zei hij.

'Maar natuurlijk,' zei Lena enthousiast.

'Ik weet dat je het meeste al aan assistent Ylva Palmquist hebt verteld, maar zou je het nog eens willen doen? Zodat we niets missen.'

Lena glimlachte en bevochtigde haar lippen. 'Zoals ik zei, het was een uur of negen 's avonds, precies weet ik het niet meer... We hadden gegeten en de jongste was net naar bed gegaan. Hij is nog maar acht, dus... Onze oudste dochter mag wat langer opblijven.'

Asbjörn knikte zwijgend. 'Welke dag was dat?'

'Afgelopen dinsdag...'

'En wat gebeurde er?'

'Ik ging naar de keuken om thee te zetten. Toen zag ik de auto. Die stond daar gewoon. Eerst dacht ik dat het een buurman was die iets aan het uitladen was, maar hij kwam me helemaal niet bekend voor...'

'Oké?'

'Hij was op het keerplein blijven staan, met draaiende motor.' Ze lachte. 'Dus ik bleef wat langer staan. Zo iemand ben ik, weet je, een echte gluurbuur...'

Ze lachte naar Asbjörn, die teruglachte. 'Het is niet gek dat je wilt weten wie er in de buurt van je huis rondspookt. Ik denk dat de meeste mensen dat willen.'

Carl keek hem verbaasd aan. Hij kende de gewone, arrogante inspecteur niet terug. Asbjörn pakte het verhoor tot dusver goed aan.

'Hoelang heb je daar gestaan?'

'Een poosje, totdat hij de motor uitschakelde en uitstapte... Ik was bang dat hij me zou zien, dus ik ging weg bij het raam. En toen ik weer keek, was hij weg.'

'En de auto?'

'Die stond er nog.'

'Je zag niet waar hij naartoe ging?'

'Nee... maar ik denk naar het pad naar het Drevvikenmeer...'

'Waarom denk je dat?'

'Omdat hij precies op de plek stond waar je naar beneden moet om op dat pad te komen. Ik bedoel, waar zou hij anders naartoe moeten zijn gegaan?'

'Nee, daar heb je gelijk in.'

Ze glimlachte naar hem, duidelijk opgetogen omdat ze meedeed aan een politieverhoor.

'Je zegt "hij". Zag je dat het een man was?'

'Het leek een man, in ieder geval.'

'Zou je hem herkennen, denk je?'

'Op een foto? Dat weet ik niet. Het was zo donker buiten en ik heb hem maar heel even gezien toen hij uitstapte...'

'Ja, dan is het moeilijk,' zei Asbjörn. 'Heb je enig idee of hij lang of kort was, dik of slank?'

'Nja, gemiddelde lengte, normaal postuur. Zoals mijn man ongeveer... en die is één meter drieëntachtig.'

'En de auto, heb je gezien wat voor auto het was?'

'Het was een witte, dat zag ik wel. Maar het merk...' Ze maakte een hulpeloos gebaar.

Asbjörn lachte beleefd. 'En je hebt het nummerbord ook niet gezien?'

'Nee. Zo'n spion ben ik nou ook weer niet.'

'Nee, natuurlijk niet. En toen hij wegreed? Heb je niet gezien hoe laat dat gebeurde?'

'Nee. Maar ik heb een briefje geschreven – "Je mag hier niet parkeren". Dat heb ik onder de ruitenwisser gestopt. Daarna hebben we een poosje tv-gekeken, mijn man en ik. Toen we naar bed gingen...'

'Hoe laat was het toen?'

'Nja, een uur of elf. Fredrik was moe en zeurde dat we op tijd naar bed moesten, dus zetten we de tv kort na elven uit. En toen ik daarna uit het keukenraam keek, was de auto weg.'

'Dus die kan daar tussen negen en elf uur 's avonds hebben gestaan? Afgelopen dinsdag?'

Ze leek na te denken. 'Ja, dat klopt wel.' Daarna werd ze ernstig. 'Kan het de moordenaar zijn geweest van –'

'Dat weten we nog niet,' kapte Asbjörn haar af, 'maar je hebt ons erg geholpen. Als je dan nog zo vriendelijk wilt zijn om een paar foto's te bekijken, voordat je weggaat... Momentje.' Hij stond op en liep de verhoorkamer uit.

Carl glimlachte vriendelijk naar Lena, die onzeker teruglachte. Een paar minuten later kwam Asbjörn terug met Ylva. Ze kwam met een opengeklapte laptop aan tafel zitten en draaide hem naar Lena toe.

'We willen graag dat je naar deze foto's kijkt,' zei Ylva. 'Zeg het maar als je vindt dat iemand lijkt op de man die je hebt gezien... Neem de tijd.'

Lena leunde ijverig naar voren.

'Foto nummer één,' zei Ylva neutraal.

Lena schudde haar hoofd.

'Foto nummer twee...'

Ze klikte door, noemde het nummer, waarna Lena haar hoofd schudde.

'Foto nummer zeven...'

'Wacht, laat deze even staan,' zei Lena. Ze leunde naar voren. 'Dat was hem,' zei ze. 'Ik weet het bijna zeker. Hij lijkt er in ieder geval heel veel op.'

Carl wierp een blik op de foto, pakte zijn telefoon op en belde Daniel Sandén. 'Hallo,' zei hij, terwijl hij de kamer uit liep. 'We hebben een getuige die zojuist Robert Lindström heeft aangewezen in de buurt van het pendelspoor afgelopen dinsdag...'

54

Marit Björkhed droogde haar hand af aan haar schort en ging vervolgens snel verder met koffiezetten. Ze had geen koffiezetapparaat, maar kookte water in een pannetje op het gasfornuis en goot dat vervolgens in een filter boven een grote, glimmende thermoskan.

Haar man, Håkan, zat tegenover Lexa aan de keukentafel. 'Robert was natuurlijk niet goed,' zei hij.

'Zeg dat niet!' zei Marit.

'Maar het is toch zo,' ging hij verder en hij richtte zich tot Lexa. 'We zijn met hem naar een psychiater geweest. Hoe oud was hij toen? Zeven jaar, acht?'

Het echtpaar Björkhed was niet moeilijk te vinden geweest, toen ze eenmaal wist dat ze nog leefden en dat ze niet meer Lindström heetten.

'Wat zei die ook weer?' vroeg Marit.

'Ja, je bedoelt...' zei Håkan en hij trommelde met zijn vingers op het groene zeiltje. 'Pettersson! Nils Pettersson, geloof ik.'

'Maar die was niet goed snik!' zei ze en ze schudde haar hoofd, terwijl ze de thermoskan op tafel zette. Tegen Lexa zei ze: 'Ga je gang!'

Voor Lexa stond een schaal met jamkoekjes en uit beleefdheid nam ze er een.

'Hij zei dat Robert een borderlinestoornis had,' zei Håkan en hij leunde naar voren over de tafel.

'Nee, dat zei hij helemaal niet!' zei Marit. 'Hij zei dat Robert bepaalde trekken vertoonde die aan borderline deden dénken.' Ze ging naast haar man zitten en dronk van de koffie. 'Maar dat kon hij niet weten,' ging ze geergerd verder. 'Hij had een halfuur naar Robert in een speellokaal gekeken.'

'Een uur,' zei Håkan. 'Minstens een uur.'

'Nee, echt niet. Het was niet meer dan een halfuur. En wat kon hij zien in die tijd? Niets!'

'Maar er was wel iets mis,' zei Håkan.

'Ja, maar het was geen borderline, kan ik je vertellen.'

'Hij zei in ieder geval dat Robert een slechte impulsbeheersing had,' ging Håkan verder tegen Lexa. 'Dat hij zijn emoties niet in de hand kon houden.'

Marit haalde luidruchtig haar neus op en pakte een koekje. Dat deed ze zo heftig dat de koekjes over de tafel vlogen.

'Zijn jullie aan een behandeling begonnen?' vroeg Lexa.

Håkan schudde zijn hoofd. 'Nee, die Nils hebben we maar één keer gezien.'

Lexa dronk van de koffie. Die was slap, bijna doorzichtig, heel anders dan ze hem graag had.

'Waarom waren jullie überhaupt met hem naar een psychiater gegaan?'

Het echtpaar Björkhed keek elkaar aan.

'Ja, wat moet ik zeggen?' zei Marit. 'Het ging niet goed met hem, hij zat ergens mee en was rusteloos. Je kon het als het ware in hem zien kriebelen. Op school hadden ze ook gezegd dat hij zich vreemd gedroeg.'

Håkan knikte bedroefd.

'Soms deed hij zulke gekke dingen. Weet je nog, Håkan, die keer dat hij van de trap af skiede?' Ze begon te lachen, bijna hysterisch, ze sloeg zich op de knieën.

Håkan lachte iets gedempter, maar hij zat te stuiteren op de keukenstoel, alsof hij bijna stikte.

Lexa glimlachte. Hun verbondenheid was opvallend. Het leek wel of ze kennis en vaardigheden onderling hadden verdeeld, zodat ze in de loop der jaren één enkele persoon waren geworden. Misschien ging dat zo met oudere echtparen, bedacht ze, maar daarna herinnerde ze zich haar eigen ouders. Haar extraverte en mooie moeder, die zo hard werkte en eindeloos veel energie had – en die stille, lieve man, die gebogen zat over zijn astmamedicijnen en studieboeken. Haar ouders waren nooit op die manier met elkaar vergroeid geraakt.

'Wat deed hij, zei je?' vroeg Lexa toen ze klaar waren met lachen.

Håkan haalde diep adem. 'Hij had met kerst nieuwe ski's gekregen. Een paar goedkope langlaufski's, zodat hij iets had om op rond te glijden. Maar hij...'

'In die tijd hadden we de boom op de bovenverdieping staan,' vulde Marit aan. 'In een hobbykamer met een tv en een bank.'

'Ze begrijpt het wel, Marit,' zei Håkan.

Lexa knikte.

'Hoe dan ook,' zei Marit. 'Hij pakte het cadeau uit en bond de ski's onder, met schoenen en al...' Ze moest weer lachen en kon niet verder praten.

'We zaten voor de tv te snoepen,' vulde Håkan aan. 'En opeens hoorden we een dreun...'

'Toen was hij op ski's de trap af gegaan,' zei Marit. 'In huis!'

'De trap maakte onderaan een bocht. Dus hij knalde recht tegen de muur, met ski's en al. Daarna heeft hij meer dan een week met een hersenschudding in bed gelegen.'

Lexa nam nog een koekje, waarna Marit de schaal nog dichter naar haar toe schoof.

'Het ergste is nog,' zei Håkan. 'Hij heeft het nog eens gedaan...'

Marit begon weer te lachen, maar met een droevig gezicht. 'Ja, voor zijn verjaardag kreeg hij een fiets. Toen deed hij hetzelfde nog eens. Voordat iemand hem kon tegenhouden fietste hij de trap af.'

Lexa lachte. 'En hoe liep dat af?' vroeg ze.

'Nou, hij kreeg weer een hersenschudding,' zei Marit.

Lexa glimlachte. Ze had het gevoel dat dat van haar werd verwacht. 'Hoe ging het op school met hem?'

'Niet zo goed,' zei Marit en ze keek Håkan aan. 'Zoals ik al zei, hij had problemen... Ik denk niet dat hij er paste. Ik weet nog dat hij huilde, de eerste dag.'

'Dat is toch niet zo...'

'Hoe weet jij dat? Jij was er toch niet bij? Hij huilde! Hij zei dat hij niet naar school wilde, maar...'

Håkan zweeg en vlocht zijn handen om zijn koffiekopje.

'Maar hij vond toch wel iets leuk op school?' vroeg Lexa. 'Een vak waar hij goed in was?'

'Goed?' zei Marit. 'Het was wel meer. Voordat hij op school kwam, kon hij alle tafels al opzeggen.'

Håkan knikte. 'Maar als hij het saai vond, dan was het een ander verhaal... Vaak werd hij rusteloos, kon niet stil blijven zitten. Dan zat hij overal aan en maakte de dingen stuk die hij in zijn vingers kreeg.'

De echtgenoten dronken tegelijkertijd van hun koffie en namen allebei een hap van hun koekje.

'Hij was vaak in zijn eigen wereldje,' zei Håkan. 'Dan zat hij een liedje te neuriën dat hij had gehoord of hij praatte in zichzelf. Thuis was dat niet erg, maar als hij dat op school deed...'

'Ze pestten hem,' vulde Marit aan. 'Ze lachten hem uit.'

'Het was jammer. Eigenlijk kon hij het gemakkelijk aan, maar op school verveelde hij zich meestal. En dan ging het helemaal niet.'

'Hij is ontzettend begaafd,' zei Lexa. 'Ik heb gelezen dat hij een extreem hoog IQ heeft. Hebben jullie dat nooit gemerkt?'

'Nee,' zei Håkan en hij keek Marit aan. 'Dat is niet aan het licht gekomen, zeg maar...'

'Hij had ook van die woede-uitbarstingen,' zei Marit. 'Daar ging alle aandacht naartoe. Af en toe was hij knots en meteen daarna weer gewoon. Hij was geen gemakkelijk kind, dat was hij echt niet...'

Ze zwegen en raakten in gedachten verzonken.

'Ik denk,' zei Marit ten slotte, 'ik denk dat Robert in wezen verdrietig was, dat hij iets meetorste... Snap je? Als hij moest slapen, huilde hij vaak, dan lag hij in bed te snikken.'

Håkan schudde zijn hoofd. 'In zekere zin is het onze schuld geweest. Wij...'

'We begrepen hem niet,' zei Marit. 'Het is allemaal zo verkeerd gelopen met hem...'

Lexa knikte. 'En toen kwam die dag op het veldje,' zei ze. 'Kunnen jullie daar iets over vertellen?'

Het oudere echtpaar keek elkaar aan, met een ongelukkig gezicht.

'Ja, waar moeten we beginnen?' vroeg Marit.

'We geloofden niet dat hij het gedaan had,' zei Håkan. 'Maar...'

'Robert zocht altijd de grenzen op, maar het was een lieve jongen! Hij was nooit gemeen tegen anderen.'

Ze zwegen weer.

'Die dag,' zei Lexa weer. 'Hoe ging...'

'Wij waren niet thuis,' zei Marit. 'Misschien was het onze schuld dat het zo is gegaan. Dat we hem alleen lieten...'

‘We werkten allebei. En er was niemand om op hem te letten,’ zei Håkan.

Marit sloeg haar hand voor haar mond. ‘Hè, ik wil het er niet over hebben.’

‘Toen we thuiskwamen,’ ging Håkan verder, ‘vonden we Robert in zijn kamer. Hij kon geen woord uitbrengen en bloedde uit zijn hoofd…’

‘Lieve hemel,’ zei Marit. ‘Er was… na die gebeurtenis. Er was niemand bij hem geweest… Hij was in zijn eentje naar huis gegaan en daarna…’

Ze zwegen weer. Marit verborg haar gezicht in haar handen.

‘Daarna kwam de politie,’ zei Håkan gedempt. ‘Ze zeiden eerst dat ze alleen met Robert wilden praten, maar daarna namen ze hem mee.’

‘Wij mochten niet mee,’ zei Marit. ‘Ze beweerden dat het beter was van niet. Maar hij was nog maar een kind… alleen met al die…’

Opnieuw vervielen ze in zwijgen.

Håkan schraapte met zijn duim over een vlek op het tafelkleed, maar leek zich niet bewust van wat hij deed. ‘Niemand vertelde waarom ze met Robert wilden praten,’ zei hij.

‘We begrepen wel dat het iets ergs was. Maar toen wisten we nog niet eens dat Max dood was…’

‘Dat vertelden ze later,’ zei Marit. ‘De agent die ’s avonds bij ons thuis kwam…’

‘Vertelde hij wat er was gebeurd?’

‘Ja, hij zei dat Robert iets vreselijks had meegemaakt en dat Max dood was gevonden op dat veldje.’

‘Mocht hij ’s avonds weer naar huis?’ vroeg Lexa.

Håkan knikte.

‘En wanneer hoorden jullie dat ze Robert van de moord op zijn vriend verdachten?’

‘O, dat was pas… een week later misschien.’

Håkan schudde zijn hoofd. ‘Eerst zeiden ze dat hij Max misschien had gedood. Daarna zeiden ze dat hij had bekend dat hij hem had gedood. Maar daar zat meer dan een maand tussen.’

‘Toen was die vrouw van de sociale dienst er ook bij,’ zei Marit. ‘Ze wilden hem eerst naar een instelling brengen…’

‘Een soort kliniek,’ zei Håkan.

'Ja, precies, een psychiatrische kliniek,' zei Marit. 'Daar zou hij blijven totdat ze zeker wisten dat hij geen gevaar was voor andere kinderen.'

'We probeerden te zeggen dat hij niet zo was,' zei Håkan, 'dat hij nooit iemand opzettelijk pijn zou doen, maar ze luisterden niet naar ons.'

'En Robert wás al zo kwetsbaar,' zei Marit. 'We begrepen dat alles alleen maar erger zou worden... dat hij er schade door zou oplopen. Soms hing hij huilend aan de telefoon... dan was hij bang en vroeg hij of we hem kwamen halen. Maar dat mocht natuurlijk niet...'

'En zijn woede-uitbarstingen werden steeds erger. Dan sloten ze hem op en bonden ze hem vast aan zijn bed.'

'Het was verschrikkelijk,' zei Marit. Ze verborg haar gezicht weer in haar handen en schudde haar hoofd.

'Dat dat zo mocht...' zei Håkan. 'Hij was nog maar een kind.'

'Robert heeft een broer, begrijp ik,' zei Lexa voorzichtig. 'Hoe was het met hem in die periode? Hoe nam hij het op?'

Marits blik ging alle kanten op. Ze stond opeens op en verdween uit de keuken.

Håkan leunde naar voren over de keukentafel en leunde zwaar op zijn armen. 'We willen liever niet over Dan praten,' zei hij en hij keek naar de woonkamer.

'Ik begrijp het,' zei Lexa even later. 'Maar om terug te gaan naar Robert: hoe is het nu? Jullie hebben bijna geen contact, begrijp ik?'

Håkan schudde zijn hoofd.

'Waarom niet?' vroeg Lexa.

'Toen Robert bij ons terugkwam... na alles... toen was het net of hij zich helemaal van ons had afgeschermd. Alsof we niet bestonden. Hij heeft nooit iets gezegd, maar het was natuurlijk niet moeilijk te raden hoe hij zich voelde.'

'Hoe bedoel je?'

'We hadden hem verraden. Toen hij onze bescherming nodig had, waren we er niet voor hem...'

55

Het begon al tamelijk donker te worden en Nicklas Eriksson liep haastig door de bekende villawijk. Hij vond het niet fijn om alleen te zijn. Misschien had zijn moeder gelijk en waren de films die hij keek veel te eng. Maar daar kwam zijn ergste angst niet vandaan. De oorzaak daarvan was een tekening van een weerwolf die hij een paar weken geleden in een stripblad had gezien. Elk detail was zo realistisch, bijna alsof hij hem aan kon raken. En sindsdien zag hij hem overal, achter de deur van zijn kamer, in het bos achter het huis, of zoals nu achter de struiken in de tuinen die hij passeerde.

Hij had ook een slecht geweten. Hij had zijn moeder beloofd om na schooltijd niet buiten te spelen. Niet na wat er met Olinda was gebeurd. Maar hij was bij Alice Jenander thuis geweest en was de tijd vergeten. Ze hadden in de keuken zitten tekenen en naar muziek geluisterd. Dat deden ze vaak. Samen knutselen. Olinda was er ook vaak bij…

Hij vond het leuk bij Alice. Vredig, met de geur van brood en misschien parfum die om hen heen hing terwijl ze een broodje aten en warme chocolademelk dronken. Het was gezellig. En af en toe raakte ze zijn hand of arm even aan.

Toen ze daar samen zaten, was hij alles vergeten wat er was gebeurd – wat hij misschien had gezien. Pas toen Alice' moeder de voordeur had geopend en 'hallo' had geroepen vanuit de hal, was hij wakker geworden. Toen was het al vier uur geweest. En de knagende ongerustheid dat hij misschien iets wist, was teruggekomen. Dat hij het misschien aan een volwassene moest vertellen.

Hij deed stiekem alsof de weerwolf het had gedaan, alsof die Olinda had gedood. Eigenlijk vond hij dat niet raar. Er gebeurden aldoor vreselijke dingen, elk moment en op de meest onverwachte manieren. Ze ontdekten om de haverklap nieuwe diersoorten, dat had hij op tv gezien. Waarom zou een weerwolf niet zo'n nieuwe soort kunnen zijn?

Toen hij iets hoorde ritselen in een van de tuinen, begon hij te rennen, maar zijn schooltas bonkte zo hard tegen zijn bovenbeen dat het pijn deed. Na enkele tientallen meters moest hij al blijven staan. Hij probeerde te denken dat het maar een vogel was, maar als hij door de kale heggen om de villatuinen heen keek, kreeg hij het idee dat daar iemand – iets – naar hem stond te kijken. Als hij nog eens beter keek, bleek het telkens maar een struik te zijn, of een kruiwagen die iemand op het gras had laten staan.

Maar hij was zo ingesteld op de weerwolf uit zijn fantasie, dat hij de man die vanuit een zijstraat zijn kant op kwam, eerst voor een weerwolf aanzag. Hij droeg een grote regenjas tot op zijn knieën en een pet die zijn gezicht verborg. Nicklas aarzelde even, want misschien was het net als bij beren, dat ze achter je aan kwamen als je wegrende.

Daarna rende hij toch weg. Hij rende zo hard als hij kon, hij voelde de tas tegen zijn bovenbeen slaan, hij voelde dat zijn voeten zijn billen raakten, zoals altijd wanneer hij zo hard rende als hij kon. Hij rende totdat hij bloed proefde en zijn benen pijn deden van de verzuring en van de klappen van de schooltas.

Toen hij ten slotte bleef staan om op adem te komen, hoorde hij een stem achter zich: 'Waarom ren je?'

56

Op Lotterivägen 89 in Hägerstensåsen beukte Asbjörn Bolander met zijn krachtige vuist op de voordeur waar R. LINDSTRÖM op stond. Ylva Palmquist stond een tree lager toe te kijken. Asbjörn had al geprobeerd Robert te bellen, maar had aldoor zijn voicemail gekregen. Nu wachtte hij een paar seconden en bonsde vervolgens opnieuw op de deur. Toen er niet werd opengedaan knikte hij naar de slotenmaker.

Een minuut later was de deur open.

'Moet ik terugkomen om hem op slot te doen?' vroeg de jongeman, die volgens zijn naambordje Daniel heette.

'Dat hoeft niet, we verzegelen hem,' zei Asbjörn. Hij deed plastic slofjes aan over zijn schoenen en trok latexhandschoenen aan, waarna hij voorzichtig naar binnen liep.

Ylva deed hetzelfde en liep achter hem aan het krappe halletje in.

'Neem jij de keuken,' zei hij. 'Dan begin ik hier...' Asbjörn ging de woonkamer in, keek afkeurend naar de niet bij elkaar passende boekenkasten, de versleten bank vol met papieren en uitgescheurde krantenartikelen. Hij pakte zijn mobiel en fotografeerde het bovenste artikel van de stapel: 11-JARIG MEISJE VERDWENEN – DE POLITIE GAAT UIT VAN EEN MISDRIJF. In de keuken hoorde hij Ylva kastjes open- en dichtdoen. Hij keek naar het kleine balkon dat bij het appartement hoorde. Het was leeg en hij hoefde de deur niet open te doen. In plaats daarvan ging hij naar de slaapkamer, keek naar de rommel, stak een hand onder het dekbed, meende nog restwarmte te voelen in het beddengoed. Vermoedelijk had Robert hier vannacht geslapen. Dan waren ze misschien maar een uur te laat gekomen, of maar een paar minuten.

Hij opende de kastdeur en keek naar de kleren aan de hangertjes, naar de dozen die op een rij onderin stonden.

Toen hij doorliep naar de badkamer, pakte hij een zaklamp en scheen eerst in de afvoer van de wastafel en daarna in de badkuip. Met de lamp in zijn ene hand klapte hij het deksel van de gevlochten wasmand op. Hij tilde het bovenste kledingstuk voorzichtig op en hield het in het licht van de zaklantaarn.

'Ylva,' riep hij. 'Volgens mij heb ik iets gevonden.'

Ze verscheen bijna meteen in de deuropening.

'Hier,' zei hij. 'Moet je kijken, is dat geen bloed?'

Ze leunde naar voren en keek van dichtbij naar het witte shirt dat hij omhooghield. 'Ja,' zei ze. Ze stak een wijsvinger uit en raakte het shirt met de latexhandschoen aan. 'Dat is een bloedvlek.'

Asbjörn stopte het shirt voorzichtig in een papieren bewijszak. Daarna rechtte hij zijn rug. 'De technici moeten de boel hier maar goed doorzoeken,' zei hij. 'Onze taak zit erop.'

Ylva knikte en liep achter hem aan het appartement uit. Samen brachten ze het blauw-witte politielint aan en het geel met rode bord met de tekst: AFGEZET IN OVEREENSTEMMING MET HFDST. 27 § 15 VAN HET WETB. V. STRAFRECHT. OVERTREDING IS STRAFBAAR.

'En Robert?' vroeg ze toen ze klaar waren. 'Wat doen we met hem?'

'We laten hem opsporen,' zei Asbjörn. 'Nu meteen.'

'En Carl?'

Asbjörn haalde zijn neus op. Daarna bedacht hij zich. 'Ja, ja, ik bel hem wel. Straks.'

57

Het gevoel was teruggekomen toen ze op weg naar huis vanaf Roberts ouders in de metro stapte. Een kriebelende gewaarwording dat iemand haar observeerde. Maar telkens wanneer ze opkeek, zag ze alleen maar lege gezichten die voor zich uitstaarden of op hun telefoon keken.

Bij de T-Centralen stapte ze van de blauwe lijn over op de rode en liep ze door de lange, onderaardse gangen. Vijf stations verder, bij Hornstull, stapte ze uit. Op weg naar de Heleneborgsgatan draaide ze zich een paar keer om, maar ze zag alleen de gebruikelijke vermoeide gezichten in de herfstduisternis. Toch was het gevoel er. Het kon niet alleen maar verbeelding zijn. De briefjes op haar voorruit, de Mazda die haar was gevolgd, ze wíst dat iemand haar in de gaten hield.

De laatste honderd meter naar de deur legde ze op een drafje af en vervolgens liep ze snel de trappen op. Toen ze de deur van haar appartement achter zich op slot deed, voelde ze opluchting.

Totdat ze de envelop op de deurmat zag. Het was een gewone C6-envelop, maar ze kon de onregelmatige letters die iemand schuin over het adresveld had geschreven al van verre lezen: PANG!

Ze raapte hem op, voelde dat er iets in zat. Langzaam vouwde ze hem open en keek naar een kleine glimmende koperen cilinder, die eenzaam in de ene hoek lag. Eerst begreep ze niet wat het was, maar toen zag ze dat het om een lege patroonhuls ging.

Ze hapte onwillekeurig naar adem. Wie stuurde er in vredesnaam zo'n bedreiging? En waarom? Wat had ze gedaan?

Ze wist dat ze de politie moest bellen. Dat had ze al moeten doen toen zij en Robert het eerste briefje onder de ruitenwisser hadden gekregen, maar toen had ze de dreiging nog niet echt serieus genomen. Als journalist had ze al zoveel bagger over zich heen gekregen – variërend van 'je moet afvallen en van baan veranderen' tot 'ik hoop dat iemand je verkracht' – dat ze had geleerd zich er niets van aan te trekken. Het waren lege woorden, geschreven in verontwaardigde haat. En ditmaal was zelfs Robert niet bang geworden…

Robert!

Toen het tot haar doordrong, liet ze de envelop uit haar hand glijden. Ze zag hem vallen en op de deurmat ploffen.

Robert was eerder weggegaan uit het huis van Göran Nyman in Sigtuna. Toen ze Andreas Indgård bezochten, had hij het interview opeens onderbroken, was weggelopen en had buiten op het trottoir op haar gewacht. Ze had niet begrepen wie er genoeg tijd en energie had om haar de hele tijd te volgen, maar nu drong het tot haar door dat Robert zelf de dreigbrieven geschreven kon hebben en dat hij tijd genoeg had gehad om ze onder de ruitenwisser te plaatsen.

Maar waarom? Was er iets wat hij niet aan het licht wilde laten komen?

58

Op weg naar huis dacht Sixten na over wat hij moest doen. Hij wilde zijn moeder niet ongerust of van streek maken. Maar hij moest een goede reden verzinnen waarom hij zo laat was.

Het laatste stukje naar huis ging hij steeds langzamer lopen. Hij stak zijn hand uit, zodat zijn vingers de thujahaag van de buren raakten en bleef helemaal stilstaan. Hij keek naar het huis, dacht nog een keer na over wat hij zou zeggen. Daarna liep hij snel het tuinpad over.

'Waar ben je geweest?' vroeg ze zodra hij de deur opendeed. Ze had vast in de hal op hem staan wachten.

'Buiten...' zei hij en hij keek haar aan.

De hand kwam zo snel en onverhoeds dat hij die niet kon pareren. Ze pakte hem bij zijn nek en kneep erin, duwde hem de hal in en smeet de deur dicht.

'Weet je hoe laat het is?!'

'Sorry,' zei hij. 'Ik was de tijd vergeten.'

Langzaam liet ze haar greep verslappen en ze ging op haar hurken voor hem zitten. 'We hebben het hierover gehad,' zei ze. 'Er zijn kinderen doodgegaan... vermoord!'

'Dat weet ik...'

'Hoe vaak moet ik het nog zeggen voordat je het snapt?' Ze stond snel op. 'Je. Mag. Niet. Alleen. Buiten. Zijn.' Bij elk woord kneep ze weer in zijn nek.

'Het spijt me... Ik weet het,' zei hij gespannen.

'Waar heb je dan gezeten? Je bent uren weg geweest.'

'Gewoon buiten...'

'Met wie?'

'Met niemand...'

'Wat heb je gedaan? Zeg op!'

Sixten keek weg. Hij wist dat ze het op magische wijze altijd kon zien als hij loog. 'Ik wilde gewoon rustig in mijn eentje...' zei hij met gedempte stem en hij friemelde aan de jassen die in de hal hingen.

'Hebben ze je weer gepest?'

'Nee...'

'Waarom was je dan niet met een vriend samen?' Nog steeds die harde toon, de opa-stem.

Hij keek op, wist dat ze zou zien dat hij tranen in zijn ogen had. 'Je snapt het niet!' zei hij. 'Je snapt er niks van...'

Ze liet zijn nek los en boog zich naar hem toe. 'Huilen helpt niet! Dat snap je toch wel? Vertel het nu maar.'

Hij schudde zijn hoofd, wilde het niet zeggen.

'Ik merk dat er iets is, Sixten. Vertel het me. Ik ben toch je moeder...' Nu glimlachte ze angstig naar hem.

Hij droogde snel zijn tranen. 'Ik weet niet of het iets is...'

'Sixten, alsjeblieft! Vertel het nou maar.'

Hij zweeg. 'Er was een auto...' zei hij ten slotte.

'Een auto?' Ze duwde hem van zich af, maar hield zijn schouders stevig vast en keek hem onderzoekend aan.

'Toen ik naar huis ging... bleef er een auto staan en het voorportier ging open.'

'Wat?'

Hij keek naar haar op. 'Maar er gebeurde niets! Alleen, het was een witte, net als de auto die bij de school stond... Ik werd bang en toen heb ik een lange omweg naar huis gemaakt, dus daarom. Daarom ben ik laat, bedoel ik.'

'Maar wat deed hij?'

'Niks, zeg ik toch. Ik ben weggelopen en...' Hij trok zijn schouders op.

Zij zweeg, haar gezicht stond grimmig.

Hij probeerde zich los te wurmen uit haar greep, maar ze hield hem vast.

'We moeten de politie bellen,' zei ze na een tijd. 'Ze moeten dit weten.'

'Maar mama, er is niks gebeurd... Misschien heb ik het wel verkeerd gezien. En het was niet dezelfde auto als met Olinda. Deze zag er anders uit.'

'Je hebt het niet verkeerd gezien, Sixten. Het moet de ontvoerder van Olinda geweest zijn.'

59

Tijdens hun vorige bezoek had Carl er niet bij stilgestaan hoe groot het huis van Camilla Sander was. Nu hij het zag, in het licht van de lantaarns aan de gevel, schatte hij dat zij en haar zoon een woonoppervlak van tegen de tweehonderd vierkante meter deelden. Vanaf de straat zag het huis er exclusief uit, maar toen hij de trap naar de veranda op liep, zag hij dezelfde rommelige lege dozen die er de vorige keer ook hadden gelegen.

'Fijn dat jullie zo snel konden komen,' zei Camilla. Ze liet hen binnen, wachtte terwijl ze hun jas uittrokken, plaatste haar gewicht op één been, één hand in de zak van de strakke, versleten spijkerbroek die vast heel duur was geweest. Alsof ze voor een camera stond. Ze had zoveel knoopjes open van haar witte blouse, dat hij een glimp opving van haar beha.

'Ik maak me zoveel zorgen,' zei ze.

Carl en Jodie liepen achter haar aan de woonkamer binnen en gingen op de bank bij de open haard zitten.

'Hij durfde nauwelijks thuis te komen,' zei ze en ze dempte haar stem. 'Denken jullie dat iemand...? Omdat hij de bestuurder van die auto heeft aangewezen? Dat hij bescherming nodig heeft?'

'Dat denken we niet echt,' zei Jodie.

Carl glimlachte beleefd naar Camilla. 'Maar we zouden graag van hem willen horen wat hij heeft meegemaakt...'

'Ja, natuurlijk, zeker,' zei Camilla.

Toen ze riep, kwam Sixten uit een deur die waarschijnlijk naar de keuken leidde. Hij had een glas water in zijn hand.

'O ja,' zei Camilla snel. 'Kan ik jullie iets aanbieden? Een kop koffie misschien? Ik heb helaas niets in huis voor erbij. Uit voorzorg, want anders eet ik het meteen op!' Ze lachte en wreef met haar hand over haar slanke buik.

Carl glimlachte beleefd en maakte een afwerend gebaar.

Sixten ging in de stoel naast zijn moeder zitten. Hij keek naar de salontafel, haalde een onderzetter uit een doosje en zette het glas erop.

'Je moeder vertelde wat er vanmiddag is gebeurd,' zei Jodie. 'Dat er voor jou een auto stopte en dat het portier van de bestuurder openging...'

Sixten knikte.

'En wat gebeurde er toen?'

'Ik bleef staan,' zei Sixten. 'Omdat ik moest denken aan de auto bij school. En dit was ook een witte.'

'Waarom ging het portier open, denk je?'

'Om...' zei hij met een schouderophalen alsof dat logisch was, 'om mij mee te nemen.'

'Was het dezelfde auto?'

Sixten keek naar zijn glas. 'Dat weet ik niet. Het was een witte.'

'Maar niet dezelfde?'

Sixten schudde zijn hoofd.

'Wat deed je toen?'

'Ik werd bang en rende weg...'

'Goed gedaan,' zei Jodie. 'Heb je gezien of er iemand uit de auto stapte die achter je aan wilde gaan?'

Camilla schrok, alsof ze nog niet aan die mogelijkheid had gedacht, maar Sixten schudde zijn hoofd.

'Maar er zat iemand in de auto?'

'Ja, natuurlijk. Hoe zou die anders kunnen rijden?'

'Ja, daar heb je natuurlijk gelijk in,' zei Jodie met een lach. 'Maar je hebt niet gezien of het dezelfde bestuurder was als vorige keer?'

'Nee.'

'Was het een man of een vrouw, wat denk je?'

'Ik weet het niet...' mompelde hij.

Jodie leunde achterover. 'Maar je had het idee dat de bestuurder iets van je wilde?'

'Hij,' zei Sixten.

'Wat?'

'Ik denk dat het een hij was.'

'Oké. Zei hij iets tegen je? Riep hij je?'

'Nee. Ik heb in ieder geval niets gehoord.'

'Gebeurde er verder nog iets?'

Sixten leek even na te denken en schudde toen zijn hoofd. 'Nee. Ik ben teruggegaan naar school en heb gewacht tot ik zeker wist dat hij weg was... Daarna ben ik over het pad achter de flats en door het bos naar huis gelopen...'

'Hoe kwam je op dat pad?' vroeg Camilla.

Sixten keek op. 'Door een tuin. Maar die mensen waren niet thuis. Niemand heeft me gezien.'

'Mooi,' zei Jodie voordat Camilla nog iets kon zeggen. 'Kun je aanwijzen waar die auto stond?' Ze hield haar telefoon voor hem met een satellietfoto van de omgeving. 'Hier is je huis en dat is de school...' zei ze.

Sixten keek snel naar de telefoon en wees het toen geroutineerd met een vinger aan, zodat er een speld verscheen op de plek waar de auto had gestaan, nauwelijks tweehonderd meter van zijn huis. 'Mag ik nu gaan?'

'Ja hoor,' zei Carl.

Ze bleven zitten en wachtten totdat ze hem een deur hoorden sluiten.

'Hij lijkt het goed op te nemen,' zei Carl.

Camilla knikte. 'Ja, dat is zo. Ik ben degene die ongerust is na wat er met dat meisje is gebeurd. En met die tieners...'

'Dat begrijpen we,' zei Jodie. 'Daar heeft iedereen het moeilijk mee.'

'Nee,' zei Camilla en ze schudde haar hoofd. 'Dat is het niet alleen. Toen ik klein was, is mijn broer vermoord... hier vlakbij. Een klasgenoot heeft hem doodgeslagen.'

'Max Sander?' vroeg Jodie verbaasd. 'Was dat jouw broer?'

Camilla knikte.

Jodie wierp Carl een blik toe.

'De klasgenoot die hem doodsloeg, heet Robert en ik weet dat hij hier de afgelopen tijd vaker is geweest,' zei Camilla. 'Hij schrijft een boek, samen met een journalist... Lexa Andersson.'

'Dat weten we,' zei Jodie snel.

Camilla glimlachte. 'Ik weet dat we bijna dertig jaar verder zijn, maar toch maak ik me zorgen... Sixten is mijn alles.'

Carl boog zich naar haar toe. 'Denk je dat Robert je zoon iets zou kunnen aandoen?' vroeg hij. 'Vanwege gebeurtenissen in het verleden?'

Ze knikte langzaam. 'Ik weet dat het stom klinkt,' zei ze en ze keek Carl aan. 'Maar hij heeft mijn broer doodgeslagen en...'

'Heeft Robert Lindström de afgelopen tijd contact met je gezocht?' vroeg Jodie.

'Nee, nu niet. Een paar jaar geleden wel. Hij viel me lastig en zei dat ik zijn leven had verwoest. Het was allemaal mijn schuld... Hij dreigde en zei dat ik er ooit voor zou boeten.'

'Maar waarom?' vroeg Carl. 'Híj had toch...'

Camilla schudde haar hoofd. 'Ik weet het, híj heeft mijn broer gedood... Maar in zijn wereld is dat niet zo. Het is allemaal mijn schuld, aangezien ik het aan de politie heb verteld. En gisteren sprak ik met Lexa en dat was misschien dom, maar ik heb haar ook voor hem gewaarschuwd.'

'Gewaarschuwd?' vroeg Carl.

'Ja, ik heb gezegd dat hij niet te vertrouwen is. Zij is immers van plan om een boek te schrijven samen met hem...'

'Ik begrijp het,' zei Carl. 'En nu denk je dat hij... wraak wil nemen?'

'Ja. Ja, dat denk ik.'

'We raden alle ouders aan hun kinderen extra goed in het oog te houden,' zei Jodie. 'Erop toe te zien dat ze samen met vriendjes naar huis lopen uit school, dat ze niet alleen buiten zijn in het donker, dat soort dingen... Dat geldt voor Sixten natuurlijk ook.'

'Ik zal nog eens met hem praten... Het helpt als jullie het zeggen. Dan luistert hij beter.'

Carl keek Jodie vragend aan.

Ze knikte.

'Bedankt dat je ons dit hebt verteld,' zei Carl en hij stond op van de bank. 'We wisten niet dat het je broer was die... Onze excuses als we iets stoms hebben gezegd...'

'Het is al zo lang geleden,' viel Camilla hem in de rede. 'Dan is het niet gek als je het niet weet.'

Jodie raakte Carl even aan. 'Goed,' zei ze, 'dan gaan we...'

Toen ze naderhand in de auto zaten op weg daarvandaan, draaide Jodie zich naar hem om.

'Wist jij dat Robert en zij elkaar kenden?'

'Ik had geen idee,' zei Carl.

'Denk je dat het van belang is?'

Hij volgde een fietser met zijn blik, terwijl hij nadacht. 'Je bedoelt dat ze zei dat hij wraak wil nemen? Nee, dat lijkt me echt nogal vergezocht. Dan had hij dat toch al veel eerder moeten doen? Maar ja...'

Jodie knikte en schoot toen in de lach. 'Had je trouwens wel door dat ze met je flirtte?'

Carl keek haar verbaasd aan en schudde zijn hoofd. 'Ze was alleen maar dankbaar, ze...' begon hij, maar hij werd onderbroken door Jodies telefoon.

'Neem jij hem even?' vroeg ze en ze gaf de telefoon aan hem.

Carl keek naar het scherm. 'Het is Rickard,' zei hij. 'Weet je het zeker?'

'Ja. Neem nou op!'

Carl drukte op het groene telefoontje en zei snel zijn naam, voordat Rickard iets kon zeggen in de veronderstelling dat hij Jodie aan de lijn had.

'Fijn dat ik je te pakken heb,' zei Rickard. 'Jouw mobiel staat uit.'

'O,' zei Carl verbluft. 'Dan ben ik zeker vergeten hem aan te zetten. Wat wil je?'

'De locatiebepaling,' zei Rickard. 'Ik heb de gegevens binnen van Robert Lindströms mobiele telefoon.'

'En wat zeggen die?'

'Afgelopen dinsdag bevond hij zich tussen 21.35 en 22.45 uur op het terrein bij het pendelspoor boven het Drevvikenmeer.'

'Hé,' zei Carl. 'Was Erik Olofsson daar niet op datzelfde tijdstip?'

'Precies, ze moeten naar elkaar hebben kunnen zwaaien... Denk je dat ze daar samen waren?'

'Nee dat denk ik niet, maar het is een merkwaardige samenloop van omstandigheden. En hoe ziet het er voor de woensdag uit?'

'Toen was hij de hele avond thuis in Hägerstensåsen. Of in ieder geval zijn telefoon.'

'Mooi, dank je.' Carl drukte het gesprek weg en gaf de telefoon terug.

'Wat zei hij?' vroeg Jodie.

'Dat Robert Lindström afgelopen dinsdagavond bij het pendelspoor is geweest. Ik wil nu met hem praten, voordat Asbjörn en de anderen iets uit hem proberen te persen. Karren maar!'

'Waarheen? We zijn al in zijn appartement geweest...'

'Daar gaan we ook niet heen.'

60

Carl Edson zag dat het spionnetje donker werd en begreep dat iemand hen vanuit het appartement gadesloeg. Daarna werd het slot omgedraaid.

'Sorry dat we zo laat nog storen,' zei hij toen het gezicht van Lexa Andersson in de kier verscheen. 'Eigenlijk zijn we op zoek naar Robert Lindström.'

Lexa keek hen verbaasd aan, maar liet hen binnen. 'Hij is hier niet...' zei ze.

'Sorry als we je hebben laten schrikken,' zei Jodie.

Lexa schudde haar hoofd. 'Geen probleem, ik...'

Carl maakte een gebaar naar de woonkamer. 'Kunnen we even gaan zitten?'

'Ja... natuurlijk, kom verder.'

Terwijl Jodie op de bank plaatsnam, keek Carl om de hoek van de slaapkamer, de keuken en een gecombineerde logeer-werkkamer met een bureau en een keurig opgemaakt bed. Geen Robert, constateerde hij en hij ging naast Jodie op de bank zitten, tegenover Lexa.

'Je hebt natuurlijk geen idee waar hij is?' vroeg Jodie.

Lexa schudde haar hoofd.

'Toen we jullie gisteren op het bureau verhoorden, zei Robert dat hij niet wist waar hij dinsdagavond was geweest, maar alleen dat hij níét in het natuurgebied bij het Drevvikenmeer was geweest.'

Lexa keek hen aan. 'Oké,' zei ze afwachtend.

'Maar we weten nu dat hij daar wel was,' zei Jodie. 'En dat hij daarvandaan heeft gebeld. Naar jou.'

Lexa speelde met een pen die op de salontafel lag.

'Daar heb je niets over gezegd toen we jou verhoorden.'

'Nee,' zei ze even later en ze legde haar pen neer. 'Ik heb er niet aan gedacht, maar het is waar. Hij heeft me dinsdagavond gebeld. Hij dacht dat hij stemmen hoorde in het bos en werd bang – toen belde hij mij. Maar ik had niet door dat hij bij het Drevvikenmeer was. Die link heb ik nooit gelegd.'

Jodie keek naar Carl, die naar voren leunde.

'Wat heb je tegen hem gezegd?'

'Dat hij voorzichtig moest zijn.'

'Waarom?' vroeg Carl. 'Was dat nodig?'

Lexa zweeg.

'En waarom belde hij jou?' ging Carl verder.

Ze stond op uit de fauteuil, liep de hal in en pakte de envelop die nog op de plek lag waar ze hem had laten vallen.

'Wij…' begon ze toen ze weer in de woonkamer was. 'Iemand bedreigt me. Ik heb een paar dreigende briefjes onder mijn ruitenwisser gehad, en dit lag vanavond in de bus.'

Ze wilde de envelop aan Carl geven, die een rubberhandschoen uit de binnenzak van zijn jasje haalde, verontschuldigend lachte en hem toen aanpakte.

'Pang!' las hij en hij keek Lexa vragend aan.

'Kijk er maar in…'

Carl vouwde de envelop open en keek erin. 'Een patroonhuls,' zei hij verbaasd en hij pakte hem voorzichtig bij de uiteinden vast om geen afdrukken te vernietigen. 'Heb je hem aangeraakt?'

'Nee.'

'Dit is een ernstige bedreiging, dat snap je toch wel?' vroeg hij en hij stopte de huls weer in de envelop.

Lexa knikte.

'Heb je de andere dreigbrieven nog?' vroeg Jodie.

'Nee, die nam ik niet echt serieus… en Robert ook niet. En nu… dit is krankzinnig, ik weet niet wat ik moet denken. Mijn idee is nu dat Robert die brieven heeft geschreven.'

'Waarom denk je dat?' vroeg Jodie en ze keek haar vragend aan.

'Ik heb ontdekt dat hij tegen me heeft gelogen,' zei Lexa. 'Vanaf het begin. Hij heeft een heleboel informatie over zichzelf verzwegen die ik had moeten hebben…'

‘Heeft hij je fysiek bedreigd?’ vroeg Jodie.

‘Nee… maar toen ik vertelde dat ik het boek alleen wilde schrijven, zonder hem, ging hij compleet over de rooie. Ik ben niet bang uitgevallen, maar daar schrok ik van.’

‘Werd hij gewelddadig? Viel hij je aan?’

Lexa schudde haar hoofd en vertelde over Roberts uitbarsting, terwijl ze een kussen van de bank in haar armen nam.

‘Oké,’ zei Jodie toen ze klaar was. ‘Zijn je meer van dat soort… eigenaardigheden van hem opgevallen?’

Lexa zweeg even en knikte toen. ‘Toen jullie gisteren vroegen naar dat meisje dat dood is aangetroffen…’

‘Vermoord,’ zei Carl.

‘…vermoord,’ herhaalde Lexa. ‘Er is nog iets wat ik niet heb verteld…’

‘Er is best veel wat je ons niet hebt verteld,’ zei Carl stug.

‘Ik weet het,’ zei Lexa. ‘Er kwam de afgelopen tijd nogal veel op me af…’

‘Maar wat wilde je zeggen?’ vroeg Jodie.

‘Ik stond er op dat moment niet bij stil, maar toen Robert hier maandagavond kwam, waren zijn kleren doornat.’

‘Ja?’ vroeg Carl. Hij begreep het niet.

‘Ik had hem de auto meegegeven,’ zei Lexa. ‘Ik vond dat hij door zijn oude wijk moest rijden, dat hij zich dingen moest proberen te herinneren voor het boek… Dat deed hij. En daarna kwam hij weer hier om te praten. Hij zei dat hij met het project wilde stoppen…’

‘En toen waren zijn kleren nat?’ vroeg Carl, die het nog steeds niet begreep.

‘Ja,’ zei Lexa. ‘Maar hij zei dat hij de hele tijd in de auto had gezeten.’

Toen Carl en Jodie de trap af liepen, hoorden ze dat Lexa de deur op slot deed, met beide sloten.

‘En nu?’ vroeg Jodie.

‘Nu gaan we naar huis. Het is vrijdag.’

In de auto pakte Carl zijn telefoon en hij schakelde de vliegtuigstand uit.

'Had je hem nog steeds niet aangezet?' vroeg Jodie en ze sloeg de Lundagatan in.

Op dat moment klonk er een 'pling'. Carl hield het scherm op een armlengte afstand en las.

Toen hij niets zei, keek Jodie hem nieuwsgierig aan. 'Iets interessants?'

'Het is Linda maar, die...' Hij zweeg toen er een volgend bericht binnenkwam. 'We moeten weer naar Skogås,' zei hij en hij keek Jodie aan. 'Een nieuwe melding van een verdwenen kind.'

'Wat? Nee!' zei ze. 'Wie dan?'

61

'Hij heet Nicklas Eriksson,' zei Ylva Palmquist. 'Hij zit in dezelfde klas als Olinda Sikonova...'

Carl Edson stond op het parkeerterrein van de Lycksätraschool en keek om zich heen. Het was vrijdagavond, bijna negen uur en al een paar uur donker. Hij hoorde het geluid van een pendeltrein die de plaats passeerde waar ze eerder de dode tieners hadden gevonden. Weer een paar honderd meter verder bevond zich de rots waar Olinda dood was gevonden.

'Hoe laat is hij uit school gekomen?'

Carl wachtte, terwijl Ylva in haar boekje bladerde.

'Om 14.10 uur.'

Carl dacht aan de auto die voor Sixten was gestopt en vroeg zich af of die nu Nicklas had meegenomen. En of Robert Lindström erin had gezeten. Hardop vroeg hij: 'En hoe laat is hij voor het laatst gezien?'

Ylva bladerde heen en weer in haar boekje. 'Vlak na zestien uur. Toen is hij naar het huis van een klasgenoot gegaan, Alice Jenander.'

'En niemand heeft iets gezien?'

'Dat weet ik niet. Dat moet je aan Asbjörn vragen...' Ze draaide zich om en knikte naar de andere kant van het schoolplein, waar Asbjörn met twee geüniformeerde agenten stond te praten.

'Oké. Heeft iemand al met de ouders gesproken?'

Ze schudde haar hoofd. 'Alleen om de aangifte van de verdwijning op te nemen...'

'Ik begrijp het.' Carl liep naar Jodie, die met een bebaarde man met een hoofdlamp en een Missing People-hesje stond te praten. Carl herkende hem. Het was dezelfde man die de zoekactie naar Olinda had georganiseerd, Jens nog wat.

'We gaan uit van ongeveer hetzelfde zoekterrein,' zei Jens tegen Jodie.

'Hoe laat kunnen jullie beginnen?' vroeg ze.

Jens keek om zich heen, en daarna op zijn horloge. 'Over een halfuur misschien. Er komen zo nog een paar mensen.'

'Mooi. Er is nu ook een hondenteam van ons op pad.'

Carl legde voorzichtig een hand op haar schouder. 'Als je klaar bent, kan ik je dan even spreken, Jodie?'

Ze knikte, maar hij liep door naar Asbjörn.

'We moeten die klootzak echt vinden!' zei deze toen hij Carl aan zag komen.

'Bedoel je Robert Lindström?'

'Ja, wie anders? Voordat hij dit kind ook molt...'

Carl wilde opmerken dat Robert alleen op goede gronden verdacht werd, maar hij wist alleen een zucht te laten horen. Hij had de pest aan Asbjörns voortdurende simplificaties, zijn snelle, stellige conclusies. Maar als hij eerlijk was, gingen zijn gedachten nu in dezelfde richting. 'Je hebt toch een opsporingsbericht laten uitgaan?' vroeg Carl.

Asbjörn knikte en op hetzelfde moment kwam Jodie naar hen toe.

'Hoe gaat het?' vroeg ze aan Asbjörn, die iets mompelde en wegliep om zich bij zijn buurtonderzoekpatrouilles aan te sluiten. 'Wat was er?' vroeg ze aan Carl.

'De ouders,' zei hij. 'Ik wil jou erbij hebben.'

Opeens klonk er een schreeuw, schel en snijdend. Carl draaide zich om, ervan overtuigd dat het Nicklas' ouders waren. In plaats daarvan zag hij Olinda's vader, die op zijn knieën zat met zijn handen voor zijn gezicht.

'Hoe is hij...' begon Carl, maar hij viel zichzelf in de rede, liep naar de man toe en legde een hand op zijn schouder. 'Hoe is het?' vroeg hij.

Ivan keek op. 'Is er weer een jongen verdwenen?' vroeg hij. Zijn stem was wanhopig, zijn blik smekend, alsof hij wilde dat Carl nee zou zeggen.

'Ja,' zei Carl. 'Helaas. Een klasgenoot van Olinda. We zijn net begonnen met zoeken en ik moet je vragen zolang...'

'Nee, nee, nee...' zei Ivan zacht, bijna in zichzelf, en hij liet zich met zijn handen voor zijn gezicht op de grond zakken.

Carl draaide zich om en wenkte een van de politieassistenten die met tegenzin dichterbij kwam. 'Zorg jij voor Ivan hier, breng hem naar huis of naar een arts... Maar haal hem hier weg.'

'Wie is het?' vroeg de assistent.

'De vader van het dode meisje dat we eerder deze week hebben gevonden...'

62

Zaterdag 7 november

Camilla Sander bewoog zich lenig, als een turnster, een paar lichte, dansende passen, waarna ze soepel door haar knieën zakte en de roze bowlingbal over de baan liet rollen. Het zag er zo eenvoudig uit.

'Strike,' zei ze triomfantelijk.

Toen het haar beurt was, voelde Lexa zich log en stijf, het lukte haar niet om diep genoeg door haar knieën te zakken bij het gooien. De bal stuiterde een paar keer op de glimmende houten vloer, voordat hij naar de kegels rolde en de drie buitenste raakte.

'Je mag nog eens,' zei Camilla, toen Lexa wilde gaan zitten.

'Dat wist ik wel!' zei Lexa op een toon alsof ze haar vergissing probeerde weg te lachen. Ze pakte de bal van het rek en liet hem weer over de houten baan zoeven. Twee kegels ditmaal, aan de andere kant.

Haar hoofd kriebelde van het zweet. Ze wist nauwelijks hoe het moest, ze had een hekel aan sporten. De gladde, nogal stijve en onfrisse bowlingschoenen die ze aan moest, de geur in de hal, de geluiden. Zelfs het licht was vijandig en onaangenaam.

'Jammer dat er nu geen boek komt...' zei Camilla en ze poetste haar bal op met de mouw van haar shirt.

'Waarom zeg je dat?'

Camilla keek verbaasd. 'Je zei toch dat je de samenwerking met Robert had beëindigd? Ik ging er gewoon van uit dat er geen boek zou komen... zonder hem.'

Lexa schudde haar hoofd. 'Ik schrijf het verder in mijn eentje.'

'Lukt dat?'

'Ja,' zei ze koppig. Ze voelde dat Camilla haar opnam, zag dat ze een arrogant gezicht trok: *Als jij het zegt...*

'Maar je hoeft het niet als een mislukking te zien, toch?' vroeg Camilla.

Had ze überhaupt gezegd dat ze het als een mislukking zag?

Maar Camilla legde een hand op haar arm. 'Ik weet dat je een nederlaag moeilijk kunt toegeven. Je bent net als ik. We zijn hetzelfde.' Ze glimlachte. 'Maar als je besluit het niet af te maken, is dat de schuld van Robert. En niet die van jou.'

Lexa schudde geïrriteerd haar hoofd en lachte droog. 'Zo zal mijn moeder het niet zien, en mijn broer ook niet.'

Ze wilde er niets over zeggen tegen Camilla, maar ze wist precies hoe bezorgd haar moeder en haar broer om haar heen zouden draaien na zo'n mislukking. Dat haar moeder een hand op haar arm zou leggen en zou vragen hoe het met haar ging. Geen enkele vraag over het boek, of waarom het niet was gelukt het te schrijven, alleen de angst dat ze weer ziek zou worden. En haar broer die naar haar zou kijken met een schuldbewuste blik, alsof hij zich verontschuldigde omdat hij zo ontzettend succesvol was, in tegenstelling tot haar.

Lexa schudde haar schouders, stond op, pakte de bowlingbal en gooide. Ditmaal gleed de bal schuin over de baan en kwam in de goot terecht zonder ook maar één kegel om te gooien.

'Hoe is dat in jouw familie?' vroeg ze.

Camilla glimlachte berustend. 'Mijn moeder is dood. Mijn vader zit in een tehuis. Als hij een slechte dag heeft, herkent hij me niet. Op een goede dag is hij alleen maar... onaardig.'

'En je zoon?' vroeg Lexa. 'Weet hij... wat er is gebeurd?'

'Ja, dat weet hij. Maar hij heeft zijn oom natuurlijk nooit ontmoet, dus voor hem zijn het... nou, je weet wel, woorden.' Een bedroefde glimlach, mooie witte tanden. Gereguleerd? Vermoedelijk.

Lexa ging met haar tong langs haar eigen scheve voortanden.

'Mag ik je iets vragen?' zei Camilla. 'Als je het boek toch wilt afmaken...'

'Natuurlijk.'

'...of je het zo eerlijk mogelijk opschrijft?'

'Dat hoef je niet te vragen,' zei Lexa. 'En als je akkoord gaat met een interview, heb je alle kansen om jouw versie van het gebeurde te geven.'

Camilla stond stil, terwijl ze geconcentreerd met haar vingers over de bal ging. 'Je hebt een tijdje met hem opgetrokken,' zei ze. 'Met Robert. Hoe zou jij hem beschrijven? In één woord?'

Lexa dacht na. 'Labiel…' zei ze toen. 'Dat misschien… Hij is een labiele en tragische man, zou ik zeggen.'

Camilla liet weer haar witte reclameglimlach zien. 'Gooi een strike, dan mag je me vandaag interviewen. En dan vertel ik het verhaal dat ik de vorige keer niet wilde vertellen. Ditmaal zul je me geloven, dat garandeer ik je.'

63

Carl Edson liep naar de kleine lessenaar voor in de instructiezaal, die een beetje deed denken aan een groot klaslokaal met keurige rijen banken. Op het projectiedoek achter hem werd een vergrote foto getoond van een glimlachende jongen van elf.

De circa tien aanwezigen, van wie enkele met een schrijfblok voor zich zaten, zwegen. Het team had extra middelen gekregen en Carls chef, Gert Uwe, had die ochtend gebeld om te benadrukken hoe belangrijk het was dat ze nu hun uiterste best deden. Wat dacht hij dat ze tot nu toe hadden gedaan?

Het rook naar koffie in de zaal. Gesmoord gehoest, geritsel van blaadjes, stoelpoten die over de vloer schraapten als iemand ging verzitten – Carl herkende de geluiden, de rusteloze stemming.

'Zoals de meesten van jullie al weten, is dit Nicklas Eriksson,' zei hij en hij maakte een gebaar naar de foto. 'Hij zit in dezelfde klas als Olinda Sikonova en was goed met haar bevriend.'

Hij knikte naar Rickard, die het beeld wisselde. Er verscheen een plattegrond van het gebied rondom de Lycksätraschool tot aan het Drevvikenmeer. De plaatsen waar Olinda Sikonova, Johan Brink en Tony Pavic waren vermoord en gevonden waren rood omcirkeld.

'Nicklas is gisteravond vlak voor negentien uur door zijn ouders als vermist opgegeven. Hij is voor het laatst gezien bij een klasgenoot, Alice Jenander, in de Fjädervägen. Daar is hij kort na zestien uur weggegaan om naar zijn huis aan de Rökslingan te lopen, een afstand van ongeveer negenhonderd meter.'

Rickard markeerde tegelijkertijd op zijn computer de twee plaatsen op de kaart. Hij trok een streep langs een denkbare looproute.

'We hebben gezocht in het gebied tussen de school, het huis van de familie Jenander en het huis van Nicklas,' ging Carl verder. 'En in het gebied van de school tot aan het Drevvikenmeer. Maar tot nu toe niets. Op dit moment zoeken...' Hij keek uit over de groep, totdat hij Ylva Palmquist vond. 'Hoeveel zijn het er?'

'Zestig à zeventig personen,' zei Ylva. 'We hebben ook een helikopter ingezet. Of dat gaan we doen.'

'Dank je,' zei Carl. 'Zijn er mensen die iets gezien hebben in dat gebied?'

Asbjörn kuchte en leunde naar voren op zijn stoel, hij steunde met één elleboog op de tafel. 'We hebben met de leerlingen van de school gepraat en een meisje heeft misschien wel iets interessants gezien. Een man die zich gistermiddag ergens tussen zestien en zeventien uur in de buurt van de school, in de Timmervägen, bevond.' Asbjörn keek in zijn notitieboekje. 'Julia Svensson heet ze en ze zit in de zesde klas. Toen ze uit school naar huis liep, kwam ze de man tegen en ze vond hem er eng uitzien. Maar ze heeft niet meer details gegeven dan dat hij een zwarte regenjas en rubberlaarzen droeg. Hij klapte zijn notitieboekje dicht. 'We hebben haar foto's van Robert Lindström laten zien, maar ze kon hem niet aanwijzen.'

'Goed gedaan in ieder geval,' zei Carl. 'Laten we naar onze eerdere verdachte, Erik Olofsson, gaan...'

Rickard bracht een foto van Erik op het scherm.

'Hij is gistermiddag al gearresteerd en kan Nicklas dus niet hebben ontvoerd. Hij kan wel interessant zijn voor ons in de Pavic/Brink-zaak. Maar dan vooral als getuige. Volgens de mobiele gegevens die we hebben opgevraagd, bevond hij zich, zowel dinsdag- als woensdagavond in het gebied rond het pendelspoor. Jodie heeft geprobeerd hem in het huis van bewaring te verhoren, maar hij wil niets zeggen. Letterlijk geen woord. Hij zwijgt tijdens alle verhoren. Maar hij is dus wel in hechtenis genomen voor het in bezit hebben van kinderporno. Wallquist?'

Lars-Erik leunde over zijn schrijfblok heen, zette zijn halve leesbril op en begon aan zijn gebruikelijke toneelstukje. 'Olofssons computer was uitgerust met twee harde schijven,' zei hij nadat hij luid had gekucht, 'allebei beveiligd en vermoedelijk niet meer te openen als hij de stekker er op tijd uit had kunnen trekken. De opstartschijf bevatte...' Hij ging met zijn vinger over het A4-blok. '...cachebestanden van een anonieme mailserver die hij niet heeft kunnen wissen. De mailconversatie ging over de prijs van pornografische kinderfoto's. Verder stond er niets op die schijf. De tweede schijf was aanzienlijk groter, drie... even kijken... drie terabyte.' Hij keek uit over het vertrek alsof hij hun een groot succes had gemeld, waarna hij terugging naar zijn schrijfblok. 'Tot nu toe hebben we circa twaalfduizend pornografische kinderfoto's gevonden. We hebben het hele zootje bij de kinderpornografiegroep afgeleverd.'

Lars-Erik zette zijn bril af, leunde achterover op zijn stoel en vouwde zijn handen in zijn nek. Zijn stoel kraakte. Vervolgens zei hij: 'Bovendien kon Anders Pousne, vraag me niet hoe, zien dat Olofsson afgelopen maandag achter zijn computer zat op het tijdstip van Olinda Sikonova's verdwijning.'

'Zo,' zei Carl luid. 'Jullie begrijpen allemaal dat dit betekent dat Erik Olofsson geen verdachte meer is in ons onderzoek. Volgende foto, graag.' Hij liep naar het projectiescherm en tikte met zijn wijsvinger op de foto van Robert Lindström die nu werd getoond. 'Onze eerste prioriteit is nu Robert Lindström vinden. Asbjörn en Ylva hebben gisteren zijn appartement doorzocht, maar ze konden hem niet arresteren. We houden zijn woning sindsdien onder observatie, maar hij lijkt te zijn ondergedoken.'

Carl pauzeerde even, keerde het A4'tje om waar hij geheugensteuntjes op had geschreven en las 'Sander'. 'O ja,' zei hij en hij keek op. 'Voor het geval iemand het heeft gemist, moet ik misschien even zeggen dat de jongen die achtentwintig jaar geleden is doodgeslagen – en waarbij Robert Lindström dus als dader werd aangewezen – de broer is van Camilla Sander. En Camilla is de moeder van onze getuige Sixten Sander.' Hij wachtte even. 'Ik wil ook benadrukken dat Robert Lindström alleen verdachte is. Hij heeft geen motief en het is zelfs heel onwaarschijnlijk dat hij de slachtoffers eerder heeft ontmoet...'

'Och, alsjeblieft!' viel Asbjörn hem in de rede. 'Hij heeft zijn elfjarige speelkameraadje vermoord omdat die geen plaats opschoof op een schommelbank. Hij ziet iemand die hem ergert en kan de impuls niet bedwingen... Meer motief heeft deze man niet nodig.'

'Misschien,' zei Carl en hij deed zijn best om zich niet te laten provoceren.

'Maar als hij zich zo door zijn impulsen laat regeren,' zei Jodie en ze draaide zich om naar Asbjörn, 'is het dan niet raar dat hij de afgelopen achtentwintig jaar niets soortgelijks heeft gedaan? Want dat is toch zo?'

'Klopt,' zei Rickard snel. 'Hij heeft zelfs nog geen bekeuring voor te snel rijden gehad.'

Asbjörn keek geïrriteerd om zich heen en kruiste zijn armen weer voor zijn borst, maar hij zei niets.

'Maar er zijn voorbeelden van seriemoordenaars,' zei Ylva, 'die na decennia van... rust, of hoe je dat moet noemen, opeens weer mensen gaan vermoorden.'

'Meestal omdat ze in de gevangenis zaten, of in het buitenland...' zei Jodie.

'Ja, en misschien heb ik ongelijk,' ging Ylva verder, 'maar kan het soms niet komen doordat er een hele tijd geen externe trigger is? En als die er later wel is, vervalt de dader in zijn oude gedrag. In Roberts geval kan dat de plaats van de moord zijn, om terug te komen bij de school, bij het huis waar hij vroeger woonde...'

'Of stress,' zei Rickard. 'Hij is onlangs ontslagen bij het bedrijf waar hij tien jaar had gewerkt.'

'Nou, kijk! Zijn jullie nu tevreden?' vroeg Asbjörn en hij klonk zelf tevreden. 'Daar hebben jullie je motief!'

Jodie knikte, maar Carl zag dat het niet van harte ging.

'Oké, ik denk dat we nu niet verder komen,' zei Carl en hij gaf Rickard een teken dat hij de projector kon uitschakelen. 'Ik sluit de vergadering. Iedereen gaat door met waar hij mee bezig was. Jodie en ik gaan met de biologische ouders van Robert Lindström praten.'

64

Ze liep achter Camilla aan de woonkamer in, liet haar vingers over de zwarte ijzeren leuning van de trap naar boven glijden en vroeg zich af of het er nog hetzelfde uitzag als toen Camilla en Max hier opgroeiden.

'Dit is aangebouwd,' zei Camilla, alsof ze Lexa's gedachten had gelezen. 'Maar de rest is nog zoals het toen was...'

'Wat een mooie kamer,' zei Lexa.

In de boekenkast naast de open haard stonden foto's van een jonge Camilla, achttien jaar, misschien twintig, opgemaakt en gestyled, in uitdagende poses. Misschien was ze model geweest. Dat was niet ondenkbaar, ze had er het uiterlijk voor. En de ijdelheid, bedacht Lexa. Er waren ook foto's van een jongetje dat naar de camera lachte, vaak met Camilla naast hem.

'Is dat je zoon?'

'Ja.'

'Wonen jullie samen, jij en zijn vader?'

Camilla schudde haar hoofd. 'We zijn kort na Sixtens geboorte gescheiden. Maar je bent toch niet gekomen om over mijn familieomstandigheden te praten?'

Lexa glimlachte. Ze kon doorgaans goed met mensen omgaan, wist de juiste toon te vinden, maar bij Camilla was dat moeilijk.

'Want je lijkt me niet zo'n journalist die in privéaangelegenheden snuffelt...' ging Camilla verder.

'Wat bedoel je?'

Camilla lachte. 'Ach, dat is gewoon een indruk die ik van je heb, dat je serieus bent. Zie het als een compliment.'

Lexa leunde naar voren en zette haar dictafoon op tafel. De bank was zo diep dat ze moest kiezen tussen over haar notitieboekje gebogen zitten of onderuit hangen. Ze koos voor zitten.

'Nou, wat wil je weten?' vroeg Camilla. 'Je hebt je vragenuurtje verdiend.' Ze leunde achterover in de fauteuil en sloeg het ene been over het andere, alsof het voor haar routine was om te worden geïnterviewd.

'Dank je wel,' zei Lexa. 'Allereerst wil ik horen over de dag waarop Max werd gedood. Ik wil graag jouw versie horen...'

Camilla knikte. 'Waar zal ik beginnen? Het was een gewone dag. Dat is het altijd, neem ik aan... We hadden zomervakantie, ik zou daarna naar de achtste klas gaan, Max naar de vijfde. De meeste vriendinnen waren weg, dus ik hing voornamelijk thuis rond. Ik las boeken, zat in de zon op het terras, dronk limonade... Ik verveelde me gewoon.'

'Ik ken dat soort dagen...'

Camilla glimlachte, maar Lexa merkte dat het haar stoorde dat ze in de rede was gevallen.

''s Middags stuurde mijn moeder me erop uit om Max te gaan zoeken. Het was nog niet de tijd van de mobiele telefoons en hij was al bijna de hele dag weg.' Camilla ging met haar hand over haar leren broek. 'Maar ik ging niet meteen naar buiten... Ik was in een boek bezig en wilde het hoofdstuk uitlezen. Als ik dat niet had gedaan, dan...'

'Had je Max misschien kunnen redden, bedoel je?'

Camilla keek uit het raam, haar blik gericht op iets in de verte.

'Dat niet alleen... Ik zat in die tijd achter een oudere jongen aan, Bernt...'

'Bernt Juuso?' vroeg Lexa.

Camilla wierp haar een verbaasde blik toe. 'Heb je met hem gesproken?'

Lexa knikte.

'Het was zo onschuldig,' zei Camilla. 'Dat geloofde natuurlijk niemand, omdat het Bernt was, maar we zoenden en vrijden alleen een beetje, meer niet... Hij was misschien zestien en ik bijna veertien...' Ze glimlachte weer met haar gave witte tanden. 'Toen ik toch naar Max ging zoeken, bedacht ik dat ik zou kijken of ik Bernt ergens zag, dus ik maakte een omweg langs de pizzeria...'

Lexa keek haar vragend aan.

'Bij het centrum... Daar hing hij altijd rond, maar toen ik daar aankwam, ging hij net weg, naar een vriend.' Ze staarde weer voor zich uit.

'Het was geen omweg. Niet echt. Max ging altijd naar het centrum om snoep te kopen. Hij had daar net zo goed kunnen zijn...'

Het was duidelijk dat ze hierover met zichzelf in de clinch had gelegen, dat ze deze dag in haar hoofd had doorgenomen en dat ze zich tegen de zelfverwijten had verweerd.

'Hoe dan ook, ik ging terug en zocht naar Max in het bos en op het terrein tussen de school en het water... Maar hij was nergens. Toen ben ik bij vriendjes gaan aanbellen... Bij Robert, onder anderen. Ironisch genoeg. Maar daar deed natuurlijk niemand open.' Camilla schudde haar hoofd. 'Ik begon ongerust te worden,' ging ze verder. 'Het was niets voor Max om zo lang weg te blijven. En toen moest ik aan het veldje denken. Soms ging Max daar samen met Robert naartoe, ook al mocht hij dat niet...'

Lexa keek haar vragend aan.

'Mijn ouders waren er niet blij mee dat hij met Robert speelde. Maar ze konden het hem niet verbieden... Zoveel vriendjes waren er niet in de buurt.'

'Ik begrijp het niet. Wat hadden ze op Robert aan te merken? Ik bedoel, hij had toen toch nog niets gedaan...'

Camilla keek haar verbaasd aan. 'Wacht, ik zal het je laten zien,' zei ze en ze liep de trap op.

Lexa hoorde haar de deur van een kamer op de bovenverdieping dichtslaan en daarna met iemand bellen. Terwijl ze wachtte, liep ze naar een bowlingtrofee die op een van de planken stond. De eerste prijs van het districtskampioenschap. Lexa keek naar het jaartal. Vijf jaar geleden.

'Neem me niet kwalijk,' zei Camilla en ze kwam de trap weer af. 'Ik moest even iemand bellen...'

'Je wilde me iets laten zien?' vroeg Lexa.

Camilla had een oud fotoalbum bij zich, dat ze op de salontafel legde. 'Even zoeken...' Ze sloeg het album open.

Lexa's blik viel op een foto van een bijzonder knappe man die naar de camera lachte. Naast hem stond een jong meisje, in wie ze vaag Camilla herkende. Aan de andere kant van haar stond Max. De foto was waarschijnlijk zo'n dertig jaar oud.

‘Daar was hij vijf of zes,’ zei Camilla.

‘En dat is jullie vader?’ vroeg Lexa en ze wees naar de knappe man.

‘Kenneth, ja.’ Camilla bladerde snel verder in het album, de ene bladzij na de andere met familiefoto’s. Ten slotte wees ze naar een foto waarop Max in het bos stond, voor een lage, gewelfde betonnen muur. ‘Hier,’ zei ze, ‘dit wilde ik je laten zien.’

Op de foto was een ernstige Max te zien, met neergeslagen ogen, alsof hij zich ergens voor schaamde of voor geneerde.

‘Die foto heeft Robert genomen,’ zei Camilla. ‘Hij had Max overgehaald om de camera mee te nemen, ook al mocht hij dat niet.’

‘Wat is dat op de achtergrond?’

‘Een oude bunker uit de Tweede Wereldoorlog. Daar zijn er een heleboel van in de omgeving.’ Camilla streek met haar vinger over de foto. ‘Dit is de laatste foto die we van Max hebben. Genomen in de week voordat hij...’

Lexa boog zich over de foto. Er was iets met Max. Hij was niet beschaamd, zoals ze eerst had gedacht. Eerder vastberaden. Koppig. Alsof hij weigerde toe te geven. Zijn linkerbeen stond iets verder naar voren dan het rechter, als bij een bokser.

‘Ik wilde dit niet vertellen tijdens ons vorige gesprek, maar ze speelden vaak in die bunker,’ zei ze.

Lexa knikte.

‘Max vertelde dat ze die dag piraatje speelden, hij, Robert en Andreas. Maar Max mocht alleen meedoen als hij hun gevangene was. Eerst hadden ze hem alleen vastgebonden aan een muur in de bunker. Maar daarna waren ze dingen gaan doen... gemene dingen. Ze hadden een spin in zijn haar gezet, op hem gespuugd... dat soort geintjes. Ten slotte hadden ze zijn broek naar beneden getrokken en daarna waren ze weggegaan. Ze hadden hem alleen gelaten. Toen ik hem vond, had hij in zijn broek geplast. Hij stond halfnaakt en vastgebonden in de bunker met spuug in zijn haar. Snap je nu hoe ze waren?’

‘En dat hadden Andreas en Robert gedaan?’ vroeg Lexa.

Camilla knikte. ‘Ze hadden het allebei gedaan, maar naderhand vertelde Max dat Robert de aanstichter was geweest.’

‘En wat gebeurde er?’

‘De ouders werden geïnformeerd, natuurlijk. Maar die laffe rotjongens ontkenden alles. Ze zeiden dat ze hem helemaal niet hadden vastgebonden. En dat Max daar had willen blijven toen ze naar huis gingen… Maar dat logen ze. Dat deden ze vaak. Ze lachten je vierkant uit…’

‘En wat deden de ouders?’

Camilla haalde geïrriteerd haar schouders op. ‘Ik weet dat mijn moeder met hun ouders heeft gesproken. Dus Andreas en Robert hebben vast wel een uitbrander gekregen, maar meer werd het niet…’

‘Oké,’ zei Lexa. ‘Ik geloof dat ik het begin te begrijpen. Maar laten we teruggaan naar de dag waarop Max… Jij besloot om naar het veldje te gaan…’

Camilla knikte en sloeg haar armen om zichzelf heen. Ze huilde niet, snikte niet, maar Lexa hoorde dat haar stem geforceerd was toen ze praatte. ‘Hij was al dood toen ik daar kwam…’ zei ze langzaam. ‘Hij lag met zijn gezicht naar beneden, helemaal in elkaar geslagen… overal lag bloed, zoveel bloed…’ Ze sloeg haar hand voor haar mond.

‘Ik begrijp het,’ zei Lexa. ‘En Robert, wanneer zag je die?’

‘Na een tijdje. Eerst dacht ik dat hij ook dood was, maar toen ik hem aanraakte, voelde ik dat hij ademhaalde.’

‘En wat dacht je toen?’

‘Dat hun iets was overkomen. Dat iemand hun iets had aangedaan. Daarna zag ik dat hij die steen had… die brok beton naast hem. Die was helemaal rood van het bloed en…’ Ze zweeg, sloeg haar armen nog steviger om haar lichaam. ‘Toen werd Robert wakker. Eerst begreep hij niet waar hij was, hij zei van alles, maar heel onsamenhangend, alleen woorden… Toen zag hij Max en mij. En toen wist hij het weer. Ik zag het in zijn ogen, dat hij zich herinnerde wat er gebeurd was. Hij werd opeens gefocust, hij kreeg iets… hards over zich. Hij wees naar mij en zei dat ik het had gedaan. Dat ik Max had gedood…’ Opeens snikte ze, haar gezicht werd een moment lang verwrongen, vervolgens ademde ze diep in en streek ze kalmerend met haar handen over haar bovenbenen. ‘Het was zo verschrikkelijk…’

'En je weet nog steeds zeker dat hij het had gedaan?'

'Ja, absoluut. Geloof jij dat nu nog niet? Nu je hebt gezien wie hij is...'

Lexa aarzelde. 'Misschien...'

'Hij heeft tegen je gelogen!' zei Camilla verbaasd. 'Hij heeft misbruik van je gemaakt. Hoe kun je hem nog geloven?'

'Ik geloof hem ook niet. Maar na het lezen van het politieonderzoek vraag ik me af of hij wel echt de dader is.'

'Hij heeft toch bekend?' zei Camilla.

'Zo kun je het misschien noemen. Maar om eerlijk te zijn zie ik het meer zo dat hij meeging met de versie van de politie om ervanaf te zijn. Ze legden hem de woorden in de mond.'

Camilla snoof. 'Bij Robert moest het waarschijnlijk wel zo.'

'Hoe bedoel je?'

'Zoals ik zei. Hij was wild, haalde altijd van alles uit, maar kwam er altijd mee weg. En zijn ouders namen geen enkele verantwoordelijkheid, stelden nooit grenzen. Ik denk dat ze zich nauwelijks om hem bekommerden...'

Lexa knikte. Ze wilde een confrontatie vermijden en het interview niet laten verzanden in goed of fout. In plaats daarvan boog ze zich over het fotoalbum, dat nog steeds open op de salontafel lag, en over de foto van Max bij de betonnen bunker. Ze wilde net vragen waarom Andreas er niet op stond, toen ze een gezicht ontwaarde achter een van de schietgaten. Ze zag een wazige halve mond en een oog, alsof iemand daarbinnen zijn gezicht tegen de opening duwde om naar buiten te kijken. 'Wie is dat?'

'Max...' zei Camilla.

'Nee, daar,' zei ze en ze wees naar het kleine schietgat. 'Daar is een gezicht.'

'Hé, dat heb ik nooit eerder gezien. Maar dat moet Andreas zijn.'

Lexa veranderde van houding. 'Was Andreas erbij toen Max stierf, die dag op het veldje?'

'Niet dat ik weet,' zei Camilla. 'Maar jij hebt het onderzoek van de politie gelezen. Ze moeten hem toch hebben nagetrokken...'

'Ja, hij zegt dat hij thuis was, maar Bernt Juuso heeft hem in de buurt van het veldje gezien.'

'Dus...' zei Camilla. 'Wat bedoel je?'

'Denk je dat Andreas meegedaan kan hebben aan het doodslaan van Max?'

Camilla sloeg het album met een klap dicht. 'Ik weet alleen wat ik aan de politie heb verteld, dat ik Robert onder het bloed naast Max' lichaam heb gevonden.'

Lexa zweeg, ze voelde dat ze geen nieuwe vraag moest stellen.

'Maar waarom niet?' vroeg Camilla opeens. 'Ze haalden altijd samen rottigheid uit, Robert en Andreas.'

Lexa schoof een stukje naar voren op de bank, zodat ze dichter bij de tafel kwam te zitten. 'Nog iets anders, voordat we stoppen,' zei ze. 'Ik weet niet of je hier iets over kunt zeggen, maar... sinds we met dit boek zijn begonnen, krijg ik dreigbrieven... Je weet wel, "Stop nu voordat het te laat is", dat soort dingen.' Ze overwoog of ze de patroonhuls zou noemen, maar besloot dat niet te doen. 'Heb je een idee wie mij ervan zou willen weerhouden het boek te schrijven?'

Camilla keek haar ernstig aan.

'Nee,' zei ze en ze schudde haar hoofd. 'Als het Robert zelf niet is...?'

Lexa probeerde te doen alsof het haar minder raakte dan feitelijk het geval was. 'En Bernt Juuso, denk je dat hij het zou kunnen zijn?'

Camilla lachte. 'Waarom zou hij dat doen?'

'Dat weet ik niet... Maar het leek hem ontzettend te storen toen ik tegen hem zei dat ik niet van Roberts schuld overtuigd was.'

Camilla keek haar afwachtend aan, maar schudde toen haar hoofd. 'Nee,' zei ze. 'In die tijd was Bernt de stoere gozer. Je weet wel, de jongen die het verkeerde pad op ging. Hij werd van van alles en nog wat verdacht. Maar eigenlijk was het gewoon een pose. In zijn hart was hij een aardige jongen. En hij vond Max aardig, gaf hem snoep en zo... Hij zei vaak dat hij graag een broertje zoals Max had willen hebben.' Ze veegde iets van haar broek. 'En Andreas dan?' vroeg ze. 'Kan hij de dreigbrieven niet hebben geschreven?'

'Nee, dat denk ik niet,' zei Lexa. 'Hij leek zo blij dat ik met het boek bezig was. Hij zei dat hij zich altijd al had afgevraagd of Robert het wel echt had gedaan...'

Camilla leunde naar voren, zodat ze heel dicht bij haar kwam. 'Hoe weet je dat hij niet liegt? Net als Robert...' Ze keek Lexa met gefronste wenkbrauwen aan. 'Je moet begrijpen wie ze waren,' zei ze. 'Wie ze zíjn.'

65

'Marit Björkhed?' vroeg Jodie aan de oudere vrouw die zojuist de deur had opengedaan.

Ze knikte langzaam.

'Sorry dat we storen,' ging Jodie verder, 'maar we hebben een paar vragen over uw zoon, Robert Lindström.'

'O, jullie ook al...' Marit stapte opzij om hen binnen te laten.

In de hal rook het naar oude mensen, een muffe, zoetige lucht als van gedroogd fruit. Jodie herkende de geur. Haar eigen oma had ook zo geroken.

'Je zei "jullie ook al",' zei ze toen Carl en zij achter Marit aan het appartement in liepen. 'Wie zijn hier nog meer geweest?'

'Een journalist.'

'Lexa Andersson? De vrouw die een boek schrijft over Robert?'

'Ja, zo heette ze.' Marit ging hen voor naar de keuken en gebaarde naar de stoelen rond de tafel. 'Ga zitten. Jullie willen vast wel koffie?'

'Nee, bedankt, dat is niet nodig,' zei Carl. 'We blijven niet lang.'

'Håkan,' riep Marit. 'De politie is hier om met ons te praten.'

Jodie hoorde iets bewegen in een kamer verderop in het appartement.

'Was uw zoon erbij toen Lexa Andersson hier was?' vroeg Carl.

'Nee, ze was alleen.'

'Maar wanneer hebt u voor het laatst iets van Robert gehoord?'

'Vanochtend,' zei Håkan, die de keuken in was gekomen.

'Vanochtend?' vroeg Jodie, niet in staat haar verbazing te verbergen.

'Ja, maar hij was snel weer weg... Hij heeft niet gezegd waarheen, voor het geval jullie dat willen weten.'

'Maar... logeert hij hier?'

'Nee, nee, hij bleef maar één nacht. Hij kwam hier gisteravond. Laat ook nog. Stond zomaar ineens op de stoep...'

'Heeft hij verteld waarom dat was?'

Marit ging aan de keukentafel zitten. 'Hij zei dat er een probleem was met zijn appartement...'

'Ze zouden een nieuwe vloer leggen,' zei Håkan. 'In de tussentijd kon hij daar niet wonen.'

'En hij zei niet wanneer hij weer zou komen?' vroeg Jodie.

Het echtpaar wisselde een blik van verstandhouding.

'Nee, daar heeft hij niets over gezegd,' zei Marit.

'Duikt hij wel vaker plotseling op?' vroeg Carl.

Marit moest lachen. 'Håkan, hoelang is het geleden dat Robert hier voor het laatst was?'

'Dat zal zes, zeven jaar geleden zijn... als het niet langer is. Wanneer hebben we de bank gekocht? Ik weet nog dat hij belde toen die net was bezorgd...'

Jodie knikte. 'Het maakt niet uit,' zei ze. 'Wat voor indruk maakte hij? Zei hij nog iets bijzonders toen hij hier was?'

'Sorry,' zei Marit en ze keek even naar haar man. 'Maar waarom vragen jullie dit allemaal? Die gebeurtenis met Max is... onderzocht. Het is zo lang geleden.'

'Daar gaat het niet om,' zei Carl. 'We denken dat Robert getuige geweest kan zijn van een misdrijf.'

'Een misdrijf?' vroeg Marit. 'Wat voor misdrijf?'

'Daar kunnen we helaas niet op ingaan,' zei Carl.

'Hij heeft tegen ons niets over een misdrijf gezegd.'

'Het enige waar hij iets over heeft verteld, is het boek waaraan hij samen met die journalist werkte,' zei Håkan.

'Maar hij raakte van streek toen hij het erover had,' zei Marit. 'Helemaal gestrest.'

'En jullie begrepen niet waarom?' vroeg Jodie.

'Nee. En we wilden er ook niet naar vragen.'

'Maar het kwam door dat boek, natuurlijk,' zei Håkan. 'Dat is natuurlijk ook lastig... om alles door te nemen.'

'Goed,' zei Carl en hij stond op. 'Willen jullie zo vriendelijk zijn contact met ons op te nemen als Robert zich weer meldt?' Hij legde zijn visitekaartje op het bekraste en versleten grenen blad van de keukentafel.

'Er is toch niet weer iets verschrikkelijks gebeurd?' vroeg Marit.

'We willen alleen met hem praten,' zei Carl.

Håkan schudde gelaten zijn hoofd, maar zei niets.

Jodie raadde wat hij dacht: dat ze hun vroegen hun eigen zoon aan te geven. Ze wist dat ze dat nooit zouden doen.

66

Het was al donker toen Lexa Camilla's huis verliet. Door de kale takken van de heggen langs de smalle villastraten zag ze in een aantal huizen licht branden. Ze kon zelfs iemand in de keuken bezig zien, een vroege maaltijd voorbereiden of een glas melk en een boterham neerzetten voor een kind.

Ze herinnerde zich soortgelijke straten en keukenramen uit haar jeugd, waar ze op weg van school naar huis langs was gekomen. Ze herinnerde zich de sleutel die aan een koord om haar nek hing. Dat ze telkens hoopte dat er licht achter de ramen van haar huis zou branden. Maar dat was bijna nooit zo.

Ze wist nog hoe bang ze was in het donker, dat ze van de ene kamer naar de andere rende om het licht aan te doen, terwijl ze intussen zo hard mogelijk 'Lang zal ze leven' zong. Zodat ze het tikken in de muur, het gekraak van de oude vloeren en de fluisterende bewegingen van het huis niet zou horen. En dan wachtte ze totdat haar vader thuis zou komen. Of haar broer, Göran. Haar moeder kwam altijd pas later.

Opeens bleef ze staan. Het kwam haar hier niet bekend voor. Dit was niet de route die Camilla en zij hadden genomen. Ze pakte haar telefoon en opende de plattegrondapp. Ze vond het voetpad naar het centrum, zag de blauwe, knipperende stip waar zij zich bevond. Toen ze inzoomde, zag ze de naam van een bunker aan de andere kant van het pendelspoor. Was dat de bunker waar Camilla het over had gehad? Waar Robert en Andreas Max hadden vastgebonden?

Met de kaart voor zich begon ze over het voetpad naar het spoor te lopen. Ze kwam een stelletje tegen dat een hond uitliet, maar verder was ze de enige op het pad.

Een paar honderd meter voorbij de tunnel onder het pendelspoor door splitste het voetpad zich. De bunker lag aan de arm die rechtdoor ging, een smal, modderig natuurpad zonder verlichting. Ze overwoog om te keren, het verder wel te geloven. Vervolgens schakelde ze de zaklamp van haar mobiel in, hield hem voor zich en liep verder. Haar schoenen zakten weg in de zachte modder. Dicht bij het pad kon ze zwarte boomstammen, struiken en een paar grote rotsblokken onderscheiden. Maar buiten de lichtkring rezen de berg en het bos als een donkere massa op.

Het drong tot haar door dat Robert hier moest hebben gelopen toen hij haar afgelopen dinsdag belde. Ze merkte dat ze onbewust 'Lang zal ze leven' mompelde en ze begreep hoe hij zich moest hebben gevoeld. Maar net toen ze had besloten nu echt om te keren, zag ze dat het blauwe stipje op het scherm zich vlak bij de bunker bevond. Ze hield haar telefoon omhoog en draaide rond en zag toen het bemoste betonnen bouwwerk oprijzen in het duister.

Het was gebouwd in een halve cirkel, als een hoefijzer met ingangen aan de binnenkant en donkere schietgaten aan de buitenkant. Een van de deuren van roestig ijzer stond halfopen. Met haar mobiel voor zich wurmde ze zich naar binnen, ze bescheen de dichtstbijzijnde meters, waarna ze voorzichtig een stap de bunker in zette.

Langs de ene muur liep een lage betonnen rand, die nog relatief onaangeroerd was. De rest van de muur was bedekt met graffiti, naamtags, half voltooide schilderingen en symbolen, sommige zo oud dat de kalkuitbloei van het beton ze begon te bedekken.

Er was geen vloer, alleen aarde en naar beneden gevallen beton. Een eindje de bunker in lag een matras met vlekken. Ernaast waren de resten te zien van wat een chocoladecake in aluminiumfolie geweest leek te zijn. De verplichte drankfles lag pal naast de matras, alsof degene die eruit had gedronken hem had laten vallen toen hij in slaap viel. Ze kende het wodkamerk niet, vermoedelijk goedkope smokkeldrank. Het leek er niet op dat iemand hier onlangs nog had geslapen.

Ze liep voorzichtig verder de bunker in, raakte de stevige ijzeren haken aan die in de muur waren ingegoten en dacht aan Robert en Max.

Opeens hoorde ze een geluid. Het klonk als een opgeschrikte vogel. Ze wachtte, maar het geluid kwam niet terug.

Met haar voet duwde ze tegen een paar kledingstukken die over de vloer verspreid lagen. Even kreeg ze het idee dat Olinda hier was gevonden, maar toen schoot haar te binnen dat de politie het over een grot had gehad.

Toen was het geluid er weer. Ze draaide zich om, hield haar telefoon voor zich uitgestoken, om te kijken of er iemand aankwam.

Op dat moment ging de telefoon uit.

Ze schudde ermee, drukte op alle knoppen die er waren, maar er zat geen leven meer in. De batterij was leeg.

Ze liep op de tast terug in het donker. Ze ging met haar hand langs de ene muur om rechtuit te lopen, terwijl ze fluisterde: 'Lang zal ze leven...'

Toen ze een nieuw geluid hoorde, zweeg ze abrupt. Ditmaal hoorde ze het duidelijk: voetstappen. Ritselende passen van iemand die buiten de bunker dichterbij kwam. Ze staarde het donker in, naar de smalle lichtstreep die door de deuropening viel.

Opeens stond daar iemand.

'Hallo...' zei ze voorzichtig.

Er werd een zaklamp aangeknipt, die recht op haar scheen. Ze tilde haar arm op om zich tegen het plotselinge licht te beschermen.

'Hallo,' zei ze, 'mijn mobiel...'

Het licht van de zaklamp flikkerde. Op hetzelfde moment kwam er een nieuw geluid. Ze had het nog nooit in het echt gehoord, maar ze herkende het uit de talloze films die ze had gezien: het geluid van een wapen dat werd doorgeladen. Instinctief wierp ze zich op de grond. Ze voelde de zachte matras onder zich en rook de schimmelgeur. Ze bedacht dat de matras vol urine en muizenpoep zat, dat haar kleren nu verpest waren, toen het geluid van het eerste schot haar trommelvliezen trof. Ze bleef stilliggen, wachtend op het volgende, en stelde zich de pijn voor als de kogel zich in haar lichaam zou boren.

67

Op zaterdagavond kwamen ze weer bijeen in de krappe teamkamer. Het was zeven uur geweest en Jodie en Rickard zagen er moe uit. Asbjörn zat als gewoonlijk midden in het vertrek met zijn armen over elkaar. Of hij moe was of boos kon Carl niet zien. Meestal viel niet vast te stellen wat voor humeur hij had.

'We houden het kort,' zei Carl. 'De technici hebben geen sporen van Olinda Sikonova gevonden in de witte huurauto van Robert Lindström. Maar aangezien Olinda regenkleding droeg, bestaat de kans dat ze daar toch is geweest.'

Asbjörn knikte nadrukkelijk. 'En het shirt dat we in zijn wasmand hebben gevonden? Is dat Olinda's bloed?'

Carl schudde zijn hoofd. 'Het is bloed,' zei hij, 'maar volgens Lars-Erik is het van Robert zelf.'

Asbjörn zakte een stukje in elkaar. Hij zag er voor het eerst moedeloos uit.

'Nicklas Eriksson,' zei Carl. 'We hebben de hele dag naar hem gezocht, maar we hebben nog geen spoor van hem gevonden, ook al hebben een paar zoekteams het gebied uitgekamd.' Hij wachtte even. 'Asbjörn, heb jij iets gevonden?'

Het overhemd spande om de borst van de oude inspecteur toen hij naar voren leunde op zijn stoel. 'We hebben een poppetje zonder hoofd binnengekregen,' zei hij. 'Een actiefiguur, dat door een klasgenoot in de buurt van Nicklas' huis is gevonden. Maria Pyrrén, de moeder van Nicklas, heeft bevestigd dat het figuurtje van hem is...'

'Enig idee wat dat kan betekenen?' vroeg Carl. 'Dat het figuurtje geen hoofd heeft?'

Hier en daar hoofdschudden, terwijl de rest in zijn notitieboekje keek.

'We hebben het aan de technici gegeven,' zei Asbjörn. 'Maar eens zien of zij er iets uit kunnen halen...'

Carl draaide zich om en liep naar de foto van Robert Lindström op het whiteboard. 'We hebben Robert Lindström nog steeds niet kunnen grijpen, ondanks het opsporingsbericht...'

Op dat moment ging de deur open en kwam Gert Uwe het vertrek binnen. Hij ging achterin tegen de muur staan en maakte een gebaar dat ze door moesten gaan.

'Heeft hij geen mobiel?' vroeg Ylva.

Rickard ging rechtop zitten. 'Die staat uit. Misschien is de batterij leeg of heeft hij hem bewust uitgeschakeld. De laatste keer dat de telefoon actief was, was afgelopen donderdag, eergisteren dus, in de buurt van de Heleneborgsgatan.'

'Daar woont Lexa Andersson,' deelde Carl mee. 'Zijn ghostwriter. Of voormalige ghostwriter. We hebben hem daar gezocht en bij zijn ouders, die de laatsten lijken te zijn die contact met hem hebben gehad. Een patrouille zal regelmatig bij zijn adres langsgaan voor het geval hij daar weer naartoe wil...'

Hij liet een stilte vallen. Eigenlijk wilde hij het volgende punt van zijn lijstje liever niet noemen, hij was bang dat de mensen daardoor zouden stoppen met rationeel denken, maar hij wist dat het moest.

'Iets wat goed kan zijn om te weten,' zei hij. 'In zijn jeugd is Robert lid geweest van een schietclub en hij had een vergunning voor een wedstrijdpistool. We weten niet of hij nu nog de beschikking heeft over het pistool, maar houd er rekening mee dat hij misschien gewapend is en onder grote druk staat. Geen arrestatie op eigen houtje. Vraag om versterking. Duidelijk?'

Niemand zei iets, maar hij zag dat ze allemaal naar voren leunden, alsof ze meteen wilden opstaan en naar buiten lopen om hem te grijpen.

Carl draaide zich om en schreef INGRID ORRSTRÖM op het whiteboard. 'Rickard heeft naar de persoonlijke omstandigheden van Robert gekeken. Hij is getrouwd geweest met deze vrouw. Ze hebben samen een zoon, Emil Lindström, vijftien jaar oud. En jij hebt haar gesproken, Rickard...'

'Nee, Alex heeft haar gebeld.'

Carl keek om zich heen in het vertrek.

‘Hij is al naar huis,’ zei Rickard. ‘Het is zaterdag…’

Carl knikte. ‘Oké, maar kun jij het samenvatten? Wat heeft ze gezegd?’

‘Ze had geen idee waar Robert was. Ze had hem al bijna veertien jaar niet meer gezien. Maar we gaan haar morgen toch uitgebreider verhoren. Alex heeft beloofd dat hij dat gaat doen.’

‘Mooi,’ zei Carl en hij keek uit over de kleine groep. ‘Oké, dan gaan we naar huis en houden rust tot morgen. Bedankt allemaal voor jullie aanwezigheid. Ik weet dat jullie moe zijn en dat het weekend is…’

Toen Carl de kamer uit liep, legde Gert een hand op zijn schouder. ‘Heb je even tijd?’

‘Eigenlijk niet.’

Gert schudde zijn hoofd. ‘Nou, dan maak je maar tijd.’

68

Lexa rende de trap van het appartement op. Ze struikelde bijna, voelde dat haar benen haar niet wilden gehoorzamen. Waarom was ze niet voorzichtiger geweest? Zelfs de politie had gezegd dat de lege patroonhuls in haar brievenbus een ernstige bedreiging was geweest. Toch was ze de bunker binnengegaan.

Ze kon het geluid van het schot nog steeds horen exploderen in de krappe, vochtige ruimte. Ze voelde de angst toen ze op de matras op het volgende schot had liggen wachten. Ze had geroepen: 'Nee, nee, alsjeblieft niet...' Daarna had ze alleen maar gekrijst, zonder enige zelfbeheersing of controle. Maar er was geen volgend schot gekomen. En toen ze opkeek, was de bunker weer leeg en donker. Ze hoorde alleen haar eigen snikken en haar korte, heftige ademhaling.

Voorzichtig was ze overeind gekomen en naar het zwakke lichtstreepje van de deuropening gelopen, erop bedacht dat iemand haar misschien stond op te wachten.

Toen ze op het donkere keerplein was gekomen, had ze de pendeltrein langs horen rijden op weg naar het station, en ze had een sterk verlangen gevoeld om in die trein te zitten, bij andere mensen, in veiligheid, op weg daarvandaan. Op weg naar huis.

Daarna had ze een hond horen blaffen. Ze had zich omgedraaid en een glimp opgevangen van een zaklamp die een eind verderop over het pad flikkerde. In het licht had ze een grote zwarte hond met een stok zien spelen.

Daarna was ze weggelopen.

Nu stond ze voor de deur van haar appartement naar de sleutelbos in haar handtas te zoeken, ze liet hem op de grond vallen, raapte hem op, en ging de sleutels langs op zoek naar de juiste.

Op dat moment hoorde ze twee verdiepingen lager de buitendeur opengaan, het zachte piepen van de scharnieren en de klik van het slot dat dichtviel. Daarna hoorde ze het geluid van voetstappen die de trap op kwamen.

Ze draaide de sleutel om, probeerde de deur te openen, maar er zat geen beweging in. Ze trok aan de deurkruk. Er gebeurde niets.

Achter zich hoorde ze nu de voetstappen op de eerste verdieping. Rustig, zeker.

Het dievenslot! Shit! Ze merkte niet dat ze weer begon te huilen. Ze doorzocht de sleutelbos trillend, op zoek naar de lange, smalle sleutel. Het rammelde luid, ze hoorde het, ze wist dat de persoon die zich een verdieping lager bevond het ook hoorde en begreep waar ze mee bezig was.

Toen ze er eindelijk in slaagde de sleutel in het slot te steken en hem om te draaien, waren de voetstappen vlak achter haar, nu energiek en snel. Ze rukte de deur open, sloeg hem dicht en trok eraan totdat ze het slot hoorde klikken. Vervolgens liet ze zich op de vloer van de hal zakken.

Ze luisterde naar de voetstappen buiten, hoopte dat ze van een van de buren waren, dat het iets gewoons, iets ongevaarlijks was.

Maar de voetstappen waren verstomd.

Toen ze opstond en door het spionnetje keek, was het zwart. Aan de andere kant dekte iemand de lens af. Onwillekeurig schrok ze en deed ze een stap achteruit.

Ze ging de woonkamer binnen, maar maakte geen licht. Ze wilde niet laten zien dat ze thuis was. Ze probeerde iets te ontwaren in het licht van de straatlantaarns, zocht met haar handen over de salontafel. *Het visitekaartje*, waar had ze dat gelaten?

In haar werkkamer zag ze vaag de wirwar van papieren, haar bril, pennen, usb-sticks… Ze hoorde de akelig vriendelijke stem van haar moeder: *Het kost maar een minuutje om op te ruimen, Kathrine…*

Daar lag het, vlak naast het toetsenbord. Ze had de naam gegoogeld, Jodie Söderberg, maar niets interessants gevonden. Nu pakte ze haar mobiel en zocht tastend naar de oplader, die ze in het stopcontact bij het raam vond.

'Kom op, kom op,' mompelde ze, terwijl ze naar het symbool van een lege batterij staarde, totdat de telefoon eindelijk opstartte.

Een minuut later belde ze het nummer. Terwijl de telefoon overging, keek ze naar buiten. Naar de geparkeerde auto's en naar de mensen die op het trottoir voor de kroeg een eindje verderop in de straat stonden te roken... Niemand keek omhoog naar haar appartement, niemand zag haar. Alles was net als anders.

Toen zag ze hem.

Hij stapte uit haar portiek en stak snel schuin de straat over. Toen hij halverwege was, draaide hij zich om en keek haar recht aan.

Ze deed een stap naar achteren, weg van het licht van de straatlantaarns, maar ze wist dat het te laat was. Hij had haar gezien.

'Het nummer dat u belt, is momenteel niet bereikbaar, spreek een bericht in...'

Ze schrok van de mechanische stem die opeens inbrak, ze was vergeten dat ze had gebeld. Na de piep vroeg ze Jodie Söderberg of ze meteen wilde terugbellen.

Daarna stond ze stil in het duister in haar appartement. Ze ademde diep in en probeerde tot zichzelf te komen. Toen ze haar ogen dichtdeed, voelde ze dat ze honger had, een diepe, zuigende honger die ze sinds haar ziekte niet meer had gehad.

In de keuken opende ze een lege koelkast, waar een liter melk en een kaaskorst het meest eetbare waren. Maar in de vriezer vond ze een kant-en-klaarpizza, die ze in de oven stopte.

Ze trok snel haar kleren uit, die naar de matras in de bunker stonken, gooide ze in de wasmachine en stapte onder de douche. Toen het warme water over haar heen stroomde, liet ze zich op haar knieën zakken, ging op de grond zitten en hield haar hoofd omhoog naar de stralen.

Nadat ze schone kleren had aangetrokken, ging ze naar de keuken. De pizza was aan één kant verbrand. Ze sneed het zwarte stuk eraf, legde de rest op een bord en ging ermee in de woonkamer zitten.

Wie had er op haar geschoten? En waarom had hij geen tweede schot gelost? Hij had maar een paar stappen dichterbij hoeven komen. Als hij daarna een tweede keer had geschoten, had hij onmogelijk kunnen missen.

Op dat moment bedacht ze wat het antwoord was, het was zo simpel: de hond. De dader was verrast door het baasje van de hond en was weggegaan. Hij was naar haar huis gegaan en had daar op haar gewacht.

Ze nam een hap van de pizza, maar haar honger was weg.

Robert, dacht ze, en ze legde het stuk pizza weer neer. Hij was de enige die wist met wie ze had afgesproken, die haar deurcode kende en die wist in welk appartement ze woonde. Het moest Robert geweest zijn.

69

'Ga zitten.'

Maar Carl bleef staan, terwijl Gert Uwe plaatsnam op een van de stoelen in het kamertje waar Carl en Asbjörn een paar dagen geleden een gesprek hadden gehad.

'Waar wil je het over hebben?' vroeg hij, zonder zijn ongeduld te kunnen verbergen. 'Het is zaterdag...'

'Er zijn klachten over je binnengekomen,' zei Gert Uwe en hij leunde achterover op de stoel, terwijl hij zijn handen op tafel legde in een gebaar dat waarschijnlijk 'kaarten op tafel' moest betekenen. Maar hij was nooit helemaal zeker van de lichaamstaal van zijn chef.

'O,' zei Carl. 'En waar gaan die over?'

'Dat je misbruik maakt van je positie in de groep en op ongeoorloofde wijze medewerkers kleineert.'

'Sorry hoor,' zei Carl en hij kon een glimlach niet onderdrukken.

'Medewerkers, geen namen, die vinden dat ze niet aan bod komen in de groep.'

'Nee, nee...' zei Carl verbaasd.

'Dat je ze gewoonweg... pest.'

'Gaat dit over Asbjörn?'

De kunststof stoel kraakte onder Gert Uwe toen hij naar voren leunde. Hij spreidde zijn handen om ze meteen daarna weer op tafel te leggen. 'Zoals ik al zei, geen namen. Ik ben hier net zomin blij mee als jij. En ik weet dat jij niemand *pest*. Ik vertrouw je volledig, dat weet je, Calle.'

Carl bedwong een grimas.

'Maar je begrijpt dat ik het met je moet bespreken.'

'Eerlijk gezegd niet. Het is zaterdagavond en je komt hier voor een... personeelsaangelegenheid?'

'Ja, uiteraard. Deze zaak krijgt enorm veel media-aandacht. Daar ben je je misschien wel van bewust. Ik wil geen lijken in de kast. Ik wil niet dat er informatie wordt gelekt naar de pers, dat het onderzoek niet goed wordt uitgevoerd en dat er sprake is van… onregelmatigheden, om het zo maar te noemen.'

Carl zweeg, hij wist het ook even niet. 'Het spijt me dat te horen,' zei hij beheerst, 'maar ik herken mezelf niet in de beschrijving die je geeft…'

Gert Uwe keek hem welwillend aan.

'Kan het misschien zo zijn…' zei Carl. Hij koos zijn woorden zorgvuldig, want hij wist dat het niet uit zou maken wat hij zei als hij Gert Uwes ego aantastte. '…dat die persoon overdreven lange tenen heeft…'

Gert Uwe sloeg zo hard met zijn hand op de tafel dat Carl ervan schrok. 'Carl! Heb je me niet gehoord? Ik weet dat je een verdomd goede politieman en rechercheur bent, en we kennen elkaar al een hele tijd, maar ik denk… weet… dat je bij de oude garde hoort. Net als ik. Dat wij gewend zijn aan hardere omgangsvormen. Maar dat is niet meer zo. Je moet voorzichtiger zijn met het personeel. Dit is geen formele berisping… Calle, verdorie, ik begrijp je. Maar niemand zou zich achtergesteld moeten voelen op zijn werk. Dat is een heel duidelijk beleid binnen het korps. En oude rotten zoals jij en ik… wij moeten met de tijd meegaan.'

Gert probeerde joviaal te lachen, maar Carl stond hem onbewogen aan te kijken. Hij vond het vreselijk om Calle te worden genoemd en het drong tot hem door dat Gert Uwe de enige op het hele politiebureau was die dat deed. Waarom?

'Kom op, Calle! Doe het wat rustiger aan met hen en zie af en toe iets door de vingers. Verder wil ik dat je precies zo doet als altijd. Je boekt natuurlijk fantastische resultaten, op een paar uitzonderingen na…'

Carl knikte moedeloos. 'Je hebt natuurlijk gelijk,' zei hij. 'Als iemand het zo ervaart, dan is dat zo.'

'Precies. Exact!' zei Gert enthousiast.

'Ik zal het wat kalmer aan doen met de medewerkers.'

Gert Uwe leunde naar voren over de tafel. 'Goed, Calle! Heel goed! En nu ertegenaan! Grijp die kindermoordenaar!'

Carl betrapte zichzelf erop dat hij zijn kaken op elkaar klemde. Zijn tandarts had hem er al op gewezen dat hij slijtage had aan zijn kiezen en hem aangeraden een bitje te proberen – wat hij niet had gewild. 'Ik zal mijn best doen,' zei hij.

Gert Uwe knikte en ze liepen samen naar de liften. Gert sloeg hem op de schouder, alsof ze oude makkers waren. 'Ga je niet mee naar beneden?' vroeg hij verbaasd toen Carl niet instapte.

'Nee,' zei Carl. 'Ik heb iets in de teamkamer laten liggen. Prettig weekend.'

Toen de liftdeuren dicht waren gegaan, bleef hij staan wachten. Asbjörn, dacht hij, terwijl hij uitrekende hoeveel tijd het hem zou hebben gekost om heen en weer te lopen naar de teamkamer. Maar Asbjörn was niet snel op z'n teentjes getrapt. Zat Rickard achter de klachten?

'Waar ging dat over?' klonk er opeens een stem door de gang.

Hij draaide zich snel om. Jodie stond tegen de muur van het trappenhuis geleund. Hoelang stond ze daar al?

'Waarom ben je nog niet naar huis?' vroeg hij.

'Ik heb met Lexa Andersson gebeld. Ze is beschoten.'

'Beschoten?'

Carl keek op zijn horloge. 'Nu net?'

'Nee, eerder op de avond, rond een uur of zes.'

Carl keek haar verbaasd aan. 'Waar?'

'In Skogås, in een van de oude bunkers.'

'Wat had ze daar te zoeken?'

'Research voor het boek.'

Carl schudde zijn hoofd. 'Is ze gewond?' vroeg hij toen.

'Nee, ze is met de schrik vrijgekomen,' zei Jodie. 'Ze denkt dat een man met een hond de schutter op de vlucht heeft gejaagd. Anders...'

'Maar waarom? Wie zou haar dood willen hebben?'

'Ze denkt dat het Robert was.'

'Dus ze heeft hem niet gezien?'

Jodie schudde haar hoofd.

Carl zuchtte en probeerde de vermoeidheid van zijn gezicht te wrijven. 'Zorg jij voor de aangifte? En een patrouille...'

'Is al gebeurd.'

'Forensisch onderzoekers...'

Ze knikte.

'Oké,' zei hij. Hij leunde naar voren en drukte op de pijl naar beneden. Gert zou inmiddels wel weg zijn. 'Dan gaan we naar huis. Rusten.'

'Voor zover mogelijk...' zei Jodie.

70

Camilla keek op de wekkerradio naast haar bed. 23:45 stond er in rode cijfers. Wie belde er op dit tijdstip aan?

Ze had net gedoucht. Ze voelde dat de kou de rozige warmte verjoeg toen ze snel haar handdoek afdeed.

Sixten was nog geen jaar oud, toen woonde ze al alleen. Ze was het gewend zichzelf te redden en vond het eigenlijk niet erg om geen relatie te hebben. Als ze een nacht iemand wilde, deed ze dat via een app op internet. Ze pakte het discreet aan. En nooit thuis. Ze noemde nooit haar echte naam en gebruikte een speciaal aangeschafte prepaidtelefoon, zodat niemand haar zou kunnen traceren.

Dus het kon niet een van haar tijdelijke contacten zijn die voor de deur stond.

De politie, dacht ze toen. Er is vast iets gebeurd. Niet met Sixten – die lag al een paar uur te slapen in zijn kamer –, maar met iemand anders.

Ze pakte haar ochtendjas van de haak aan de slaapkamerdeur, trok hem aan en liep snel, zonder licht te maken, naar Sixtens kamer.

Voorzichtig zette ze de deur op een kier. Het nachtlampje bij het hoofdeinde van zijn bed brandde en ze zag de hele kamer in het oranje licht. De keurige rijen boeken in de boekenkast, de laptop op het bureau, de stoel er keurig onder geschoven, zijn kleren die gevouwen over de fauteuil aan het voeteneinde van het bed lagen. Alles zag er net zo uit als anders.

Het dunne jongenslichaam bewoog langzaam onder het dekbed, rekte zich uit, veranderde van houding. Zijn gezicht diep in het kussen. Ze kon het dekbed op zijn ademhaling omhoog zien gaan, ze hoorde de snuivende geluidjes.

De bel ging opnieuw. Sixten bewoog weer, onrustiger ditmaal, en ze deed snel de deur van zijn kamer dicht.

Ze liep in het donker de trap af. In de hal bleef er een steentje aan haar grote teen hangen. Ze bukte om het weg te vegen, waarna ze naar de voordeur liep, dicht bij het spionnetje ging staan en naar buiten keek.

De veranda was leeg. Ze probeerde alle kanten op te kijken, duwde haar gezicht tegen het deurpaneel, zodat ze de geur van hout rook, maar ze zag niemand.

Geïrriteerd trok ze haar ochtendjas dichter om zich heen. Ze wilde de trap weer op lopen, toen ze iemand hoorde kloppen. Ditmaal kwam het geluid van de kelderdeur. Wie de persoon ook was, hij of zij moest om het huis heen zijn gelopen en hebben geweten dat er aan de korte zijde ook een deur was.

Ze liep stil en snel de keldertrap af. De betonnen vloer beneden was koud aan haar blote voeten. Ze haastte zich door de oude hobbykamer met zijn versleten grenen vloer, door het washok en vervolgens de ketelruimte in. Waar ooit een grote olietank had gestaan, stonden nu hun fietsen, naast tuingereedschap, laarzen, regenkleding en oude sportschoenen.

Door het raam in de kelderdeur zag ze een schaduw bewegen. Bijna tegelijkertijd hoorde ze weer kloppen. Ze liep achteruit, vlak langs de tuinmeubels, om niet te worden gezien. Ze wilde net omkeren en teruglopen toen de deur openging.

Eerst staarde ze alleen naar de kier die steeds breder werd. Ze begreep het niet. Vervolgens besefte ze dat Sixten waarschijnlijk vergeten was de deur op slot te doen.

Ze keek om zich heen of ze iets zag wat als wapen dienst kon doen, een hamer, een Engelse sleutel, wat dan ook. Maar voordat ze ook maar iets kon doen, vloog de deur wagenwijd open.

71

Zondag 8 november

Ondanks zijn vermoeidheid kon Carl de slaap niet vatten. Dat had hij tegenwoordig vaak. Het was begonnen nadat Karin en hij uit elkaar waren gegaan. Alsof zijn lichaam er zo aan gewend was geraakt dat er iemand naast hem in bed lag, iemand die bewoog en ademde, dat hij nu niet tot rust kon komen.

Zijn gedachten maalden: collega's met wie hij had samengewerkt en die hij niet mocht, herinneringen aan Linda als kind, dat ze was gevallen in de speeltuin omdat hij haar te hard had geduwd op de schommel en dat ze met een goed rapport was thuisgekomen uit school en dat hij had gevraagd waarom ze geen hogere cijfers had...

Hij probeerde aan goede dingen te denken, dingen die hij prettig vond, zoals vissen met een van de oude bamboe hengels op de steiger op het platteland; het warme, zachte hout aan zijn handen, de dobber die in het water deinde... Maar zijn gedachten gingen continu terug naar dingen die schuurden en pijn deden.

Hij herinnerde zich het gevoel uit zijn kindertijd. Als hij in bed lag en het donker in staarde, terwijl zijn gedachten cirkelden rond wat hem in die tijd dwarszat: iemand die hem had gepest omdat hij laf was, of iemand die hem een uitslover had genoemd – de felle sneren op het schoolplein waar hij niet op had weten te reageren, die hij zwijgend had aangehoord.

Zijn ouders waren allebei goede mensen geweest, fatsoenlijk, bijna té braaf. Toch hadden ze hem niet kunnen helpen. Ze hadden hem gevraagd naar school, naar zijn klasgenootjes, de vioollessen, ze hadden naar zijn antwoorden geluisterd. Toch had hij altijd het gevoel gehad dat hij alleen was.

Zijn vader belde hem nog steeds af en toe en dan vroeg hij hoe het op het werk ging, hij interesseerde zich voor de aankoop van een nieuwe auto, vertelde dat hij zelf een lange wandeling had gemaakt over het kerkhof en misschien Lilja, een buurvrouw van vroeger, was tegengekomen. Toen Carl was gescheiden, had zijn vader vaker gebeld en langer gepraat, maar hij had dezelfde vragen gesteld over praktische zaken, dezelfde verhalen verteld, verslag gedaan van wat er die dag was gebeurd, maar nooit iets gezegd over zijn gevoelens, of hij boos was geworden, blij of verdrietig. Alles, maar nooit emoties.

Carl wist dat hij net zo was geworden. En dat Karin hem daarom had verlaten. Dat ze hem niet had kunnen bereiken achter zijn beleefde correctheid. Zijn lauwheid.

Opeens zoemde de telefoon op het nachtkastje. Hij keek snel op de klok en vroeg zich af wie er zo laat nog belde, midden in de nacht. Linda was al thuis en lag te slapen in haar bed. Hij keek op het scherm: een onbekend nummer.

Hij nam niet op met zijn naam, zei alleen: 'Ja?'

Na jaren van contact met journalisten had hij geleerd zijn naam niet te noemen als er iemand belde. Op die manier zouden ze hem niet kunnen citeren.

'Spreek ik met Carl?' vroeg een vrouwelijke stem, die hem bekend voorkwam, maar die hij niet thuis kon brengen. 'Carl Edson?'

Hij hoorde dat ze zijn naam oplas. 'Ja,' zei hij aarzelend.

'Je spreekt met Camilla Sander, we hebben elkaar onlangs ontmoet. Ik ben de moeder van Sixten...'

'Dat weet ik nog,' zei Carl en hij herinnerde zich dat hij haar zijn kaartje had gegeven. 'Is er iets met Sixten?'

'Nee,' zei ze. 'Niet met Sixten, maar... Robert Lindström is hier geweest. Hij...'

'Ja?'

'Hij...' Ze begon te huilen, de woorden kwamen er met horten en stoten uit. 'Hij heeft me verkracht.'

72

De woonkamer zag er net zo uit als de vorige keer, maar nu was de sfeer heel anders. Alsof Camilla iets uitstraalde wat de kamer veranderde.

Carl ging tegenover haar zitten in een fauteuil, terwijl Jodie naast haar op de bank plaatsnam.

'Hoe voel je je?' vroeg Jodie en ze sloeg voorzichtig een arm om haar schouders. 'Red je het een beetje?'

Camilla knikte stijf, ze zat met rechte rug. 'Het is zo'n... onwerkelijk gevoel,' zei ze. 'Alsof het... maar een film was.'

Jodie had haar naar het Söderziekenhuis gebracht, waar ze op de spoedeisende hulp voor verkrachtingsslachtoffers was onderzocht. Intussen had Carl half slapend op de bank gezeten; hij had de bovenverdieping in de gaten gehouden, voor het geval Sixten wakker zou worden.

Nu zat Camilla aan de mouw van haar trui te trekken. 'Niemand mag het weten,' fluisterde ze.

'Oké, dat begrijp ik,' zei Jodie. 'Lukt het je om een formeel verslag te geven? Kun je vanaf het begin vertellen wat er is gebeurd?'

Camilla knikte.

Carl hoorde haar slikken, zag dat ze aan één stuk door aan haar trui trok.

'Ik kwam in de kelder,' begon ze. 'Sixten was vergeten de deur op slot te doen...' Ze keek naar Carl. Haar ogen waren zwart, met vergrote pupillen, alsof ze in shock was. 'Wordt het daar anders van?' vroeg ze. 'Dat Sixten vergeten was af te sluiten?'

Jodie glimlachte. 'Nee, helemaal niet.'

'Hij stond daar gewoon,' ging Camilla verder. 'In de deuropening. Hij schreeuwde dat ik over hem had gelogen. Dat ik zijn boek had verpest...'

'Wat bedoelde hij daarmee?' vroeg Carl.

Camilla haalde diep adem. 'Dat heb ik vorige keer toch gezegd... dat ik Lexa voor hem had gewaarschuwd...' Camilla zei een tijdje niets. Ze trok niet meer aan haar mouw, maar hield haar handen stevig gevouwen op haar schoot.

'Toen vertelde je dat Robert een keer eerder je huis was binnengedrongen, een paar jaar geleden,' zei Jodie. 'Heeft hij je die keer ook verkracht?'

'Nee, dan had ik aangifte gedaan.'

'Dat wilde ik even zeker weten,' zei Jodie. 'Veel slachtoffers durven geen aangifte te doen van verkrachting... Wil je verder vertellen?'

Camilla knikte. 'Ik vroeg hem weg te gaan, maar in plaats daarvan kwam hij recht op me af... Hij had een hamer in zijn hand en ik probeerde weg te komen, maar uiteindelijk stond ik met mijn rug tegen de muur en... Hij pakte me bij de arm en hield me vast, hard... Ik dacht dat hij me zou vermoorden, dat hij me dood zou slaan met de hamer.' Haar stem werd steeds ieler, verdween bijna. 'Ik denk dat toen mijn badjas omhooggleed... Ik had er niets onder aan en hij... Ik probeerde me te verweren, ik zei nee...' Ze zweeg even.

'Ik weet dat het lastig is om te vertellen,' zei Jodie voorzichtig. 'Maar als je het kunt...'

'Ik wil het vertellen,' zei Camilla resoluut en ze bevrijdde zich van Jodies arm.

'Het leek wel of hij me niet hoorde... Alsof hij in zijn eigen wereld zat... Hij vond een touw en bond mijn handen vast aan een haak in het plafond. En toen...' Ze boog voorover en verborg haar gezicht in haar handen. 'Ik voel me zo vies, zo smerig...'

Carl wierp een steelse blik op de cassetterecorder die Jodie op de tafel had gelegd. Het rode opnamelampje brandde.

'Toen heeft hij je verkracht?' vroeg Jodie.

Camilla knikte.

'Hoe laat was het, weet je dat nog?' vroeg Carl.

'Twaalf uur, ongeveer...'

'En daarna... Wat deed hij daarna?' vroeg Carl.

'Hij... Dat weet ik niet goed meer. Het leek wel of ik er niet meer bij was, of ik me niet meer bewust was van wat er gebeurde... Daarna was hij opeens zomaar weg.'

Carl keek naar haar polsen en zag rode strepen die van een touw afkomstig zouden kunnen zijn. 'Weet je of er foto's van je polsen zijn gemaakt in het ziekenhuis?'

'Ik geloof het wel. Jawel, dat heeft ze gedaan...'

'Mooi,' zei Carl. 'Nog iets anders... We moeten de Forensische Opsporing inschakelen om bij jou de ketelruimte te doorzoeken. Is dat goed?'

'Ja. Ik heb nergens aan gezeten. De hamer, het touw, het is er allemaal nog.'

'Zouden jullie uit de kelder kunnen wegblijven totdat we klaar zijn?' vroeg Jodie.

'Geen punt, ik ga daar nooit meer naar binnen...'

'Kun je ook aan je zoon vragen of hij daar wegblijft?'

Carl zag haar aarzeling en haastte zich eraan toe te voegen: 'Je kunt altijd zeggen dat er iets is gebeurd. Dat er een elektrische storing is in de ketel, die gevaarlijk kan zijn...'

Ze knikte. 'Ik zal het tegen hem zeggen zodra hij wakker is...'

'Wil je echt niet dat we een vriendin van je bellen?' vroeg Jodie. 'Iemand die bij je kan blijven?'

'Nee, dat wil ik niet,' zei ze. Ze keek op. 'Denken jullie dat hij terugkomt?'

'Nee, dat denk ik niet,' zei Jodie. 'Ik denk dat we hem snel zullen arresteren. Maar voor alle zekerheid zullen we een patrouillewagen vragen het huis de rest van de nacht in de gaten te houden.'

Toen ze opstonden om weg te gaan, bleef Camilla op de bank zitten, nog steeds met haar handen stijf op schoot.

Jodie bleef staan, terwijl Carl naar de deur liep. 'Heeft hij nog iets anders gezegd behalve dat je over hem had gelogen?' vroeg ze. 'Ik bedoel, denk je dat hij hier alleen maar kwam om... het je betaald te zetten?'

Camilla schudde haar hoofd. 'Hij had het ook over dat boek... en over Lexa, dat ze zich tegen hem had gekeerd... Hij zei... hij zei dat hij haar haatte.'

De straten waren leeg toen ze wegreden. Het werd langzaam warm in de auto, het dashboard lichtte groen en slaapverwekkend op. Maar Carl was klaarwakker. Hij pakte zijn mobiel, scrolde totdat hij het nummer op de lijst van recente gesprekken vond en klikte het aan.

'Wat is dit voor tijdstip om te bellen? Het is...' Lexa Andersson klonk geïrriteerd toen ze opnam, maar niet moe. Kennelijk sliep ze niet.

'Kwart voor drie,' zei Carl zakelijk. Hij leunde met zijn hoofd tegen de neksteun, terwijl Jodie de Nynäsvägen insloeg op weg terug naar de stad. 'Mijn verontschuldigingen,' zei hij en hij hoorde dat zijn stem schor was geworden van te weinig slaap. 'Ik weet dat jij en Jodie het al over de schoten hebben gehad. Maar dit gaat ergens anders over.'

'En daar moet je nu voor bellen?' vroeg Lexa.

'Ja, we hebben redenen om aan te nemen dat Robert Lindström zal proberen opnieuw contact met je op te nemen. Als hij dat niet al heeft gedaan.'

'Is er iets gebeurd?'

'Hij wordt ervan verdacht vannacht een vrouw te hebben verkracht. En op grond van wat hij tegen haar heeft gezegd, zijn we bang dat hij weer een poging zal doen om jou te pakken te nemen.'

73

'Verdomme!' zei Asbjörn en hij sloeg met zijn vlakke hand op tafel. 'We moeten in actie komen! We kunnen niet lijdzaam toezien. We moeten die klootzak nu grijpen! Voordat hij er nog meer verkracht en vermoordt!'

Het rook muf in de teamkamer. Jodie zat met rode ogen aantekeningen te maken in haar notitieboekje. Rickard zat naast haar. Hij dronk koffie uit een beker die hij op weg vanaf de metro had gekocht. Alex en een andere assistent, van wie Carl de naam niet wist, zaten achter hem, en naast hen Asbjörn en Ylva, die er als enige enigszins uitgeslapen uitzag. Helemaal achteraan zat Lars-Erik.

Het was zondagochtend, bijna elf uur, en buiten brak voor de verandering de zon door.

Carl ging door met zijn verslag van de gebeurtenissen van die nacht. 'Bovendien werd gisteren rond achttien uur de journalist Lexa Andersson beschoten in een van de oude bunkers dicht bij de plaats waar Olinda is vermoord. Lexa is ongedeerd, maar we beschouwen het als een poging tot moord. En we verdenken Robert Lindström. Lars-Erik, jullie hebben de plek onderzocht...'

Wallquist ging rechtop zitten. 'Het gaat om een van de grotere bunkers. Naast allerhande rotzooi en door junks achtergelaten injectienaalden, lege drankflessen en kots, hebben we resten gevonden van een kogel en een lege huls, die we voor analyse hebben opgestuurd.'

'Robert is in zijn jeugdjaren lid geweest van een schietvereniging,' zei Carl. 'Hij had een vergunning voor een wedstrijdpistool...'

'Ja, dat zei je,' zei Wallquist vermoeid. 'En daar hebben we naar gekeken. Hij had een vergunning voor een Feinwerkbau... Een verdomd mooi pistool. Dat moet een paar centen gekost hebben, tenzij hij hem goedkoop tweedehands had gekocht...'

'Heeft hij die gebruikt?' vroeg Rickard en hij draaide zich om naar Lars-Erik, die hem minachtend aankeek.

'Ik dacht dat ik had gezegd dat we de resten van de kogel en de patroonhuls naar het forensisch laboratorium hadden gestuurd.'

Rickard knikte onzeker.

'Als ze klaar zijn,' ging Lars-Erik overdreven belerend verder, 'sturen ze een rapport. En dan vertel ik je wat erin staat.'

'Mooi,' zei Carl snel, voordat Rickard nog iets kon zeggen. 'Hebben jullie misschien de gelegenheid gehad om naar de maat van de patroonhuls te kijken voordat jullie die hebben opgestuurd?'

Lars-Erik knikte. 'Ja,' zei hij. 'Inderdaad.'

Carl wachtte. En hij hoopte dat Rickard ook zo verstandig was om te wachten. Zelfs Asbjörn leek te hebben geleerd hoe je met Wallquist moest omgaan.

'En ik kan er dit van zeggen…' begon Lars-Erik.

'Ja?' zei Rickard ongeduldig.

Carl wilde hem een schop geven, maar ook al had hij aan die impuls toegegeven, dan zou hij hem niet hebben geraakt. Maar Lars-Erik leek zich er voor de verandering niet druk om te maken.

'Het was geen wedstrijdpistool dat is afgevuurd in die bunker. Die zijn van een klein kaliber, bijna altijd .22. Het patroon dat wij hebben gevonden was van kaliber .45. Het moet een hels kabaal zijn geweest!'

'Nou en?' zei Asbjörn, die zich niet meer kon bedwingen. 'Het is in deze wereld gemakkelijker om een illegaal pistool te kopen dan kalfszwezerik.'

Carl keek hem verbaasd aan. Kalfszwezerik? Vervolgens richtte hij zich weer tot Lars-Erik. 'Met andere woorden, ze heeft geluk gehad dat ze niet gewond is geraakt?'

'Nee, dat was geen geluk. De kogel is recht de vloer in gegaan, die – heel praktisch – uit aangestampte aarde bestaat. Hij heeft zich er vier centimeter diep in geboord en is daar blijven steken.'

'Bedoel je dat het schot bedoeld was om haar bang te maken?'

Wallquist haalde zijn schouders op. 'Zeg het maar…'

'Oké,' zei Carl. 'Dank je wel, Lars-Erik!'

Wallquist gromde iets, pakte zijn schrijfblok op en ging staan. 'Als jullie me niet meer nodig hebben…' zei hij en hij liep het vertrek uit.

Carl wachtte totdat de deur was dichtgegaan, waarna hij opnieuw het woord nam. 'Het zoeken naar Nicklas gaat vandaag verder. Ylva, jij houdt contact met...'

'Jens Sköld,' vulde ze aan. 'Ze hebben het zoekgebied vergroot en gaan de gebouwen, schuren en dergelijke in het gebied doorzoeken... Duikers zoeken het Drevvikenmeer af.'

'Mooi,' zei Carl. 'Wat Robert Lindström betreft, die is bij verstek aangehouden, maar hij is blijkbaar nogal goed in onder de radar blijven.'

'We kunnen met zijn naam en foto naar de pers gaan,' zei Asbjörn. 'Moeilijker is het niet...'

Carl schudde zijn hoofd. 'Daniel Sandén wil daar om verschillende redenen mee wachten. Dus, als we hier niet willen blijven zitten hopen dat een patrouille hem vindt, moeten we hem zelf gaan zoeken.'

Niemand zei iets, maar hij zag dat hij hun aandacht had.

'Tot nu toe zijn we bij Roberts ouders geweest, bij zijn ex-vrouw en bij Lexa Andersson... Vergeet ik nog iemand, Rickard?'

Rickard schoot overeind. 'Nee, volgens mij niet. Hij lijkt niet veel vrienden te hebben en is geen lid van een vereniging.'

'Oké,' zei Carl. 'Oud-collega's?'

Rickard schudde zijn hoofd. 'Ik heb met de twee collega's gepraat met wie hij het nauwst samenwerkte, Anna Lagerström en Lisa Pettersson. Maar die hebben hem sinds zijn ontslag niet meer gezien...'

'Oké, nog andere ideeën?'

'Ik heb navraag gedaan bij opvanghuizen,' zei Ylva. 'Maar daar heb ik ook bot gevangen.'

Carl knikte. 'Oké, dan gaan we door met zoeken. Vroeg of laat grijpen we hem.'

Asbjörn schudde zijn hoofd.

74

'Jullie weer?' zei Marit Björkhed toen ze de deur van haar appartementje in Råsunda opendeed.

'Ja, ik ben bang van wel,' zei Carl beleefd. 'We waren in de buurt en wilden even horen of u nog steeds niets van uw zoon hebt gehoord.'

Marit schudde haar hoofd. 'Nee,' zei ze. 'Maar we hebben het telefoonnummer dat u ons hebt gegeven. Dus als hij mocht opduiken, dan...'

'Precies,' zei Carl. 'Mooi, nou, dan...' Hij glimlachte geforceerd en liep achter Jodie aan de trap af en naar buiten, naar de auto.

Ook al brak de zon door het dunne wolkendek, hij verspreidde geen warmte, alleen een bleek, krachteloos licht.

'Nou,' zei Jodie, toen ze de auto bij het trottoir vandaan stuurde. 'Vind je nog steeds dat dit meer heeft opgeleverd dan als we gewoon hadden gebeld?'

Carl keek haar verbaasd aan. 'Ik denk niet dat ze het aan de telefoon zouden toegeven als Robert daar was geweest...'

'Nee, dat zei je,' zei Jodie. 'Maar waarom denk je dat ze het nu wel zou zeggen? Hoe weet je dat Robert daar nu niet is?'

Carl schudde zijn hoofd. 'Zag je haar gezicht toen ze opendeed?' vroeg hij. 'Ze was teleurgesteld toen ze zag dat wij het waren. Ik denk dat ze had gehoopt dat het Robert was...'

'Oké,' zei Jodie, '*fine*, en nu?'

'We rijden weer naar de stad... Zijn ex-vrouw misschien. En Lexa Andersson nog eens.'

Jodie knikte zonder nog iets te zeggen en reed licht en soepel door een leeg, zondags Stockholm. Onderweg belde Carl de wachtcommandant om te vragen naar Roberts woning.

Het schemerde al toen Jodie vaart minderde voor het portiek van Lexa Andersson in de Heleneborgsgatan.

'Doorrijden en omkeren,' zei Carl. 'Parkeer een eindje verderop aan de andere kant.'

Ze volgde de instructies op en vond voor de verandering een parkeerplaats. Carl leunde naar de voorruit, terwijl hij tegelijkertijd zijn hoofd draaide om omhoog te kunnen kijken naar het appartement.

'Er brandt licht bij haar,' zei hij en hij zakte weer terug op de stoel, terwijl hij in zijn nek wreef. 'Kennelijk is ze thuis...'

'Gaan we dan niet naar boven?' vroeg Jodie.

'Nee,' zei hij. 'We wachten af.'

Hij voelde haar blik toen hij zich opnieuw over het dashboard boog. Ditmaal schoot het hem bijna in zijn nek. Zijn dochter had al een paar keer tegen hem gezegd dat hij met yoga moest beginnen, maar dat had hij vriendelijk maar beslist van de hand gewezen. Dus misschien was het zijn eigen schuld.

'Kun jij kijken of je haar ziet?' vroeg hij.

Ze maakte een moedeloos gebaar, waarna ze naar voren leunde. 'Ik zie daar iemand bewegen, maar of zij het is?'

Jodie keek hem vragend aan toen hij zijn telefoon pakte en Lexa's nummer belde. Ze nam vrijwel meteen op en hij maakte een hoofdgebaar naar Jodie dat ze naar de ramen boven moest blijven kijken.

'Met Carl Edson, politie... Ik wilde me er alleen even van vergewissen dat alles in orde is... Ja, precies. Perfect. Dank je wel.' Hij hing op zonder dag te zeggen.

Jodie keek hem aan. 'Wat ben je aan het doen?' vroeg ze geïrriteerd.

'Heb je haar gezien toen ze aan het bellen was?'

'Ja, maar...'

'Mooi, dan blijven we hier nog even staan.' Toen ze hem vragend bleef aankijken, voegde hij eraan toe: 'Dan zullen we zien of er iets gebeurt.'

'Je denkt dat hij hier zal opduiken?'

Carl draaide zich naar haar toe en glimlachte. 'Als hij ergens opduikt, dan zou het hier moeten zijn.'

'Waarom? Waarom niet bij Camilla of bij zijn ouders of... zijn collega's?

Hij heeft toch geprobeerd op Lexa te schieten? En hier loopt hij waarschijnlijk de grootste kans om ontdekt te worden...'

'Vanwege het boek,' zei Carl. 'Lexa heeft het hele boekproject opgestart. Ik denk dat hij hiernaartoe zal komen...'

Carl dacht aan het gesprek dat hij had gehad met zijn dochter over hoe gevaarlijk het was om je intuïtie te volgen, en het drong tot hem door dat ze hem stralend zou hebben verteld dat hij zijn eigen regels niet volgde.

Ze wachtten zwijgend. Jodie keek uit het zijraam, Carl zakte onderuit op zijn stoel.

Een uur later was er nog steeds niets gebeurd.

Jodie was met haar vingers op het stuur gaan trommelen. 'Ik begin trek te krijgen...' zei ze.

'Ga maar iets halen. Verderop in de straat is een café. Ze leken ook broodjes te hebben...'

Ze opende het portier. 'Wil jij ook iets?'

Hij schudde zijn hoofd.

Drie uur later was er nog niets gebeurd, behalve dat het helemaal donker was geworden. Jodie had haar broodje opgegeten, was teruggegaan naar het café om van het toilet gebruik te maken en kwam terug met nog een broodje. Daarna had ze een kwartiertje gedoezeld, waarna Carl een rondje om het blok had gewandeld.

Ze zaten weer in de burgerwagen naar Lexa's portiek te staren, toen Jodie opeens rechtop ging zitten. 'Is dat hem?' vroeg ze.

Carl schrok op. Hij had zijn ogen dichtgedaan en was in slaap gesukkeld. Nu zag hij een man alleen die hun kant op kwam. Hij droeg een pet en hield zijn hoofd omlaag, zodat zijn gezicht in de schaduw lag, ook toen hij onder de straatlantaarns door liep.

'Nee,' zei Carl. 'Dat denk ik niet. Hij is te klein. Robert is langer.'

Jodie zakte terug op haar stoel. Ze hadden deze procedure de afgelopen uren zeker vijf keer herhaald: naar voren leunen, iemand observeren en daarna weer teleurgesteld achterover zakken.

Carl had vele malen voor portieken zitten posten. Het maakte hem niet uit. Hij vond het wel prettig, die tussentijd waarin niets gebeurde, waarin je niet geacht werd iets te doen behalve stil zitten observeren.

'Wat zou jij nu doen als je Robert Lindström was?' vroeg Jodie hem.

'Me aangeven bij de politie,' zei hij na een tijdje.

'En als je schuldig was?'

Hij schudde zijn hoofd. 'Dat maakt niet uit. Onderduiken gaat niet lukken. Vroeg of laat bega je een vergissing. En dan word je gepakt. Intussen ben je een soort opgejaagd wild. Dat is het niet waard... of je nou schuldig bent of niet.'

'Waarom meldt hij zich dan niet, denk je?'

Het duurde even voordat Carl antwoord gaf. 'Omdat hij niet ver genoeg doordenkt,' zei hij ten slotte. 'Of omdat...' Hij onderbrak zichzelf. Hij had iets willen zeggen over de instinctieve vluchtreactie die mensen hebben, ook in uitzichtloze situaties, maar hij voelde dat hij geen discussie wilde over instincten. 'En jij dan, wat denk jij?' vroeg hij in plaats daarvan.

'Dat hij schuldig is,' zei Jodie. 'En dat hij vlucht zolang dat kan.'

'Denk jij niet dat er een andere reden kan zijn waarom hij onderduikt?' vroeg Carl. 'Hij zou onschuldig kunnen zijn, maar bang dat hij dat niet kan bewijzen...'

Ze keek hem aan. 'Waarom ga je de hele tijd overal tegen in?' vroeg ze. 'Waarom ben je altijd zo... sceptisch?'

Ze zei het met een glimlach, maar Carl wist dat ze het meende, dat het bedoeld was als kritiek. Hij keek door de ruit. Zagen ze hem zo? Als sceptisch? Misschien was dat een goede samenvatting van hem. Maar hij had de voorkeur gegeven aan het woord 'kritisch'. Dat klonk positiever.

'Omdat als iedereen hetzelfde denkt... dan word ik achterdochtig,' zei hij. 'Dan is er iets wat té simpel is.'

'Te simpel? Zou het niet andersom moeten zijn? Dat iedereen hetzelfde denkt, omdat het kennelijk zo is?'

Hij keek haar aan, zag hoe jong ze was. Op haar leeftijd had hij ook zo gedacht. 'Misschien,' zei hij toen. 'Je zult vast wel gelijk hebben, maar in mijn ervaring is de wereld zelden zo simpel. En als hij simpel lijkt, komt dat meestal doordat wíj hem versimpelen. Doordat we alle details buiten beschouwing laten die niet met "onze" waarheid stroken.'

Ze keek hem verbijsterd aan. Of minachtend. Hij wist het niet.

'Wat doen we hier dan op zondagavond?' vroeg ze. 'Als je denkt dat Robert het niet heeft gedaan? In plaats van naar huis te gaan en, weet ik veel, pizza te eten, een film te kijken, uit te gaan, te slapen...'

Carl lachte.

'Ik zei niet dat hij het níét heeft gedaan. Het is best mogelijk dat hij schuldig is, maar ik ben daar niet zo stellig van overtuigd als...' Hij zweeg. Bijna had hij 'Asbjörn' gezegd, maar hij wilde niet kwaadspreken van een collega.

'Robert is onze beste gok,' zei ze. 'En zolang er kinderen verdwijnen en sterven...'

'Je hebt gelijk,' zei hij. 'Natuurlijk heb je gelijk. En daarom zitten we hier toch? Op zondag, in plaats van... pizza te eten.' Hij veranderde van houding. Het geritsel van de stof en het gekraak van de zitting waren duidelijk te horen. 'Misschien denk ik gewoon te veel na,' zei hij luchtig in een poging de boel glad te strijken.

Maar Jodie luisterde niet. Er was een vrouw uit Lexa's portiek gekomen. Carl zag haar ook en hij leunde naar voren om haar met zijn blik te kunnen volgen.

'Is dat Lexa?' vroeg hij.

'Ja,' zei Jodie. 'Ik zag haar gezicht toen ze de deur uit kwam. Maar waar gaat ze naartoe? Op dit tijdstip?'

Ze volgden haar met hun blik toen ze zonder om zich heen te kijken in oostelijke richting over de Heleneborgsgatan liep en vervolgens de hoek omsloeg naar de Varvsgatan.

Op hetzelfde moment kwam er verderop in de straat een man uit een portiek. Hoelang had hij daar gestaan? Hij droeg donkere kleren en had een baseballpetje over zijn voorhoofd getrokken. Nu liep hij snel dezelfde kant op als Lexa.

'Rijden!' zei Carl.

Terwijl Jodie de motor startte, wierp de man een blik in hun richting, en daarna verdween hij ook de Varvsgatan in.

Toen Jodie een paar seconden later de hoek om draaide, was het leeg in de korte doodlopende straat. Voor hen breidde het Pålsundspark zich uit over de glooiing omlaag naar het Söder Mälarstrand. Een breed voetpad leidde het park in. Daar zouden ze zonder probleem met de auto overheen hebben kunnen rijden, ware het niet dat er een zwarte pick-up voor de ingang geparkeerd stond.

'Shit! Shit! Shit!' zei Jodie.

75

Jodie rende om de fout geparkeerde pick-up heen het park in, terwijl ze probeerde opzij te kijken. Vervolgens bleef ze abrupt staan en probeerde ze haar adem in te houden. Ze had een roep om hulp gehoord, ze wist het zeker. Bijna zeker. Maar toen ze luisterde of ze het geluid nog eens hoorde, kwam er een vrachtauto voorbij over de weg beneden, die alle andere geluiden overstemde. Ze keek om zich heen, zocht naar een beweging in de kale struiken, tussen de zwarte boomstammen. Voor haar opende zich een grasveld, grijs in het zwakke licht van de straatlantaarn achter haar. Ze rende erheen en luisterde. Niets. Ze pakte haar telefoon en belde Carl.

'Rij om,' fluisterde ze gestrest. 'Pik me op het Söder Mälarstrand op. Daar moeten ze naartoe gegaan zijn.'

Ze hing op zonder op een reactie te wachten en liep verder omlaag door het park, terwijl ze systematisch naar links en naar rechts keek om de mogelijke schuilplaatsen te controleren die ze vanaf het voetpad zag.

Toen ze het park uit kwam, zag ze Carl in de verte aankomen. Hij accelereerde om vervolgens heftig af te remmen.

'Heb je ze niet gezien?' vroeg hij toen ze het portier aan de passagierskant openmaakte.

'Nee. Ze moeten er hier uit gekomen zijn.'

'Weet je dat zeker? Ze zouden helemaal naar de Eolsgatan kunnen zijn doorgelopen, omhoog naar het Skinnarvikspark...'

Ze schudde haar hoofd. 'Zo ver kunnen ze nog niet zijn...'

'Oké,' zei hij. 'Welke kant op? Långholmen of Slussen?'

'Slussen,' zei ze.

Dertig seconden later remde Carl af om een U-bocht te maken, waarna hij snel optrok en de route in omgekeerde richting aflegde.

'Waar zijn ze in vredesnaam gebleven?!' zei Jodie opgejaagd.

'En je weet zeker dat je ze niet over het hoofd hebt gezien in het park?' vroeg Carl.

'Ja!' zei Jodie. 'Zo snel zou hij zich nooit hebben kunnen verbergen. Niet met Lexa... Ze moeten hier ergens beneden zijn.'

Carl verhoogde de snelheid. 'We checken Långholmen,' zei hij, 'maar daarna rijden we naar de Heleneborgsgatan en lopen nog eens door het park. Samen ditmaal.'

Jodie keek op haar horloge. Er waren al bijna tien minuten verstreken sinds ze de man achter Lexa aan de Varvsgatan in hadden zien verdwijnen. Ze wist dat ze intussen overal konden zijn. 'We hebben versterking nodig,' zei ze.

'Ik heb al gebeld,' zei Carl en hij remde krachtig af voor de Pålsundsbrug richting Långholmen. Hij reed over de korte brug en keerde op het grote plein waar in de winter boten werden gestald. De koplampen zwaaiden over de wirwar van zeildoek en houten bokken.

'Ik zie ze niet,' zei Jodie. 'Rij terug!'

Carl zette de auto recht en reed snel terug over de brug. De banden piepten toen hij doorschakelde en weer naar het Söder Mälarstrand reed.

Jodie probeerde naar het voetpad rechts te kijken, en omhoog naar het park. Maar ze zag hen niet.

'Verdomme,' zei Carl en hij sloeg met zijn hand op het stuur. 'Je kunt je hier overal verstoppen.'

Ze keek verbaasd naar haar chef. Ze had hem nooit eerder horen vloeken. 'Ik had nooit achter hen aan moeten rennen,' zei ze. 'Hij heeft me vast gezien...'

'Nee,' zei Carl. 'Hij had al door wie we waren toen we de motor startten.' Hij zette het verborgen zwaailicht van de auto aan, reed omhoog over de Pålsundsbacken en sloeg links af het fietspad in, over het trottoir, en reed weer de Heleneborgsgatan in. Toen ze bij Lexa's portiek kwamen, stond er een patrouillewagen op hen te wachten.

76

Lexa lag op haar rug naar een kale zwarte boom te kijken. Het was koud en ze trilde helemaal. Ze had de smaak van metaal in haar mond. Een in het zwart geklede man met een zwarte sjaal voor zijn gezicht zat schrijlings boven op haar. Hij hield een mes tegen haar keel. Ze voelde het koude lemmet tegen haar huid, het gewicht van zijn lichaam op haar buik.

'Niet doen,' zei ze smekend. 'Niet doen, alsjeblieft.'

Hij schudde zijn hoofd en duwde het mes nog iets harder tegen haar keel.

'Niet doen! Alsjeblieft niet!'

Toen ze harder ging praten, duwde hij snel zijn hand op haar mond, hard. Ze proefde bloed, ze begreep dat haar lip was gesprongen. Maar hij keek niet langer naar haar, maar naar het voetpad verderop in het donker. Even later ontspande hij en haalde hij zijn hand van haar mond. Toen pakte hij haar jas vast en rukte hem open, hij trok zo hard aan haar blouse, dat ze hem in haar nek voelde snijden en de knopen eraf hoorde springen...

Ze schudde haar hoofd. 'Nee, nee, nee...' fluisterde ze. 'Doe niet!' Ze voelde zich merkwaardig krachteloos. Haar lichaam was als verdoofd. Het was een vreemde ervaring. Alsof zij het zelf niet was die daar op de grond lag. Ze had het niet eens meer koud. In de verte voelde ze de man aan haar spijkerbroek friemelen, ze hoorde hem vloeken.

Daarna hoorde ze de klap, het doffe geluid van een zwaar voorwerp dat een lichaam raakte. Meteen daarna viel de man over haar heen en op de grond. Toen ze op haar zij draaide om te zien wat er was gebeurd, zag ze hem op handen en voeten bij haar vandaan kruipen. Hij kreunde ingespannen, waarna hij erin slaagde overeind te komen en weg te strompelen.

Toen ze zich omdraaide zag ze een andere man over haar heen gebogen staan. Hij had een steen in zijn hand.

'Robert?' zei ze verbaasd.

DEEL DRIE

77

Zondag 8 november

Dit is het vierde feit dat jullie over me moeten weten: ik hou dingen achter, ik pas het beeld van mezelf aan. Zoals dat van mijn zoon, dat ik getrouwd ben geweest of dat mijn ouders nog leven… Dat zijn dingen waar ik niet over wil praten.

Elise, mijn therapeut, zei dat het een overlevingsstrategie was, dat ik me na de moord op Max heb aangepast aan extreme omstandigheden. *Je kunt natuurlijk niet op iemand afstappen en zeggen: 'Hallo, ik ben Robert, ik ben een moordenaar, ik heb een vriendje doodgeslagen toen ik klein was.'* Ze zei het lachend. Alsof het een burleske scène in een film was. Ik kon er niet om lachen.

Maar ik denk wel dat ze gelijk heeft. Er zijn dingen die ik nooit heb verteld. Op school niet (dat ik een pleegkind was omdat ik Max had doodgeslagen), thuis niet (dat ik geen vrienden had, maar in de pauzes werd gepest), op mijn werk niet (het hele gedoe met de nep-Robert).

Verzwijgen gaat vanzelf. Ik denk er niet eens bij na.

Maar ik lieg niet. Liegen is iets anders. Het enige wat ik doe is niet denken aan dingen die pijn doen. Ik neem aan dat dit verdringen mijn manier van overleven is. Dat zei Elise. Dat ik verdring en 'waarheden' creëer om de leegte op te vullen die ontstaat nadat ik dingen in mijn binnenste heb weggeborgen. Om het vol te houden. Ik geloof dat zij het woord 'overleven' gebruikte. Dat is een goed woord. Zo was het. Zo ís het. Nog steeds.

Maar als ik mijn hand uitsteek, kan ik ze aanraken, de herinneringen, die als toppen van een ijsberg uitsteken boven een donker, ondoordringbaar wateroppervlak. Als ik wil, kan ik me mijn pleegouders herinneren, die me dwongen in mijn kamer te blijven, in het donker, die de deur dichthielden toen ik eruit probeerde te komen, en tegen me schreeuwden dat ik moest slapen. Of de fluisterende gesprekken in de pauzes op school, de blikken, het pootje lichten als ik door de gang liep, het koor van leerlingen dat scandeerde: 'Robert moordenaar! Robert moordenaar! Robert moordenaar!' Ritmisch, keer op keer, terwijl ze sneeuwballen naar me gooiden, harde ijsballen…

En nu ik tegenover Lexa sta met in mijn hand de steen waarmee ik de man op het hoofd heb geslagen die haar kwaad wilde doen, nu weet ik het, nu weet ik het zeker: ik heb Max niet vermoord.

Ik voel het zo duidelijk. *Ik heb het niet gedaan.*

'Ik geloof je niet!' zegt Lexa hees.

We staan nog in de bosjes, in het donker. Ze heeft haar kleren rechtgetrokken, haar jas stevig om zich heen geslagen, haar armen gekruist voor haar borst.

'Je hebt op me geschoten! Je hebt verdomme op me geschoten, Robert! Je wilde me vermoorden!'

'Wat?' zeg ik en ik hoor hoe verward ik klink.

Ik heb sinds mijn twintigste niet meer geschoten, en toen uitsluitend op schietschijven op de schietbaan; de afgelopen negentien jaar heb ik geen pistool of ander wapen in handen gehad, zelfs nauwelijks een mes.

'Waar heb je het over?' zeg ik.

Maar Lexa luistert niet, ze is vermoedelijk in shock. Ze gelooft me niet. Dat zie ik aan de frons op haar voorhoofd, de smalle ogen. (Net die van een kat. Misschien is ze dat: een katachtige.)

'En je hebt een vrouw verkracht!' snauwt ze.

'Wat?' zeg ik weer. 'Ik heb niemand verkracht? Wie…'

Maar ik weet het: Camilla. Zij moet het zijn.

'De politie heeft me voor je gewaarschuwd,' zegt Lexa.

Ondanks de duisternis in het park zie ik dat haar hele persoon haat jegens mij uitstraalt, ook al heb ik haar zojuist gered.

'Camilla,' zeg ik. 'Maar het was niet…'

Ik wil zeggen 'niet wat je denkt', maar daar krijg ik de kans niet voor.

'Kijk me aan, Robert!' zegt Lexa.

Ze staat zo dichtbij dat ik haar adem kan voelen, boos, opgewonden, vol adrenaline.

'Ja, we hebben seks gehad,' zeg ik. 'Maar...'

'Maar wat?' snauwt ze weer. 'Ze stemde erin toe... Wilde je dat zeggen?'

'Zij... zij heeft míj verkracht.'

Ik kan het niet zien in het donker, maar ik begrijp dat ze met haar ogen rolt.

'Kun je je voorstellen hoe naar het is om aangifte te doen van een verkrachting en een heleboel vernederende onderzoeken te ondergaan waarbij artsen bewijs veilig moeten stellen... om op een onderzoeksstoel te liggen... en daarna aan de politie te vertellen wat iemand je heeft aangedaan, in detail?'

'Maar het is waar...'

'Waarom zou ik je geloven, Robert? Waarom? Vertel me dat eens!'

'Omdat... omdat ik je heb gered.'

78

'Weet je zeker dat het niet omgekeerd was, dat Robert je heeft overvallen en dat de onbekende man je heeft gered?' Jodie Söderberg leunde naar voren op de bank in Lexa's woonkamer in de Heleneborgsgatan. Het was bijna halfelf 's avonds.

'Ja, dat weet ik zeker,' zei Lexa geïrriteerd. 'Robert heeft me gered.'

Carl stond tegen de deurpost geleund. Hij oogde vermoeid. Hij stelde geen vragen, keek alleen toe. Zijn lichtgrijze pak was gekreukt en hij had een schaduw van baardstoppels op zijn gezicht.

'En hij was toevallig in het Pålsundspark net op het moment dat jij werd overvallen?' zei Jodie. 'Hoe kan dat?'

'Mijn hemel, hoe moet ik dat weten? Dat moet je aan hem vragen.'

Jodie keek haar verbaasd aan. 'Dat zouden we graag willen, maar hij is ondergedoken. Je weet niet waar hij naartoe is gegaan?'

'Nee, hij verdween in dezelfde richting als de man die me wilde verkrachten.'

'En die man, heb je die gezien?'

'Voor de derde keer: nee. Dat heb ik toch al gezegd? Hij droeg een masker of een sjaal of zoiets.'

'En als je een foto van hem zou zien?' vroeg Jodie.

Lexa schudde vermoeid haar hoofd en liep naar het raam. Ze ging met haar rug naar de rechercheurs toe staan. Ze had gedoucht en schone kleren aangetrokken. De blouse en broek had ze willen weggooien, maar Jodie had ze meegenomen. Het maakte Lexa niet uit. Ze wilde ze toch niet meer hebben.

'Hoezo?' vroeg ze. 'Verdenken jullie iemand? Moet ik naar mugshots kijken...' Ze lachte.

'Wat is er zo leuk?' vroeg Carl.

Ze draaide zich naar hem om. 'Dat heb ik nog nooit gedaan. Mugshots... Dat is net als in de film.'

'Fijn dat je het leuk vindt,' zei hij droog. Hij maakte zich los van de deurpost en kwam naar haar toe. 'We proberen je te helpen,' zei hij. 'Er heeft iemand op je geschoten en je overvallen in een park. Dat nemen we heel serieus.'

Lexa haalde diep adem en knikte.

'De patroonhuls die je in je bus hebt gekregen,' ging Carl verder, 'past bij een kogel van hetzelfde kaliber als waarmee je bent beschoten.'

'Oké,' zei ze en ze keerde zich naar hen om. 'Maar jullie hebben geen idee wie, of hoe...?'

'Nee,' zei Carl. 'Daarom stellen we je deze vragen... De bedreigingen hielden verband met het boek dat je schrijft. Daarom gaan we ervan uit dat de overval ook met het boek te maken heeft.'

Lexa knikte geërgerd.

'Weet je iemand die er niet blij mee is dat je het boek schrijft?' vroeg Jodie.

'Het gaat over een moord op een elfjarig kind,' zei Lexa. 'Alle mensen die ik heb gesproken worden er op de een of andere manier boos om. Maar of een van hen me zou proberen neer te schieten of te verkrachten? Geen idee.'

'Ik begrijp het,' zei Carl. 'Als het kan, zouden we graag een lijst ontvangen van alle mensen met wie je contact hebt gehad...'

'Oké,' zei Lexa met een schouderophalen.

Jodie leunde opnieuw naar voren op de bank. 'We zouden ook graag willen dat er een arts naar je kijkt...'

'Waarom? Er is toch niets gebeurd? Daar heeft Robert een stokje voor gestoken.'

'Om eventueel letsel toch te documenteren.' Jodie keek naar Lexa's hals en maakte een gebaar naar haar eigen hals. 'We kunnen je wel brengen als je wilt...'

'Dat gaat niet gebeuren!' zei ze en ze klonk bozer dan ze had bedoeld. 'Ik wil het niet. Ik heb er geen puf voor.'

'Weet je het zeker?'

Ze antwoordde niet, maar keek uit de hoogte naar Jodie; ze wist dat ze nu op haar moeder leek, dat ze van haar had geleerd om vriendelijk en onsympathiek tegelijk te zijn.

'Oké,' zei Jodie langzaam. 'Dan...' Ze keek in het boekje dat ze voor zich hield. '...dan zijn we nu klaar.'

Lexa liep met hen mee de hal in.

In de deuropening draaide Jodie zich om, terwijl Carl de trap af liep. 'Ben je nog steeds van plan dat boek te schrijven?' vroeg ze.

'Over Robert en Max? Ja. Hoezo?'

'Ik vroeg het me gewoon af, gezien alles wat er is gebeurd...'

'Bedankt en tot ziens!' zei Lexa vermoeid en ze deed de deur achter hen op slot.

Ze ging weer voor het raam staan, volgde de beide rechercheurs met haar blik toen ze de straat overstaken. Ze zag Jodie het portier opendoen en tegelijkertijd omhoogkijken naar het appartement. Lexa deed instinctief een stap terug en wachtte. Toen ze weer voor het raam ging staan, was de auto weg.

'Oké,' zei ze hardop het appartement in. 'Je kunt weer tevoorschijn komen!'

79

Lexa draait zich om en staart me aan, terwijl ik de woonkamer in loop. Ze kijkt alsof ik haar tot iets beschamends heb gedwongen, alsof ik haar puur door mijn aanwezigheid heb gekrenkt.

'Vertel het dan!' zegt ze ongeduldig. 'En als je liegt, vraag ik of ze terug willen komen. Vooral Carl leek je erg graag te willen spreken.' Ze heeft haar armen gekruist voor de borst. Ze spuugt de woorden bijna uit.

'Oké,' zeg ik. 'Ik zal het vertellen. Ik ben inderdaad naar Camilla's huis gegaan...'

Ze stond in de kelderdeur toen ik kwam, bijna alsof ze op me had gewacht. Ze kwam waarschijnlijk uit de badkamer, want ze had nat haar en ze droeg een ochtendjas.

'Zo, je hebt het lef om hier te komen?' vroeg ze. Ze hield een hamer in haar hand. Alsof ze bang was, maar ze leek niet bang. Helemaal niet.

'Wat heb je over me gezegd tegen Lexa?' vroeg ik.

'De waarheid,' zei ze en ze keek me met een arrogant gezicht aan.

Toen ik niets zei, ging ze verder: 'Ga je niet stotteren? En naar Max vragen?'

'Jawel,' zei ik en ik deed mijn best om niet te stotteren. 'Wat is er eigenlijk gebeurd toen hij stierf? En je hebt geen wapen nodig. Ik zal je niets doen.'

Ze aarzelde even, maar gaf toen de hamer aan mij. Ik pakte hem aan en legde hem op de grond.

'Je bent altijd zo onzeker geweest van jezelf,' zei ze. 'Dat was al zo toen je klein was, net een hondje... Je deed alles om de mensen voor je in te nemen.' Ze glimlachte, maar haar toon was spottend. 'Ga tegen de muur staan,' zei ze toen. 'Steek je handen uit.'

'Waarom?' zei ik.

'Doe wat ik zeg, dan zal ik het vertellen...' Ze wees naar de ene korte muur van de ketelruimte, waar een heleboel haken in vastgeschroefd zaten voor tuingereedschap.

Ik kan niet verklaren waarom, maar ik deed wat ze zei. Alsof ik ergens bíjna op kon komen, alsof het op het puntje van mijn tong lag. Toen ze een paar stukken touw uit een bak met rommel haalde en mijn handen vastbond aan de haken, liet ik haar begaan zonder weerstand te bieden.

'Weet je het weer?' vroeg ze.

Toen ik mijn hoofd schudde, maakte ze mijn riem en de knoop van mijn broek los, ritste mijn gulp open en liet de broek op mijn enkels vallen.

'Weet je het echt niet?'

'Nee,' zei ik.

Ze lachte. 'En ik maar denken dat je het nog wel wist, maar dat je je ervoor schaamde...'

'Nee,' zei ik.

Ze trok mijn onderbroek omlaag en deed haar ochtendjas open.

'Wat doe je?' vroeg ik met een dunne, krachteloze stem.

'Je vroeg erom,' zei ze. 'Ja toch?' Ze trok een houten kistje naar zich toe en ging erop staan.

En toen hadden we seks. Zíj had seks.

Terwijl ze bezig was, bleef ze vragen stellen. 'Weet je het nu weer? Toen we klein waren...'

En toen begon er iets te bewegen in mijn geheugen, als een ijsberg die langzaam kantelt en daarna omslaat, zodat je opeens het deel kunt zien dat onder water verborgen heeft gezeten.

80

Juni, achtentwintig jaar eerder

De deurbel van Max' huis klinkt als een kerkklok. Ik ken verder niemand die zo'n deurbel heeft. Een langdurig ding-dong-ding dat door het hele huis schalt. Maar niemand doet open.

Er is nog steeds een eeuwigheid over van de zomervakantie. Lange dagen waarop alle kinderen uit de buurt met blote voeten in sandalen en klompen lopen. Waarop we fietsen met dunne, gebruinde beentjes die uit verbleekte korte broeken steken, of basketballen of voetballen in slobberige shirts met korte mouwen.

Er is geen vanzelfsprekende ontmoetingsplaats in onze buurt, geen park waar iedereen zich verzamelt. Soms zien we elkaar op het schoolplein, bij het geasfalteerde basketbalveldje, soms in het bos op de glooiing naar het water toe, maar meestal bellen we bij elkaar aan.

Na het derde ding-dong-ding-geluid gaat de deur open en kijkt Camilla me aan.

'Is Max thuis?' vraag ik.

'Ja, dat denk ik wel...'

Maar er is iets met haar stem, die klinkt raar. Ze is helemaal anders. Maar ik stap toch hun hal binnen. Ik ruik de typische geur van hun huis: etensluchtjes, schoonmaakmiddelen en een andere onbestemde geur, die me zowel afstoot als aantrekt.

Ik trek mijn klompen uit en loop op blote voeten over de bruine plavuizen.

'Hij is beneden,' zegt ze en ze loopt voor me uit de trap af naar de kelder. 'In de hobbykamer...'

Ik loop voorzichtig achter haar aan. Er staat muziek aan. 'Nothing Compares 2U' van Sinead O'Connor.

Als ik de hobbyruimte binnenkom, staat er een gettoblaster met het geluid op maximaal. Maar geen Max. Ik kijk vragend naar Camilla, die in een van de zitzakken op de vloer heeft plaatsgenomen en (demonstratief?) een andere kant op kijkt. Dan hoor ik een snik. Als ik me omkeer, zie ik Max, die vastgebonden is aan de bar aan de ene korte zijde van het vertrek.

'Maak me los!' huilt hij. 'Dit is niet leuk meer...'

'Waarom...' begin ik onzeker, terwijl ik me naar Camilla omdraai.

Maar dan staat Bernt voor me. 'Nog zo'n klein rotjoch...' schreeuwt hij om de muziek te overstemmen. 'R-Robert!' Hij grijnst terwijl hij net doet of hij moeite heeft met de 'r'. Zijn piekerige blonde haar plakt aan zijn gezicht en zit plat op zijn hoofd.

'Maak me los!' schreeuwt Max weer. Hij heeft zijn pyjama nog aan, een lichtblauw jasje en een korte broek in dezelfde kleur. Zijn benen en voeten zijn bloot en hij staat op de vaste vloerbedekking met zijn armen wijd uitgestrekt over de bar.

Bernt volgt mijn blik, grijnst naar me en loopt naar Max toe. Ik staar naar hen, ook al weet ik dat het gevaarlijk kan zijn, dat Bernt me dan kan zíén, maar ik kan het niet laten.

'Wil jij dat we hem bevrijden?' roept hij hees.

Ik probeer 'ja' te zeggen, maar ik heb opeens moeite met praten. In plaats daarvan knik ik zwijgend.

'Oké,' roept hij gemaakt vriendelijk. 'Oké, ik doe wat jij wilt.'

Al die tijd dreunt de muziek door de kamer. Nu is het 'Purple Rain' van Prince.

Verbaasd zie ik dat Bernt de knopen in het touw daadwerkelijk los begint te maken. Camilla zit afgewend en kijkt koppig een andere kant op. Alsof ze niet wil zien wat er gebeurt.

Zodra hij is losgemaakt, rent Max weg, de keldertrap op, zijn kamer in. In de verte hoor ik de deur dichtslaan.

Bernt lacht.

Ik heb Elise verteld dat ik Max achterna ren, hem meeneem naar mijn huis, dat we ons verstoppen totdat onze ouders thuiskomen... Zo heb ik het altijd onthouden.

Maar ik weet dat het niet klopt. Dat het zo niet is gegaan.

In plaats daarvan pakt Bernt me vast, bij mijn nek. Hij is verbazingwekkend sterk voor zijn bleke, magere lichaam, en hij sleept me naar de bar, duwt me ertegenaan, zodat ik er niet vandoor kan gaan en bindt me vast.

'Laat me los!' mompel ik.

'Wat zei je?' roept hij.

'L-Laat me los!' schreeuw ik. Ik denk dat ik huil. Vermoedelijk wel, of ik ben te bang om te huilen.

'Maar je wilde toch dat ik Max zou loslaten, of niet? Dan moet jij zijn plaats innemen. Had je dat niet door, kleine ukkepuk?' Dan zegt hij tegen Camilla: 'Kom hier!'

Ze staat op en komt naar ons toe. Bernt gaat naast haar staan. Ze is bijna even lang als hij, ook al is ze een jaar of twee à drie jonger.

'Wat zullen we met hem doen?' vraagt hij.

Ze geeft geen antwoord.

'Wil je hem zien?' roept Bernt (zware hardrock op de achtergrond nu) en hij buigt zich naar haar toe.

Ze schudt haar hoofd, maar dat merkt Bernt niet. Hij loopt naar me toe, pakt mijn broek vast en trekt hem met een snelle, harde beweging omlaag. De riem schuurt over mijn heupen en ik voel dat mijn broek en onderbroek op een hoopje bij mijn voeten neerkomen.

Bernt lacht. 'Moet je zien. Is hij niet...' Hij verdraait zijn stem. '...verrukkelijk.'

Camilla staat nog steeds naast hem, maar nu kijkt ze naar mij.

'Voel maar eens,' zegt hij.

Ze doet met tegenzin een stap naar voren en komt naast me staan, maar ze kijkt een andere kant op.

'Raak hem dan aan!' schreeuwt Bernt en hij wiegt heen en weer op de muziek ('Sabbath Bloody Sabbath').

Ze steekt een hand uit en legt haar vingers op mijn achterwerk, raakt het nauwelijks aan.

Bernt lacht weer. Dan draait hij zich opeens om, rent de keldertrap op, alsof er een waanzinnig nieuw idee bij hem is opgekomen. 'Max!' roept hij, al rennend. 'Waar zit je?'

Ik hoor dat hij de deur van Max' kamer openrukt en *'Here's Johnny!'* roept, met een donkere, aanstellerige stem.

'Wat doet híj hier?' zeg ik zo zacht mogelijk.

Camilla zegt niets.

'Maak me los...'

Maar ze is dichter bij me komen staan. Ik voel haar handen die mijn achterwerk vastpakken, harder ditmaal.

'Au,' zeg ik. 'Dat doet pijn.'

Dan maakt ze één hand los en laat die langs mijn lies glijden, totdat ze mijn penis heeft gevonden en ze pakt mijn balzak vast. Haar vochtige adem kriebelt in mijn nek. Ik voel haar lippen tegen mijn huid. Dan bijt ze me. Ik geef een gil, maar dan bijt ze weer, nog harder.

Pas als er opnieuw stappen op de keldertrap klinken, laat ze me los en gaat ze terug naar de zitzak. Bernt komt de kamer binnen, met een harde greep om Max' arm.

Hij klakt met zijn tong als hij me ziet. 'Jemig, Robert! Je hebt een stijve! Vind je dit leuk? Jakkes, wat ben jij een viespeuk! Kleed je aan, verdomme, dan hoeven we dat niet te zien. Of hoop je dat iemand je komt neuken?'

'D-Dat kan ik niet,' stotter ik. 'I-Ik zit vast.'

Bernt doet net of hij moet overgeven. Hij laat lege oprispingen horen met twee vingers in zijn mond, maar komt dan toch naar me toe en maakt de knopen los. Mijn polsen doen pijn, mijn handen prikken als het bloed weer terugkomt.

'Kleed je toch een keer aan, vies rotjong!' Hij geeft me een harde klap op mijn hoofd, terwijl ik onhandig mijn broek aantrek. Hij slaat me weer met zijn hand, telkens weer, totdat ik mijn broek heb dichtgeknoopt.

Max staart me aan, hij ziet er... opgewonden uit. Totdat Bernt hem bij zijn nek pakt en hem naar me toe duwt, zodat hij naast me staat.

'Als jullie hier iets van zeggen, sla ik jullie dood!' Hij pakt ons vast en slaat ons met de koppen tegen elkaar. Niet met volle kracht, maar toch zo dat het pijn doet. 'Snappen jullie? Jullie houden je bek!'

We knikken allebei op hetzelfde moment, als een Siamese tweeling.

Hij laat ons met een ruk los, kijkt naar ons (ik vóél dat hij naar ons kijkt, maar ik staar naar de vloerbedekking).

Dan hoor ik de voetstappen op de trap als hij weggaat en de voordeur die dichtslaat.

81

Zondag 8 november

Lexa zit op de bank en kijkt me sceptisch aan. Alsof ze er al van overtuigd is dat ik lieg.

Maar ik lieg niet.

'Camilla en ik gingen ermee door,' zeg ik zacht. 'Als ze alleen thuis was, sloop ik door de kelderdeur naar de hobbykamer – en dan bond ze me weer zo vast. Het werd een spelletje, een geheim spelletje van ons...'

'Een ziek spelletje!' zegt Lexa. (Ze legt de nadruk op zíék.) 'Hadden jullie...'

'Wat? Nee, dat niet...'

'Je hebt haar dus niet gepenetreerd toen je klein was?'

'Nee, natuurlijk niet. Ik was elf!'

Lexa leunt achterover op de bank. Het is halféén 's nachts. Ik zie dat ze moe is.

'Oké,' zegt ze gespannen. 'Jij en Camilla hadden seks in de kelder, en daardoor kwamen er weer een heleboel herinneringen bij jou naar boven. En daarna heeft ze je aangegeven wegens verkrachting. Wil je dat zeggen?'

'Ja, dat zal ze wel hebben gedaan...'

'Waarom?'

Ik ga in de fauteuil tegenover haar zitten. 'Om me te laten arresteren.'

Lexa schudt haar hoofd. 'Waarom zou ze dat willen?'

'Om wraak te nemen vanwege Max... Ik weet het niet.' Maar daarna weet ik het wel. 'Om Bernt te beschermen,' zeg ik.

Lexa fronst haar wenkbrauwen.

'Bernt heeft toch dingen met Max gedaan!' ga ik verder.

'Wacht even!' valt Lexa me in de rede en ze steekt een hand op. 'Dus, alleen omdat Bernt Max heeft vastgebonden in Camilla's hobbykamer, denk jij dat hij degene is die... hem heeft gedood?'

'Hij was daar! Iedereen heeft hem die dag op het veldje gezien...'

Ze zegt niets, ze kijkt naar de muur. Ik volg haar blik, maar zie alleen de boekenkasten tegen de ene wand van de kamer.

'Dus jij bedoelt dat Camilla Bernt beschermt,' zegt ze. 'Dat ze jou heeft aangegeven vanwege verkrachting, zodat je vast zou komen te zitten en... en dan?'

Ik leun naar voren, het is me opeens allemaal duidelijk. 'Als ik in de cel zit vanwege verkrachting, dan doet het er niet meer toe hoe slecht het politieonderzoek was, of dat iemand anders Max heeft doodgeslagen. Iedereen zou toch geloven dat ik het had gedaan. En dan zou er geen boek komen.'

Ze zwijgt een poosje. 'En dan zou Bernt niet gepakt worden voor de moord op Max, is dat je redenatie?' vraagt ze dan.

Ik knik.

'Maar hoor je niet hoe dat klinkt?' vraagt ze en ze kijkt me verbaasd aan. 'Waarom zou Camilla hem beschermen?'

'Omdat hij haar dwingt,' zeg ik snel.

'Het is Camilla's bróér die hij heeft gedood... Zou ze dan in al die jaren niet een keer de waarheid hebben verteld? De wens hebben gehad hem op te laten pakken? Ook als ze bang voor hem was?'

'Misschien... weet ze niet dat hij Max heeft gedood...'

'Maar waarom zou ze hem dan beschermen? Het klopt niet wat je zegt.'

Ik sta op en loop naar het raam, ik voel mijn benen trillen. Ik pak de vensterbank vast en leun erop om niet te vallen.

'Hoe kwam het eigenlijk dat jij vanavond in het Pålsundspark was?'

'Ik... wilde met je praten. Vertellen over Camilla. Ik zag je naar buiten komen en wilde naar je toe lopen, maar toen dook die andere man op... En toen kwam er een auto uit het niets, die achter jullie aan reed. Ik...'

Ze steekt een hand op en brengt me tot zwijgen. 'Oké,' zegt ze ernstig. 'Maar er zijn een paar dingen die we moeten uitzoeken. Die kinderen? Je was telkens in de buurt...'

Ik wist dat ze daar uiteindelijk naar zou vragen. 'Ja,' zeg ik zo overtuigend mogelijk. 'Maar ik heb niets met ze te maken.'

'Je was nat toen je bij mij kwam, ook al zei je dat je de hele tijd in de auto had gezeten...'

'Ja, ik bén uitgestapt in de regen... Ik ben naar mijn oude huis gaan kijken. Mijn ouderlijk huis. Ik had het vijfentwintig jaar niet gezien. Niet sinds die keer dat ik bij mijn pleegouders was weggelopen.'

Ze kijkt me vragend aan.

'Ik heb buiten in de regen staan kijken. Ik herkende het nauwelijks. De oprit, het gazon, de heggen, de muur aan de straatkant, alles was anders.'

'Waarom heb je dat niet verteld toen je die avond bij me kwam?'

'Dat kon ik niet...'

'Heeft het met je broer te maken?'

Ik schrik. 'Heb je met mijn ouders gesproken?' vraag ik.

Ze knikt.

'Wat hebben ze over Dan verteld?'

'Niets. Ze wilden niet over hem praten.'

'Mooi,' zeg ik.

Ze kijkt me raar aan, maar ik denk dat ze het wel begrijpt, want even later zegt ze dat we moeten gaan slapen. 'Neem jij het bed in de werkkamer maar. Morgen mag je gebruikmaken van de flat van een vriendin. Ze is op reis en ik geef haar planten water.' Ze staat stil in de deuropening, alsof ze nog iets wil zeggen.

'Ja?' zeg ik.

'Krijg jij niet het idee dat er een verband bestaat? Dat de moorden op de kinderen nu op de een of andere manier in verband staan met de oude moord op Max?'

'Nee,' zeg ik.

Ze kijkt teleurgesteld, zegt welterusten en sluit de deur.

82

Maandag 9 november

Carl leunde achterover op de stoel en staarde naar de wirwar van foto's en aantekeningen op het whiteboard in de teamkamer. Zijn ogen deden pijn van vermoeidheid en hij voelde dat er een doffe hoofdpijn op kwam zetten.

Het was even na tienen 's ochtends. Het team van Asbjörn en Ylva was gerekruteerd om de 'geïntensiveerde' zoektocht naar Nicklas Eriksson te organiseren, die nu het derde etmaal was ingegaan. In feite begonnen ze weer vanaf het begin en doorzochten ze nu hetzelfde terrein dat ze eerder al hadden doorzocht. Het enige verschil was dat ze nu ook lijkhonden gebruikten.

Een paar bureaus verderop waren Rickard en Jodie bezig een overzicht te maken van het materiaal dat ze tot nu hadden verzameld. Ze namen interviews en technische rapporten door en probeerden verbanden te vinden die ze eerder over het hoofd hadden gezien. Rickard telefoneerde met zijn telefoon tussen zijn schouder en zijn oor geklemd, terwijl hij iets intikte op zijn computer. Jodie keek geconcentreerd naar het scherm.

En Carl bleef naar het whiteboard staren. Hij probeerde met een open blik naar het onderzoek te kijken, een stap terug te doen, zoals hij tegen Linda had gezegd. Het lukte niet al te best.

Hij vroeg zich af wat Robert Lindström gemeen had met de vier slachtoffers. Niets, voor zover ze hier met z'n allen wisten. En wat hadden de vier slachtoffers onderling gemeen?

Op de laatste vraag had hij tenminste een antwoord: het geografische gebied, Skogås. En het feit dat het allemaal kinderen waren. Maar meer was het niet. Twee van hen waren vrienden van elkaar – maar niet van de andere twee.

Toch had hij het gevoel dat er ergens een verband bestond. Het kon geen toeval zijn dat Robert Lindström als kind de broer van Camilla Sander had vermoord, en dat haar zoon hem nu had gezien op het parkeerterrein van de school. Dat zou in ieder geval geen toeval moeten zijn.

Carl stond op en liep naar het bord. Onder de foto van Robert Lindström gingen pijlen naar de omcirkelde plaatsen delict op de kaart. Daaronder stond PISTOOLSCHOT, WITTE AUTO en VERKRACHTING CAMILLA SANDER. Iemand – Carl gokte op Rickard – had een pijl getrokken van Camilla naar de plaats waar haar broer Max achtentwintig jaar geleden dood was gevonden. Onder Roberts foto voegde Carl toe: VERKRACHTING LEXA ANDERSSON VERHINDERD, en onder CAMILLA SANDER: DNA-MATCH.

'Rickard, Jodie...'

Ze keken allebei op. Rickard hield zijn telefoon nog steeds tegen zijn oor. Met wie belde hij zo lang?

'We hebben de uitslagen van Camilla Sander binnen,' zei Carl. 'Het is inderdaad Roberts sperma.'

'Oké,' zei Jodie. 'Dan weten we in ieder geval dat hij het was.' Ze richtte haar aandacht weer op het computerscherm.

Carl liep terug naar zijn plaats, maar stopte en ging op het bureau tegenover haar zitten. 'Wat denk jij eigenlijk dat er gisteren is gebeurd?' vroeg hij. 'In het Pålsundspark?' Hij had er lang over nagedacht.

'Wat bedoel je?' vroeg Jodie en ze keek weer op van het scherm.

'Afgelopen zaterdag wist ze zeker dat Robert dreigbrieven had gestuurd en op haar had geschoten. Maar gisteren verdedigde ze hem opeens.'

Jodie leunde achterover op haar stoel. 'Hij heeft haar toch gered?' zei ze.

'Geloof je dat echt? Dat hij eerst Camilla Sander zou verkrachten om vervolgens de verkrachting van Lexa Andersson te verhinderen?' Hij keek haar vragend aan. 'Dat klopt gewoon niet,' zei hij. 'We hebben waarschijnlijk genoeg belastend materiaal om Robert Lindström in hechtenis te nemen. De uitslagen van Camilla, dat hij bij alle moorden ter plaatse was en dat een getuige hem in een auto heeft zien zitten op het exacte tijdstip waarop Olinda Sikonova van school verdwijnt. Plus dat hij zijn vriend heeft gedood toen hij elf was, en dat hij tegen ons heeft gelogen...'

Jodie klapte het scherm van haar laptop omlaag. 'Wat denk jij dan?' vroeg ze. 'Dat Lexa erbij betrokken is?'

Carl schudde zijn hoofd.

'Dat ze de mannen toch verwisseld heeft?' ging Jodie verder. 'Dat ze door Robert is aangevallen en door de onbekende is gered?'

Hij haalde zijn schouders op. 'Ik weet dat we het haar hebben gevraagd,' zei hij, 'en dat ze dat heeft ontkend, maar logisch gezien is dat de enige mogelijkheid...'

Jodie knikte, maar Carl wist niet of ze het wel met hem eens was.

'Ik heb gelezen dat getuigen die erg onder druk staan zich dingen soms helemaal verkeerd herinneren...' zei ze.

Carl had het artikel ook gelezen. Er was zelfs een memo over uitgegaan, meende hij. Hij kneep in zijn neus, hetzelfde gebaar dat zijn vader ook altijd maakte als hij nadacht. 'Want als het Robert niet was,' zei hij, 'wie heeft haar dan aangevallen?'

Jodie dacht na. 'Iemand die met haar in verband staat... en met het boek,' zei ze. 'Rickard...?'

Ze draaide zich om, maar Rickard was net aan een nieuw telefoongesprek begonnen en maakte een gebaar dat hij bezig was.

Carl kneep weer in zijn neus. Hij probeerde van zijn vermoeidheid af te komen. Hij was vandaag later begonnen, maar dat had niet geholpen. Als hij de gelegenheid had om uit te slapen, lukte hem dat toch nooit. Hij was stipt om zeven uur, zijn gewone tijd, wakker geworden. Vervolgens had hij op zijn rug naar het plafond liggen kijken en nagedacht over precies dezelfde vragen als nu.

Maar hij wist in ieder geval waar de fout zat.

'We komen niet verder voordat we Robert Lindström hebben verhoord,' zei hij onverwacht geïrriteerd.

'Dat weet ik!' zei Jodie en ze beklemtoonde de woorden op dezelfde overdreven manier als Carls dochter soms deed als ze grappig wilde zijn.

Hij keek haar verbluft aan.

'Trouwens,' zei ze snel. 'Dat actiefiguurtje van Nicklas, volgens mij is het een "paardenhoofd"...'

'Wat?' vroeg Carl.

'Herinner je je *The Godfather*?'

Carl schudde zijn hoofd. Hij wist niet of hij die film ooit had gezien.

'Leden van de maffia brengen een dreiging aan iemand over door een afgesneden paardenhoofd in zijn bed te leggen, van zijn lievelingspaard.'

'Oké,' zei Carl aarzelend en hij liep naar de kast met onderzoeksmateriaal.

Iemand van Wallquists team had het poppetje bekeken en het teruggestuurd. Er hadden vingerafdrukken op gezeten waarvan ze met grote zekerheid hadden kunnen vaststellen dat ze van Nicklas, Alice en nog twee personen waren, allemaal kinderen.

'Dus je bedoelt dat iemand wilde dat Nicklas begreep... dat het een bedreiging was?' vroeg Carl en hij keek naar het onthoofde poppetje.

Ze haalde haar schouders op. 'Ik moest er gewoon aan denken,' zei ze. 'Eerlijk gezegd denk ik niet dat je dat soort dreigementen overbrengt aan een kind van elf.'

Carl zette het figuurtje weer in de kast. 'Nee, misschien niet,' zei hij en hij voegde eraan toe: 'Ik ga koffie halen.'

'Ik ga mee,' zei Jodie.

Ze liepen zwijgend de gang door naar het keukentje.

'Wat wil jij?' vroeg Carl en hij stond klaar om op een van de knoppen van de koffieautomaat te drukken.

'Latte...'

Het apparaat begon te brommen. Even later liep er een soort slootwater uit, dat caffè latte moest voorstellen. Maar Jodie nipte ervan en leek het lekker te vinden. Zelf haalde hij er iets uit wat volgens de automaat gewone koffie met melk moest zijn. Het smaakte bitter, maar niet erg naar koffie.

'Daar zijn jullie!' zei Rickard buiten adem, terwijl hij de keuken kwam binnenstormen.

Carl draaide zich zo snel om dat hij koffie op de grond morste.

'Ze hebben Robert gezien!'

'Wat?' zei Carl en hij goot de rest van de koffie door de gootsteen.

'De patrouille die Lexa's woning observeerde. Ik hoorde over de radio dat ze Lexa naar buiten hebben zien komen met een man die ze als Robert Lindström identificeerden.'

'Hebben ze hem gepakt?' vroeg Jodie.

'Hij heeft de benen genomen...'

'Wat?' zei Carl nogmaals. 'Maar ze zijn er toch wel achteraan gegaan. Hij wordt nota bene gezocht!'

'Ja, maar ze zijn de trappen naar het Skinnarvikspark op gelopen en daarna waren ze verdwenen.'

'Dat meen je niet!' zei Carl. 'Nog een park. Konden de assistenten dan niet uitstappen en achter hen aan rennen?'

Rickard haalde zijn schouders op. 'Ik weet het niet, ik was er niet bij...'

'Nee, dat weet ik, sorry...'

'Maar ik geloof dat ze het park hebben doorzocht... en toen was Robert Lindström verdwenen.'

'Verdomme!' zei Jodie luid.

'Wanneer was dit?' vroeg Carl.

'Een kwartier geleden misschien... Dit is zojuist aan de meldkamer gerapporteerd.'

'Hebben ze er nog een patrouille naartoe gestuurd om door te gaan met zoeken?'

Rickard schudde zijn hoofd.

'Wil je dat wij erheen gaan?' vroeg Jodie.

'Te laat... Ze zijn nu weg.'

Ze bleven even stilstaan.

'Het Skinnarvikspark?' zei Carl. 'Wat zouden ze daar moeten?'

'De patrouille afschudden,' zei Rickard.

Carl schudde zijn hoofd. 'Ze waren ergens naar onderweg, maar waarheen?'

'Een schuilplaats voor Robert?' zei Jodie.

'Lexa's appartement was toch een perfecte schuilplaats – totdat ze naar buiten gingen...'

Rickard glimlachte gegeneerd. 'Als jullie me niet meer nodig hebben ga ik verder met mijn werk.'

'Ja, doe dat… Bedankt!' zei Carl.

Jodie wachtte totdat Rickard naar de gang was verdwenen en zei toen tegen Carl: 'Lexa heeft tegen ons gelogen. En nu beschermt ze een gezochte misdadiger. Waarom doet ze dat?'

Carl haalde zijn schouders op. 'Misschien hadden ze een afspraak met iemand,' opperde hij. 'Voor dat boek.'

'Terwijl Robert gezocht wordt?' vroeg Jodie.

Carl knikte. Robert had Lexa gisteren opgezocht en Carl was ervan overtuigd dat het vanwege het boek was.

'Wie hebben ze tot nu toe geïnterviewd?' vroeg hij. 'We hebben toch een foto gemaakt van haar bellijst?'

Jodie pakte haar mobiel erbij. 'Hier is die…'

Carl leunde naar voren.

'Roberts ouders,' zei ze, 'maar daar hebben we al mee gesproken. Hier: Kenneth Sander, de vader van Max en Camilla.'

'Daar staat iets,' zei Carl. Hij probeerde een afstand te vinden vanaf waar hij het kon lezen, maar wist dat hij een bril nodig had om zulke kleine letters te onderscheiden.

'Het is een datum,' zei Jodie en ze keek op de klok van de mobiel. 'De datum van vandaag…' Ze verplaatste de afbeelding snel over het scherm. 'Het is de enige keer dat die datum voorkomt.'

'Dan gaan we het daar proberen,' zei Carl en hij liep weg.

'Zal ik het tegen Rickard zeggen?' vroeg Jodie.

'Hij kan je vast wel even missen…' Hij had het niet bedoeld als een toespeling op hun eventuele affaire, en hij had er meteen spijt van.

Maar Jodie lachte alleen. 'Ik denk dat wij hém wel even kunnen missen.'

83

Juli, achtentwintig jaar eerder

Als ik mijn best doe, herinner ik me Andreas. Dan zie ik hem duidelijk voor me. Hij staat op de rots een eindje verderop naar me te kijken. Hij houdt zich vast aan een boom om niet te vallen.

'Je bent niet goed wijs, Robert, je valt te pletter.'

Ik heb aan beide kanten van mijn BMX een been, ik concentreer me, kijk naar beneden, naar het voetpad, dat vaag tussen de bomen door te zien is. Daar leidt een smal, nauwelijks betreden pad naartoe. Daar wil ik overheen fietsen.

Andreas kijkt gefascineerd naar me. Behekst. Zoals wanneer je getuige bent van een ernstig auto-ongeluk.

Dan zet ik mijn voeten op de trappers en laat de boomstam los waaraan ik me had vastgehouden.

De versnelling is veel sterker dan ik me had kunnen indenken. Het is alsof een reusachtige kracht mijn fiets vastgrijpt en me de steile helling af slingert. De voorband stuitert op de ongelijke grond en ik knijp krampachtig in het stuur om niet van mijn fiets te vliegen. Dan, in een onnatuurlijk langgerekt moment, zie ik dat het voorwiel van het pad raakt, door de bosbessenstruiken scheurt en tegen een halve meter hoge rots knalt, ik voel dat ik naar voren word geslingerd en door de lucht schiet.

Het volgende wat ik me herinner is de pijn. Die straalt uit door mijn lichaam, mijn achterste, schouders, benen, handen – alles doet tegelijkertijd pijn. Dan voel ik dat Andreas me overeind helpt, aan mijn arm trekt, zodat ik het in mijn schouder hoor kraken.

'Gaat het?'

Ik hoor dat hij bezorgd is, dat hij niet weet wat hij moet doen, ik zie het aan zijn gezicht.

Maar ik kan geen woord uitbrengen. Ik heb geen lucht in mijn longen, ik kan niet ademen. Ik draai een rondje, weet niet waar ik het moet zoeken. Ik denk dat hij de paniek op mijn gezicht ziet en dat hij daarvan schrikt.

Als hij me later naar huis brengt, vraagt hij: 'Waarom deed je dat? Je wist toch dat het niet goed zou gaan?'

Ik geef geen antwoord. Ik hink zwijgend verder en vecht tegen de pijn. Hij lacht me uit. Hij vindt dat ik gek ben, grappig gek. Als een clown. Een waaghals in een circus…

Maar dat ben ik niet.

84

Maandag 9 november

Hij heeft speeksel en etensresten in zijn mondhoek zitten, bruingele vlekken die zich duidelijk aftekenen tegen de witte haren die uit de huidplooien omhoogsteken. Kennelijk heeft hij (of iemand van de afdeling) bij het scheren de rimpels niet gladgetrokken.

'Dag, Kenneth,' zegt Lexa luid en overdreven duidelijk.

Als Kenneth naar voren buigt in zijn leunstoel, lijkt het even te duren voordat het blauwe overhemd zijn lichaam volgt. In de kamer ruikt het naar urine. Er zitten donkere opgedroogde vlekken in het kruis van de lichte synthetische broek die opgehouden wordt door een leren riem waar iemand onhandig nieuwe gaten in heeft gemaakt om hem strak genoeg om de taille te kunnen sjorren.

Ik herken hem niet, helemaal niet.

'Wie zijn jullie?' vraagt hij met een rasperige, schorre stem. 'En wat doen jullie hier, verdomme? Dat loopt hier maar in en uit, één grote dievenbende! Buitenlanders! Kunnen niet eens begrijpelijk praten, godsamme!' Hij leunt naar opzij en spuugt op de vloer. Het gebouw ziet er nieuw uit en de klodder is duidelijk te zien op de lichte houten vloer.

De vrouw die ons naar zijn kamer heeft gebracht (zwart haar, donkere huidskleur) lijkt het zich niet aan te trekken. Ze staat in de deuropening en kijkt afwachtend toe. Alsof ze klaarstaat om in te grijpen, mocht er iets fout gaan. Ik kijk op haar naambordje en lees: FARAH.

'We zijn hier om over je zoon Max te praten. Mijn naam is Lexa Andersson en dit is...'

'Ik heb geen zoon!' De man kijkt met waterige blauwe ogen op.

'Nee,' zegt Lexa ernstig. 'Maar je hád er wel een. Hij stierf toen hij elf was.'

Er verschijnt iets sombers in zijn blik. Zijn handen pakken de armleuning van de stoel vast. Als een hond die in de aanval wil gaan. Hij laat een dof gegrom horen. 'Is dat de ellendeling die mijn horloge kapot heeft gemaakt? Want dan zal ik hem er flink van langs geven...'

Hij wil opstaan. Maar Farah maakt zich snel los van de deuropening en loopt naar hem toe. 'Kenneth, je weet toch nog wel dat jíj je horloge kapot hebt gemaakt?' zegt ze resoluut en ze duwt hem terug op de stoel.

Ik begrijp waarom hij er zo bij zit: ze kunnen het niet aan, niemand heeft de energie om strijd te voeren tegen zoveel boosheid.

Lexa knikt Farah dankbaar toe, die zich weer terugtrekt naar de deurpost.

'Robert hier was vroeger bevriend met je zoon. Met Max. Weet je dat nog?'

Kenneth kijkt naar me op, maar zegt niets. (Gelukkig niet.)

'Je zoon is vermoord...' zegt Lexa.

Hij verplaatst zijn blik naar haar; ze is op het puntje van een stoel tegenover hem gaan zitten. Ik zet de andere stoel in de kamer erbij en neem naast haar plaats. Kenneth kijkt ons misprijzend aan.

'Weet je nog?' dringt Lexa aan.

'Ja... Iemand heeft hem doodgeslagen,' zegt hij en hij kijkt mij aan. 'Heb jij dat gedaan?'

'We denken van niet,' zegt Lexa snel.

Kenneth maakt zich lang, zijn blik is weer gefixeerd op haar. Opeens verschijnt er een barse uitdrukking op zijn gezicht. 'Wie heeft het dan gedaan?'

'Daar wilden we het met je over hebben,' zegt Lexa vriendelijk.

Hij snuift, zodat er geel snot uit zijn neus komt, dat aan een paar achtergebleven haartjes op zijn bovenlip blijft zitten. Hij maakt geen aanstalten het weg te vegen. Hij heeft het waarschijnlijk niet eens door.

'Weet je nog met welke kinderen Max speelde?' vraagt ze. 'Of Camilla?'

Mijn blik wordt naar het snot getrokken. Het is net als in een film, wanneer er op een bepaald detail wordt ingezoomd.

'Max was een goeie jongen,' zegt Kenneth. 'Netjes. Hij deed wat je zei. Hij toonde respect! Dat is meer dan je van de kinderen van tegenwoordig kunt zeggen...'

'Weet je nog of iemand gemeen was geweest tegen Max, voordat hij… vermoord werd?'

'Dat had ik nooit toegestaan! Dan had ik hun een flink pak slaag gegeven, dat kan ik je wel vertellen…'

'Ja,' zegt Lexa geduldig. 'Dus hij heeft nooit iets verteld. Bijvoorbeeld dat hij was geslagen?'

'Max?' vraagt Kenneth.

Lexa knikt.

Even kijkt hij haar verbaasd aan, alsof er een onverwachte herinnering door zijn hoofd is geschoten. 'Nee,' zegt hij vervolgens kalm.

'Zegt de naam Bernt je iets? Hij was toen een tiener, Bernt Juuso.'

'Een crimineel!' zegt Kenneth meteen.

'Bedoel je dat Bernt het heeft gedaan?' vraagt Lexa voorzichtig.

'Ik heb het tegen hem gezegd, ja, verdomme, ik heb het gezegd,' gaat Kenneth verder, zonder zich iets van Lexa aan te trekken. 'Ik zei dat hij haar met rust moest laten!'

'Haar? Wie?'

'Mijn dochter. Hij kronkelde om haar heen als een slang, verdomme…'

'En Max, viel hij die ook lastig?'

Kenneth kijkt naar haar op. 'Die stomme trut!' zegt hij zo fel dat Lexa terugdeinst en zich tegen de rugleuning laat zakken.

'Wie? Bedoel je Camilla?' vraagt ze. 'Je dochter?'

'Altijd een grote mond, probeert slim te zijn, maar ik weet wat voor vlees ik in de kuip heb. Ik weet altijd wat ze heeft gedaan!' Hij gromt voldaan.

'Waarom zeg je dat over Camilla?'

Hij kijkt me verbaasd aan, alsof ik ook iets heb gezegd. 'Ze woonde onder mijn dak. En dan moest ze het verdomme maar voelen!'

Kenneth kijkt chagrijnig naar de vloer, naar de vlek waar hij eerder heeft gespuugd. 'Ik heb haar sinds haar kindertijd niet meer gezien…'

'Wie?'

'Camilla, natuurlijk! Over wie denk je dat we het hier hebben!'

Farah maakt een gebaar met haar hoofd en mimet: 'Komt op bezoek.'

'Maar de dag waarop Max overleed,' zegt Lexa. 'Weet je daar nog iets van?'

Kenneth kijkt boos.

Lexa leunt naar voren en glimlacht naar hem. 'Niet? vraagt ze.

Maar hij gaat alweer verder: 'Ze zat onder het bloed! Ze zei dat er iets met Max was gebeurd. Gebeurd? Ja, dat kon je wel zeggen... Hij was dood.' Hij schudt zijn hoofd en kijkt naar zijn schoot. En opeens springen de tranen hem in de ogen.

Ik begrijp niet waar die vandaan komen. Zo boos – en dan verdriet. Alsof iemand een schakelaar in zijn hoofd heeft omgezet.

'Iemand heeft mijn jochie doodgeslagen,' snikt hij. 'Mijn jochie.'

'Wie?'

Hij kijkt weer naar ons op. Even lijkt het alsof hij er niets van snapt, en dan haalt hij diep adem. 'Het was haar schuld. Ze had op hem moeten passen. Maar ik wist het wel...' Hij tikt tegen zijn voorhoofd. 'Dat ongemanierde rotkind!'

'Wie? Je dochter?'

Hij kijkt Lexa weer geïrriteerd aan. 'Wat? Nee, natuurlijk niet. Híj!'

'Die crimineel?'

Kenneth kijkt weer naar zijn handen zonder antwoord te geven.

'Waarom ben je zo boos op hem?'

'Hij heeft mijn dochter van me afgepakt.'

Lexa knikt. 'Ik begrijp het. Maar Max, je zoon, wie heeft hem gedood?' probeert Lexa nog eens.

Kenneth leunt achterover in de fauteuil en doet zijn ogen dicht.

Het lijkt wel of alles nu gebeurt. Ik heb ergens gelezen dat er voor mensen met dementie geen tijd bestaat. 'Toen' en 'nu' hebben hun betekenis verloren.

Als Kenneth zijn ogen weer opendoet, kijkt hij verbaasd naar ons. 'Zijn jullie nog niet weg? Wat willen jullie eigenlijk? Als jullie iets komen stelen, dan zal ik jullie verdomme...'

Lexa werpt me een blik toe en schudt bijna onmerkbaar haar hoofd. Ik begrijp dat ze het opgeeft.

Kenneth kijkt boos om zich heen, totdat hij Farah in het oog krijgt, die nog steeds bij de deur staat te wachten. 'Waar is mijn middageten? Ik zit hier te verhongeren!' Hij wappert boos met zijn ene hand en wil overeind komen, maar Lexa staat al en geeft hem een zacht duwtje, zodat hij weer gaat zitten. Hij kijkt haar verbaasd aan. 'Sla je mij?' vraagt hij.

'Nee, en we komen hier niet om te stelen. We hebben een gesprek met je gehad over je zoon en nu gaan we weg. Bedankt dat we mochten komen.'

Hij kijkt haar met een lege en verbaasde blik aan, dan komt zijn woede weer boven. 'Er valt hier trouwens niets meer te stelen. Ze hebben het allemaal gejat, die verrekte buitenlanders die hier in en uit lopen...'

'Rustig maar, Kenneth,' zegt Farah en ze helpt hem overeind. 'Nu gaan we naar de eetzaal om te lunchen...'

'O, is dat zo? En wat weet jij daarvan?' Hij staart haar aan.

Ze glimlacht en zegt vriendelijk: 'Kom maar, het is niet ver. We lopen een klein stukje door de gang en dan zijn we er... Je doet dit elke dag.'

Hij pakt met een trillende hand haar arm vast en begint traag en krampachtig te lopen.

Lexa houdt de deur voor hen open. 'Bedankt dat we mochten komen,' fluistert ze zachtjes tegen Farah.

Dan horen we verderop in de gang een goed gearticuleerde stem die we allebei kennen: 'We zijn op zoek naar Kenneth Sander. Waar is zijn kamer?'

85

'Kenneth?' vroeg de verzorgende. 'Die is...' Ze draaide rond op haar plaats. '...daar,' zei ze en ze wees de gang in. 'De man met het blauwe overhemd... Maar we gaan net aan tafel, dus misschien is dit niet...'

Jodie rook de geur van eten en herinnerde zich de kantine op school; hier hingen dezelfde verstikkende etensluchtjes als daar. Wat serveerden ze eigenlijk? 'Bedankt,' zei ze. 'Het duurt niet lang.' Jodie liep naar de man die de verzorgende had aangewezen.

Carl mompelde ook een bedankje en liep achter haar aan.

'Pardon,' zei Jodie toen ze bij hem was. 'Ben jij Kenneth Sander?'

'En wie wil dat weten?' vroeg hij.

Jodie deinsde terug voor de agressieve toon. Ze herinnerde zich haar eigen opa, die aan het eind gereduceerd was tot een vloekende, paranoïde oude man die niet wist wie zij was. Ze keek vragend naar de verzorgende, die hem bij de arm had. Ze las de naam op het naambordje. 'Dag, Farah, kun jij...'

De verzorgende maakte een gebaar naar de man: 'Wat krijg jij veel bezoek vandaag... Dat is toch leuk, Kenneth?'

Hij lachte. 'Leuk? Echt niet! Dat loopt de deur hier plat en wil van alles hebben... Maar van mij krijgen jullie niets!' Hij keek Jodie en Carl aan. 'Horen jullie dat? Niks krijgen jullie, want er valt niks te halen,' zei hij en hij grinnikte vergenoegd.

Farah glimlachte verontschuldigend naar hen. 'Kennen jullie Kenneth?'

'We zijn van de politie,' haastte Jodie zich te zeggen. 'Jodie Söderberg, en dit is Carl Edson. We zijn eigenlijk op zoek naar twee andere personen, Robert Lindström en Lexa Andersson. Zijn die hier misschien geweest?'

'Ja, inderdaad,' zei Farah verbaasd. 'In ieder geval herinner ik me haar naam. Lexa. Ze zijn net weg. Jullie moeten hen zijn tegengekomen.'

'Nu net?' Carl draaide zich snel om en keek de gang in. Leeg. 'En je weet zeker dat ze niet meer in zijn kamer zijn?' vroeg hij.

Farah keek stomverbaasd. 'Nee, dat denk ik niet. Ze zeiden gedag en gingen weg... Dit gaat natuurlijk niet snel.' Ze knikte naar Kenneth, die met korte, sloffende passen liep.

'Mag ik in de kamer kijken?' vroeg Carl. 'Voor alle zekerheid?'

'Natuurlijk. De derde deur links. Kamer A6.'

'Ik ga intussen naar beneden,' zei Jodie. Ze knikte naar Carl en liep terug naar de entree en de liften.

Carl liep snel de gang door. Voor de deur bleef hij even stilstaan om te luisteren, waarna hij die met een ruk opende en de kamer binnenliep.

Die was leeg. Er stond een raam open naar de grijze herfstdag, maar desondanks hing er een scherpe urinelucht. Hij liep de gang weer in, waar hij Jodie tegenkwam, die haar hoofd schudde.

'Niemand in het trappenhuis,' zei ze. 'En beide liften stonden op deze verdieping.'

Carl liep de kamer weer in, naar het raam. Het appartement zat op de derde verdieping boven de entree en het trottoir. 'Ze zijn waarschijnlijk net weg,' zei hij.

86

'Wie zijn jullie?' De oude dame kijkt ons vragend (geschrokken?) aan.

We staan bij de deur van haar kamer.

Ik kijk haar (paniekerig) aan. 'Wij...' begin ik.

Maar Lexa valt me in de rede. 'Wij zijn van de inspectie. We zijn hier om de kwaliteit van de geleverde zorg te waarborgen. Hoe bevalt het u hier?'

De vrouw knippert verward met haar ogen. 'Ik...' zegt ze. 'Ik weet niet wat ik moet zeggen. Het personeel is aardig...'

'Is er iets waar u niet tevreden over bent?'

De vrouw knippert weer met haar ogen. 'Nou ja... dat zou dan het eten moeten zijn.'

'Zijn de porties te klein?'

'Nee, dat niet, maar...'

Lexa onderbreekt haar, stelt vragen over de schoonmaak, de hygiëne en de activiteiten, zonder naar de antwoorden te luisteren.

Als ik voorzichtig de deur opendoe, is de gang leeg. De rechercheurs zijn verdwenen. 'Ik denk dat we nu moeten gaan,' zeg ik tegen Lexa, die snel opstaat van de stoel waarop ze was gaan zitten.

'Te kleine porties, dat zullen we aan de directie doorgeven...'

'Nee, dat niet, dat is niet zo...' hoor ik de dame ontdaan zeggen, voordat Lexa de deur achter ons sluit.

Als we langs de eetzaal lopen, hoor ik Kenneths hese stem: 'Moeten we dit eten? Dit is verdorie varkensvoer.'

Als we over de Huddingevägen noordwaarts rijden (nieuwe huurauto, rood ditmaal), schudt Lexa haar hoofd. 'Ik snap van mezelf niet dat ik dit doe!'

'Wat?' vraag ik.

Ze kijkt me moedeloos aan. 'Een voortvluchtige helpen... een misdadiger beschermen, een onderzoek belemmeren... weet ik hoe het allemaal heet.'

'Bedankt...' zeg ik slapjes.

'Je hoeft me niet te bedanken, kijk liever of we worden gevolgd.'

Ik draai me om. 'Geen politiewagen...'

'Kijk naar burgerwagens! Ik had laatst op een avond een auto achter me aan toen ik... Kijk gewoon, wil je?'

'Ja, hoor... Maar er zit niemand achter ons.'

Ze rijdt snel, veel harder dan toegestaan, op de linkerbaan, maar een paar meter achter de auto voor haar.

'Zie je iemand?' vraagt ze opnieuw.

Ik draai me weer om. De weg is vol met auto's op weg naar het noorden (het is een snelweg, wat verwacht ze?). Voor zover ik het kan beoordelen zou iedereen ons kunnen achtervolgen.

'Nee,' zeg ik en ik kijk weer naar voren om niet wagenziek te worden.

De klap komt uit het niets. Het geluid is angstaanjagend hard, fel en snijdend. We worden tegen onze stoel gedrukt om daarna in een whiplash naar voren te schieten. De hele auto slingert en Lexa draait heftig aan het stuur om dat te pareren.

'Wat is dit?!' roept ze.

Ik draai me om en zie een blauwe Mazda vlak achter ons rijden. Als Lexa afremt en rechts aangeeft om aan de kant van de weg te blijven staan, rijdt hij snel voorbij over de linkerbaan en verdwijnt uit het zicht.

'Wat was dat, verdomme?' vraagt ze.

'Ik weet het niet... Waarom is hij niet gestopt?'

Lexa staart me aan. 'Ben je dom of zo? Dat deed hij met opzet! Het is iemand die het op ons heeft voorzien.'

Ik zie dat haar handen trillen, ook al knijpt ze hard in het stuur.

'Heb je het kenteken gezien?' vraagt ze.

Ik schud mijn hoofd. Ik heb er geen moment aan gedacht daarnaar te kijken. 'Maar ik heb wel gezien dat de bestuurder alleen in de auto zat,' zeg ik.

'Dit bevalt me totaal niet,' zegt ze. 'Dit is al hun derde aanval op mij.'

Ze draait zich naar me toe en staart me aan. 'Dit gaat om het boek,' zegt ze. 'Er is iemand die niet wil dat wij het schrijven. Als jij Max niet hebt gedood, wie heeft het dan gedaan? Je moet het je herinneren, Robert!'

87

Augustus, achtentwintig jaar eerder

Het is warm. Ik draag een te groot, rood T-shirt en een korte spijkerbroek, maar toch zweet ik. We hangen rond op het speelplein bij de school, Andreas en ik, in de schaduw. Er komt een vieze lucht uit de poel aan de andere kant van het voetpad, zoals altijd wanneer die droogvalt en de modder tevoorschijn komt.

'Verstop je,' zegt Andreas opeens. 'Max komt eraan...'

Maar het is te laat. Hij heeft ons al gezien. Ik zie meteen dat er iets met hem is.

'Roken jullie niet?' vraagt hij.

'Nee,' zegt Andreas.

Zo was hij, recht op de man af, zonder een heleboel uitleg, gewoon 'nee'.

'Anders heb ik wel,' zegt Max. 'Een hele voorraad.'

'Waar heb je het over?' zeg ik.

'Ga maar mee...'

Max is enthousiast. Hij loopt voor ons uit naar het water. Er warrelt stof op van het pad als we eroverheen lopen.

'Waar gaan we heen?'

Maar hij grijnst alleen. 'Dat zien jullie zo wel! En jullie houden je mond!'

Als we bij de grote bunker komen, loopt hij voor ons uit de bosjes in die het lage betonblok compleet verbergen.

'Wat moeten we hier?' vraagt Andreas.

'Willen jullie het zien of niet?'

We volgen hem naar de ijzeren deur. Hij draait zich om en lacht naar ons, arrogant. Alsof hij ergens gelijk in heeft gekregen. Een wat-zeg-je-hiervan-blik.

'Ja?' zegt Andreas weifelend.

De deur staat op een kier, een smalle opening. Max draait zich om en wrikt hem open, met inzet van al zijn krachten. 'Ga maar naar binnen, dan zul je het zien,' zegt hij en hij doet een stap opzij.

Ik loop verder, maar ruik meteen dat iemand daar heeft gerookt. Een vreemde, zoete lucht.

'Verdomme, Max!' fluistert Andreas. 'Ze roken hier wiet. Ik ga niet naar binnen.' Hij draait zich om. 'Kom, we gaan!'

Maar Max blijft koppig staan. 'Jullie zijn gewoon laf! Of niet? Jullie durven niet. Lafaards! Toen jullie op het veldje zaten te roken, waren jullie nog zo stoer, en nu...'

'Snap je het niet?' vraagt Andreas boos. 'Hier heeft de een of andere junk flink zitten roken...'

'Nou en?!' zegt Max opstandig. En dan gaat hij naar binnen, hij verdwijnt in het duister. Ik hoor dat hij ergens over struikelt en dat er een stem tegen hem schreeuwt.

'Wat doe je in godsnaam?' Het is de stem van Bernt.

Max stamelt iets onverstaanbaars.

Dan een tweede stem: 'Zeg dan wat, stomme oen!'

Als Max niet reageert, schreeuwt de stem: 'Je hebt van ons gestolen, rotjoch! Ja toch? Ik zei het toch, iemand steelt onze shit! Zei ik het niet?'

Bernts slome stem: 'Rustig, Ted. Het is Camilla's broertje, verdorie.'

Maar Ted lijkt razend. 'Ik snijd je kapot! Godverdegodver! Je moet dood! Hoor je dat!'

Ik hoor Max schreeuwen daarbinnen, totdat hij plotseling stil is. Ted heeft hem waarschijnlijk een stomp in zijn maag gegeven, want het klinkt alsof hij naar adem hapt.

Bernt zegt iets onduidelijks, wat ik niet versta.

'Hou je kop!' schreeuwt Ted. 'Hij heeft het gedaan. Ik snijd hem open. Hoor je? Ik snijd je pik eraf, godsamme!'

'Neeee...' Max schreeuwt, maar het klinkt niet meer als zijn stem. Het is een schelle, uitzinnige schreeuw, als van een dier in doodsnood.

'Ik heb niks gedaan! Echt niet. Zij hebben het gedaan.'

Andreas en ik kijken elkaar aan. We hebben beiden als versteend voor de deur staan luisteren. Nu gaat er een schok door ons heen en we rennen weg. We persen ons door de struiken, terug naar het pad.

Andreas is sneller dan ik. Ik zie zijn rug wanneer hij in de richting van de school verdwijnt. Ik roep hem na dat hij moet wachten. Maar hij rent maar door. Als in paniek.

Ik ren naar het huis van Max en druk koortsachtig op de bel. Ik laat het langgerekte ding-dong-ding-geluid telkens stoppen en opnieuw beginnen. De hele tijd mompel ik: 'Wees thuis! Wees thuis.'

Maar er wordt niet opengedaan. Ik loop om het huis heen naar de kelderdeur. Ik bonk erop en trap ertegen.

Zo wil ik het me herinneren, zo heb ik het naderhand aan Andreas en aan mijn ouders verteld. Maar het is niet waar, zo was het niet helemaal. Ik ben geen hulp gaan halen. Ik ben naar huis gerend en heb de deur achter me op slot gedaan.

In plaats daarvan kwam Camilla een paar uur later naar mijn huis.

'Is Max hier?' vroeg ze zodra ik de deur opendeed.

Ik schudde mijn hoofd.

'Waar is hij dan? Hij was toch bij jou en Andreas?' zei ze.

'Hij is in de bunker...' zei ik en ik sloeg mijn ogen neer. 'Die bij het pad...'

Ze dwong me mee te gaan. Maar toen we er aankwamen, zat de ijzeren deur dicht. Iemand had er een grote steen voor geduwd, die hem blokkeerde. Ik hoorde binnen iemand gedempt roepen.

Camilla keek me aan. Een rare blik. Vervolgens bukte ze en probeerde ze de steen te verplaatsen. 'Help dan!' riep ze. 'Sta daar niet zo stom...'

Ik liep er snel heen. Ik kreeg grip om een hoek, zodat we de steen weg konden draaien en wrikken en de deur open konden doen.

Max stond vastgebonden tegen de muur, zijn handen schuin naar opzij, alsof hij was gekruisigd. Zijn gezicht was vies; de tranen hadden strepen getrokken over zijn wangen. Zijn shirt was kapot, een lange scheur over de borst, en ik zag dat hij in zijn broek had geplast. Een duidelijke streep van zijn kruis tot aan zijn schoenen. Maar ik zag geen bloed, ze hadden niet in hem gesneden.

'Wat is er gebeurd, Max?' vroeg Camilla. 'Wie heeft dit gedaan?'

Hij staarde me met wijd opengesperde ogen aan. 'Hij!' zei hij. 'Robert en Andreas! Zij hebben me opgesloten!'

88

Maandag 9 november

'We zijn hen misgelopen,' zei Jodie.

Ze naderden de stad vanuit het zuiden. Carl keek naar het verkeer, bestudeerde reflexmatig de bestuurders van de dichtstbijzijnde auto's.

'Terug naar af,' zei Jodie.

Hij keek haar even aan. 'Nee, dat ben ik niet met je eens,' zei hij. 'We hebben zojuist de bevestiging gekregen dat ze aan het boek werken.'

Hij ging weer verder met het inspecteren van de auto's naast hen.

'Maar waarom?' ging hij verder. 'Robert wordt gezocht en hij heeft een doodsbedreiging gekregen... Toch doen ze research voor een bóék.' Hij schudde zijn hoofd.

'Het kan haast niet anders of ze hebben iets ontdekt,' zei Jodie. 'Ze zijn vast tegen iets aan gelopen wat zo belangrijk is dat ze... het erop wagen.' Ze schoof op naar de rechterrijstrook.

'Hebben we Lexa daarnaar gevraagd?' vroeg Carl.

'Nee,' zei ze. 'We hebben alleen om een lijst gevraagd van mensen met wie ze heeft gesproken. Maar naar die oude zaak hebben we niet gevraagd.'

'De zaak-Max Sander...' zei Carl peinzend. 'Daar zouden we meer van moeten weten.'

Jodie wierp hem een verbaasde blik toe. Hij begreep dat ze zich afvroeg waarom ze tijd moesten besteden aan een zaak van achtentwintig jaar geleden, maar hij was blij dat ze hem tenminste niet tegensprak.

'Ik kan Rickard vragen het op te pakken,' zei Jodie.

Carl schudde zijn hoofd. 'Dat heeft geen zin,' zei hij. 'Het is een gigantisch dossier. Het zou ons weken kosten om het door te nemen.'

'Misschien kan Rickard helpen...'

Carl volgde een blauwe auto met zijn blik toen die hen links passeerde, maar wendde zijn ogen af toen hij zag dat het een gezin met kinderen was. 'We hebben meer aan iemand die de zaak al kent,' zei hij.

'De politieman die het onderzoek heeft geleid?' vroeg Jodie. 'Göran Nyman.'

Carl pakte zijn telefoon en belde Inlichtingen. Jodie keek hem weer verbaasd aan toen ze hem hoorde zeggen dat hij graag doorverbonden wilde worden met Göran Nyman in Sigtuna.

'Je weet dat je dat zelf kunt doen, op internet?'

Hij knikte. 'Ja, maar ik doe het liever zo.'

Görans vrouw Berit nam op. Nadat hij zich had voorgesteld, barstte ze in een enthousiaste tirade uit. 'O, wat leuk dat jullie komen! Göran knapt er zo van op als hij collega's van vroeger op bezoek krijgt...'

'Daar bel ik helaas niet voor,' zei Carl. 'Ik heb nooit met Göran samengewerkt. Maar ik heb gehoord dat hij een zeer gerespecteerde politieman was.' Hij deed zijn best om vriendelijk te klinken, maar hoorde toch de teleurstelling in haar stem.

'O... juist...'

'We willen met hem praten over een oud onderzoek dat hij lang geleden heeft geleid. Naar een kindermoordenaar.'

'Robert Lindström,' kwam Berit ertussen.

'Ja, precies.'

'Vorige week is hier een journalist geweest. Samen met de jongen... Ja, hij is nu een man, natuurlijk, maar toen was hij de jongen die zijn vriendje had vermoord. Göran is er heel erg door van slag geraakt.'

'Waarom? Waar hadden ze het over? Een gevoelig onderwerp?'

Berit was even stil. 'Nee,' zei ze toen. 'Maar ze zinspeelden erop dat hij slecht werk had geleverd.'

'Ik begrijp het.'

'En Göran is natuurlijk zichzelf niet meer sinds het ongeluk, maar daar weten jullie natuurlijk van...' Ze vertelde van het auto-ongeluk.

Carl luisterde beleefd zonder haar in de rede te vallen. 'Dan moeten we hem misschien niet lastigvallen met een heleboel vragen...'

'Nee, dat denk ik ook niet,' zei ze.

'Herinner jij je misschien wie Görans naaste medewerkers waren bij dat onderzoek? In die tijd?'

Het antwoord kwam onverwacht snel en beslist. 'Ik zou met Mikael Roslund gaan praten als ik jou was. Hij heeft het langst aan de zaak gewerkt, na Göran dus.'

Carl beëindigde het gesprek en tikte de naam in op de browser van zijn mobiel, maar kreeg geen resultaten.

'Hij kan een beveiligd adres hebben,' zei Jodie.

Carl knikte en belde een nummer van zijn contactenlijst.

'Ja, hallo,' zei Rickard kortaf.

Carl hield het erop dat Rickard het druk had. Of dat hij liever Jodie aan de telefoon had gehad.

'Graag even het adres van een collega,' zei hij beleefd. 'Mikael Roslund. Hij zou wat ouder moeten zijn, een jaar of vijftig à zestig. Hij heeft jaren geleden aan de zaak-Max Sander gewerkt.'

Carl hoorde een diepe zucht aan de andere kant van de lijn.

'Ik wilde net gaan lunchen. Kan het wachten tot na...'

'Helaas niet,' zei Carl. 'Hoe sneller je het adres opzoekt, des te sneller mag je eten.'

Hij had het gekscherend gezegd, maar Rickard had niet gelachen. Carl was ervan overtuigd dat hij niet eens had geglimlacht.

'Wacht dan maar even...' Rickard deed er minder dan anderhalve minuut over om Mikael Roslund te vinden. 'Waar zijn jullie?' vroeg hij.

Carl keek om zich heen. 'Op de Huddingevägen, richting stad.'

'Dan zijn jullie op de goede weg. Hij zit bij de citypolitie. Willen jullie zijn telefoonnummer ook hebben?'

89

Al voordat we bij Lexa's portiek zijn, zie ik hem. Hij staat aan de overkant, bijna verscholen, en lijkt het portiek in de gaten te houden. Een zwarte baseballpet over het voorhoofd getrokken, een zwartleren jack en een zwarte spijkerbroek.

'Stop!' zeg ik tegen Lexa en ik steek een hand uit als om haar tegen te houden.

Maar Lexa remt al af. Op dat moment stapt de man het trottoir op en hij draait zich naar ons om. Alsof hij op ons heeft gewacht. Voordat ik iets kan zeggen, begint Lexa achteruit te rijden en ik zie dat de man een telefoon pakt, terwijl hij ons volgt met zijn blik.

'Rijden!' zeg ik.

'Wat denk je dan dat ik doe, verdomme!' Ze keert op de weg, bonkt tegen de stoeprand en rijdt weg. Aan de achterkant van de auto is iets los komen te zitten en dat schraapt nu over de weg. Ik zie mensen op het trottoir die ons nakijken.

We rijden snel de Lundagatan door, naar de Ringvägen, we steken de Hornsgatan over en stoppen bij een parkeerterrein voor het sportcomplex van Zinkensdamm.

'Wat moeten we hier?' vraag ik.

'De auto bekijken! De mensen kijken ons na!'

De schade die de Mazda heeft aangericht valt enorm mee. De achterbumper (kunststof) is gebroken en er is waarschijnlijk een stuk van losgeraakt toen ze over de stoeprand reed, want dat hangt nu op het asfalt, maar verder is er niets te zien. Lexa trekt het stuk eraf, legt het in de kofferbak en belt het autoverhuurbedrijf om de schade te melden.

Ik kijk haar aan, terwijl ze zegt dat ze is aangereden en dat de andere bestuurder is doorgereden. Ze is veranderd. Dat merk ik nu. Het lijkt wel of de hysterische energie die ze eerst had, verdwenen is. Ze is stiller, nadenkender. Misschien onzekerder. Banger. Net als ik. Ik zie het aan haar, hoor het aan haar stem.

Als ze het gesprek heeft beëindigd, zegt ze: 'Ik weet eigenlijk niet wat we nu moeten doen…'

We stappen in de auto en kijken glazig voor ons uit. Dan gaat haar telefoon. Die heeft het laatste halfuur al een paar keer gerinkeld. Telkens was het een van de rechercheurs die ons hebben verhoord, Carl en Jodie. Lexa heeft het gesprek telkens weggedrukt, maar nu kijkt ze sceptisch naar het nummer.

'Misschien bellen ze vanaf een ander toestel…' zeg ik.

Maar te laat, Lexa heeft al opgenomen. 'Ogenblikje…' zegt ze en ze mimet 'Berit' naar mij.

Het duurt even voordat het kwartje valt: de vrouw van de politieman, Berit Nyman.

Lexa schakelt de speaker in en houdt de telefoon tussen ons in, zodat ik het ook kan horen. 'Ga door,' zegt ze tegen Berit.

'Ik zou dit eigenlijk niet moeten doen,' zegt Berit door de luidspreker. Haar stem is anders. Toen we haar ontmoetten, was ze afwijzend; nu klinkt ze bezorgd en beschaamd. 'Maar ik voel me zo schuldig. Ik weet dat Göran fouten heeft gemaakt, dat weet hij ook, maar hij is veel te trots om dat toe te geven…'

'Wat voor fouten heeft hij gemaakt?' vraagt Lexa.

'Ik hoorde dat jullie naar de eerste verhoren van die jongen vroegen. Dat jullie wilden weten waar ze waren gebleven…'

'Ja,' zegt Lexa. 'Ze zaten niet in het vooronderzoek dat ik heb gekregen…'

'Dat weet ik. Ik heb ze hier voor me liggen. Dat komt zo, een paar jaar geleden begonnen een paar televisieverslaggevers zich in de zaak te verdiepen… Ik weet niet hoe Göran het heeft gedaan, maar hij kende toen – voor het ongeluk – nog een heleboel mensen bij de politie.'

'Hoe hij wat heeft gedaan?'

Het is even stil. Dan zegt Berit: 'Hij heeft ze uit het vooronderzoek gehaald, de eerste verhoren met Robert. Hij zei dat de mensen er maar door in verwarring zouden raken, dat niemand het zou begrijpen. Dat het zo het beste was.' Ze zwijgt weer. 'Maar ik zag aan hem dat hij wist dat het verkeerd van hem was. Dat hij zich ervoor schaamde. Hij was een goede politieman. Hij is een goed mens.'

Lexa heeft zich over de telefoon gebogen, alsof ze een sprong wil maken. (Ze is echt een katachtig wezen.) 'Mogen we ze zien? De verhoren?'

Ik hoor dat ze haar best doet om nonchalant te klinken, maar zie hoe gespannen ze is en ik begrijp hoe belangrijk ze die verhoren vindt.

'Ik heb ze hier. Jullie mogen ze komen halen.'

90

'Ik bedacht iets,' zegt Lexa, als we noordwaarts naar Sigtuna rijden.

Ze zegt het alsof ze aan iets grappigs moet denken. Daarom valt het me rauw op mijn dak.

'Als je het over je pleegouders hebt, dan... dan klinkt het alsof je gedwongen werd bij ze te wonen, alsof het onderdeel was van een straf...'

'Wat bedoel je?'

Ze antwoordt niet meteen. 'Je plaatst een kind in een pleeggezin als de ouders er niet voor kunnen zorgen...'

Ik kijk weg, ik volg een reclamebord op een akker met mijn blik.

'Ik bedoel alleen,' gaat ze verder, 'dat als jij een heleboel jaren bij pleeggezinnen hebt doorgebracht, dan kwam dat doordat je biologische ouders niet goed voor je konden zorgen. Maar het was geen straf. Minderjarigen worden niet gestraft.'

We zwijgen. Ik weet niet wat ik moet zeggen. Zo heb ik het nooit bekeken. Ik heb altijd gedacht dat het allemaal vanwege Max was. Dat hij mijn ground zero was. Dat er geen 'voor' was – alleen een 'na'.

Normaal gesproken zou ik haar hebben uitgelachen, zeggen dat ze ongelijk heeft, maar ik weet dat ze geen ongelijk heeft.

Ik weet het nog. Ik weet nog waarom ik de berg af fietste, waarom ik van een dak sprong of thuis de trap af skiede – al die idiote dingen die ik deed.

Dan was ik van al die andere dingen af. Waaraan ik niet wilde denken. Niet wíl denken.

De witte Volvo die met lekke banden op onze oprit stond te roesten, steeds meer algengroen, naarmate het mos terrein veroverde op de lak. De cementmolen die ernaast stond, vol met bladeren die bezig waren tot stof te vergaan, zo lang stond hij er al. De half afgemaakte muur voor de kelderdeur, waar het cement nog steeds als deeg tussen de bovenste stenen uit stak, midden in het werk versteend. De omgevallen stapel ongebruikte bakstenen die langzaam begonnen te verweren. Het aardappellandje dat midden in het gazon aan de straatkant was aangelegd en dat vervolgens was overwoekerd voordat ze ook maar een aardappel hadden geoogst.

Daar wilde ik allemaal vanaf zijn. Ik wilde die vragen van mijn klasgenoten niet.

Waarom halen jullie die auto niet weg?

Of: *Waarom maken jullie die muur niet af?*

Of: *Waarom zit de luxaflex altijd dicht?*

Of: *Leeft je moeder nog?*

Als ik van de rots af fietste, verdween dat allemaal. Dan zag niemand de rommel op het erf, de afbladderende verf op de garagedeur, de kapotte brievenbus. Dan zagen ze alleen mij. De verwondingen die ik had opgelopen. (Na die keer met Andreas constateerde de arts dat ik mijn sleutelbeen had gebroken, dat beide nieren los waren komen te zitten en dat in mijn rechtervoet en mijn linkerhand een bot gescheurd was.)

'Hallo,' zegt Lexa en ik schrik van haar. 'Ben je er nog?'

Ik knik, maar het is niet waar. Ik ben ver weg, decennia ver weg. Ik duw met mijn lichaam tegen een deur. Ik ruik de geur van fineer.

Ik kan niet slapen, zeg ik tegen de deur. Ik ben negen of tien.

Er staat iemand aan de andere kant, die antwoord geeft. *Je moet het proberen… Gewoon gaan liggen met je ogen dicht. Dan zul je zien dat je in slaap valt.* Dat is mijn moeder.

Dat lukt niet. Ik ben bang. Ik bons op de deur. Ik schop ertegen, trek aan de kruk.

Nu kalm, Robert. Dat is de stem van mijn vader. *Je zult het moeten leren.*

En dan mijn moeder, smekend: *Het is voor je eigen bestwil. Daarom doen we dit.*

Nu maar lekker slapen, vent, zegt mijn vader.

Ik schop tegen de deur en gil.

Aan de andere kant hoor ik mijn moeder fluisteren: *Moeten we dit doen, Håkan?*

Hier hebben we het toch over gehad. De geërgerde stem van mijn vader, die hij krijgt als iets hem te lang duurt: *Als hij niet alleen durft te slapen, moet hij dat oefenen. Anders leert hij het nooit.*

Maar zo toch niet, hij is bang…

Zo zit de wereld niet in elkaar, Marit. Je kunt hem niet altijd in de watten blijven leggen. Hij moet zichzelf leren redden.

Uiteindelijk staan ze met hun schouders tegen de deur te duwen. Ze schreeuwen tegen me dat ik weer in bed moet gaan liggen en moet slapen.

Ik weet het weer. Opeens weet ik het weer. Dit was voor alle pleeggezinnen. Ik heb ze alleen door elkaar gehaald in mijn geheugen. Ik heb niet willen onthouden wie die mensen aan de andere kant van de deur waren. Maar het waren mijn ouders.

91

Mikael Roslund zoog peinzend op de poot van zijn bril, waarna hij hem opzette en Jodies telefoon teruggaf. 'En jullie hebben de ouders al gesproken, zeggen jullie?'

Carl knikte.

'Ouders zijn soms buitensporig loyaal jegens hun kinderen,' ging Mikael verder, 'ook als ze al volwassen zijn...'

'We gaan nog eens met hen praten,' zei Carl beleefd. 'Dank je. Maar we zijn vooral geïnteresseerd in de mensen die belangrijk waren in het oude onderzoek, speelkameraadjes, getuigen...'

'Van de namen op jullie lijst... Andreas Indgård misschien. In die tijd was hij Roberts beste vriend. Aanvankelijk was Andreas voor ons ook een verdachte, maar later...' Hij viel zichzelf in de rede en steunde met zijn ellebogen op het bureau, observeerde hen.

Het leek wel of hij hen niet vertrouwde, bedacht Carl, of hij de kat uit de boom wilde kijken.

'En Robert wordt verdacht van de moord op het elfjarige meisje in Skogås, zeggen jullie?'

'En van een verkrachting,' zei Jodie.

'Van wie?'

'Van Camilla Sander.'

Mikael keek over de rand van zijn bril. 'Díé Camilla Sander? De zus van Max?'

'Ja,' zei Jodie.

Hij leunde weer achterover op zijn bureaustoel, zette zijn bril af en zoog weer op de poot. 'En nu schrijven Robert en die journalist een boek over die oude zaak,' zei hij, 'en is er een moordaanslag op hen gepleegd...'

Carl knikte. 'Alleen op de journalist, Lexa Andersson...'

Mikael knikte. 'Nou, ik kan eigenlijk niet zeggen dat ik verbaasd ben dat ze over de zaak schrijven. Het was toen al een naar verhaal.'

'In welke zin?'

Mikael bewoog zijn hoofd heen en weer. 'Er waren kinderen bij betrokken, een akelige moord. Ik had het gevoel...' Hij zweeg even en haalde vervolgens diep adem. 'Oké, als ik jullie was, zou ik naar Bernt Juuso kijken. Ten tijde van de moord was hij een tiener. Hij is bij de plaats van de moord gezien, maar is al in een vroeg stadium uit het onderzoek geschrapt. Als ze over die oude zaak schrijven, moeten ze vroeg of laat met Bernt en zijn vrienden gaan praten.'

'Waarom uitgerekend Bernt?' vroeg Jodie.

'Al was het maar omdat Robert zelf in de eerste verhoren Bernt als de schuldige aanwees. Dat namen we niet echt serieus. Dat Robert zou proberen de schuld af te schuiven, sprak als het ware vanzelf... ik weet het niet. Robert kwam uit een asociaal gezin. Dat speelde waarschijnlijk ook mee.'

'Dus jullie hebben geen onderzoek gedaan naar Bernt?'

'Jawel, maar hij had een alibi. Hij en een vriend waren op het cruciale tijdstip aan het zwemmen. Dat kon die vriend bevestigen. Dus...' Mikael maakte een moedeloos gebaar.

'Bedoel je dat in het onderzoek misschien toch de verkeerde als dader is aangewezen?'

Mikael legde zijn bril neer en vouwde zijn handen op het bureau. 'Het was een gecompliceerde zaak, snap je? Zowel het slachtoffer als de dader was een kind. Tegenwoordig kijken we anders tegen dit soort zaken aan.' Hij zweeg. 'Maar laat ik het zo zeggen: toen we het onderzoek sloten, waren we ervan overtuigd dat we de dader hadden. Anders hadden we nooit een persbericht uitgestuurd.' Mikael wachtte weer even.

Opnieuw had Carl het idee dat hij zijn woorden zorgvuldig koos.

'Jullie wilden weten of Robert en die journalist iets zouden kunnen hebben ontsluierd... Het enige wat ik kan bedenken is Bernt. Tijdens het onderzoek kwamen er dingen over hem aan het licht. Voor het merendeel geruchten, maar ik ben ervan overtuigd dat hij zich echt aan een boel dingen schuldig had gemaakt. Mishandeling, aanranding, drugs, kleine diefstallen... Geen dingen die we konden bewijzen, maar hij was bezig het boevenpad op te gaan. Dat kun je rustig stellen. Sommige kinderen die we verhoorden waren als de dood voor hem. Maar, zoals gezegd, hij had een alibi...'

'Oké, ik begrijp het,' zei Carl. 'En hoe heette die vriend die Bernt een alibi gaf?'

'Ted Löfgren,' zei hij. 'Als jullie willen, kan ik adressen en telefoonnummers uitprinten.'

'Graag,' zei Jodie. 'En er zijn niet meer mensen in het onderzoek aan wie je moet denken?'

'De zus, natuurlijk,' zei Mikael. 'Maar verder niet, nee... Er zijn een heleboel kinderen en volwassenen uit de omgeving van het slachtoffer en van Robert verhoord, maar niemand had de moord gezien. Het waren meer karaktergetuigen om eerlijk te zijn. Zelfs de zus die hen vond had niet echt iets gezien...'

'Dus je bedoelt dat Robert alleen op grond van aanwijzingen als dader is aangemerkt?'

'Nja, niet alleen maar. Er was wel wat technisch bewijs...' Mikael tikte snel op zijn toetsenbord.

Carl zag dat hij alle vingers gebruikte en hij vroeg zich af waar hij dat had geleerd. De meeste politiemensen die hij kende gebruikten twee wijsvingers – hijzelf ook.

Er zoemde een printer onder het bureau. Mikael bukte en haalde een blaadje tevoorschijn, dat hij aan Carl gaf.

'Bedankt voor de hulp,' zei Jodie en ze stond op. Ze liep naar de deur.

Maar Carl treuzelde. 'Sorry dat ik deze vraag stel...' zei hij. 'Maar wat is jouw persoonlijke mening over het onderzoek?'

Mikael keek weg, friemelde aan een paar blaadjes op het bureau.

Carl wist dat niemand bij de politie op zo'n vraag wilde antwoorden en daarmee het risico lopen over collega's en leidinggevenden te roddelen, maar hij had al direct na aankomst het gevoel gekregen dat Mikael het lastig vond om over de zaak te praten.

'Als je het moet weten...' zei Mikael aarzelend. 'En het blijft onder ons...'

Carl knikte.

'Het was zo'n onderzoek waarin alle betrokkenen zich al vroeg in hun loopgraven verschansten en er niet meer uit kwamen. Het was hakken in het zand en kont tegen de krib.'

Carl keek naar de man achter het bureau, die zeker tien jaar ouder was dan hijzelf. Hij zag er beschaamd uit. 'Je zei dat jullie er achtentwintig jaar geleden van overtuigd waren dat Robert de dader was. Maar hoe denk je daar vandaag over?'

'Ik wil er niet meer over zeggen.'

'Oké,' zei Carl en hij stak zijn handen op om te laten zien dat hij het onderwerp liet rusten. 'Nog een laatste vraag, hoe komt het dat je je dit onderzoek zo goed herinnert?'

Mikael schoot in de lach. 'Je weet hoe dat gaat na een aantal dienstjaren... Sommige zaken blijven je bij. Je vergeet ze nooit. Dit is mijn zaak.'

Carl knikte. Hij had zijn eigen zaken. Een aangestoken brand in een hotel waarbij vier personen waren omgekomen, onder wie een vijfjarig meisje – allemaal voor wat geld van de verzekering – en het onderzoek afgelopen voorjaar naar een brute seriemoordenaar die hij niet voor het gerecht had kunnen brengen. Hij wist dat hij zich die over dertig jaar nog net zo goed zou herinneren als Mikael de moord op Max Sander.

92

'Jij hebt het niet gedaan,' zegt Lexa plotseling.

Ze heeft de hele rit vanaf Sigtuna zwijgend en met haar voeten tegen het dashboard in de oude verhoren zitten lezen, terwijl ik reed.

(Berit kwam ons op het tuinpad tegemoet, gaf ons een rode map en joeg ons toen weg, alsof ze niet met ons gezien wilde worden.)

'Wat niet?' vraag ik.

'Jij hebt Max niet gedood.'

Ik reageer niet.

Maar dat maakt Lexa niet uit, ze bladert in de papieren. 'Ze vragen meerdere keren of jij Max hebt gedood en elke keer zeg je van niet. Je herhaalt hetzelfde verhaal: dat jij daar kwam en dat Max er al was, dat jullie ruziemaakten over de schommelbank en dat je het verder niet meer weet... "M.R." heeft genoteerd dat je op de plek bent flauwgevallen. Als je wakker wordt, ligt Max dood naast je en Camilla schreeuwt dat jij hem hebt vermoord.' Ze kijkt op. 'De verhoorder vraagt of Andreas erbij was en je zegt dat je dat niet weet. Daarentegen weet je zeker dat Bernt daar was.'

Ik haal mijn schouders op. 'Dat weten we toch al,' zeg ik. 'Hij heeft zelf ook gezegd dat hij daar was...'

Lexa schudt haar hoofd. 'Niet alleen op straat. Jij beweert dat Bernt óp het veldje was. Je zegt zelfs dat je zeker weet dat hij Max heeft gedood.' Ze bladert verder. 'Blablabla... Hier! Verhoor van 17 augustus. De politie denkt dat je de schuld probeert af te schuiven. "M.R." staat voor Mikael Roslund. Hij schrijft dat je liegt, of dat je het je verkeerd herinnert, aangezien Bernt een alibi heeft. Bernt was aan het zwemmen in het Drevvikenmeer met Ted Löfgren, die dit bevestigt. Ze zijn bovendien door meerdere getuigen gezien op het strand.'

Ze gaat naar een nieuw blaadje. 'Het volgende verhoor, van 18 augustus, wordt afgenomen door Göran Nyman. Hij richt zich op je geheugenverlies en vraagt aan jou of je Max zou kunnen hebben vermoord, ook al weet je dat niet meer...'

Lexa werpt me een blik toe die ik niet begrijp. 'Maar pas wanneer Olof Pors, de psycholoog, erbij komt, begint Göran te beweren dat je Max hebt vermoord en dat je geheugenverlies daardoor is ontstaan. Het wordt een bewijs op zich. De rest weten we, dat stond in het deel van het onderzoek dat we al hadden.'

Ik moet haar vragend hebben aangekeken, want ze vult snel aan: 'Ze stellen keer op keer dezelfde vragen, ze laten je op de plaats delict rondlopen, laten je foto's zien totdat je zegt dat het mogelijk is dat je hem hebt gedood en daarna een zelfmoordpoging hebt gedaan met behulp van dezelfde brok beton.' Ze stopt de blaadjes in de rode map en doet het elastiek eromheen.

'En?' zeg ik geïrriteerd (maar ik weet het al, ik voel het onbehagen in mijn hele lichaam).

'Ik denk dat je gelijk had tijdens de verhoren, dat je Bernt echt hebt gezien. Ik weet bijna zeker dat je gelijk had.'

'Dus, wat nu? Moeten we naar de politie?'

Lexa schudt haar hoofd. 'Ze hebben het onderzoek bijna dertig jaar geleden gesloten. Ze zullen het niet heropenen als wij hun erop wijzen dat ze misschien niet genoeg naar Bernt Juuso en Ted Löfgren hebben gekeken. En bovendien zoeken ze jou...'

Ik zeg niets.

'Sla hier rechts af,' zegt ze. 'We gaan naar Bernts moeder. Ik heb haar al eens gesproken, maar ze weet meer dan ze kwijt wil. Dat weet ik. Dat voelde ik meteen al, ik wist alleen niet wat.'

93

Woensdag 15 augustus, achtentwintig jaar eerder

Andreas is bang. Ik zie het aan zijn gezicht als hij mijn arm zo stevig vastpakt dat het pijn doet.

'Bernt,' zegt hij met paniek in zijn stem.

Achteraan in de straat zie ik hem. Ik herken het vette haar, het leren vest, de kapotte spijkerbroek, het aanstellerige loopje. Hij komt recht op ons af.

Het is aan het eind van de zomervakantie. Bijna iedereen in de buurt is deze laatste week thuis, ze proberen alles uit de laatste zomerdagen te halen, maar wachten eigenlijk gewoon totdat de school weer begint.

Andreas en ik zijn net bij het veldje en ik draai me om, ren recht de bosjes in. De takken slaan tegen mijn benen en in mijn gezicht, maar ik trek me er niets van aan. Ik merk het nauwelijks. Als ik bij de betonnen plaat kom, zit Max met zijn mond vol snoep op de roestige schommelbank, die piepend heen en weer beweegt.

'Wat doe je hier?' vraagt hij verbaasd.

'Bernt...' zeg ik, alsof dat alles verklaart. Ik kijk of ik Andreas zie, maar die is daar niet. Hij moet een andere kant op zijn gerend.

Max grijnst naar me, neemt nog een toffee en gaat door met schommelen. Hij zet zich met zijn gymschoenen af op het beton en legt zijn armen op de rugleuning van de schommelbank.

Als ik Bernt niet achter me aan hoor komen, ontspan ik ook. Ik vraag of ik ook een snoepje mag. Hij schudt zijn hoofd en stopt er nog een in zijn mond. Hij kauwt met open mond, zodat ik het plakspul daarbinnen kan zien, terwijl hij me grijnzend aankijkt.

Ik wend me af en til een steen op die naast de schommelbank ligt. 'Pas op, dan zal ik je iets laten zien,' zeg ik.

Hij kijkt naar mij en naar de steen en schudt zijn hoofd. 'Nee.'

'Maar ik ga je laten zien hoe hij op de veren stuitert.'

'Doe dat dan,' zegt hij.

'Dan krijg je hem misschien op je. Hij stuitert superhoog,' zeg ik. Achter mij hoor ik opeens een grove, geforceerde stem.

'Here's Johnny!'

Als ik me omdraai, zie ik Bernt de betonnen plaat op stappen. Op dat moment komt Max geschrokken van de schommelbank en hij begint onhandig over het beton te rennen.

'Kom hier, klein mormel!' roept Bernt en hij rent achter hem aan.

Maar Bernt struikelt over de rotzooi. Hij komt zwaar op beide handen neer. Als hij opkijkt, schreeuwt hij tegen mij: 'Pak hem, anders vermoord ik jóú!'

Zijn stem slaat over, zit vol met tienerbarsten. Eigenlijk klinkt het grappig, maar van zijn stem en zijn blik word ik alleen maar bang.

En dan…

Eigenlijk wil ik niet weten wat er dan gebeurt. Ik heb het zo zorgvuldig weggestopt achter een luikje in mijn geheugen, maar ik weet het. Misschien heb ik het altijd geweten, misschien bekende ik daarom dat ik Max had gedood.

Ik aarzel even, dat denk ik in ieder geval. Dan wint de angst het en ik ren achter Max aan. Hij is dik en beweegt onhandig over het puin. Als hij wanhopig probeert zich tussen de jonge boompjes heen te wringen, pak ik hem bij zijn trui en hou hem vast.

'Laat me los!' gilt hij. 'Ik heb niets gedaan!'

Op dat moment heeft Bernt ons ingehaald. Hij grijpt Max vast, trekt hem uit de bosjes en neemt hem in een nekklem, zo hard dat Max er een rood hoofd van krijgt.

Ik sta onbeweeglijk toe te kijken.

'Kom hier!' zegt Bernt tegen mij.

Ik doe een stap in hun richting. Hij pakt mijn trui vast met zijn vrije arm. Dan sleept hij mij en Max weer naar de betonnen plaat.

'M-Maar ik heb gedaan wat j-jij zei…'

Hij grijnst. 'G-Goed zo, R-Robert!' doet hij mijn stotteren na.

Ik ruik de geur van rook in zijn kleren en zijn adem.

Hij maakt een hoofdgebaar naar een brok beton een eindje verderop. Er heeft ooit een zak omheen gezeten, maar het papier is allang weggeregend. Het heeft alleen afgietsels van plooien en rimpels achtergelaten.

'Die moet je optillen!' zegt hij. 'Dan mag je weg!'

Ik kijk ernaar. Die is vast zwaarder dan ikzelf. 'Dat kan ik niet...' zeg ik.

'Optillen, zeg ik!'

Ik loop naar de brok beton en probeer hem op te tillen. 'Hij is te zwaar!'

'Optillen! Anders...'

Hij haalt een vlindermes uit zijn zak en zwaait ermee. Ik probeer het nog eens. Ditmaal gaat het beton kapot. Er valt een groot stuk af, dat een halve slag doorrolt.

'Waarom doe je niet wat ik zeg?' vraagt hij geamuseerd. 'Het is zo ongelukkig dat je dingen kapotmaakt. Snap je dat niet? Ik probeer aardig tegen je te zijn, maar...'

'Dat was niet de bedoeling...' zeg ik.

Max heeft zijn hoofd omhoog gedraaid. Hij staart me aan, opgewonden. Het lijkt wel of hij wil dat Bernt me met het mes zal snijden, alsof hij het bloed al voor zich ziet. Zijn mond staat open, nog vol met rode toffee.

Bernt komt met Max onder zijn arm naar me toe. Hij klakt met zijn tong en schudt moedeloos zijn hoofd.

'Robert, sukkeltje...' zegt hij en hij stopt het mes weg. 'Hoe kan ik het je aan het verstand peuteren?' Het lijkt wel of hij met de stem van iemand anders spreekt, of hij iemand anders wordt.

Ik verroer me niet. Ik probeer niet weg te duiken als hij met zijn vrije hand mijn nek vastgrijpt en me tegen zich aan duwt, mij in dezelfde nekklem neemt als Max, zodat hij onder elke arm een van ons heeft.

Dan draait hij zich om. Ik heb het ook gehoord. Er komt iemand aan, die zich door de zaailingen heen wringt naar de betonnen plaat.

94

Maandag 9 november

Jodie parkeerde op de oprit van het moderne witte huis, achter een grote Volvo stationcar. Het middaglicht verblindde hen, een bijna horizontaal strijklicht.

'Gaan we niet naar binnen?' vroeg ze en ze keek naar de Volvo.

Carl knikte. 'Ik ga wel,' zei hij.

Jodie keek hem aan. Het grijs dat zich door zijn haar verspreidde, de wallen onder zijn ogen, de plooien onder zijn kin. Ze vond vaak dat hij er jonger uitzag dan hij was, maar nu waren zijn eenenvijftig jaren hem aan te zien.

'Jij denkt niet dat hij het heeft gedaan...' zei ze zacht.

Carl draaide zich naar haar om. Zijn jas ritselde in het stille interieur. 'Wie? Andreas? Roberts jeugdvriend?'

'Nee, Robert zelf... Je denkt niet dat hij de dader is...'

'Waarom zeg je dat?'

Jodie keek naar de witte villa van Andreas Indgård. Ze had het er zomaar uit geflapt.

'Dat idee kreeg ik gewoon... Heb ik het mis?'

'Nee,' zei hij. 'Je hebt gelijk.'

'Wat heeft je doen twijfelen?'

Zijn jas ritselde weer toen hij vooroverboog en omhoogkeek naar de villa in de zon.

'Mikael...' zei hij. 'Hij is een ervaren politieman. Ik heb veel goeds over hem gehoord. Hij ziet de dingen scherp, een slimme kerel...'

'En wat heeft hij gezegd dat...'

'Dat van die loopgraven,' viel Carl haar in de rede. 'Hij zei dat de mensen zich in hun loopgraven hadden verschanst. Ik denk dat dat Mikaels manier was om te zeggen dat ze helemaal fout zaten met het onderzoek.'

'En?' zei Jodie. 'Het is een dertig jaar oud onderzoek. Wat heeft dat met...' Ze zweeg midden in de zin, draaide zich naar Carl toe en zei: 'Je bedoelt dat als Robert ten onrechte voor de dader is uitgemaakt in dat onderzoek...'

Carl knikte. '...dan hebben wij dezelfde fout gemaakt,' vulde hij aan. 'Het enige wat we tegen hem hebben, is dat hij in zijn jeugd een kind heeft vermoord en dat dus nog eens zou kunnen doen.'

'Hij bevond zich op de moordlocaties... En hij heeft Camilla Sander verkracht,' zei Jodie.

'Hij wordt ervan verdacht Camilla Sander te hebben verkracht,' zei Carl. Hij stapte uit en liep naar het huis. Jodie liep een stap achter hem. Er was geen bel, alleen een grote, groen uitgeslagen koperen klopper, die een leeuwenkop voorstelde. Hij lichtte de klopper op en liet hem tegen de slagplaat vallen. Er klonken een paar scherpe tikken.

'Het is nog maar drie uur. Hij zal op zijn werk zijn,' zei ze toen er binnen geen geluid te horen was. 'Robert en Lexa schijnen hier in ieder geval niet te zijn...'

Hij klopte nog een keer.

'Mooi ding,' zei ze en ze knikte naar de deurklopper. 'Waar vind je zoiets?'

Carl glimlachte naar haar. 'In elke bouwmarkt.'

Ze liepen terug naar de auto.

Onderweg haalde Jodie haar telefoon tevoorschijn. 'Heb jij een nummer van Andreas?' vroeg ze.

'In de auto.'

De telefoon ging drie keer over, toen nam hij op. Toen Jodie zei wie ze was, vroeg hij of ze even wilde wachten. Ze hoorde geritsel en nam aan dat hij zijn mobiel tegen zijn borst hield, terwijl hij naar een kamer liep waar hij ongestoord kon praten.

'Zo,' zei hij. 'Waar bel je voor?'

'We zijn eigenlijk op zoek naar Robert Lindström...'

'Naar Robert? O, oké...'

'We vragen ons af of hij met jou in contact is geweest.'

'Ja, hij is bij me geweest met een journalist, Andersson... Haar voornaam weet ik niet meer. Maar waarom bel je...'

'Wanneer was dat?'

'Tja... een paar dagen geleden. Ergens vorige week, dinsdag geloof ik.'

'Maar daarna niet meer?'

'Nee.'

'Hij heeft ook niet gebeld?'

'Nee, hoezo?'

'En je hebt geen idee waar we hem kunnen vinden?' vroeg Jodie.

'Nee. Jullie moeten begrijpen... Ik ken hem niet. We waren jeugdvrienden, maar na... Ik heb hem al bijna dertig jaar niet meer gezien. Tot afgelopen dinsdag dan...'

'Ik begrijp het. We hebben op verschillende plaatsen naar hem gezocht, maar...'

'Ik zou het bij zijn pleegouders proberen,' zei Andreas. 'Hij is van moord beschuldigd toen we klein waren en daarna is hij nooit meer thuisgekomen.'

95

Ina Juuso kijkt verbaasd, eerst naar Lexa en dan naar mij. Bernt lijkt niet op haar, helemaal niet. Hij aardt waarschijnlijk naar zijn vader.

'Ben je iets vergeten?' vraagt ze glimlachend aan Lexa.

'Ja,' zegt Lexa buiten adem.

Ik kan niet zien of het van het traplopen of van de opwinding komt.

'Toen ik hier de vorige keer was ben ik iets vergeten te vragen. We hadden het erover dat Bernt en zijn vriend die dag gingen zwemmen...'

'Ja...' zegt Ina afwachtend.

'Weet je dat nog?'

Ina kijkt snel naar Lexa en veegt dan haar handen af aan haar schort. 'Ik...'

'Je weet het niet, nee. Dat zei je vorige keer ook,' zegt Lexa. 'En dat heb je ook tegen de politie gezegd toen ze het je achtentwintig jaar geleden vroegen. Maar je wist het wel, of niet? Je zei het om Bernt te beschermen... Maar je weet het.'

Ina kijkt ons bedroefd aan voordat ze langzaam knikt.

Als we een kwartier later bij Bernt Juuso aanbellen, doet hij meteen open. Hij is kennelijk net thuis, want hij draagt een donzen jas over zijn colbertje.

'Jullie weer?'

Hij kijkt ons met weerzin aan. In het bleekgele middaglicht dat door de deur naar binnen valt, ziet zijn huid er grauw uit, alsof hij nachten niet heeft geslapen.

'Wat willen jullie nu weer?'

'Met je praten over Max.'

'Dat hebben jullie al gedaan,' zegt hij kortaf.

'Maar nu hebben we met je moeder gesproken.'

Hij kijkt onzeker naar Lexa, lijkt te weifelen. 'Oké,' zegt hij dan. 'Maar het moet wel snel.' Hij laat ons binnen en sluit snel de deur achter ons.

'Heb je kinderen?' vraagt Lexa.

'Hè?'

Ze knikt naar de lage haken aan de muur, bedoeld voor kinderen. Er hangen een blauw jack en een trui aan.

'Ik heb een zoon,' zegt hij.

'Hoe oud?'

'Elf.' Hij klinkt niet trots, eerder geërgerd, alsof hij ergens op is betrapt.

Lexa loopt de woonkamer in, waar we de vorige keer hebben gezeten. Ik loop aarzelend achter haar aan.

'Een paar vragen maar,' zegt ze en ze gaat op de bank zitten.

Ik neem in een van de fauteuils plaats, een beetje afzijdig, alsof ik niet in de weg wil zitten.

Bernt blijft in de deuropening staan, zijn armen over elkaar, met zijn schouder tegen de deurpost. 'Het mag niet te lang duren,' zegt hij. 'Ik heb het druk...'

'De dag waarop Max Sander stierf...' zegt Lexa onverstoorbaar.

'Verdomme, daar hebben we het toch over gehad...'

Ik krijg het gevoel dat hij er 'stom wijf' achteraan had willen zeggen. In plaats daarvan maakt hij een agressief, zwiepend gebaar met zijn ene hand.

'Dat weet ik,' zegt Lexa rustig. 'Jij en je vriend Ted Löfgren gingen die dag zwemmen bij de landtong in het Drevvikenmeer. Dat heeft een aantal van jullie klasgenoten bevestigd gedurende het politieonderzoek.'

'En?'

'Maar geen van jullie klasgenoten had een idee hoe laat dat was. En je moeder ook niet. *Ergens in de middag...*'

'Ja, we waren daar 's middags! Waar ben je verdomme op uit?'

'Maar jullie gingen pas vrij laat zwemmen,' gaat Lexa verder. 'We hebben met je moeder gepraat en zij vertelde dat je onder de douche stond toen zij die dag wakker werd. Toen je uit de badkamer kwam, klaagde je dat het warm was en zei je dat je zou gaan zwemmen met Ted. Toen was het even na tweeën 's middags.'

'Dat zal dan wel. Ik kan het me niet herinneren! Wat maakt het uit hoe laat ik dertig jaar geleden ben gaan zwemmen?'

'De melding dat Max dood was kwam volgens het vooronderzoek om 14.08 uur bij de politie binnen. Hij is ergens tussen twaalf en één uur overleden, volgens het verslag van de forensisch arts.'

'Verdomme, zeg!' Hij maakt zich los van de deurpost, leunt naar voren, alsof hij zich schrap zet. Ik zie hem voor me in Camilla's hobbyruimte, met wijd opengesperde ogen en die starre glimlach om zijn smalle lippen.

'Robert verklaarde tijdens de verhoren dat jij op het veldje was toen Max overleed. Niet alleen op de weg ervoor, maar óp het veldje. We denken dat jij daar bent geweest, samen met Ted Löfgren, toen Max werd doodgeslagen. En dat je daarna naar huis bent gegaan om te douchen en pas daarna bent gaan zwemmen.'

Bernt lacht op een nare manier, alsof hij een poging doet om te lachen.

'Dat zullen we in het boek schrijven. Wil je erop reageren?'

Zijn hand trilt en ik zie dat zijn pupillen groot worden. Het lijkt wel of hij haar wil slaan, maar in plaats daarvan schokt hij alleen met zijn schouders.

'Wat een gelul!' zegt hij. 'Doe maar, schrijf maar, verdomme, dan procedeer ik jullie daarna kapot.' Hij haalt een hand door zijn haar, alsof hij nonchalant over wil komen.

Ik zie het meteen. En de seconde daarna zie ik dat Lexa het ook heeft gezien. Hij laat zijn haar weer los, maar het is te laat. Een ronde, rode wond net onder het haar. Als van een steen. Mijn steen.

Bernt raakt de wond voorzichtig aan met zijn linkerhand. Hij kijkt naar ons en begrijpt dat wij het ook doorhebben.

'Jij?' zegt Lexa en ze schuift opzij over de bank. 'Ik herkende je niet, dus ik nam aan dat het die vriend van je was, Ted...'

Nam ze dat aan? Daar heeft ze mij niets van verteld.

'Je moet naar de politie,' gaat Lexa verder. 'Je moet het vertellen. Je was nog maar zestien toen het gebeurde... het is niet eens zeker dat je straf krijgt.'

'Nou, volgens mij móét ik niet zoveel.' Hij draait zich om, stapt de hal in en komt meteen terug met iets in zijn hand. 'Ga naast elkaar op de bank zitten!' zegt hij en hij wijst naar mij.

Nu pas zie ik dat hij met een pistool zwaait, een stevige blaffer van een zwaar kaliber. Hij volgt me ongeduldig met zijn blik, terwijl ik naast Lexa ga zitten. Dan zet hij zijn voet op de zware glazen tafel en duwt die naar ons toe, zodat we met onze benen klem komen te zitten tegen de bank.

'En nu geen kunstjes!' zegt hij en hij pakt met zijn vrije hand zijn mobiel. Hij drukt snel op het scherm en houdt de telefoon dan tegen zijn oor. 'Er is iets gebeurd,' zegt hij tegen degene die heeft opgenomen. 'Ja... Ik heb ze hier... Bij mij op de bank! Wat moet ik... Oké...' Hij stopt zijn mobiel weer weg en gaat op de armleuning van de fauteuil zitten. En glimlacht. Kwaadaardig.

'Ted,' zegt Lexa. 'Die heb je gebeld, hè?'

Ze klinkt kalm, maar ik hoor de wanhoop achter de woorden.

Bernt lacht weer, grijnst, maar zegt niets, hij speelt met het pistool in zijn hand.

'Mijn uitgever weet dat we met dit boek bezig zijn en dat we met jou zouden gaan praten,' zegt Lexa. 'Als we verdwijnen, zal de politie begrijpen dat jij het hebt gedaan. En je bent geen zestien meer. Er zijn geen verzachtende omstandigheden.'

'Kun je niet gewoon je bek houden?' zegt hij.

We wachten in stilte. We kunnen een minuut of een uur zo hebben gezeten; de angst wist het tijdsbesef uit.

Maar ten slotte hoor ik de voordeur open- en dichtgaan, snelle voetstappen door de hal. Bernt zit nog op de armleuning van de fauteuil. Hij draait zich niet eens om om te kijken wie er aankomt. Ik hoef ook niet te kijken. Ik begrijp wie het moet zijn. Ted Löfgren.

96

De pleegouders van Robert Lindström wonen in Mälarhöjden, in een goed onderhouden, grijsgepleisterd huis dat tegen een heuvel gebouwd is. Hetzelfde huis waarin ze woonden toen ze Robert opvingen, volgens de bevolkingsadministratie.

'Natuurlijk herinner ik me Robert nog,' zei de vrouw die zich voorstelde als Kerstin Pålsmark. 'Is er iets met hem gebeurd?'

'Nee...' zei Carl. 'Nee, we willen in de eerste plaats met hem praten en we doen nu navraag bij mensen die hij heeft gekend, vooral van vroeger, toen hij opgroeide. Zoals jullie.' Hij glimlachte vriendelijk. 'Hebben jullie de laatste tijd nog contact gehad?'

Kerstin leunde naar voren over de rustieke eikenhouten keukentafel. 'Met Robert?' vroeg ze en ze lachte. 'Nee, ik geloof zelfs dat we hem na de tijd dat hij hier woonde niet meer hebben gezien.'

'Heeft hij al die jaren nooit contact met jullie opgenomen?' vroeg Jodie.

Kerstin schudde ongelukkig haar hoofd.

'Maar hij heeft hier in Mälarhöjden op school gezeten?' vroeg Jodie.

'Ja,' zei Kerstin. 'Uiteraard.'

'Heeft hij vrienden gemaakt met wie hij misschien contact heeft gehouden, denk je?'

'Nee, dat denk ik niet. Wacht, ik heb geloof ik zijn oude schoolcatalogus nog.' Ze verdween uit de keuken.

Ze hoorden haar laatjes uittrekken van een kastje in de woonkamer en erin rommelen.

Een paar minuten later kwam ze terug. 'Hier is hij... Hij was... even kijken... dertien toen.' Ze bladerde snel naar een klas 7C en ging met haar vinger langs de kinderen totdat ze bij een onopvallend jongetje met steil donkerblond haar en een verlegen blik kwam. 'Dit is Robert.'

'Waarom denk je niet dat hij nog contact heeft met klasgenoten?' vroeg Jodie en ze keek naar de foto.

'Ik weet het natuurlijk niet, maar het zou me verbazen. Hij had het hier namelijk niet naar zijn zin. Hij paste hier misschien niet echt. Hij had het gevoel dat hij anders was. In ieder geval hield hij zich meestal afzijdig. Ik geloof zelfs dat hij nooit een vriendje heeft meegenomen uit school.'

'Hoe was hij?' vroeg Carl. 'Als je hem moest beschrijven?'

'Hij was in wezen een lieve jongen. Hij werd weleens boos, maar dat was misschien niet zo vreemd, gezien wat hij had meegemaakt.'

'Je bedoelt de moord op zijn speelkameraadje?'

'Nee, eerder wat er daarna met hem gebeurde. Uit huis gehaald, een jaar in een instelling... Dat heeft hem niet bepaald goedgedaan, dat begrijpen jullie wel. En juist vanwege die woede-uitbarstingen is hij hier zo lang geweest. Ik wil eigenlijk niet over hem praten waar hij niet bij is, maar hij had het moeilijk. In het tehuis bliezen ze het enorm op, die uitbarstingen, maar hij was een jongen. Het was allemaal niet zo erg.'

Jodie knikte. 'Maar waarom is hij bij jullie weggegaan?'

'Hij kon niet blijven, niet na wat er was gebeurd...' Ze keek Jodie verbaasd aan, alsof dat iets vanzelfsprekends was. 'Nee, dat kunnen jullie natuurlijk niet weten... Aanvankelijk ging het goed met hem. Hij kon met een schone lei beginnen. Maar uiteindelijk was iemand erachter gekomen waar hij vandaan kwam en wat hij gedaan had. Wie, dat is nooit duidelijk geworden, maar ik weet vrij zeker dat het een politieman was die zijn zoon voor hem had gewaarschuwd... Hij zat in een parallelklas van Robert en het duurde maar een dag, toen wist de hele school het. En toen...'

'Ja?'

'Toen werd het natuurlijk lastig voor hem om hier te blijven wonen. Dit mag dan Stockholm zijn, het is hier net een dorp... Opeens wist iedereen wie hij was. Dat ging gewoon niet.'

'Waar is hij naartoe gegaan?'

'Hij is teruggegaan naar zijn ouders, zijn biologische ouders... Dat wilde hij zelf. Hij was vijftien, dus dat mocht hij zelf bepalen.'

'En sindsdien hebben jullie geen contact meer gehad?' vroeg Jodie.

Ze schudde haar hoofd. 'Maar ik heb veel aan hem gedacht. Ik heb me vaak afgevraagd hoe het hem is vergaan...'

97

Maar het is niet Ted Löfgren die de woonkamer binnenstapt en naast Bernt gaat staan. Het is Camilla Sander.

'Wat heb je gedaan, stomme idioot?!' zegt ze.

'Ze heeft me herkend...' zegt Bernt.

'Ik heb toch tegen je gezegd dat je niets moest doen! Hoe moeilijk is dat? Twee simpele woordjes: Niets. Doen! En dan sta je hier... met een pistool! Hoe haal je het in je hoofd, onnozelaar?'

'Ze weet dat ik het was... in het park,' zegt Bernt.

Camilla kreunt geïrriteerd en rolt met haar ogen.

'Wat doe jíj hier?' vraagt Lexa.

Camilla kijkt haar alleen even aan en praat dan weer verder tegen Bernt. 'Het maakt niet uit wat zíj weten. Dat heb ik je proberen uit te leggen. Maar nu is het te laat... nu heb je...' Ze slaakt een gil van boosheid en slaat met haar hand tegen de muur.

Bernt laat het pistool onbewust zakken en krimpt ineen. 'Wat doen we nu?' vraagt hij zacht.

Ze loopt naar het raam en kijkt even naar de grijze tuin, waarna ze de gordijnen dichttrekt. 'Ik moet nadenken,' zegt ze. 'Het moet eruitzien alsof Robert dit heeft gedaan. Hij is een bekende geweldpleger... We kunnen hem gebruiken...'

Ze kijkt naar mij, naar Lexa. Haar ogen schieten heen en weer, terwijl ze in zichzelf blijft praten. 'Hij moet Lexa ook aanvallen. Haar per ongeluk doden tijdens een poging tot verkrachting... en dan...'

Ze wordt onderbroken door een rinkelende mobiel, die ze uit een elegant leren tasje haalt. Ze kijkt naar het nummer en drukt de oproep vervolgens geërgerd weg.

'...en dan probeer jij haar te redden. Ja, precies... maar dat lukt niet. Je komt te laat. Lexa is al dood... en in het tumult sla je per ongeluk te hard en Robert gaat dood...'

‘Wie?’ vraagt Bernt.

Ze kijkt op, helemaal in gedachten.

‘Dat gaat nooit lukken,’ zegt Lexa zelfverzekerd.

Maar ik hoor dat haar stem iets ieler is dan anders.

Camilla draait zich glimlachend naar haar om. ‘Waarom niet?’ vraagt ze. ‘Het heeft eerder gewerkt. Ja, toch?’ Ze kijkt naar mij.

‘Waarom help je hém?’ vraagt Lexa. ‘Hij heeft je broertje gedood! Dat weet je toch, of niet? Je weet dat Bernt het heeft gedaan, dat het Robert niet was… Waarom laat je hem de dienst uitmaken?’

Camilla lacht, het klinkt bijna hartelijk. Dan schudt ze langzaam haar hoofd. ‘Wat ben je schattig,’ zegt ze. ‘Net een klein poppetje…’

Op dat moment gaat Bernts telefoon. Hij neemt op voordat Camilla hem heeft kunnen tegenhouden. ‘Ja… Ja, dat ben ik. Nee, ik heb hem niet gezien. Is er iets gebeurd? Wat? Oké. Ja, ik probeer contact op te nemen met zijn moeder. Ja, absoluut. We laten het meteen weten. Bedankt voor je telefoontje…’

Camilla kijkt hem geïrriteerd aan als hij de mobiel weer in zijn zak stopt.

‘Dat was de school,’ zegt hij. ‘Ze hebben ook geprobeerd jou te bereiken. Sixten is daar vandaag niet geweest. Ze vragen zich af waar hij is…’

‘Maar wat zijn dat voor grappen?’ schreeuwt Camilla opeens razend.

‘Zal ik gaan?’ vraagt Bernt.

‘Nee! Ik regel het wel.’

‘En zij dan?’ Hij knikt naar mij en Lexa.

‘Dat mag jij…’ begint Camilla, maar ze valt zichzelf in de rede. ‘Nee, ik moet erbij zijn, zodat je niet weer iets stoms doet! Jouw zolder kan op slot toch?’

Hij knikt.

‘Mooi! Dan sluit je ze op en wacht tot ik terugkom… Begrijp je? Wachten!’ Ze zegt het alsof ze tegen een kind praat. ‘Nu!’ schreeuwt ze dan.

Bernt schrikt, maar blijft toch staan.

‘En geef die maar aan mij!’ zegt ze en ze knikt naar zijn pistool.

Hij geeft het zonder protest aan haar.

Ik begrijp er niets van.

'En nu opschieten,' zegt Camilla. 'Sta op, jullie.'

Lexa en ik bewegen geen van beiden.

'De tafel...' zeg ik. 'We kunnen niet...'

'Schuif dat ding dan weg. Godallemachtig!'

Lexa helpt me. En uiteindelijk beweegt de tafel zwaar over de vloer.

'Alsjeblieft, zeg! Ik heb niet de hele dag de tijd,' zegt Camilla. 'En leg jullie telefoon hier neer.'

Lexa gooit de hare op de bank en loopt voor me uit naar de hal. Ik geef de mijne aan Bernt, die me een duw in de rug geeft omdat ik moet opschieten.

'De trap op!'

Een gebogen houten trap leidt naar de bovenverdieping. Ik zie de nerven van het hout, een diepe snee in een van de treden. Voor een matglazen raam op de plek waar de trap de andere kant op gaat, staat een vaas met droogbloemen. Ik denk dat het door de angst komt dat ik de dingen zo duidelijk zie.

'Iedereen weet dat we hier zijn,' zegt Lexa opeens. 'De politie ook...'

Bernt lacht hees. 'Niemand weet dat jullie hier zijn,' zegt hij. Hij overdrijft de schorre stem, de agressiviteit, net als toen hij jong was en Jack Nicholson nadeed met zijn 'Here's Johnny!' uit *The Shining*.

We komen in een kleine zitkamer met een televisietoestel, een bank en een kleine houten tafel met vakken voor tijdschriften en afstandsbedieningen. Het laatste daglicht valt naar binnen door een grote dakkapel. Ik kijk uit over de buurhuizen, de vruchtbomen in de tuin beneden, het hekje om het terras.

Camilla duwt Bernt naar Lexa toe. 'Begin maar!' snauwt ze.

Hij steekt een hand uit, alsof hij Lexa's borst wil aanraken. 'Ik doe dit niet,' zegt hij. 'Robert doet dit.' Maar hij wordt door weer een schelle kreet van Camilla onderbroken.

'Stomme idioot! Snap je dan niets?' Haar stem slaat over, er komen barstjes in, alsof ze door een stemvervormer heeft geschreeuwd.

Bernt houdt midden in de beweging in en laat zijn armen zakken, zodat ze recht naar beneden hangen.

Camilla schudt haar hoofd en loopt bruusk langs hem heen. Ze wijst naar ons met de loop van het pistool. 'Mars!'

'Waarheen?'

'Daarheen! Naar binnen!'

Ze wijst met het pistool naar een deur die met de muur is meebehangen. Lexa vindt een sleutel die uit een gat in het behang steekt en draait hem om. Achter de deur opent zich een donkere ruimte onder een steil schuin dak.

'Wat zijn jullie van plan?' vraagt Lexa, maar ze wordt onderbroken als Bernt haar zo'n harde duw geeft dat ze door de deuropening valt.

Dan pakt hij mij bij de nek en duwt me hard voor zich uit. Hij gooit me achter Lexa aan naar binnen en smijt de deur dicht. In het donker val ik over haar heen. Ik probeer mijn handen uit te steken om me op te vangen, maar stoot mijn knie tegen de grond.

Buiten klinkt de stem van Camilla: 'Hou ze in de gaten terwijl ik ga uitzoeken wat er met Sixten aan de hand is... Duidelijk? Of moet ik het nog een keer zeggen?'

Ik hoor Bernts antwoord niet, maar meteen daarna hoor ik voetstappen die snel naar beneden verdwijnen.

Het is pikdonker in het hokje. Ik voel alleen dat Lexa naast me beweegt.

'Bernt,' roept ze luid. 'Het klopt niet. Waarom belt de school jou? Over de zoon van Camilla?'

Bernt reageert niet, maar hij moet haar hebben gehoord, want ik hoor hem bewegen achter de zolderdeur. Het kraken van de vloerplanken, het ritselen van zijn kleren. Dan hoor ik Lexa naar adem happen, alsof er iets tot haar is doorgedrongen.

'Hij is jouw zoon!' roept ze. 'Jij en Camilla... jullie hebben een zoon samen. Daarom...'

Bernt reageert nog steeds niet, maar door de dunne deur heen kunnen we het geluid van zijn voetstappen volgen, heen en weer. Dan horen we hem opeens weglopen, naar een andere kamer, en dan gemompel in de verte. Hij belt met iemand. Camilla? Zijn zoon?

Lexa kruipt over me heen, ze prikt met haar knie hard in mijn bovenbeen.

'Wat doe je?' fluister ik geïrriteerd.

'We moeten hier weg zien te komen. Misschien is er nog een deur.'

Ik volg haar, tast met mijn handen in het duister. Als ik mijn hand naar rechts uitsteek, voel ik iets – verhuisdozen, denk ik. Het ruikt naar stof, oud hout en papier. En nog iets, een onbepaalde, scherpe lucht, die ik eerst niet kan thuisbrengen, maar dan herken als urine.

Ik schrik zo van Lexa's schreeuw, dat ik mijn hoofd stoot tegen het lage schuine dak. 'Wat is...'

Ze deinst wanhopig terug in mijn richting. Ze duwt me omver, worstelt zich langs me heen. 'Er is hier iemand,' fluistert ze. 'Mijn hand, ik kwam met mijn hand tegen een... voet.'

98

Woensdag 15 augustus, achtentwintig jaar geleden

Hoe is het mogelijk dat ik dat niet meer wist? Het is nu zo duidelijk dat ik de zaailingen voor de betonnen plaat opzij gebogen zíé worden. Als ik me concentreer, kan ik Camilla's stem over het veldje horen weergalmen, door alle jaren van zwijgen en leegte heen. Alsof ze vlak naast me staat in het donkere hokje.

'Wat doet híj hier?' vraagt ze.

'Hij was hier al toen ik kwam,' zegt Bernt. 'Die stomme sul...'

Eerst denk ik dat ze het over Max hebben, maar dan zie ik dat ze naar mij kijkt. En ik begrijp dat ze met hem gaat. Met Bernt. Dat ze een stelletje zijn.

Ze werpt alleen een blik op Max en dan loopt ze naar mij toe. Ze aait met haar linkerhand over mijn wang. Ze glimlacht. Niet naar mij, maar in zichzelf, alsof ze iets heeft bedacht.

Ik zie dat ze blijft staan, dat ze om zich heen kijkt om daarna naar de brok beton te lopen die ik van Bernt moest optillen. Ze bukt en pakt het deel op dat ervanaf is gevallen, pakt het keurend op, waarna ze weer naar ons toe komt. De hele tijd verstrooid, alsof ze aan iets anders denkt.

Bernt heeft Max en mij nog onder zijn armen. Hij staat stil, terwijl zij het stuk beton met beide handen optilt, het voor haar borst houdt, als een bowlingbal. Ik zie aan haar dat het zwaar is. Camilla is net zo lang als Bernt, maar veel slanker. Ik zie dat ze zich inspant, dat haar armen trillen onder het gewicht. Bernt zou het stuk beton makkelijk kunnen wegslaan, haar ontwapenen. Maar hij staat daar maar, roerloos. Afwachtend.

Ik begreep dat toen niet. Het was net alsof ik het niet kon begrijpen, alsof ik geen plaats had voor zulke grote gedachten. Maar ik begrijp het nu wel. Het is zo simpel. Ze is nooit van plan geweest Bernt met de brok beton te slaan. Ze wilde míj slaan, mij en Max. En dat wist Bernt. Dat hadden ze al afgesproken.

Als ik probeer te kijken wat ze doet, zie ik de steen op me afkomen en ik begrijp dat ik die op mijn hoofd zal krijgen – en dan wordt alles zwart.

99

Maandag 9 november

Ze reden in oostelijke richting door Mälarhöjden, naar de Södertäljevägen. Carl leunde achterover op de passagiersstoel en sloot zijn ogen.

'Oké,' zei Jodie. 'Wie van onze lijst is als volgende aan de beurt? Lexa lijkt met een andere jeugdvriend te hebben gesproken, Magnus... nog iets?'

Carl schudde zijn hoofd. 'Te perifeer,' zei hij.

'Oké, zeg jij het dan maar.'

Was ze beledigd? Hij dacht het niet. 'Ik geloof meer in Bernt Juuso,' zei hij, 'de tiener met een alibi. En zijn vriend...' Carl opende zijn ogen en keek op het printje dat Mikael hun had gegeven. '...Ted Löfgren.'

Een auto zigzagde over de rijstroken voor hen en hij had graag een patrouillewagen ter plaatse gezien. Dat had hij vaker. Maar hij zei niets. Hij wilde die zure oude man niet zijn die hij bezig was te worden.

'Oké,' zei ze.

Hij hoorde dat ze toch beledigd was.

'Waarom denk je dat Lexa geen contact heeft opgenomen met Roberts pleegouders?' vroeg hij.

Jodie haalde haar schouders op.

'Als ze een boek over hem schrijven,' ging Carl verder, 'dan zouden de pleegouders toch bij de belangrijkste mensen moeten horen om mee te praten?'

'Jawel...'

'Maar Lexa lijkt niet geïnteresseerd in Roberts leven, alleen in de moord op Max. Dat is haar... hoe heet het? Haar invalshoek. Ze wil kunnen schrijven dat Robert valselijk is beschuldigd. Dat de hele zaak een rechterlijke dwaling is. Daarom gaan ze door.'

Jodie draaide zich schoorvoetend naar hem toe. 'En denk je dat ze gelijk heeft? Dat ze daarom is aangevallen?'

‘Ik weet het niet,’ zei Carl en hij zuchtte. ‘Maar áls ze gelijk heeft, kun je je voorstellen dat de echte moordenaar zo’n boek niet ziet zitten...’

Ze knikte en gaf rechts aan naar Fruängen, om daarna in oostelijke richting verder te rijden naar Skogås. ‘Je bedoelt Bernt?’ vroeg ze.

Carl knikte peinzend. ‘Hij is de man die Mikael heeft aangewezen...’

‘Oké, wat is zijn adres?’

Maar Carl schudde zijn hoofd. ‘Nee, we beginnen met zijn vriend, Ted Löfgren.’

‘O, en waarom niet met Bernt?’

Carl keek haar aan. ‘We doen Bernt daarna, ik ben nieuwsgierig naar Ted...’

Jodie zweeg even, terwijl ze met haar vingers op het stuur trommelde. ‘Ik denk dat je ongelijk hebt,’ zei ze met haar blik op de weg.

‘We zullen zien,’ zei Carl. ‘In ieder geval praten we daarna met Bernt.’

100

'Wat hebben jullie gedaan?' schreeuwt Lexa. Ze slaat in pure wanhoop met haar handen op de deur.

Ik hoor dat Bernt daar nog is. Ik hoor de vloer onder hem kraken als hij het zwaartepunt van zijn ene naar zijn andere voet verplaatst en heen en weer loopt door de kamer.

'Er ligt hier een lijk! Een kind! Hebben júllie de kinderen gedood?!'

We horen dat Bernt blijft staan. 'Waar heb je het over, verdomme? Welke kinderen?'

Zijn stem is zo hard dat ik me realiseer dat hij pal voor de deur staat.

Lexa schrikt. 'Hier achterin ligt het lijk van een kind,' schreeuwt ze.

'Ik weet niet waar je het over hebt!' antwoordt hij.

'Luister dan ook, verdomme! Een kind!'

Ik heb haar nog nooit zo bezig gehoord. Alsof er iets in haar kapot is gegaan.

'Camilla heeft het gedaan,' hoor ik mezelf zeggen.

Bernt reageert niet, maar ik weet dat hij luistert.

'Zij heeft ze gedood... net zoals ze Max heeft gedood,' zeg ik hardop. 'Ja toch? Jij hield ons vast en toen heeft ze hem met dat stuk beton op zijn hoofd geslagen... Ik lag al bewusteloos op de grond toen ze hem doodsloeg.' Dat besef ik pas als ik het zeg.

'Onzin!' snauwt Bernt.

Lexa draait zich om. Ik hoor haar rommelen in het donker.

'Nu weet je het weer!' roept ze en ze slaat me op mijn schouder (misschien heeft ze mijn gezicht gemist). 'Nu!'

'Kop houden daarbinnen!' zegt Bernt.

'Wat herinner je je nog meer?' vraagt Lexa zonder zich iets van hem aan te trekken.

'Alles,' zeg ik. 'Dat ik wakker werd en dat Camilla op haar knieën naast Max zat. Ik begreep het toen niet, maar er zaten stipjes bloed op haar hele gezicht, op haar kleren, overal...'

'Dus je bedoelt... dat ze haar eigen broertje heeft vermoord?' vraagt Lexa.

'Ja, zo moet het zijn gegaan.'

Lexa zegt niets meer. Bernt is ook stil.

'Maar waarom?' vraagt Lexa ten slotte. 'Waarom help je haar, Bernt? Je hebt zelfs geprobeerd mij dood te schieten, verdomme!'

Een klap, wanneer Bernt opeens met zijn vlakke hand tegen de deur slaat. Dan is het weer stil.

'Wat deed je op het veldje?' vraag ik. Ik zit nog steeds met mijn hoofd bij de gebeurtenissen van achtentwintig jaar geleden. 'Waarom deed je wat ze zei? Waarom hield je mij en Max vast? Iedereen was bang voor jóú...'

Ik hoor dat Bernt zijn neus ophaalt. 'Camilla niet,' mompelt hij. 'Die is nooit bang geweest. Voor niets en niemand.'

Weer kraken de planken onder zijn voetstappen als hij heen en weer loopt. Dan horen we het alle drie: een verdieping lager gaat de voordeur open.

'Wacht...' zegt Lexa zacht. 'We kunnen een verklaring afleggen...'

'Een verklaring?' zegt Bernt spottend.

'Robert kan zich de moord op Max toch herinneren?' gaat Lexa verder. 'Hij kan het vertellen!'

Opnieuw gesnuif, weer net zo spottend. 'Hij was verdomme bewusteloos,' zegt Bernt. 'Robert kan helemaal nergens een verklaring over afleggen!' Hij zwijgt.

Ik hoor snelle, lichte voetstappen op de trap.

'Wat heb je met hem gedaan?' vraagt Bernt aan de persoon die naar boven is gekomen.

'Over wie heb je het?' De stem van Camilla.

'Waar is Sixten?' vraagt hij. 'Als je hem iets hebt aangedaan, dan maak ik je dood, dat zweer ik!'

Ze lacht hem uit, een lichte lach, als het ware synthetisch. 'Goh, zeg, wat doe jij dramatisch!' zegt ze.

'O ja? Heb jij Sixtens klasgenoot vermoord?'

'Waar heb je het over?'

'Over Olinda.'

'Olinda?!' snauwt Camilla. 'Heb je nu bedacht dat ik haar vermoord heb? Jezus, Bernt, je bent echt stom!'

'Had ze iets tegen jou gezegd wat je niet aanstond?' gaat hij verder alsof hij haar niet heeft gehoord. 'Dat je lelijk bent? Oud?'

De klap komt zo plotseling en is zo hard, dat ik eerst niet begrijp wat het is. Dan dringt het tot me door dat ze hem in het gezicht heeft geslagen.

'Wie heb je daar dan neergelegd?' gaat Bernt koppig verder.

'Echt, ben je niet goed wijs?' vraagt Camilla, maar het gekunstelde en spottende is uit haar stem verdwenen en vervangen door een plotselinge waakzaamheid.

'Ze zeggen dat daar iemand ligt! Een lijk!' zegt Bernt.

'Je snapt toch wel dat ze maar wat verzinnen. Mijn hemel, je kunt jou ook alles wijsmaken...'

'Is het Sixten?' brult Bernt. 'Zeg niet dat het...'

'Hou nou je kop! Hou erover op. Sixten ligt daar niet. Oké?'

Ik leg mijn oor tegen de deur, maar hoor alleen de bewegingen van Camilla, die met lichte tred over de vloer loopt.

'We doen het zoals ik het bedacht heb,' meldt ze vastberaden. 'En als je Sixten nog eens wilt zien, doe je wat ik zeg!'

Opeens gaat de deur open. Het licht verblindt ons en ik houd mijn arm voor mijn ogen.

'Die vrouw eerst,' zegt Camilla.

Bernt duwt mij aan de kant en pakt Lexa's trui vast, trekt haar naar buiten en sleept haar over de vloer. Ik zie dat de trui omhoogglijdt over haar buik, die bleek afsteekt tegen de zwarte broek.

'En jij,' zegt Camilla tegen mij. 'Kom naar buiten en ga op je buik liggen, met je armen en benen uitgestrekt. En in godsnaam, geen geintjes...'

Ik doe wat ze zegt. Ik ga op mijn buik liggen en kijk naar haar op. Ik zie dat ze nog steeds met het pistool naar me zwaait.

Bernt zit schrijlings op Lexa's buik zonder zich te bewegen, alsof hij aarzelt. Dan haalt hij diep adem, brengt zijn hand omhoog en slaat.

De eerste klap treft Lexa in haar gezicht, vlak onder het oog. Haar hoofd wordt naar opzij geslingerd. De volgende slag raakt haar borstkas. Ik hoor iets kraken, breken. Ze probeert om te rollen, zich te beschermen, maar Bernt zet haar armen vast met zijn knieën. Hij slaat nog eens. De geluiden klinken akelig duidelijk door het vertrek.

Camilla kijkt ongeduldig toe. Opeens roept ze: 'Je moet haar wurgen, niet doodslaan.'

'Camilla, dit kunnen we niet...' begint Bernt.

'Maak het gewoon af! Nu!'

Lexa probeert zich los te draaien uit zijn greep, maar hij duwt haar armen simpelweg naar beneden met zijn knieën. Hij aarzelt even, voordat hij haar hals met beide handen vastpakt. Hij heeft de mouwen van zijn witte overhemd opgestroopt en ik zie dat de spieren van zijn onderarmen zich spannen als hij knijpt. Lexa probeert op haar zij te draaien om los te komen. Ze trapt in de lucht met haar benen, trekt haar knieën op om hem in de rug te raken, maar mist, ze beweegt zich steeds wanhopiger.

Zonder na te denken sta ik op. Camilla zwaait naar me met het pistool, maar zegt niet dat ik weer moet gaan liggen. Misschien is ze te gefixeerd op Lexa's bewegingen, die steeds langzamer worden en elk moment in krampen kunnen overgaan.

Ik weet dat ik hier ook zal sterven, net als zij. Dat het weer net zo is als op het veldje. En ik realiseer me dat ik me net zo goed op Bernt kan storten en kan proberen Lexa te redden. Mijn lichaam is al aan de beweging begonnen, leunt al naar voren – in een reflex heb ik mijn bovenbeen- en kuitspieren aangespannen en ben ik aan een draai begonnen –, als er beneden op de deur wordt geklopt.

Voordat ik kan stoppen, heb ik een stap naar voren gedaan. Camilla heeft me al gezien en een zware kristallen asbak gepakt die op de salontafel stond. Nu gooit ze die naar me toe. Ik zie de asbak door de lucht vliegen, langzaam, alsof de tijd wordt uitgerekt. Ik hoor weer kloppen, zie dat Bernt Lexa's hals loslaat en zijn hoofd omdraait naar Camilla. Ik hoor Lexa naar adem happen, een rochelend, sissend geluid.

Dan is het moment voorbij.

De asbak raakt me hoog op mijn voorhoofd, boven mijn rechteroog, vlak naast het litteken van de brok beton op het veldje.

101

Ted Löfgren woonde op de tweede verdieping van een van de oude galerijflats in het noorden van Skogås. Toen Carl over de galerij liep, kon hij in de keukens kijken: koffiekopjes die er nog stonden van het ontbijt, een rug van iemand die achter het fornuis stond en met het eten bezig was, een geborduurd kleedje met een kaarsenstander erop.

Jodie liep snel naar een deur met S. LÖFGREN op het bleke naambordje. Ze klopte hard en snel met haar knokkels. Ze klopte nog eens. Carl wilde net tegen haar zeggen dat ze daarmee moest stoppen, toen de deur openging. Een man met een grijze paardenstaart, een gerimpeld gezicht en een sikje keek hen vragend aan.

Hij zag eruit als een muzikant in een jazzband, dacht Carl.

'Ted Löfgren?' vroeg Jodie.

Een bijna onzichtbaar knikje.

'Ik ben Jodie Söderberg en dit is Carl Edson. We zijn van de politie. We willen graag met je praten over iets wat achtentwintig jaar geleden heeft plaatsgevonden...'

Hij verstijfde. Misschien omdat ze van de politie waren, of omdat hij iets wist, bedacht Carl.

'Waarom in vredesnaam?' vroeg hij.

Jodie glimlachte inschikkelijk. 'Mogen we binnenkomen?'

'Nee.'

'Oké,' zei ze, nog steeds met een glimlach. 'We denken dat een vrouw genaamd Lexa Andersson misschien contact met je heeft opgenomen.'

Ted Löfgren trok zijn wenkbrauwen op en bewoog zijn hoofd naar achteren, zodat het leek of hij op hen neerkeek. 'Is dit een grap of zo?'

'Ze werkt aan een boek over Robert Lindström en de moord op Max Sander, daar weet je vast wel van.'

'Verdomme zeg, komen jullie hier om...'

'Ze hebben mensen geïnterviewd die bij die gebeurtenis betrokken waren.'

'Ik was daar niet bij betrokken.'

'Je hebt een verklaring afgelegd voor je vriend, Bernt Juuso,' zei Carl.

'Ja, dat klopt... en wat dan nog?'

'Dus ze hebben geen contact met je opgenomen?' vroeg Jodie.

'Nee,' zei Ted. 'Dat hebben ze verdomme niet! En als ze hier komen, zal ik hetzelfde tegen hen zeggen als tegen jullie.'

'O ja?' vroeg Carl. 'Wat dan?'

'Sodemieter op!'

Hij smeet de deur zo hard dicht dat het weergalmde over de galerij. Jodie stond met haar hand omhoog, alsof ze opnieuw wilde aankloppen. Carl schudde zijn hoofd.

'Bernt Juuso?' vroeg ze.

Carl knikte en ze liepen terug naar de auto.

102

Als ik mijn ogen opendoe, is het nog steeds donker. Ik merk geen verschil.

'Hoe is het?' De stem van Lexa.

Ik voel haar hand op mijn schouder. Ze schudt me zachtjes door elkaar.

'Ik weet het niet,' zeg ik. 'Waar zijn we?'

'Weer op zolder.'

Ik voel iets plakkerigs op mijn wang en in mijn hals en begrijp dat het bloed is uit de wond aan mijn hoofd. Ik voel het pijnlijk bonzen boven mijn oog.

'Je was flauwgevallen.'

Ik probeer te knikken, maar wanneer ik mijn hoofd beweeg, wordt de pijn aangedraaid als in een bankschroef en moet ik bijna kotsen.

'Je hebt een asbak tegen je hoofd gekregen. Als die je ietsje verder naar achteren had geraakt, op je slaap, dan denk ik niet...'

'En jij?' vraag ik.

'Niets aan de hand...' fluistert ze, maar haar stem is schor.

'Wat is er gebeurd?'

'Er werd beneden op de deur geklopt. Ze moesten stoppen.'

'Wie...'

'Dat weet ik niet... Sst...'

Dan hoor ik de stemmen ook, harder, in een ander deel van het huis. De stem van Bernt en de hogere stem van een kind.

'Sixten...' fluistert Lexa. 'Luister...'

Ik probeer overeind te komen. Ik kruip op handen en voeten naar de deur en leg mijn oor ertegen.

De stem van Bernt: 'Ik zei toch dat ik het druk heb. Ik kan je hier nu niet hebben...'

De kinderlijke stem van Sixten: 'Maar ik moet...'

'Wat is er gebeurd?'

Stilte.

'Sixten, verdorie! Wat is dat?'

'Aanmaakvloeistof...'

'Maar waarom? Wat moet je ermee?'

'Vuur maken...'

'Wat voor vuur?'

Een korte pauze, dan Sixtens stem weer: 'Een opdracht voor school. We moeten van verschillende dingen kijken of ze branden of niet en opschrijven waarom. Ik dacht dat jij me kon helpen...'

'Oké. Maar wat ik al zei: het komt nu niet uit. Ik ben bezig met iets en ik moet naar mijn werk... Morgen misschien.'

Stilte.

'Ga nu maar naar huis.'

'Oké.'

'Is ze gemeen tegen je geweest?'

We horen niet wat Sixten antwoordt.

'Wat is er gebeurd, Sixten?' Bernts stem klinkt nu bezorgd. 'En waarom ben je vandaag niet op school?'

'Ik voelde me gewoon niet zo lekker, maar mama weet er niks van. Beloof dat je er niks over zegt, alsjeblieft...'

103

Februari, dertig jaar eerder

Het is winter, al donker buiten. Ik heb wanten aan en een muts op, en ik draag een dikke overbroek waardoor ik moeilijk vooruitkom door de sneeuw. Ik ben op weg naar Max om te vragen of hij met me gaat sleeën. Ik trek mijn snowracer aan een koord achter me aan.

Als ik bij het huis kom en de trap naar de voordeur op loop, hoor ik iemand bewegen op hun terras. Ik schrik, glij weg en val bijna van de trap. Dan zie ik Camilla.

Ze zit in haar onderbroek in de sneeuw. Ze heeft het zeil van de terrasmeubels over haar rug getrokken, als om zich te warmen. Ze rilt van de kou en haar lippen zijn donker.

'Wat doe je?' vraag ik verbaasd.

'Ga weg!' hakkelt ze. 'W-Wegwezen! O-Ophoepelen!'

Ik kan haar nauwelijks verstaan, zo hevig klappertandt ze.

'Maar... waarom ga je niet naar binnen? Het is stervenskoud...'

'P-Papa,' zegt ze zacht. 'Je moet n-nu weg! V-Voordat hij w-weer naar buiten k-komt...'

'Maar Max...' zeg ik.

Ze kijkt me verschrikt aan en ik loop achteruit de trap af en de tuin door. Als ik bij de hoek van de straat kom, zie ik de deur opengaan.

'Heb je nu je lesje geleerd?' Het is Kenneth, hun vader. Hij staat in de deuropening, verlicht door het warme, gele schijnsel binnen. Mij ziet hij niet. Hij kijkt alleen naar het zeil dat zich op het terras beweegt. 'Ik hoor je niet!' brult hij.

Dan Camilla's stem: 'J-Ja,' zegt ze. 'S-Sorry pa-p-pa...'

Hij leunt naar voren en trekt haar met één arm omhoog, sleept haar naar binnen en slaat de deur dicht.

De volgende dag zie ik haar in de gang op school en ik vraag hoe het met haar is, of het goed gaat, maar ze kijkt me alleen maar aan en zegt dat ze niet weet waar ik het over heb.

'Maar je zei dat... Ik zag...'

De klap komt zo onverwacht dat ik met open mond blijf staan, zonder goed te begrijpen wat er gebeurd is.

'Je hebt niets gezien, snap je dat?' Ze heeft zich naar me toe gebogen en sist de woorden als een fluistering in mijn oor, zodat niemand anders het hoort. Dan draait ze zich abrupt om en loopt terug naar een paar meisjes die net als zij twee klassen hoger zitten dan ik. Ik hoor haar lachen, alsof er niks aan de hand is.

104

Maandag 9 november

Lexa geeft me een harde duw in de zij. 'Opstaan! Robert, toe...'

Ik krijg het gevoel dat ze het al een paar keer heeft gezegd, maar dat haar woorden niet tot me waren doorgedrongen.

'We moeten hier weg. Nu. Nu zij beneden zijn.'

Lexa duwt de deur van het zoldertje voorzichtig open en opeens stroomt er licht naar binnen.

'Hoe –'

'Ik heb de schoot van het slot weggeduwd,' valt ze me fluisterend in de rede.

'Waar moeten we dan heen?' vraag ik.

We staan in de kleine zitkamer op de bovenverdieping. Mijn hoofdpijn wordt erger door het licht en de beweging, en ik slik om niet over te geven. Lexa loopt naar de trap naar beneden. Ze hinkt, ze lijkt pijn te hebben als ze loopt. Rondom haar nek zie ik het begin van blauwe plekken waar Bernts handen hebben gezeten.

Dan schrik ik van een luide schreeuw beneden.

'Is *zíj* hier? Je hebt me voor de gek gehouden! Rotzak!'

Het is Sixten die krijst.

Het volgende moment hoor ik de stem van Camilla. 'Bernt, wat doet Sixten hier?'

Hij geeft geen antwoord.

'Jullie hebben dit buiten mij om gedaan!' zegt ze hard, waarna ze haar stem verheft en schreeuwt: 'Je mag hier niet alleen komen, Sixten!'

Lexa pakt mijn arm vast, leunt erop.

'Kom,' fluistert ze en ze knikt naar het dak.

Op hetzelfde moment klinkt beneden het geluid van nog een klap.

'Dit was de laatste keer!' schreeuwt Camilla. 'Ik zal ervoor zorgen dat je hem nooit meer ziet!'

Daarna de doffe stem van Bernt: 'Godsamme, Camilla!'

Terwijl ik voorzichtig de deur van de zolderkamer sluit, draait Lexa aan de kruk van het raam en zet het open. Het is het type dat naar buiten toe openslaat tot een horizontale positie.

'We moeten op het dak kruipen,' zegt ze. 'Ik ga eerst, dan help ik jou daarna.'

Ze pakt een krukje dat bij het bankstel staat en zet het onder het raam. Ze klimt erop, trekt zich op – kreunt wanneer haar ribben en haar buik tegen de vensterbank worden geduwd – en kruipt op handen en voeten naar buiten. De dakpannen maken een knarsend geluid als ze haar gewicht erop zet.

In de hal klinkt op dat moment de argwanende stem van Sixten: 'Is hier nog iemand?'

Bernt stelt hem gerust: 'Nee... Wie zou dat moeten zijn?'

'Sixten, ga nu naar huis!' zegt Camilla.

'Ik hoorde iets. Daar is iemand!' Sixten schreeuwt bijna, met schelle stem.

'Dit is een oud huis,' zegt Bernt. 'Dat maakt geluiden. Ga anders maar boven kijken als je me niet gelooft.'

Ik draai me weer om naar het raam. Lexa wenkt dat ik naar buiten moet komen. Als ik uitglijd over de dakpannen, haal ik mijn buik open aan de ijzeren randen. Mijn hoofd bevindt zich vlak boven de regenpijp en de tuin vijf meter lager.

'Schiet op!' zegt ze en ze trekt aan mijn arm. 'Ze komen naar boven.'

We horen het geluid van voetstappen die de trap op gaan en duwen het raam zo goed mogelijk dicht. Dan klinkt Bernts krachtige, donkere stem: 'Toe dan, naar boven!'

Dan verstommen de voetstappen.

'Oké, tevreden?' horen we Bernts stem. 'Ga nu naar huis, Sixten. Ga naar bed en rust uit, dan zul je zien dat je je straks beter voelt.'

Sixten zegt iets onverstaanbaars. Nieuwe voetstappen de trap af. Vervolgens klinkt het geluid van de voordeur die dichtslaat. Daarna de snerpende stem van Camilla. Het lijkt of ze over haar toeren raakt. 'Nu maken we dit af!'

Er komt bloed uit mijn borst en mijn buik, waar het metaal in de huid heeft gesneden, maar Lexa trekt aan me.

'Weg van het raam,' fluistert ze. Ze kruipt langs me heen, langs de rand van de dakkapel omhoog.

Ik wankel en voel de dakpan onder mijn hand een eindje wegglijden. De duizeligheid en de misselijkheid komen terug en ik doe mijn ogen dicht om niet te vallen.

'Snel!'

Nu komen er zwaardere voetstappen de trap op. En dan de stem van Bernt: 'Verdomme, Camilla, dat kan ik niet!'

Camilla lacht, weer met een kunstmatig klinkende stem. 'Je doet wat ik zeg!'

We horen hen steeds duidelijker, hun voetstappen door de zitkamer.

Ik probeer mijn duizeligheid onder controle te krijgen, ik dwing mezelf om achter Lexa aan het dak op te klimmen. Het doet pijn waar de randen van de dakpannen in mijn huid snijden, maar ik voel het nauwelijks.

Achter me hoor ik de deur van de zolderruimte opengaan, daarna een korte stilte.

'Wat zullen we nou krijgen!'

Lexa houdt haar hand voor haar borstkas. Er komt bloed uit haar mond.

'Gaat het?' vraag ik fluisterend.

'Ik heb moeite met ademhalen...' zegt ze zacht. Ze gaat met haar hand over haar lippen en kijkt naar de rode vlekken. 'Ik krijg geen lucht...'

Ze wordt onderbroken door Camilla's schreeuw: 'Waar hebben jullie je in godsnaam verstopt?!'

Bernt zegt iets wat we niet verstaan.

'Ze móéten hier zijn!' schreeuwt Camilla. 'Het is jouw huis, verdomme! Zoek ze!'

Er wordt weer rond gestampt op de verdieping onder ons. Bernt.

'Waarom staat het raam open?' zegt hij opeens en we horen zijn stem zo duidelijk alsof hij naast ons staat.

Als ik me omdraai, zie ik dat het raam wordt opengeduwd. Ik vang een glimp op van Bernts hand op de kruk.

'Hup, naar buiten!' schreeuwt Camilla.

Lexa trekt aan mijn arm en maakt een hoofdgebaar naar boven. 'We moeten omhoog...'

Ik kruip zo stil mogelijk achter haar aan, hoewel geluiden niet meer uitmaken. Ze weten waar we zijn. Achter me hoor ik Bernt op de dakpannen kruipen.

Camilla schreeuwt vanuit de kamer: 'Schiet op!'

Als we de nok bereiken, kijken we uit over het donkere bos, dat afdaalt naar het pendelspoor.

Ik zwaai naar het enige buurhuis vanwaar we te zien zijn, maar het is leeg en donker. 'We moeten aan de andere kant naar beneden,' zeg ik zo zachtjes mogelijk.

Ze knikt, spuugt bloed en hijst zich over de nok. Onder haar breekt een dakpan. De stukken glijden luid ratelend naar de dakkapel.

'Ik zie ze!' roept Bernt.

Binnen klinkt de geïrriteerde, ongeduldige stem van Camilla: 'Duw ze dan van het dak af!'

Ik hijs me ook omhoog over de nok. Er valt nog een dakpan achter Lexa naar beneden. Als ik me omdraai, zie ik Bernt snel het dak op balanceren, met uitgestoken armen alsof hij aan het koorddansen is.

Na een paar stappen heeft hij ons al bijna ingehaald. 'Jullie kunnen geen kant op...' zegt hij met een geforceerde glimlach.

Lexa steekt haar handen uit terwijl ze langzaam over het dak naar beneden glijdt. Ze spuugt weer bloed en laat een slijmerige, zwartrode sliert achter. Ik lig op mijn buik en glijd naast haar omlaag. Als ik naar beneden kijk, over de dakrand, zie ik dat het huis hoger is dan ik dacht. Hier aan de voorkant is het zeker negen of tien meter naar de grond.

Ik adem snel en oppervlakkig. De hoofdpijn overweldigt me en ik doezel weg in een nare droom: mijn vader die metselt, specie opschept, de ene steen na de andere legt en me met zijn werkhandschoen wenkt.

Dan kijk ik op...

'Robert!'

Ik schrik. Instinctief steek ik mijn armen uit en ik probeer weer grip op de dakpannen te krijgen. Ik zet mijn voeten neer om mezelf tegen te houden, maar ik glijd te snel. De neuzen van mijn schoenen glijden van het dak. Ik voel de val in mijn lichaam, als een snel déjà vu, voordat mijn voeten in de dakgoot terechtkomen en houvast vinden. De dakgoot kraakt, beweegt onder me, maar ik glijd niet meer.

Lexa ligt naast me. Ze hoest, zuigt in korte teugen lucht op.

Bernt staat boven ons, op de nok van het dak, tegen de schoorsteen geleund.

'Kom maar weer omhoog,' zegt hij en hij gaat op zijn hurken zitten, nog steeds met een hand om de schoorsteen. 'Als jullie naar beneden vallen, zijn jullie er geweest...'

'Als we omhoogklimmen, zijn we er geweest...' sist Lexa tussen haar ademteugen door.

Dan horen we de stem van Camilla weer: 'Wat zit je daar te zitten?'

Bernt verroert zich niet. Hij zit nog steeds op zijn hurken, met een hand om de schoorsteen. Het dringt tot me door dat hij duizelig is, dat hij niet durft.

'Moet ik alles zelf doen?' Camilla komt verbazingwekkend snel het dak af, soepel, alsof ze erop geoefend heeft. In haar rechterhand heeft ze het pistool. 'Robert!' gilt ze. 'Kijk nou wat je me laat doen!'

Ze richt het pistool op Lexa. En ik begrijp, alsof ik haar op merkwaardige wijze ken en weet hoe ze denkt: eerst wil ze Lexa doodschieten en vervolgens mij van het dak duwen, om ten slotte het pistool in mijn hand te stoppen als ik dood ben, en mij misschien een schot te laten lossen, zodat er kruitdeeltjes op me komen...

Ze heeft haar plannen niet veranderd, ze alleen aan de nieuwe situatie aangepast.

'Wacht!' zeg ik. 'Ik doe wat je zegt, als je maar niet op haar schiet...'

Camilla lacht, ze staat gebogen met één hand als steun op de dakpannen. Ze is op blote voeten, het lijkt bijna alsof ze zich met haar tenen vastgrijpt aan de dakpannen. Als een aap.

'Lexa, pas op!' zeg ik.

Lexa opent haar ogen. Ze tilt haar hoofd op naar Camilla, die boven haar staat, slechts twee meter van haar verwijderd.

Ik wrik met mijn rechterhand een dakpan los, til hem op en slinger hem naar Camilla. Ik probeer te richten, op mijn zij te gaan liggen en omhoog te kijken, maar er zit geen kracht in de worp en de dakpan komt naast haar neer, breekt in stukken en glijdt van het dak, stuitert naar de dakgoot.

Dan schiet ze.

Lexa geeft een gil en rolt van me weg. Ze ligt op haar buik met haar voeten in de dakgoot, net als ik. Ik voel de dakgoot onder ons doorbuigen, de oude beugels komen langzaam los.

Ik zie dat ze bloedt, dat de kogel haar in de schouder heeft geraakt, door de spier heen is gegaan en een bloederig spoor heeft getrokken in haar bovenarm.

Nu heft Camilla het pistool opnieuw en richt.

Ik krijg een nieuwe dakpan te pakken en gooi nog eens. Ditmaal is het raak, de worp heeft nog steeds weinig kracht, maar toch genoeg om ervoor te zorgen dat het volgende schot er helemaal naast is.

Ik word overspoeld door misselijkheid en ik geef over. Ik probeer me om te draaien om het niet op me te krijgen. Ik wil alleen maar slapen, mijn ogen sluiten en loslaten.

Camilla lacht, zelfverzekerd, opgelucht.

'Ben je nu klaar, Robert?' roept ze.

Ik til mijn hoofd op, zie het pistool dat weer op Lexa gericht wordt. Ditmaal zal ze niet missen. De kogel zal haar van bovenaf treffen, door haar hersenen gaan, haar hals, haar lichaam in…

Ik doe mijn ogen dicht, wacht op het geluid. Maar dat komt niet.

Als ik mijn ogen opendoe, zie ik dat Camilla in elkaar zakt, voorover valt en snel over het dak komt glijden met haar hoofd naar beneden, tussen Lexa en mij door. Als in slow motion glijdt ze over de rand. Ze buigt door bij haar heupen, zodat haar benen in een boog omhoog geslingerd worden en haar lichaam een salto voorover maakt. Even later hoor ik een dof geluid als ze beneden op de tegels neerkomt.

'Nee!' schreeuwt iemand beneden.

Ik kan niet zien wie het is.

Bernt staat waar Camilla eerder heeft gezeten. Er valt iets uit zijn hand, een dakpan. Die glijdt snel van het dak af, ketst tegen de dakgoot en stuitert over de rand. Er klinkt een harde klap als hij de bestrating raakt.

'Politie! Blijf waar je bent!' klinkt een stem vanaf de grond.

Ik herken de stem, maar kan hem niet thuisbrengen. Als ik voorzichtig naar beneden kijk, zie ik in het licht vanachter de ramen twee figuren over het grasveld lopen.

Dan weet ik wie het zijn.

105

Carl zat in de auto te wachten. Door de regen, die steeds harder begon te vallen, keek hij naar het gewemel rondom de afgezette villatuin van Bernt Juuso. Robert Lindström en Lexa Andersson waren allebei door een ambulance afgevoerd. Jodie was weggereden met Bernt, die was aangehouden wegens moord dan wel poging tot moord; de precieze loop der gebeurtenissen was Daniel Sandén nog niet duidelijk.

Wallquists busje stond nog op de oprit met de deuren open en de interieurverlichting aan. Er stond een zwarte lijkwagen naast, die het lichaam van Camilla Sander zou vervoeren, zodra de forensisch arts ermee klaar was. Op haar zat Carl nu te wachten.

Maar het duurde nog twintig minuten voordat hij Beatrice Lundmark op een drafje door de regen naar haar auto zag lopen. Toen ze tien meter van hem verwijderd was, opende hij snel het portier en riep: 'Beatrice! Edson hier.'

Ze draaide zich om en keek hem verbaasd aan.

Hij glimlachte terug. 'Als je mij in het kort verslag wilt doen, zou ik daar heel blij mee zijn.' Hij maakte een gebaar naar zijn auto.

Ze stapte aan de passagierskant in. Carl zag dat het water uit haar haar en van haar kleren droop. Hij zou haar een handdoek willen geven, maar die had hij niet bij zich.

'Ik denk niet dat ik veel meer kan zeggen dan wat al duidelijk is, namelijk dat ze dood is,' zei ze in haar zachte Finland-Zweeds.

'Kun je iets zeggen over hoe ze is overleden?'

'Hoogstwaarschijnlijk door de val van het dak. Haar nek lijkt gebroken en ze heeft ernstig schedelletsel en enkele botbreuken, de meeste dorsaal...'

Carl zag de val opnieuw voor zich. Hij en Jodie waren precies op het moment aangekomen waarop zij over de dakrand was getuimeld. Maar hoe kwam dat? Was ze domweg uitgegleden?

'Meer niet?' vroeg hij.

'Ze heeft slagletsel vlak boven het rechteroor, dat vermoedelijk niet door de val is veroorzaakt.'

'Dus ze is misschien met een hard voorwerp geslagen?'

'Dat zou kunnen, maar ik moet...'

'Ik weet het, je moet eerst sectie verrichten...'

Hij glimlachte vriendelijk naar haar. 'En de jongen,' zei Carl, 'Nicklas Eriksson?'

'Daar weet ik niets van. Voor ik hier kwam, was hij al met een ambulance weggebracht.'

Carl knikte. Hij had al contact gehad met de SEH-arts van het Karolinska Ziekenhuis in Huddinge. Nicklas leefde nog, maar hij was uitgedroogd en bewusteloos na een ernstige hersenschudding. Hij had een bloeding tussen de hersenen en de schedel, een extraduraal hematoom dat volgens de arts operatief verholpen moest worden.

'Ik zou jou willen vragen even naar hem te gaan kijken... met de blik van een forensisch arts.'

'Ze hebben...'

'Ik weet het, ze hebben daar ook forensisch geschoolde artsen, maar ik wil liever dat jij het doet. Het is een zeer delicate zaak.'

Ze was even stil, maar knikte toen.

'Dank je!' zei hij.

Beatrice stapte uit en verdween door de regen naar haar eigen auto, een Toyota stationcar. Geen Mercedes, dacht Carl en hij herinnerde zich het krakende zwarte leer in de auto van de vorige gerechtsarts. Misschien werkte Beatrice nog niet lang genoeg – of ze had geen interesse voor dat soort spullen.

Carl boog naar voren over het stuur en keek omhoog naar het huis. Door het raam van de bovenverdieping kon hij Lars-Erik Wallquist en een van zijn technici zien bewegen in hun witte pakken, felverlicht door sterke lampen. Het zou nog even duren voordat ze klaar waren.

Op dat moment klopte er iemand op de ruit. Hij schrok ervan.

'Hallo,' zei Jodie. Ze opende het portier en kwam naast hem zitten.

‘Wat doe jij hier?’ vroeg hij.

‘Ik dacht, jij wilt vast bij het verhoor aanwezig zijn, dus ik heb Bernt Juuso zo lang in de cel gezet…’

Carl knikte. Ze had gelijk.

Hij startte de auto en begon langzaam weg te rijden, toen een vrouw voor de auto ging staan en door de koplampen werd verlicht. Carl draaide het raampje open.

‘Wat is er gebeurd?’ vroeg ze. ‘Is het iemand van die bende van hem?’

106

De huizen in de kleine villastraat leken allemaal op elkaar. De meeste waren van hout, wit of geel. Sommige waren uitgebouwd, maar de meeste leken hun oorspronkelijke vorm te hebben behouden. Carl en Jodie zaten in de keuken bij Josefine Underberg, die de naaste buur van Bernt Juuso bleek te zijn. Ze leunde over de keukentafel met het opgewonden enthousiasme dat Carl soms bij getuigen van een misdrijf zag.

'Een bende, zei je?'

Voordat ze kon antwoorden, kwam een jongetje van een jaar of zes de keuken binnen. Hij keek hen nieuwsgierig aan.

'Charlie,' zei ze teder. 'Kun je niet slapen?'

De jongen schudde zijn hoofd.

'Je mag wel even op de iPad als je wilt...'

De jongen keek verbaasd, draaide zich om en verdween. Carl hoorde hem de trap naar boven op rennen.

'Nou, bende is misschien niet het woord. Ik weet niet of ze bij een bepaalde club horen, maar zo zien ze er wel uit.'

'Bedoel je een motorbende?' vroeg Carl.

'Ja, dat denk ik.'

'Rijden ze op de motor?'

'Soms, maar meestal komen ze met de auto...'

Carl keek Jodie vragend aan. Ze schudde haar hoofd. Van betrokkenheid van Bernt Juuso met een motorclub was niets bekend.

'Bezorgen ze overlast? Feesten ze?' vroeg hij.

'Nee... Ze rijden alleen veel te hard door de straat. We hebben twee kleine kinderen die af en toe op straat spelen, ook al heb ik ze dat verboden...' Ze keek Jodie aan toen ze dat laatste zei, alsof ze hoopte dat die haar zou begrijpen.

Jodie knikte.

'En ze parkeren hun auto zo dat anderen er niet langs kunnen. Eentje heeft een grote Amerikaanse jeep. De grootste auto die ik ooit heb gezien, volslagen krankzinnig. Het maakt zo iemand geen lor uit dat de planeet aan het wegkwijnen is.'

'Oké,' zei Carl en hij schoof heen en weer. Hij raakte er steeds meer van overtuigd dat dit tijdverspilling was. 'Neem me niet kwalijk, ik begrijp het niet. Waarom denk je dat deze mannen iets met de sterfgevallen te maken hebben?'

'Ze hebben ons bedreigd,' zei de vrouw. 'Mijn man is een keer naar buiten gelopen om die man te vragen of hij zijn monsterbak wilde verplaatsen. Hij blokkeerde onze oprit. Toen pakte hij Anders, mijn man dus, vast en duwde hem tegen het hek... Hij zei dat het alleen maar mooi was als ons karretje niet meer op straat kwam.'

'Hebben jullie hier aangifte van gedaan?'

Ze schudde haar hoofd.

'Juist,' zei Carl, 'maar dat ze onaangenaam zijn, hoeft natuurlijk niet te betekenen dat het moordenaars zijn.'

Hij kon zijn irritatie moeilijk verbergen, maar Josefine leek niets te merken.

'Hoeveel contact hebben jullie met Bernt Juuso?' kwam Jodie ertussen.

'Bijna niet... Maar we zien zijn zoon daar soms...'

'Zijn zoon? Hoe heet hij?' vroeg Carl.

'Dat weet ik niet. We gaan niet met elkaar om, zoals ik al zei...'

'Ik begrijp het,' zei Carl. 'Bedankt. Je hebt ons erg geholpen.'

'Was dat alles?' vroeg Josefine teleurgesteld.

'Ja. We nemen contact op als we verdere vragen hebben.'

Toen ze weer in de auto zaten voor het huis van Josefine Underberg, stonden er nog steeds politiewagens met blauwe lichten op Bernts oprit.

'Denk je dat hij schuldig zou kunnen zijn aan de moorden?' vroeg Carl.

'Wie?' vroeg Jodie.

Hij realiseerde zich dat hij midden in een redenering was gaan praten. 'Bernt,' zei hij. 'Is hij schuldig aan de moorden op Olinda en de tieners?'

'Ik weet het niet,' zei ze en ze staarde naar de knipperende lichten. 'Maar met alles wat er gebeurd is – Camilla dood, Nicklas Eriksson opgesloten op zolder en Robert en Lexa zwaargewond – heeft hij in ieder geval verdomd veel uit te leggen.'

Ze keek hem aan.

'Maar waarom?' vroeg ze. 'Olinda was een kind, en Tony en Johan ook. Waarom zou hij hen doden?'

Carl schudde zijn hoofd. 'We moeten maar zien wat hij tijdens de verhoren zegt.'

107

Dinsdag 10 november

Het was droog, maar nog steeds donker toen Carl naar zijn auto liep om in zuidelijke richting naar het politiebureau in Flemingsberg te rijden. Het zwarte asfalt glinsterde in het licht van de straatlantaarns en er hing een vochtige nevel boven de weg. Het was warm, ongebruikelijk warm voor de tijd van het jaar. Klimaatveranderingen, dacht hij gelaten. Kregen ze een keer een beter klimaat, mocht je daar ook weer niet blij mee zijn. Linda mopperde op hem vanwege zijn auto. Ze zei dat die niet milieuvriendelijk was en dat hij er bovendien onnodig veel in reed.

Toen hij aankwam, stond Jodie voor verhoorkamer 3 op hem te wachten. Het was twintig over zeven.

'Hier,' zei ze en ze gaf hem een paar blaadjes. 'Rickard heeft alle informatie bij elkaar gezocht die we over hem hebben.'

Carl bedankte met een knikje en nam snel de eerste twee blaadjes door.

'Ik heb ook contact gehad met de neuroloog van het Karolinska in Huddinge...' zei ze.

'Wacht even!' onderbrak hij haar. 'Klopt dit? Is Sixten het kind van Bernt en Camilla?'

'Kennelijk,' zei Jodie. 'Ik stond er ook van te kijken toen ik het las.'

Carl knikte en bladerde verder.

'Hoe dan ook, Nicklas ligt nog steeds in coma,' zei ze. 'Ze hebben hem gisteravond geopereerd en een heleboel bloed uit de hersenen weg laten vloeien.'

'Kunnen ze al iets zeggen?' vroeg hij en hij keek op.

'Nee, het kan een uur duren of een week, dat weten ze niet. De klap op zijn hoofd was hard en hij heeft een schedelbreuk.'

'We moeten er maar het beste van hopen...'

‘Zullen we naar binnen gaan?’ vroeg ze en ze maakte een hoofdgebaar naar de deur. ‘Ik heb hierop gewacht.’

‘Geef me een paar minuten,’ zei Carl.

Zijn telefoon ging toen hij op de wc zat. Hij pakte hem snel op om het gesprek weg te drukken, voordat iemand het gerinkel zou horen. Hij had een hekel aan wc-gesprekken.

Toen zag hij wie het was: Wallquist. Berustend drukte hij op het groene knopje. ‘Edson,’ zei hij zo zacht mogelijk.

‘Waar ben je?’ vroeg Wallquist.

‘Op het werk.’

‘Ik liep net langs de teamkamer, daar was je niet.’

‘Dan was ik even aan de wandel…’

‘Wat galmt het. Zit je op de wc?’

Carl hoorde de man bulderend lachen.

‘Nee,’ zei hij stijf. ‘Wat wil je?’

‘Bernt Juuso. We hebben een aluminium honkbalknuppel gevonden op zolder. Blauwgeverfd. Goedkope soort. Ik dacht dat je dat wel wilde weten.’

‘Valt die in verband te brengen met een van de misdrijven?’

Het werd stil aan de lijn. Kennelijk de verkeerde vraag, dacht Carl, maar het was te laat om het anders te formuleren.

‘Nee,’ zei Wallquist zuur. ‘Ik vertel je heel in het algemeen wat er bij Bernt op zolder ligt…’

‘Sorry,’ zei Carl.

‘Er zit bloed op,’ zei Wallquist. ‘We hebben het naar het lab gestuurd voor analyse, maar de bloedgroep komt niet overeen met die van Nicklas Eriksson.’

‘Vingerafdrukken?’

‘Die van Bernt. Een heleboel. En nog een paar die we nog niet hebben geïdentificeerd.’

‘Mooi.’

‘Oké, dat was het. Vergeet niet door te spoelen.’

Carl hoorde een klik toen hij ophing.

Even later zat hij in de verhoorkamer door zijn papieren te bladeren, waarna hij ze op tafel legde. Hij leunde naar voren en zei: 'Verhoor van Bernt Stefan Juuso. Aanwezig zijn Carl Edson, inspecteur, Jodie Söderberg, hoofdagent, en Erik Oljeberg, juridisch assistent.'

Hij noemde de datum en het tijdstip en daarna werd het stil in het vertrek. Erik zat afwachtend naast Bernt met zijn armen gekruist voor de borst, zodat zijn zwarte jasje kreukte. Jodie stond iets verderop tegen de deurpost geleund.

Carl bladerde nog eens, waarna hij zijn handen op tafel legde en de man tegenover hem observeerde. 'Nou, Bernt... Nicklas Eriksson is geboeid en zwaargewond op jouw zolder gevonden. Wat heb je daarover te zeggen?'

Bernt Juuso schoot zo plotseling naar voren op zijn stoel dat Carl onwillekeurig terugdeinsde.

'Dat heb ik niet gedaan,' zei hij. 'Zij was het, Camilla! Zij heeft het gedaan, zij heeft hen vermoord!'

'Doe even rustig, wil je,' zei Carl.

Bernt leunde weer achterover op zijn stoel. 'Zij heeft het gedaan,' herhaalde hij, hij maakte een schokkerige beweging met zijn hoofd en vouwde zijn armen voor zijn borst, net als zijn juridisch assistent.

'Dus jij beweert dat je ex-vrouw, Camilla Sander, schuldig is aan de mishandeling van Nicklas Eriksson, die op jouw zolder verborgen lag?'

Bernt maakte weer hetzelfde rare gebaar met zijn hoofd. 'Ja!'

'Vind je het dan niet een beetje raar dat we Nicklas bij jou hebben gevonden en niet bij Camilla?'

Bernt leunde weer over de tafel. 'Ze wilde waarschijnlijk haar eigen nest niet bevuilen.'

'Oké. Wil je uitleggen wat je daarmee bedoelt?'

'Als je geprobeerd hebt iemand te vermoorden, leg je het lichaam toch niet in je eigen huis?'

'Camilla had dus toegang tot jouw huis?'

'Zij niet, maar Sixten wel. Ze zal zijn sleutel wel hebben gepikt.'

'En waarom zou Camilla Nicklas op het hoofd hebben geslagen en hem naar jouw zolder hebben gesleept?'

'Weet ik veel. Ze spoorde niet. Ze kon overal razend om worden.'

Carl fronste zijn wenkbrauwen. 'Toch ben je met haar getrouwd... Jullie hebben zelfs een kind samen.'

Bernt wierp zich achterover op zijn stoel en ging weer met zijn armen over elkaar zitten. 'Ik kan hier helemaal niet tegen...'

'Je hebt geen keus, ben ik bang,' zei Carl.

Bernt staarde voor zich uit en zei niets. 'Ze zei dat ik haar had geprobeerd te verkrachten...' zei hij toen.

'O?' zei Carl en hij bladerde door de informatie van Rickard.

'Ik zie hier geen aangifte tegen jou wegens verkrachting...'

Bernt keek hem aan. 'Dat was toen we nog op school zaten, verdomme!'

Carl trok vragend zijn wenkbrauwen op.

'Ze stalkte me!' ging Bernt verder. 'Ze zat altijd achter me aan, bleef maar aan me plakken. Dus uiteindelijk was ik er klaar mee en zei ik dat ze moest oprotten.'

'Op school?'

'Zij zat in de achtste en ik in de negende...'

'Dus zij was veertien en jij vijftien?'

'Zestien. Ik was een keer blijven zitten.'

'Ik begrijp het. En toen heeft ze aangifte tegen jou gedaan?'

'Ik weet niet wat ze heeft gedaan,' zei Bernt met een raar lachje. 'Maar toen kwamen de praatjes... Een meisje uit mijn parallelklas kwam in de pauze naar me toe om te zeggen dat ik een klootzak was en dat ik opgesloten moest worden... Ik snapte er niks van. En dat was nog maar het begin. Een paar dagen later werd ik bij de rector geroepen, die zei dat ik Camilla had gedwongen een heleboel dingen te doen...'

'Wat voor "dingen"?'

'Dat ik haar een wc had binnengetrokken, dat ze al haar kleren had moeten uittrekken... dat ik aan haar had gezeten, haar gleuf had aangeraakt en... had geprobeerd haar te verkrachten.'

'En was dat zo?'

'Nee! Het was allemaal onzin. Ik wilde haar niet eens aanraken.'

'Waar haalde Camilla dat dan vandaan?'

'Dat weet ik niet. Ze verzon het gewoon.'

'En wat gebeurde er daarna?'

'Niets. Ik dacht dat het voorbij was. Toen stond Camilla opeens voor mijn neus en vroeg hoe het met me ging. Ik werd laaiend, zei dat ze weg moest gaan, dat ik haar dood zou slaan...'

Carl wachtte zwijgend. Jodie ging even rechtop staan en leunde vervolgens opnieuw tegen de deurpost.

'Maar ze lachte alleen maar. Ze zei dat dit nog maar een voorproefje was geweest, dat ik het nog veel zwaarder te verduren zou krijgen als ik niet...'

'Als je niet...' zei Carl.

'...deed wat ze zei.'

'En deed je dat?'

Bernt schudde zijn hoofd. 'De volgende dag kwam ze weer naar me toe. Ze vroeg of ik erover had nagedacht, ze draaide rondjes met haar tong tegen haar wang, je weet wel... en toen...'

'Ja?'

Bernt haalde diep adem. '...toen waren we een stel.'

'Jullie waren een stel?' vroeg Carl.

Hij knikte. 'Als ik deed wat zij wilde, dan was alles goed, maar ze bedacht af en toe dingen, dat ik niet meer met iemand mocht omgaan, bijvoorbeeld, of dat ik een bepaald iets moest doen... En dan was ze volslagen...'

'Volslagen...' herhaalde Carl.

'Gek!' zei Bernt en hij keek op. 'We gingen een jaar of zo met elkaar, toen had ze er genoeg van en maakte ze het uit. Wat was ik blij dat ik van haar af was!' Hij lachte.

'En toch gingen jullie trouwen?' zei Carl.

Bernt keek hem geïrriteerd aan. 'Dat was veel later. Ik was van school af en woonde al een paar jaar in de stad, bij vrienden en zo. Maar toen overleed mijn vader. Kanker. Hij rookte als een schoorsteen. Mijn moeder had niet genoeg geld om in het huis te blijven wonen en wilde het verkopen, maar toen... Ik was net in de autohandel gaan werken en het huis had een garage en een grote oprit, dus ik kocht haar uit. En toen liep ik Camilla weer tegen het lijf. Zij woonde daar nog.'

'Maar daarom hoefde je toch nog niet met haar te trouwen?'

'Ik...' Hij wreef met zijn handen over zijn gezicht. 'Ze kon ook ontzettend leuk zijn, en sexy... Het was moeilijk om haar niet aardig te vinden als zij daar haar best voor deed. En ze was razendknap.'

'Jullie hebben een zoon samen... Sixten.'

Bernt knikte. 'Toen begon het echt mis te gaan. Ze flipte helemaal. Ze was overal kwaad om: dat ik te veel met mijn vrienden op stap was, dat ik niks deed in huis... Het leek wel of ze mij de schuld ervan gaf dat we Sixten hadden gekregen.'

'Oké, en wat gebeurde er toen?' vroeg Carl.

'Het begon opnieuw, net als vroeger op school. Ze zei dat ze me zou aangeven wegens mishandeling. Maar ik had haar met geen vinger aangeraakt!'

'En toch deed ze aangifte?'

'Het was maar een dreigement. Zo was ze. We zouden scheiden en zij wilde het ouderlijke gezag over Sixten. Als ik de papieren ondertekende, zou ze haar getuigenis intrekken. Anders zou ze ervoor zorgen dat ik hem maar een uur per maand mocht zien, met een medewerker van de sociale dienst erbij, zeg maar...' Bernt verborg zijn gezicht in zijn handen.

'Je had kunnen beweren dat je onschuldig was,' zei Carl. 'Je had de beschuldigingen voor de rechtbank kunnen ontkrachten...'

'Je begrijpt er geen donder van,' zei Bernt. 'Ze kon verdomme letsels laten zien, ik weet niet hoe ze eraan kwam... Maar ze had foto's van zichzelf. Ze was zelfs bij vriendinnen gaan logeren tegen wie ze had gezegd dat ze zo verschrikkelijk bang voor me was...' Hij haalde zijn handen van zijn gezicht en keek Carl aan. 'En wat had het verdomme uitgemaakt als ik een proces had gewonnen? Ze hoefde maar aangifte te doen, dan zou ik Sixten nooit meer zien... Nu mocht ik hem in ieder geval om de week een weekend hebben.'

'En dat is nog steeds zo?'

Bernt knikte.

Carl zette een streep in zijn notitieboekje. 'Laten we teruggaan naar het heden. We hebben Lexa Andersson en Robert Lindström nog maar kort kunnen verhoren, maar volgens hen hebben jij en Camilla geprobeerd hen van het leven te beroven. Wat heb je daarop te zeggen?'

'Camilla zei...'

'O, Camilla weer...' zei Carl.

'Zij zei dat ze Sixten van me af zou pakken als ik niet deed wat ze zei. Ze heeft me ertoe gedwongen.'

'We hebben een pistool naast Camilla's lichaam gevonden en in jouw huis een doosje bijbehorende munitie. Het kaliber komt overeen met de kogel die afgelopen zaterdag op Lexa Andersson is afgevuurd in een bunker in Skogås. Heb jij dat schot gelost?'

'Ja, maar Camilla...'

'...had je ertoe gedwongen. Dat weten we nu wel. En de poging tot verkrachting van Lexa? Heeft Camilla je daar ook toe gedwongen?'

'Verdomme, dat was geen poging tot verkrachting,' zei Bernt verbeten. 'We wilden haar bang maken. Maar inderdaad, dat was ik... of Camilla. De dreigbrieven waren allemaal van Camilla.'

'Camilla heeft aangifte gedaan van verkrachting door Robert Lindström in de nacht van zaterdag op zondag. Ben je daarvan op de hoogte?'

Bernt grijnsde. 'Ja, ze wilde hem laten arresteren...'

'Dus het was geen verkrachting?'

Hij haalde zijn schouders op. 'Ze zei dat ze hem zou laten pakken...'

Carl zweeg even. Hij wisselde een blik met Jodie, die nog steeds bij de deuropening stond. Bernts juridisch assistent, Erik, die geen woord had gezegd tijdens het verhoor, keek hem vragend aan.

'En waarom wilde Camilla dat Robert Lindström opgepakt zou worden en dat jij Lexa Andersson zou aanvallen?'

Bernt keek naar de tafel, haalde diep adem en zei zacht: 'Toen ze veertien was, heeft Camilla haar broertje gedood...' Hij keek Carl met een mengeling van schrik en wanhoop aan. 'Ik heb haar geholpen... Ze wilde niet dat zij erin gingen wroeten.'

Carl leunde op zijn ellebogen naar voren en duwde zijn handpalmen tegen elkaar. In de verhoorkamer heerste doodse stilte, alsof ze even moesten laten bezinken wat hij zojuist had gezegd.

'Zíj heeft Max Sander, haar eigen broer, vermoord? Beweer je dat?' vroeg Carl en in een ooghoek zag hij Jodie een stap dichter naar de tafel toe komen.

Bernt knikte langzaam.

'Ik begrijp het,' zei Carl. 'Daar gaan we het nog met je over hebben, maar laten we nu teruggaan naar de gebeurtenissen van gisteren, op het dak van je huis, waarbij Camilla Sander is verongelukt.'

Erik Oljelund legde een hand op Bernts arm en fluisterde iets in zijn oor.

Bernt schudde hem af. 'Toen ze Robert en Lexa wilde doodschieten heb ik haar tegengehouden… en toen viel ze…'

Carl bestudeerde zijn gezicht, maar er was geen emotie op te zien. 'Heb je haar tegengehouden? Heb je haar ergens mee geslagen, met een dakpan bijvoorbeeld?'

Bernt leunde naar voren. 'Heb je het niet gehoord? Ik heb Robert gered, en die Lexa! Ze wilde hen doodschieten, verdomme. En toen heb ik haar geslagen, oké? Ik moest wel. Het was… hoe noem je dat? Shit!'

Erik legde weer een geruststellende hand op zijn arm. 'Mijn cliënt beroept zich op noodweer,' zei hij. 'Misschien disproportionele noodweer…'

'Ik begrijp het,' zei Carl. 'Daar zullen we het verder over hebben als we de rapporten van de technici en de forensisch arts binnen hebben.'

Carl nam een nieuwe bladzijde van zijn boekje voor zich. 'Laten we het nu even over Olinda Sikonova, Tony Pavic, Johan Brink en Nicklas Eriksson hebben. Wat is er met hen gebeurd?'

Bernt keek hem verbaasd aan. 'Gebeurd? Hoe moet ik dat weten? Ik weet niet eens wie het zijn… Ja, van Olinda en Nicklas weet ik dat wel. Die kwamen soms bij ons als Sixten er was, maar de anderen… die heeft zij op haar geweten, Camilla!'

'En waarom zou Camilla die kinderen doden?'

'Dat zei ik toch al: ze is compleet gestoord.'

Carl glimlachte minzaam. 'Wat fijn dat je iemand die dood is de schuld kunt geven,' zei hij. 'Maar probeer het vanuit ons perspectief te bekijken. Er zijn geen concrete aanwijzingen voor Camilla's schuld, maar er zijn een heleboel dingen die in jouw richting wijzen.'

Bernt zweeg.

'We hebben bijvoorbeeld een blauwgeverfde, aluminium honkbalknuppel gevonden in je zolderkamer, naast Nicklas Eriksson.'

'Dat hok ligt vol met oude meuk,' zei Bernt.

Carl knikte. 'Maar deze honkbalknuppel is gebruikt om Nicklas Eriksson mee op het hoofd te slaan. En misschien ook Johan Brink en Tony Pavic. Dat maakt jóú verdacht, of niet?'

'Nee!' zei Bernt.

'We hebben hem niet alleen op jouw zolder gevonden, hij zit ook nog vol met jouw vingerafdrukken,' zei Carl.

'Hebben jullie ook naar Camilla's vingerafdrukken gekeken?' vroeg hij.

Carl zag dat hij zijn spieren spande.

Toen bedacht Bernt zich opeens. 'Die waren er niet, zeker? Die trut heeft natuurlijk handschoenen gebruikt!'

Carl knikte. 'Dat klopt. Er zaten geen sporen van Camilla op de knuppel.'

'Maar zij heeft het gedaan!' zei hij en hij stond op.

'Hou je gemak,' zei Carl.

Bernt ging weer zitten.

'Maar er staan wel andere vingerafdrukken op de knuppel,' zei Carl. 'We hebben ze nog niet kunnen identificeren, maar...'

Bernt staarde hem aan. 'En met die honkbalknuppel is Nicklas op het hoofd geslagen?'

Het duurde even voordat Carl antwoordde. 'Zeer waarschijnlijk. Hij is opgestuurd voor onderzoek. We wachten op het resultaat, maar er zat bloed op het metaal dat met Nicklas' bloedgroep overeenkomt, ja.'

'En die andere vingerafdrukken?' vroeg Bernt. 'Weten jullie van wie die zijn?'

'Nog niet, zoals ik al zei.'

Bernt begroef zijn gezicht in zijn handen en leunde met zijn ellebogen op tafel. Carl zei niets. Hij had het gevoel dat ze op een soort keerpunt waren gekomen en wist instinctief dat hij in dit stadium alleen maar hoefde te zwijgen. Jodie kwam naast hem zitten. Zij had waarschijnlijk dezelfde indruk gekregen.

Toen Bernt eindelijk opkeek, was alle woede weg. Het leek wel of er een schooljongen tegenover hen zat. 'Oké,' zei hij. 'Ik heb het gedaan. Ik heb hen vermoord.'

108

'Wat gebeurde daar nou?' vroeg Jodie.

Zij en Carl liepen door de gang naar de keuken. Carl wreef over zijn gezicht. Hij voelde de ruwe stoppels en realiseerde zich dat hij vanochtend vergeten was zich te scheren.

'Vanwaar opeens die omslag?' vroeg Jodie.

Carl haalde zijn schouders op. 'Misschien had hij het gevoel dat de bewijzen tegen hem te sterk waren.'

'Nee,' zei ze. 'Het kwam te plotseling.'

Carl drukte op de knop voor gewone zwarte filterkoffie en keek naar het knipperende lampje. 'Dat verhaal over Camilla en hun relatie...' zei hij. 'Denk je dat hij de waarheid sprak?'

'Moeilijk te zeggen...'

Hij dronk van de koffie, die even bitter was als altijd. Hoe kreeg die automaat het voor elkaar om de koffie zo te verpesten? 'Zoals je zei,' ging hij verder, 'waarom veranderde hij van gedachte?'

'Misschien realiseerde hij zich iets over Camilla...' zei Jodie en ze dronk van haar koffie. 'Of, ik weet het niet... Waar hadden we het over toen hij opeens bekende?'

'Over de honkbalknuppel,' zei Carl, 'en dat er allemaal vingerafdrukken van hem op zaten... en niks van Camilla.'

Jodie knikte.

'Heb je trek?' vroeg Carl. 'Zullen we alvast iets eten? Het verhoor kan wel de hele middag duren.'

Een paar uur later zaten ze in dezelfde verhoorkamer. Dezelfde personen, dezelfde plaatsen. De advocaat keek ernstig. Carl begreep dat hij er niet blij mee was dat Bernt zonder voorafgaand overleg had bekend.

'Nou,' zei Carl. 'Daar gaan we weer.' Hij drukte op de opnameknop. 'Laten we beginnen met het eerste slachtoffer, Olinda Sikonova, elf jaar oud.

Je kende haar via je zoon...'

Bernt knikte.

'Waarom moest ze dood?'

Bernt keek naar het tafelblad. 'Ze deed naar tegen Sixten,' zei hij zacht. 'Dus ik...'

'Vermoord je vaker kinderen die náár doen tegen je zoon?'

'Nee...'

Carl ademde diep in. 'Oké,' zei hij, 'we doen het anders. Hoe is het in zijn werk gegaan?'

'Dat was niet zo moeilijk...'

'Dat snap ik. Maar hóé ben je te werk gegaan?'

'Het was na schooltijd. Ik zei dat ze snoep zou krijgen...'

'En toen?'

'Ze ging met me mee. Toen heb ik haar meegenomen het bos in, de berg op, en daar heb ik haar doodgeslagen.'

Carl knikte. 'Weet je nog wat voor weer het was die dag?'

'Wat voor weer?' zei Bernt. 'Nee, daar heb ik niet bij stilgestaan...'

'Herinner je je andere dingen? Wat voor wapen heb je gebruikt om haar te doden?'

Bernt wreef over zijn gezicht. 'Dat weet ik niet meer...'

'Neem de tijd die je nodig hebt.'

Ze wachtten zwijgend.

'Ik weet het niet,' zei Bernt ten slotte. 'Misschien de honkbalknuppel...'

'Oké. En daarna heb je haar in de oude militaire bunker verstopt?'

'Ja.'

Zijn advocaat legde een hand op zijn arm en schudde discreet zijn hoofd.

'Nee, niet in de bunker... Dat was ik eerst wel van plan, maar...' Bernt zweeg even, daarna leunde hij over de tafel heen. 'Oké, ik wilde haar terugpakken. Ik wilde dat zíj eens ergens voor zou opdraaien...'

Carl keek hem verbaasd aan. 'Camilla? Heb je Olinda vermoord om Camilla ervoor te laten opdraaien, bedoel je dat?'

'Ja.'

‘Net zei je nog dat het was omdat Olinda gemeen was geweest tegen je zoon.’

Bernt zuchtte. ‘Dat ook.’

‘En Nicklas Eriksson dan? Was dat ook om Camilla een hak te zetten?’

‘Ja...’

‘Waarom heb je hem dan in je eigen huis verstopt?’

‘Ik had hem later willen verplaatsen. Naar Camilla’s huis.’

‘Kun je dan in Camilla’s huis komen?’

‘Nee, niet in het huis... In de schuur achter het huis.’

‘Oké. Maar waarom koos je uitgerekend Nicklas uit, die jij ook kende via je zoon?’

‘Hij had het op Sixten voorzien. Hij was vervelend tegen hem geweest.’

‘Hij ook al...’

‘Sixten had het moeilijk op school...’

‘Ja, Camilla zei ook al zoiets,’ zei Carl en hij wachtte af of Bernt er nog iets aan toe zou voegen, maar dat deed hij niet. ‘Laten we naar die twee tieners gaan,’ zei Carl. ‘Tony Pavic en Johan Brink. Kende je die ook?’

‘Nee,’ zei Bernt.

‘Waarom heb je ze dan vermoord?’

‘Omdat... Ze hadden me gezien, ze probeerden me geld af te persen. Dus ik sprak met hen af bij het pendelspoor en nam de honkbalknuppel mee.’

‘Weet je nog hoe vaak je hebt geslagen?’

Bernt schudde zijn hoofd. ‘Nee,’ zei hij. ‘Heel vaak.’

‘En heb je daarna de honkbalknuppel afgeveegd?’

Bernt leek na te denken. ‘Nee,’ zei hij toen.

Carl maakte een berustend gebaar. ‘Uiteraard niet. Was het dezelfde knuppel die je hebt gebruikt om Nicklas mee te slaan?’

‘Ja...’ Hij knikte. ‘Die had ik in huis.’

Carl keek op de klok. Twintig over twee. Buiten scheen vermoedelijk de zon, maar dat zag je niet in de verhoorkamer zonder ramen. Dit zou in ieder geval snel voorbij zijn.

Hij glimlachte vriendelijk naar Bernt. ‘Wil je nu zo vriendelijk zijn om de waarheid te vertellen.’

Bernt ging rechtop zitten. 'Dit ís de waarheid!'

Carl keek hem gelaten aan. 'Dan kan ik je mededelen dat de honkbalknuppel op jouw zolder niet gebruikt is om Tony Pavic en Johan Brink dood te slaan. Hun letsels komen niet overeen met de vorm van de knuppel.'

Bernt keek naar Carl en Jodie, klemde zijn kaken op elkaar. 'Misschien was het dan niet de honkbalknuppel,' zei hij. 'Misschien herinner ik het me verkeerd, maar ik heb hen wel vermoord!'

Carl schudde zijn hoofd. 'Verhoor van Bernt Stefan Juuso beëindigd om 14.24 uur.'

Vijf minuten later stapten Jodie en Carl de teamkamer in. Er zat al een handvol politiemensen en Carl begreep dat er niet meer zouden komen. De zaak van de vermoorde kinderen in Skogås werd al min of meer als gesloten beschouwd en de meeste collega's waren doorgegaan met andere onderzoeken.

Hij ging voor het whiteboard staan en kuchte. Jodie stond tegenover hem. Ze leunde tegen een bureau. Asbjörn zat helemaal achterin, op zijn gewone plaats, met zijn armen gekruist voor de borst.

'Vanochtend heeft Bernt Juuso alle moorden bekend,' zei Carl.

Er klonk geroezemoes van 'yes' en er waren een paar overwinningsgebaren te zien.

Maar Carl stak een hand op. 'Helaas denken we dat het een valse bekentenis is.'

Nieuw geroezemoes, teleurgesteld ditmaal.

'Maar de mogelijkheid bestaat dat hij weet wie de moorden wel heeft gepleegd. Daarom moeten we zijn vrienden en kennissen natrekken, voor zover we die kennen, en met hen gaan praten. We hebben een buurvrouw gesproken die daar regelmatig bepaalde auto's heeft gezien.'

Rickard knikte.

'En hoe gaat het met zijn mobiele data?'

'Niks...'

'Hebben we Robert Lindström helemaal afgeschreven?' vroeg Asbjörn, nog steeds met zijn armen over elkaar.

'Ja,' zei Carl.

'Is dat niet wat overhaast... Nu we kennelijk niet meer denken dat Bernt het heeft gedaan?'

'Nee, Robert is in principe uit het onderzoek geschrapt.'

Asbjörn mompelde iets.

'Ja?' zei Carl. 'Wil je er nog iets aan toevoegen?'

'In alle gevallen bevond hij zich op het moment van het misdrijf op de plaats van de moord.'

'Ja, maar Nicklas is op de zolder van Bernt teruggevonden, waar zowel hij als Lexa Andersson het slachtoffer werd van een poging tot moord door Camilla Sander en Bernt Juuso.'

Asbjörn schudde zijn hoofd. 'Dat pleit hem niet echt vrij, juist niet, eigenlijk. Daar bevond hij zich weer op de vindplaats van een lichaam.'

'Zowel hij als Lexa verklaart –' begon Carl.

Asbjörn snoof. 'Dat zullen ze wel met elkaar hebben afgestemd.'

Carl haalde diep adem. Hij dacht aan wat Gert Uwe eerder had gezegd, maar kon zich daar nu niet druk over maken. 'Robert Lindström wordt niet meer van betrokkenheid bij de kindermoorden verdacht,' zei hij streng. 'Daniel Sandén ziet geen reden om verder onderzoek naar hem te doen en zal vermoedelijk ook het vooronderzoek naar verkrachting seponeren. Heb je daar een probleem mee?'

Asbjörn keek hem opstandig aan.

'Nee,' zei hij uiteindelijk.

'Mooi, dan gaan we aan de slag. Zet alles op een rijtje wat jullie over personen in Bernts omgeving vinden. Jodie, jij gaat verder met de verhoren, samen met mij...'

Toen hij daarna in de gang de verkeerde kant op liep, naar de liften, kwam Jodie snel achter hem aan.

'Gaan we Bernt niet verhoren?' vroeg ze verbluft.

Carl schudde glimlachend zijn hoofd. 'Nog niet. Ik moest denken aan iets wat Mikael Roslund zei...'

109

‘Is er weer iets gebeurd?’ vroeg Josefine Underberg. Ze stond met haar jas aan in de hal, kennelijk op weg naar buiten.

‘Nee, we hebben nog een vraag die we vergeten waren te stellen,’ zei Carl.

‘Ik moet Charlie en Emma uit de opvang halen...’ zei Josefine bezwaard.

‘Je vertelde over mensen die vaak bij Bernt kwamen en je noemde zijn zoon, die trouwens Sixten heet,’ ging Carl vriendelijk verder.

‘Ja, maar dat ging toch over die bende van Bernt? Met die jongen... Sixten, hebben we nooit problemen gehad.’

‘Nee, dat weten we,’ zei Carl met een glimlach. ‘Misschien een rare vraag, maar hoe vaak is hij hiernaast?’

Josefine was even stil. ‘We zien hem af en toe... Maar mijn kinderen zijn jonger, dus ze spelen niet met elkaar. Ik weet het niet.’

‘Komt hij vaker dan om het weekend?’ vroeg Carl.

Josefine lachte. ‘O ja, veel vaker. Ik zie hem misschien een paar keer per week, in de weken dat hij hier is, dus. Soms vaker.’

‘Weet je het zeker? Dat hij hier zo vaak is?’

‘Ja...’ zei Josefine, opeens aarzelend. ‘Maar dat is toch niet zo raar? Ik bedoel, hij woont daar. Om de week in ieder geval.’

‘Is hij alleen als je hem ziet?’ vroeg Jodie. ‘Of met zijn vader?’

‘Soms is hij met zijn vader, maar meestal alleen. Zijn vader werkt dan waarschijnlijk... En hij kan natuurlijk zelf alleen van school naar huis lopen. Waarom vragen jullie dit allemaal? Is er iets met hem gebeurd?’

‘Heb je hem weleens met vriendjes gezien?’ vroeg Jodie.

Josefine haalde haar schouders op. ‘Weleens...’

‘Zou je die herkennen?’

‘Nee, dat denk ik niet.’

Carl knikte, alsof dat niet uitmaakte. ‘Heeft hij onlangs nog een vriendje mee naar huis genomen?’

Ze haalde haar schouders op. 'Dat weet ik niet. We zijn buren. Je groet ze en vergeet ze.'

'Ik snap het. Natuurlijk.'

'Waarom liegt Bernt over zijn zoon?' vroeg Jodie toen ze even later in de auto zaten op weg naar het bureau. 'Dat begrijp ik niet… Waarom lieg je over zoiets?'

'Misschien liegt hij niet,' zei Carl. 'Misschien weet hij gewoon niet dat Sixten bij hem thuis is. Maar waarom doet Sixten dat?'

'Om bij zijn moeder weg te zijn?' zei Jodie.

Carl knikte.

'En dan?' vroeg Jodie. 'Denk je dat Sixten iets gezien kan hebben bij zijn vader? Een van die kerels van de motorclub? Dat hij daarom bedreigd werd?'

'Ik weet het niet… Ik moet nadenken.'

Ze reden zwijgend verder.

Hij volgde de wegmarkering met zijn blik, liet zijn gedachten naar believen komen en gaan. Maar toen Jodie rechts aangaf, zei hij: 'Wacht.'

'Wat is er?'

'Ik denk dat we Robert Lindström nog eens moeten verhoren.'

110

Het eerste wat ik zie is het licht van de tl-buizen aan het plafond, dat pijn doet aan mijn ogen. Vervolgens de glimmende metalen standaard die boven mijn hoofd hangt. En daarna de verpleegkundige die zich over me heen buigt.

'Hoe gaat het?' vraagt ze.

'Mijn hoofd...' zeg ik, met lippen die barsten wanneer ik praat.

Ze knikt alsof ze dat al wist. Ze pakt de infuusslang op die mijn elleboogholte binnengaat, kijkt ergens naar en tikt er met haar vinger tegen. 'Kun je bezoek ontvangen?' vraagt ze.

Ik weet dat ik in het Karolinska Ziekenhuis in Huddinge ben. Maar ik weet niet hoe ik hier ben gekomen, alleen dat ik in dit bed wakker ben geworden. Ik geloof dat iemand heeft gezegd dat ik vanavond naar huis mag. Dat alles goed is met me, dat ik alleen moet rusten.

'Er zijn twee rechercheurs die met je willen praten,' zegt de verpleegkundige. 'Zal ik ze wegsturen?'

Ik draai langzaam mijn hoofd heen en weer op het kussen. Ze verdwijnt uit mijn gezichtsveld. Als ik mijn ogen opendoe (heb ik geslapen?) zitten de rechercheurs naast mijn bed. Ik herken hen, ik weet nog hoe ze heten, Carl en Jodie. Als ik mijn hoofd in hun richting draai, heel langzaam zodat het geen pijn doet, zie ik dat ze naar me lachen.

'Hallo, Robert. Kun je praten?' vraagt Carl.

Ik trek mijn lippen van elkaar en mime 'ja'.

'We weten dat jij ter plaatse was bij de school toen Olinda Sikonova werd ontvoerd, en bij het pendelspoor toen Johan Brink en Tony Pavic werden vermoord,' zegt Carl en hij kijkt me aan.

'Waar is Lexa?' zeg ik (of hoor ik mezelf zeggen).

'Ze ligt op een andere zaal,' zegt de tweede rechercheur, de vrouw die me eerder heeft verhoord, Jodie. 'Ze is niet meer in gevaar.'

Ik doe mijn ogen dicht en zeg zacht: 'Ik heb het niet gedaan. Ik heb Max niet vermoord.'

'Daar komen we niet voor. Wij werken niet aan de zaak-Max Sander.'

Ik knik zwijgend.

'Maar we vragen ons iets af,' gaat Carl verder. 'Heb jij iemand gezien toen je op de middag van 2 november, de dag dat Olinda verdween, bij de Lycksätraschool stond?'

Ik beweeg mijn hoofd bijna onmerkbaar heen en weer.

'Je vertelde eerder dat er een aantal leerlingen van de school voorbijkwam.'

'Ja, de school ging net uit...'

Carl knikte. 'Was er een leerling die je opviel, die zich vreemd gedroeg?'

Ik doe mijn ogen weer dicht, zie de jongen voor me die in zijn eentje op het schoolplein stond. 'Er was een jongen,' zeg ik. 'Hij keek naar me.'

'Een jongen? Heb je hem met iemand anders zien praten op het schoolplein?'

'Nee.'

'Heb je gezien waar hij naartoe ging?'

'Ik zag hem in de achteruitkijkspiegel. Toen ik wegreed...'

'Wat deed hij?'

'Hij liep... of rende de heuvel af in de richting van het pendelspoor.'

'Zou je hem herkennen?'

Ik antwoord niet. Mijn hoofd doet weer zeer en ik richt mijn blik op een vlek op het plafond.

'Als je foto's bekijkt?'

'Misschien...'

'Heb je verder nog iemand gezien?' vraagt Jodie en ze leunt naar voren. 'Was er iemand bij hem toen hij naar het pendelspoor rende?'

Ik probeer me die dag te herinneren, de regen, de zwiepende ruitenwissers... 'Ik denk dat hij achter iemand aan rende,' zeg ik.

'Probeer het je te herinneren.'

'Ik zag dat er iemand voor hem liep op het pad en dat hij dezelfde kant op rende...'

‘Zag je ook wie?’

Ik kijk naar hen zonder mijn hoofd te bewegen, ik zie hun opwinding. Die proberen ze te verbergen, maar ik zie het toch.

‘Nee,’ zeg ik bijna geluidloos.

Ze zakken in elkaar, kijken teleurgesteld.

‘Alleen dat hij een rood regenjack droeg…’

111

Woensdag 11 november

Jodie bood hem koffie aan, maar Bernt schudde zijn hoofd.

'Wat gaat er met hem gebeuren?' vroeg hij.

'Met wie?' vroeg Carl.

'Met Sixten. Wat gebeurt er met hem? Nu ik naar de gevangenis ga en Camilla… dood is.'

'Daar kunnen wij niets over zeggen. De sociale instanties zullen zo spoedig mogelijk een veilig thuis voor hem regelen.'

Carl hield een vervelend gevoel over aan zijn woorden, maar zo was het.

'Ik zou hem graag willen zien,' zei Bernt.

Carl schudde zijn hoofd. 'Nog niet. Dat komt wel, maar niet nu.'

Jodie stond schuin achter Carl tegen de muur geleund. Nu kwam ze naast hem zitten en zette ze haar koffiekopje op tafel. 'Blijf je bij je bekentenis van gisteren?' vroeg ze.

Bernt knikte.

'Wil je dat hardop zeggen, alsjeblieft?'

'Ja,' zei Bernt, terwijl hij zich naar de microfoon op tafel boog. Hij was bleker dan gisteren, geslotener. Maar hij zag er uitgerust uit, kalm.

'Hoe vaak is Sixten bij jou?' vroeg Jodie.

'Wat?'

'Je hebt de vraag wel gehoord.'

'Om de week een weekend. Als er niets bijzonders is. Maar dat weten jullie al.'

'En hij kan niet in jouw huis zijn geweest zonder dat jij het wist?'

Bernt aarzelde. Hij keek eerst Carl en daarna Jodie vragend aan. 'Nee… volgens mij niet.'

'We hebben met getuigen gesproken die zeggen dat ze Sixten daar veel vaker hebben gezien dan om de veertien dagen een weekend.'

'O, oké? En? Van mij mag hij zo vaak komen als hij wil…'

'Oké. Waarom denk je dat hij zo vaak naar jou toe is gegaan?'

Bernt haalde zijn schouders op. 'Misschien wilde hij gewoon even rust… even bij zijn moeder weg zijn. Ik heb toch verteld hoe ze is… of was?'

'We hebben informatie dat hij ook vriendjes meenam,' zei Carl.

Bernt leunde naar voren. Hij leek nu geïrriteerder. 'Hij mag zoveel vriendjes meenemen als hij wil. Wat willen jullie eigenlijk?'

Carl legde zijn handpalmen op de tafel en boog zich naar hem toe.

'We hebben nog een getuige,' zei hij. 'Iemand die Sixten in gezelschap van Olinda heeft gezien op de middag van haar overlijden.'

'En wat dan nog? Ze zaten bij elkaar in de klas. Hij nam haar weleens mee…'

'We denken dat het als volgt is gegaan,' zei Carl rustig. 'Sixten is die middag achter Olinda aan gerend, heeft haar meegenomen de steile heuvel op en heeft haar met een steen doodgeslagen.'

112

Sixten zat op het puntje van de stoel aan de verhoortafel. Ulrica Wälgård, een medewerker van de sociale dienst van in de dertig, zat naast hem en keek hem meewarig aan. Haar bob gleed om de haverklap voor haar ogen en telkens schoof ze het haar met een irritant groot gebaar naar achteren. De hele persoon was irritant, vond Jodie. Ze droeg kleren die de indruk wekten dat ze uit een circusfamilie kwam en had een kinderlijke stem die ze nog hoger maakte als ze met Sixten praatte. Ze zag dat Sixtens advocaat, een stijve man in pak, genaamd Patrik Gideonson, haar ook irritant vond. Maar Carl had voet bij stuk gehouden, het was een wettelijke eis dat er iemand van de sociale instanties bij was.

'Ja,' zei Sixten zacht en hij keek naar de tafel. 'Ja, ik heb Nicklas met de honkbalknuppel geslagen. Maar dat moest...'

'Moest dat?' vroeg Jodie zo vriendelijk mogelijk. 'Waarom?'

Carl had bepaald dat zij het verhoor zou doen, dat ze daar het geschiktst voor was.

'Het was zijn eigen schuld,' zei Sixten schouderophalend. 'Nicklas zei dat hij het zou vertellen van Olinda. En toen moest het wel...'

'Wat zou Nicklas vertellen van Olinda?' vroeg ze.

Sixten zweeg en sloeg zijn ogen neer, terwijl Ulrica tegen Jodie zei: 'Ik vind dit verhoor niet kunnen. De jongen is duidelijk in shock na het verlies van zijn moeder, en om nu met deze vreselijke beschuldigingen te worden geconfronteerd...'

Sixten schudde zijn hoofd. 'Ik mis Camilla niet,' zei hij.

Ulrica keek hem teder aan. Alsof ze niet had gehoord wat hij zei, bedacht Jodie. 'Je hoeft je nergens voor te schamen... Ze was je moeder. Het spreekt vanzelf...'

'Maar luister dan! Ik ben blij dat ik van haar af ben!' Zijn stem brak, net als wanneer een luidspreker kapotgaat en het geluid onherkenbaar wordt. Hij zag eruit alsof hij in tranen uit kon barsten, maar in plaats daarvan nam hij weer dezelfde houding aan als eerder en zakte in elkaar op zijn stoel.

'Je hebt het volste recht om boos te zijn. Na wat er is gebeurd...' ging Ulrica verder. 'Iedereen reageert anders.'

Sixten keek halsstarrig naar de tafel, wiegde langzaam heen en weer met zijn bovenlichaam.

'Even terug naar het verhoor...' zei Jodie.

Ulrica, die haar mond had opengedaan om nog iets te zeggen, knikte zwijgend.

'Sixten,' zei Jodie. 'Ik weet dat dit moeilijk is, maar kunnen we bij het begin beginnen? Kunnen we beginnen met je klasgenootje Olinda? Wil je vertellen wat er die middag is gebeurd?'

Sixten keek op. 'Ze zei dat ze zou komen,' zei hij. 'Uit school. Dat hadden we afgesproken. Maar ze kwam niet. En toen ik achter haar aan rende, zei ze dat ze met Nicklas had afgesproken! Dat zij iets zouden doen met zijn tweeën, zonder mij erbij.'

'Oké,' zei Jodie voorzichtig. 'Werd je toen boos omdat je niet mocht meedoen?'

'Maar snap je het niet? Dat walgelijke joch! Zijn moeder draagt een trainingsbroek als ze hem komt halen. Als hij in de kantine eet, kun je niet naast hem zitten. En in de les, hij heeft geen idee. Ik ben overal beter in dan hij. Toch wilde ze met hém.'

Jodie boog zich naar hem toe. 'Dus jij rende achter Olinda aan op het pad naar het pendelspoor... Het regende en Olinda had een rood regenjack aan. Wat gebeurde er toen?'

'Ik wilde alleen dat ze het begreep...' zei hij, alsof hij in zichzelf praatte.

'Wat moest Olinda begrijpen?'

Hij keek Jodie in de ogen en ze kreeg het idee dat hij opgelucht keek.

'Maar ze was zo dom!' zei hij. 'Ik moest het er bij haar in rammen, maar ze snapte het nog steeds niet...'

'Waren jullie toen in de grot?'

'Ja, ik zei dat ik haar eerst iets wilde laten zien in de grot.'

'En wat gebeurde er in de grot?'

'Ze ging dood. Ze schokte zo raar met haar lichaam...'

'Ze ging dood omdat jij met een steen op haar hoofd sloeg?' vroeg Jodie.

Sixten knikte. Ze wachtte tot hij verder zou praten, maar hij zweeg.

'Ze was halfnaakt toen we haar vonden,' zei Jodie langzaam. 'Waarom?'

Sixten keek weer naar zijn handen, die roerloos op zijn knieën lagen. 'Dat zeg ik niet,' zei hij.

'Het is belangrijk dat je alles vertelt wat er gebeurd is... Belangrijk dat wij het begrijpen, zodat we je kunnen helpen...'

Ze keek naar Ulrica, die knikte.

Sixten hield zijn ogen nog steeds neergeslagen. 'Zij...' begon hij. En toen heel zacht, zonder iemand aan te kijken. '...wilde dat.'

'Zij wilde dat?' vroeg Jodie agressiever dan ze van plan was geweest. Op neutralere toon ging ze verder: 'Maar ze was dood...'

Hij keek op en leek voor het eerst bang, bedacht Jodie. Geen berouw of schaamte, maar angst.

'Ik was bang voor Camilla...'

'Ik begrijp het niet. Heb je daarom haar kleren uitgetrokken?'

Sixten wiegde opnieuw heen en weer met zijn bovenlichaam.

'Waarom was je bang voor je moeder? Wat zou ze hebben gedaan?'

Hij keek verbaasd naar haar op.

'Ze zou me hebben vermoord.'

'Natuurlijk niet,' zei Ulrica, die nu opeens begrepen leek te hebben wat voor jongen ze voor zich had.

Had ze haar mond maar gehouden en alleen geobserveerd, net als de advocaat, bedacht Jodie.

Nu richtte Sixten zich boos tot Ulrica: 'Hou je kop, mens. Je weet er geen donder van hoe Camilla was!'

Ulrica keek hem nog steeds vriendelijk aan, maar Jodie zag dat ze tegelijkertijd achteroverleunde, bij hem weg, alsof ze bang was.

'Sloeg ze je?' vroeg ze.

Sixten lachte. 'Nooit zo dat je het kon zien. Ze deed liever andere dingen. Zoals de kelderkast. Daar sloot ze me naakt op als ik iets had gedaan wat haar niet beviel. Een paar weken geleden heeft ze me een hele nacht in het donker tussen de spinnen laten zitten om ná te denken... Alleen omdat ik mijn telefoon had laten vallen en het scherm was gebroken. Wat denk je dat ze zou hebben gedaan nadat... na Olinda?'

Ulrica zei niets.

Jodie schraapte haar keel. 'En de auto,' zei ze om het gesprek weer terug te brengen naar de tweede november. 'Die witte auto die je bij de school hebt gezien, en die andere die je probeerde te ontvoeren?' vroeg Jodie.

'Dat van die auto die stopte heb ik verzonnen, maar de auto bij het schoolplein heb ik echt gezien.'

Jodie knikte. 'Maar die had niets met Olinda te maken?' vroeg ze.

Sixten schudde zijn hoofd.

'Juist,' zei ze. Ze bladerde in haar opschrijfboekje, vooral om even pauze te nemen. 'En Nicklas?' vroeg ze. 'Wil je over hem vertellen?'

'Dat zei ik toch? Hij zag me toen ik met Olinda verdween. Hij was er in ieder geval bij toen ik haar vond. En toen zag ik dat hij het doorhad.'

'Want jij had haar gevonden?'

Hij knikte. 'Ik moest haar natuurlijk wel vinden...'

Jodie schudde haar hoofd. Ze kon zijn redenering moeilijk volgen. Het ging van de hak op de tak. 'Waarom moest je Olinda vinden?'

Hij keek haar aan, weer met die verbaasde blik die ze tijdens het verhoor eerder had gezien. 'Anders hadden jullie natuurlijk sporen van me gevonden,' zei hij, alsof dat vanzelf sprak. 'Dat heb ik op tv gezien, dat de politie alles vindt...'

Jodie antwoordde niet. Hij was een mooie jongen, die zo mee zou kunnen spelen in een reclamespotje voor kinderkleding of zoiets. In plaats daarvan zat hij hier te vertellen dat hij een klasgenoot had vermoord.

'En wat heb je toen gedaan?' vroeg ze voorzichtig.

'Ik wachtte voor zijn huis.'

'En toen?'

'Ik heb hem meegenomen naar het huis van mijn pa.'

'Hoe...'

'Ik had een mes...'

'Dus je bedreigde hem?'

'Hem niet. Hij had zo'n stomme pop die hij altijd in zijn tas meesleepte. Daar heb ik het hoofd af gesneden... En toen zei ik dat ik hetzelfde met hem zou doen.'

'En toen is hij meegegaan naar het huis van je vader?' vroeg Jodie.

Sixten knikte, terwijl hij zijn vingers heen en weer liet bewegen over zijn spijkerbroek.

'En wat gebeurde er bij je vader?' vroeg Jodie, die voelde dat ze onwillekeurig haar spieren spande.

'Ik wilde zeker weten dat hij zijn bek zou houden,' zei Sixten en hij balde zijn vuisten. 'Hij had kunnen doen alsof. Hij had kunnen zeggen dat hij niets wist, dat hij niet doorhad waar ik mee bezig was... maar hij...' Sixten keek op. '...hij beloofde dat hij het nooit zou vertellen. Dat beloofde hij... Maar zoiets beloof je, omdat je het juist wel gaat vertellen, of niet? Zo werkt dat, eerst beloof je het, maar dan... Dus heb ik hem met de honkbalknuppel geslagen.'

Het was even stil. Ulrica keek Sixten van opzij aan.

'En toen?' vroeg Jodie. 'Heb je hem toen op zolder verstopt?'

'Ik wist niet goed wat ik met hem moest doen...'

'Oké, dat begrijp ik,' zei Jodie. 'Je weet dat Nicklas niet dood is, toch?'

Sixten keek verbaasd. 'Is hij niet dood?'

'De dokters zeggen dat hij weer volledig zal herstellen.'

Sixten zei niets, maar hij leunde naar voren met zijn ellebogen op zijn knieën en wiegde zachtjes heen en weer.

Jodie bladerde verder in haar papieren. 'We willen later nog verder met je praten over Olinda en Nicklas,' zei ze vriendelijk. 'Maar laten we het nu nog even over Johan Brink en Tony Pavic hebben. Denk je dat dat lukt?'

Sixten keek haar verbaasd aan. 'Waarom wil je het over hen hebben?' Vervolgens lachte hij. 'Denken jullie dat ik dat heb gedaan? Dat ik hen heb vermoord?'

Jodie wachtte af of hij nog meer zou zeggen.

'Oké, maar dat is niet zo. Waarom zou ik dat doen?'

'Misschien hadden ze je gezien? Net als Nicklas?'

Sixten schudde zijn hoofd. 'Ik heb het niet gedaan, echt niet. Ze zitten in de negende. Serieus, wat denken jullie, dat ik Superman ben?'

Jodie zag dat Patrik en Ulrica allebei in beweging wilden komen, alsof ze de volgende vraag wilden verhinderen.

'Oké,' zei Jodie. 'Ik begrijp het. Zoals ik al zei, we willen later nog eens met je praten, maar ik denk dat het voor vandaag wel genoeg is.'

Sixten haalde zijn schouders op.

'Het verhoor van Sixten Sander wordt beëindigd,' zei ze hardop. 'Het is woensdag 11 november, 11.28 uur.'

Patrik Gideonson, de advocaat van Sixten, had tijdens het hele verhoor geen woord gezegd. Er viel misschien niet veel te zeggen, bedacht Jodie. Ze keek naar Ulrica, die zich naar Sixten toe boog en hem vroeg hoe het ging.

Er zou geen rechtszaak komen, wist Jodie. Sixten zou in de jeugdpsychiatrie terechtkomen en daarna in verschillende instellingen. Misschien zou hij na verloop van tijd bij zijn vader geplaatst kunnen worden, maar dat lag dan nog ver in de toekomst.

113

Carl liep snel achter haar aan door de gang voor de verhoorkamer. 'Ik weet dat het altijd moeilijk is met kinderen,' zei hij. 'Maar je hebt het goed gedaan.'

Jodie knikte. 'Ik ben gesloopt.'

'Koffie? Ik was al op weg...'

Ze liepen zwijgend verder naar de keuken.

'Hoe is het met Bernt gegaan?' vroeg ze en ze drukte op de knop voor caffè latte.

'Asbjörn heeft de verhoren overgenomen,' zei Carl. 'Bernt wil vooral over Sixten praten, maar heeft intussen de mishandeling van Lexa in het Pålsundspark bekend en de poging tot moord op Lexa en Robert in zijn eigen huis.'

'En Camilla's dood?'

Carl drukte ook op de latte-knop en keek vervolgens berustend toe terwijl de automaat de vloeistof gorgelend liet stromen. 'Hij geeft toe dat hij haar met een dakpan op het hoofd heeft geslagen toen hij wilde voorkomen dat ze op Robert en Lexa zou schieten... Het was noodweer, zegt hij.'

Toen Carl zijn bekertje wilde pakken, hield Jodie hem tegen.

'Probeer dit eens...' zei ze en ze drukte op de espressoknop.

Hij wachtte geduldig, terwijl er nog meer koffie in het bekertje liep.

'En Tony en Johan?' vroeg hij.

Jodie zuchtte. 'Sixten zegt dat hij daar geen schuld aan heeft. En ik geloof hem. Hij heeft geen reden om te liegen.'

Carl pakte zijn bekertje. 'Wie heeft hen dan vermoord?' vroeg hij.

'Als zij niets met Olinda te maken hebben, dan zou het iedereen kunnen zijn,' zei Jodie. 'In dat geval moeten we weer bij nul beginnen, hun contacten nalopen, dealers, helers, eventuele bendes...'

Carl knikte. 'Ik wil voorstellen dat jij en ik dat niet gaan doen, maar dat Asbjörn en zijn team daarmee verdergaan,' zei hij en hij dronk van de koffie. Verbazingwekkend genoeg de beste die hij tot nu toe van deze automaat had geproefd. Hij liep terug naar de teamkamer.

'Eén ding nog,' zei Jodie, die naast hem liep. 'Wat was die opmerking van Mikael Roslund eigenlijk waar je aan moest denken?'

'Dat ouders soms buitensporig loyaal zijn jegens hun kinderen... Hij doelde alleen op de verkeerde ouders.'

'Ja, en op het verkeerde kind.'

114

Vrijdag 13 november

Lexa zet de Indische afhaalmaaltijd op haar keukentafel en schenkt wijn in uit een fles. Het is haar idee. Om het te vieren.

Aan haar schouders is niets te zien, maar onder haar shirt zit een bobbel van verband, waar ze aan haar long is geopereerd. Ze beweegt langzaam, niet zoals anders.

'Je bent vrij,' zegt ze. 'Ik weet niet of de officier van justitie besluit om de zaak te heropenen, maar dat maakt misschien niet zoveel uit.'

Ik knik en probeer te glimlachen. Carl Edson heeft haar eerder vandaag gebeld om te zeggen dat Bernt heeft bekend dat hij en Camilla Max Sander hebben gedood. Ze kijkt verwachtingsvol naar me, alsof ik me gelukkig zou moeten voelen. Maar het is een raar gevoel: om niet meer te weten wie ik ben.

Ze heft het glas. 'Proost!' zegt ze. 'Op ons komende boek.'

We proosten. Ze eet met haar linkerhand, langzaam en een tikkeltje onhandig. Mijn misselijkheid is over, maar ik ben nog steeds af en toe duizelig. De artsen zeggen dat dat na verloop van tijd overgaat, en dat ik volledig zal herstellen.

'Ik vraag me iets af,' zegt Lexa en ze legt haar bestek neer.

Ik kijk haar aan.

'Weet je nog dat we het erover hadden waarom jij in een pleeggezin kwam? Dat het geen straf was, maar dat het met je ouders te maken had?'

Ik knik.

'Heeft dat iets met je broer te maken?'

En voordat ik antwoord kan geven zegt ze: 'Ik weet dat je er niet over wilt praten. Dat wilden je ouders ook niet.'

Ik stop met eten, kijk naar de tafel. Het maakt niet meer uit. 'Hij is overleden,' zeg ik ten slotte. Dan vertel ik over Dan.

Dan was mijn grote broer. Ik kan niet zeggen dat ik hem aardig vond. Hij was zoals meer grote broers. Hij sloeg me als ik met zijn speelgoed wilde spelen (en mijn moeder er niet was), hij zorgde ervoor dat ik minder zaterdagsnoep kreeg dan hij. Als we een spelletje deden, won hij altijd; hij veranderde zelfs de regels, zodat ik zou verliezen.

Toen ging hij dood en veranderde alles.

Hij was negen. Ik was zeven. Niemand had er schuld aan, Dan zelf ook niet. Hij was boven, in de slaapkamer van mijn ouders. Ik stond buiten op de oprit te kijken naar mijn vader, die aan het metselen was. De cementmolen draaide ratelend rond met water, cement en steentjes. Af en toe liet papa de specie in een emmer lopen en smeerde die met een troffel uit over de muur en legde de ene steen na de andere.

Het was zaterdag, een gewone middag. Af en toe keek papa op, wenkte me. Hij stak me een steen toe die ik erop mocht leggen. Glimlachend.

Boven ons zette Dan het raam open, leunde naar buiten om te kijken wat wij aan het doen waren, hield zich vast aan de haak van het raam. Het leek wel of hij jaloers was. Hij had iets van: *Kijk naar mij!* Toen brak de haak. En Dan viel met zijn hoofd naar beneden van de bovenverdieping. Hij maakte een salto. Zijn lichaam sloeg tegen het asfalt van de oprit voordat iemand kon reageren. Hij schreeuwde aan één stuk door, daarna klonk er een doffe bons en werd het stil. Hij had het oog van de haak nog om zijn wijsvinger toen het ambulancepersoneel hem weg kwam halen.

Wat ik me vooral herinner, is de stilte. Dat het daarna zo ondraaglijk stil werd. En dat thuis alles stopte. De cementmolen, de auto op de oprit, de half voltooide renovatie van de woonkamer – alles bleef zoals het toen was, vastgevroren in het moment waarop Dans lichaam tegen de grond sloeg.

115

Ze zaten in een afgescheiden zitje van restaurant Pelikan in Södermalm, tussen de houten panelen en het ouderwetse bruine interieur. Het was Jodies voorstel geweest. Carl was er in jaren niet geweest. Ze zaten allebei achter een bord met gehaktballetjes en aardappelpuree en een biertje. Jodie had haar bord nauwelijks aangeraakt, terwijl Carls bord bijna leeg was. Hij legde zijn bestek neer en dwong zichzelf om langzaam te eten. Hij herinnerde zich wat zijn ex-vrouw altijd zei: 'Je proeft niet eens wat je eet.'

Hij en Jodie hadden de vorige dag vrij genomen. Carl had praktisch alleen maar geslapen. Er zat zoveel vermoeidheid in zijn lijf dat hij nauwelijks energie had om op te staan en naar de wc te gaan. Gert Uwe had 's middags gebeld om te vragen waar hij was en waarom hij niet aan de zaak-Brink/Pavic werkte. Toen Carl had gezegd dat hij die zaak wilde overdragen, had Gert gefrustreerd gevraagd wat dat nou voor onzin was. In plaats daarvan had hij geëist dat Carl en Jodie samen met de rest van het team een nieuw begin zouden maken, dat ze vandaag met hernieuwde krachten en een open blik naar de zaak zouden kijken.

Ze hadden inderdaad een nieuw begin gemaakt. Ze hadden een lijst gemaakt van alle bekende contacten van de jongens, ze hadden geprobeerd hun dealers op te sporen en een eventuele heler te vinden, ze waren opnieuw begonnen met het verhoren van alle getuigen. Maar iedereen was moe, ondanks de vrije dag die ze hadden gehad, en ze kwamen nergens.

Jodie dronk van het bier. Daarna keek ze hem vanonder haar pony aan. 'Wist je dat Rickard en ik aan het daten zijn geweest?'

Carl knikte. 'Ik dacht al zoiets...'

'Uiteraard,' zei ze en ze lachte.

'Aan het daten?' vroeg Carl.

'Wij... Ach, het was maar een avontuurtje... Ik ben er niet aan toe, heb ik het gevoel... niet met een collega. En hij is zo jong. Ik vínd hem zo jong.'

Carl knikte. Hij at zijn bord leeg en veegde zijn mond zorgvuldig af met het dikke linnen servet.

Jodie maakte met haar vork patroontjes in de aardappelpuree. 'Als dit allemaal afgerond is, wil ik naar de Verenigde Staten,' zei ze zonder op te kijken. 'Vakantie houden. Bij mijn vader op bezoek gaan.'

Carl keek haar vragend aan.

'Ik heb gedaan wat je zei,' zei ze. 'Gisteren. Ik heb hem gegoogeld en hem een mailtje gestuurd.'

'En?'

'Hij reageerde meteen. Hij nodigde me uit om bij hem langs te komen.'

Carl wist nooit wat hij in zo'n situatie moest zeggen. Hij voelde zich altijd opgelaten als er vertoon van emoties werd verwacht. 'Wat leuk,' bracht hij met moeite uit.

Zwijgend maakte ze met haar vork een liggende acht in de aardappelpuree. Het oneindigheidssymbool. 'Wat je zei, klopte precies,' zei ze.

'Wat zei ik dan?'

'Dat hij misschien geprobeerd had contact met mij op te nemen, maar dat mijn moeder de brieven had achtergehouden.'

'Misschien wilde ze jou het gemis besparen...' zei Carl.

Jodie schudde haar hoofd. 'Jij draait echt alles om. Je lijkt wel een therapeut.'

Carl fronste zijn wenkbrauwen, zo zou Linda hem niet snel beschrijven.

'Toen ik studeerde moest ik in therapie,' zei Jodie. 'Die therapeut draaide alles eindeloos om. Net als jij.'

'Sorry, het was niet de bedoeling om mijn neus in jouw...'

Ze legde snel een hand op de zijne. 'Het is oké, Carl. Je hebt me geholpen. Dank je wel.'

'Is alles naar wens?' vroeg een ober in een wit overhemd en een zwart vest, die uit het niets was gekomen. Hij boog zich glimlachend over hen heen en pakte Carls bord.

Jodie trok haar hand terug en schoof haar halflege bord naar voren. 'Het was erg lekker,' zei ze en ze leek het te menen.

'Wilt u verder nog iets? Koffie? Thee?'

'Koffie,' zei Carl.

Jodie knikte. 'Voor mij ook.'

'Twee koffie,' zei de ober en hij verdween snel met hun borden.

Ze zwegen een poosje.

'Waar in de VS woont hij?' vroeg Carl.

'Aan de westkust, in Oregon. Hij werkt kennelijk als reisleider op vistrips, dus ik denk dat we gaan vissen...'

'Dat klinkt... reuzegezellig,' zei Carl. 'Je kijkt blij.'

Ze glimlachte. 'Ik heb sinds mijn vroege jeugd niet meer gevist... En toen deed hij alles, hij wierp uit, hij haalde de vis van de haak en maakte hem dood. Ik hoefde hem alleen maar binnen te halen.' Ze lachte. 'Dat gaat straks weer precies zo.'

'Dat moet je niet zeggen...' zei Carl.

Ze glimlachte. 'Jawel,' zei ze. 'Ik vind het naar. Een spartelende vis vasthouden en hem op de kop slaan...' Ze trok een lelijk gezicht. 'Weet je hoe het heet, dat ding waarmee je vissen doodmaakt?' vroeg Jodie.

'Nee, geen idee.'

Als Carl viste, deed hij dat vanaf de steiger bij zijn zomerhuisje en hij ving dan hooguit kleine baarzen die hij de kop niet hoefde in te slaan.

'Priest,' zei Jodie. 'Priester. Alsof je ze het laatste oliesel geeft of zoiets...'

'Een priest?' zei Carl.

'Een korte stok met een zwaar stuk metaal aan de bovenkant.'

'Zo een heb ik geloof ik weleens gezien,' zei hij.

De ober dook weer op zonder dat ze hem hadden zien aankomen. 'Alstublieft, twee koffie,' zei hij en hij zette hun kopjes voor hen op tafel.

Jodie keek vragend naar Carl, die peinzend voor zich uit staarde en over zijn neus wreef.

'Waar denk je aan?' vroeg ze.

Hij haalde zijn schouders op, dronk van de koffie.

'Beatrice zei dat de tieners vermoord zijn met een smal voorwerp, een ijzeren pijp of zo... en, nou... gewoon een idee dat bij me...' Hij schudde zijn hoofd.

'Zeg op,' zei ze.

‘Ik dacht aan de reactie van Olinda’s vader op het schoolplein toen Nicklas verdween. Hij schreeuwde en was er helemaal kapot van, weet je nog?’

‘Ja,’ zei Jodie. ‘Maar dat is toch niet zo raar, ik bedoel gezien...’ Ze maakte een vaag gebaar.

‘Nee, misschien niet,’ zei Carl. ‘Maar dat hij zo van de kaart was. Hij kende de jongen nauwelijks...’

‘Het kwam waarschijnlijk allemaal weer naar boven...’ zei Jodie.

‘Ik heb hoe dan ook over hem nagedacht,’ ging Carl verder. ‘En nu jij dat net zei van die priest...’

‘Wat probeer je te vertellen?’

‘Ik denk dat ik weet waarom hij zo schreeuwde.’

116

De man die vijfentwintig minuten later de deur van zijn huis voor hen opendeed, was een wrak. Hij was de afgelopen dagen minstens tien jaar ouder geworden, bedacht Carl. Ivan was eerder ook al mager geweest, maar nu was hij vel over been en zijn haar zat in vette pieken op zijn hoofd geplakt.

'Dag, ik ben Jodie Söderberg. We hebben elkaar al eens eerder ontmoet, we zijn van de politie...'

Ivan draaide zich om zonder iets te zeggen. Jodie en Carl liepen aarzelend achter hem aan. In de hal aangekomen moest Carl zich beheersen om zijn neus niet in zijn elleboogholte te steken en door zijn mond te ademen. De stank was overweldigend. Rottend eten, zweet, vuil, urine...

Carl knikte veelbetekenend naar de beige plastic bak, die nog steeds naast twee vishengels in de hal stond.

In de keuken stond de gootsteen vol met glazen, borden en bestek. Op de vloer lagen gescheurde vuilniszakken en etensresten. Carl rook de geur van kattenpis en zag hier en daar hoopjes waar de kat zijn behoefte rechtstreeks op de keukenvloer had gedaan. Hij bleef staan en keek om zich heen. Schuin tegenover de keukendeur was een wc-deur. Die zat dicht. Toen Carl hem opendeed, zag hij de kattenbak links naast de wc-pot staan. Hij liet de deur openstaan en liep door naar de woonkamer.

Ivan was op de bank gaan zitten en had een deken om zich heen geslagen, alsof hij het koud had. Er was een natuurfilm op tv, maar het geluid stond uit.

'Hoe gaat het met je?' vroeg Jodie. 'Zullen we iemand laten komen?'

De man keek hen verbaasd aan, alsof hij was vergeten dat hij hen zojuist had binnengelaten, maar hij schudde zijn hoofd.

'En je vrouw? Hoe is het met haar?'

Hij keek met donkere, van pijn vervulde ogen naar Jodie. 'Ze ligt nog in het ziekenhuis. Ze denken dat ze uit haar coma zal ontwaken, maar ze zal nooit meer de oude worden.'

Jodie zweeg.

'Iemand was vergeten haar schoenveters af te pakken...' zei hij zacht met stijve gebarsten lippen. 'Toen ze haar vonden, was haar hart er al mee gestopt...'

'Wat erg...'

Ivan wuifde vermoeid met zijn ene hand, haalde diep adem en keek naar hen. 'Ik weet waarom jullie hier zijn,' zei hij en hij glimlachte naar hen.

Carl schoof een fotoalbum opzij en ging naast Ivan op de bank zitten.

'Ze waren onschuldig... Ze hadden niets gedaan,' zei Ivan.

'Tony en Johan?' vroeg Jodie voorzichtig.

'Ik wist het zo zeker... Zoals ze lachten... *grijnsden!* Alsof ze iets goeds hadden gedaan toen ze daar over dat pad liepen.' Hij keek haar wanhopig aan, maar leek vooral in zichzelf te praten.

'Ik was ervan overtuigd dat ze zich aan haar hadden vergrepen... en toen...'

Carl knikte. 'Maar waarom legde je hen op het spoor?'

Ivan ademde diep in. 'Ik had hen onder de bosjes verstopt, maar toen werd ik bang dat jullie erachter zouden komen dat ik het gedaan had.' Hij schudde zijn hoofd en sloeg zijn handen voor zijn gezicht. 'Ik kon niet meer helder denken...' fluisterde hij.

'Dus je probeerde te verhullen dat ze doodgeslagen waren door ze door de trein te laten overrijden...'

Hij knikte. 'Ik dacht dat de trein ervoor zou zorgen dat je niet meer kon zien wat hen had gedood.'

Ze zwegen even.

'Als we jouw viskoffer in de hal openmaken, vinden we dan het moordwapen?' vroeg Carl.

Ivan keek naar hen op. 'Ja,' zei hij zacht.

'We moeten je meenemen naar het bureau. Er komt een dokter naar je kijken en dan mag je slapen… Daarna praten we verder over Tony en Johan.'

Ivan kwam vermoeid omhoog van de bank en liet de deken op de vloer vallen. 'Kan iemand voor Cilla zorgen?'

'Wie is Cilla?'

'De poes van Olinda. Ze is hier ergens…'

Hij keek bezorgd om zich heen. Jodie legde zacht een hand op zijn schouder.

'Wij zorgen wel voor haar. Kleed jij je maar aan, dan doen wij de rest.'

117

Maandag 16 november

Ik heb me dit moment de afgelopen jaren zo vaak voorgesteld, maar nu ik groepjes leerlingen door de deuren van de school naar buiten zie stromen, weifel ik. Ik probeer te bedenken dat ik geen kindermoordenaar meer ben. Maar dat maakt niet uit. Het zit nog in me, het zit in mijn lichaam gekerfd.

Ik kan me hem nauwelijks herinneren. Alleen zijn lach, een klokkend geluid dat in zijn buik begon. Misschien lachen alle kinderen zo (terwijl volwassenen met hun keel en hun gezicht lachen, alsof ze ergens onderweg hun lichaam zijn kwijtgeraakt). Misschien is het niet eens zíjn lach, maar gewoon een lach die ik eens heb gehoord en daarna met hem in verband heb gebracht. Ik weet het niet, ik hoor die lach gewoon in mijn hoofd. En die blijf ik horen.

Toen was hij nog maar twee. Nu is hij vijftien.

Ik volg de oudere leerlingen met mijn blik, ik hoor ze lachen om een grap, ik hoor ze hard en lawaaiig praten, terwijl ik naar hem zoek met mijn blik.

De zon gaat al onder, maar het is aangenaam fris buiten, bijna windstil. Het grote gele schoolgebouw straalt warmte uit. Ik sta aan de rand van het plein en leun tegen het zwarte ijzeren hek naast een van de korte stenen trappen die afdalen naar het Vitabergspark. Een eindje verderop ligt het Sofiakerkhof. Het ruikt naar vochtige aarde en bladeren. Ik hou van die geur. Ik heb altijd van de herfst gehouden.

Op de een of andere manier denk ik dat ik hem zal herkennen. Vanzelf. Maar ik heb hem nog niet gezien. Alleen de kriebels in mijn buik als ik denk dat hij het is en dan de teleurstelling (en de opluchting) als ik begrijp dat het niet zo is.

Lexa zit wat lager op een bankje buiten het schoolplein. Hiernaartoe lopen was al inspannend voor haar. Haar long is nog niet genezen, maar de artsen zeggen dat wandelen goed voor haar is. Ze heeft haar gezicht naar de zon toe gekeerd en zit met haar ogen dicht uit te rusten.

Het is even na drieën 's middags. Het ene groepje kinderen na het andere komt snel de korte stenen trappen af en verdwijnt in de richting van het Vitabergspark en de Skånegatan. Ten slotte is het schoolplein leeg. Alleen een paar achterblijvers steken het asfalt schuin over en verdwijnen.

Dan zie ik hem.

Hij is met twee vrienden. Alle drie hebben ze een schoudertas. Emil Lindström loopt in het midden. Hij draagt nog steeds mijn achternaam. Ik ben er altijd van overtuigd geweest dat Ingrid die naam zou vervangen door de hare. Dat ze mij zou uitwissen. Maar dat heeft ze niet gedaan.

Emil komt recht op me af. Ik hoor hem luid en enthousiast praten, met een ruwe tienerstem: 'Ik vind mijn nieuwe personage echt tof; hij heeft niet zoveel krachten, maar is wel slim...'

Ingrid heeft gezegd dat hij veel met improvisatietheater bezig is. Ik neem aan dat ze het daarover hebben.

Even denk ik dat hij naar me toe zal komen, net als in mijn fantasieën, dat hij me aan zal spreken, zal zeggen dat ik zijn vader ben en dat hij me heeft gemist. Maar in plaats daarvan geeft hij een van zijn maten een duw, lacht om iets en loopt in drie stappen de trap af. Ik draai me om en zie hem in de richting van de Bondegatan verdwijnen.

'Waarom heb je niks gezegd?' vraagt Lexa, die ongemerkt naast me is komen staan. 'Waarom ben je niet naar hem toe gegaan?'

'Ik wilde niet... met zijn vrienden... Snap je?'

Ze slaat haar armen om me heen, trekt me tegen zich aan en geeft me een voorzichtige knuffel.

'Au,' zegt ze en ze duwt me weg. Ze houdt me op een armlengte afstand en kijkt me aan (bijna net als Elise).

'Je bent geen kindermoordenaar meer. Dat ben je zelfs nooit geweest.'

Ze opent haar handtas en haalt er een mapje uit dat ze voorzichtig aan me geeft. Iets in haar manier van doen en in haar gezichtsuitdrukking geeft me het gevoel dat het belangrijk is, bijna kostbaar.

‘Wat is dit?’

‘Dat heb ik van die politieman, Carl Edson, gekregen. Hij belde me en heeft dit persoonlijk bij me afgeleverd. Hij zei dat we het misschien nodig hadden voor het boek. Het zijn kopieën van Camilla’s dagboek. Of dingen die ze heeft geschreven. Het origineel heeft hij bij de officier van justitie ingeleverd. Misschien gaan ze de zaak heropenen…’

Als ik thuiskom, ga ik op de bank zitten. Ik strijk met mijn wijsvinger over het mapje voordat ik het open, alsof ik bang ben voor wat erin zit. Dan haal ik de beroete kopieën eruit en begin te lezen.

118

Donderdag 16 augustus, achtentwintig jaar eerder

Gisteren heb ik mijn broer gedood. Ik heb hem met een steen op het hoofd geslagen, totdat zijn plakkerige gedachten uitgesmeerd werden over het beton. *Pang, pang, flats, flats…* Ik heb de grijns van zijn gezicht geveegd, die stijve, nietszeggende glimlach die hij had als hij stond toe te kijken hoe mijn vader de lucht uit mijn longen trapte en mijn ribben brak.

Ik had hem nog erger willen slaan. Ik had wel willen blijven slaan, slaan, slaan, totdat er van zijn gestoorde hersenen alleen nog smurrie over was. Maar dat kon niet. Het deed zoveel pijn waar papa mij had geschopt dat ik niet meer kon.

Ik zal zijn slijmerige stem in ieder geval nooit meer horen: *Camilla heeft vandaag gespijbeld. Camilla heeft gerookt, mag ze dat wel? Camilla heeft Robert naakt vastgebonden in de kelder en dingen met hem gedaan, met zijn piemel, dat heb ik gezien…*

Dat laatste zei hij een week geleden, toen we naar *Rapport* zaten te kijken op tv, zomaar. En toen ging papa volledig door het lint. Hij is anders ook al gek, de hele tijd, maar nu… Fuck!

Mijn vader rende achter me aan de hal in en sloeg me recht in het gezicht. Klets! Ik had mijn hand op de deurkruk, ik had het slot al omgedraaid. Nu viel ik achterover naar buiten, op de veranda. Ik schreeuwde mijn longen uit mijn lijf, maar hij trok aan mijn arm.

Hij is sterk, en dan heb ik het over brute kracht. Ik heb hem met zware zakken aarde en cement zien gooien, alsof het watten waren of zo. Toen hij me de hal in smeet, leek het wel of ik niets woog. Ik gleed over de vloer, probeerde op te staan en weg te rennen, terwijl hij de voordeur dichtsmeet, zodat de buren het niet zouden horen. Hij let daar altijd goed op, dat niemand erachter komt wat hij met mij doet.

'Papa,' zei ik. 'Ik kan het uitleggen. Het is niet wat…'

Maar zijn ogen waren pikzwart. Alsof iemand een deur in zijn hersenen had dichtgeslagen. Hij pakte me bij mijn haar, trok me naar mijn kamer en smeet me op de vloer. Daarna begon hij me te schoppen, tegen mijn buik, mijn borst, mijn benen, mijn hoofd, wat hij maar kon raken. Ditmaal maakte hij zich er niet druk om of er blauwe plekken te zien zouden zijn. Ik wist dat hij me zou vermoorden.

Hij mompelde aldoor in zichzelf: 'Is dit je dank! Voor alles wat je moeder en ik voor je hebben gedaan! Gestoorde rotmeid! Eens zien hoe hitsig je nu bent...'

Max stond in de deuropening naar ons te staren met zijn mond vol van die smerige rode toffees die hij altijd at. Ik zag dat hij zich inleefde, dat hij als het ware meebewoog met elke trap die me raakte. Alsof hij tv-keek.

Het was zo oneerlijk. Max leek op mama, mollig, klein en lelijk. Ik ben degene die op papa lijkt, donker haar, lang, lenig en sterk. Papa is de knappe van het gezin. Hij ziet eruit als een man in een reclame die alles kan en alles doet. Ik ben net zo.

Maar dat maakte geen verschil voor hen. Het maakte geen verschil dat dat stomme joch overal slechter in was. Dat hij niet eens naar de wc kon gaan zonder daarna naar poep te stinken. Ik kreeg toch slaag omdat ik op mijn schone broek had geknoeid of een kras op mijn schoenen had gemaakt. *Ik zei toch dat je zuinig moest zijn op je spullen! Is dat zo moeilijk te begrijpen?*

Hij deed zijn riem altijd langzaam af, als in slow motion, alsof hij ervan genoot om te zien hoe bang ik werd.

En hij sloeg me alleen op plaatsen die op school niet te zien zouden zijn, op mijn achterwerk en onder mijn voeten, in mijn kruis.

Behalve die laatste keer.

Mijn moeder redde me. Die keer was ik kennelijk niet flauwgevallen, want ik hoorde haar stem toen ze tegen mijn vader schreeuwde: 'Kenneth! Kalm! Hou op! Je slaat haar dood!'

Ik zag dat ze aan zijn arm hing en door de kamer vloog als een jas die hij heen en weer schudde.

Maar op de een of andere manier wist ze hem te stoppen. Want toen ik wakker werd, was hij weg en lag ik in mijn bed. Toen ik vroeg of we naar het ziekenhuis moesten, zei mama alleen dat ik moest rusten. Dan kwam alles goed. Ze zei dat het nu voorbij was.

Maar ze loog. Het was niet voorbij. Toen niet.

Nu is het voorbij.

Een briljante thriller, die onder je huid kruipt
en waarin niets is wat het lijkt

Bo Svernström

Wie zint op wraak

In de buurt van Stockholm wordt in een schuur een naakte man gevonden, op brute wijze vermoord. Maar als de politie arriveert, doet die een nog veel macaberdere ontdekking: de man leeft nog.

Politiecommissaris Carl Edson bijt zich vast in de zaak, net als de gedreven onderzoeksjournaliste Alexandra Bengtsson. Het slachtoffer blijkt een beruchte crimineel met veel vijanden. Maar wat aanvankelijk een zaak van de onderwereld lijkt, ontwikkelt zich langzaam tot iets veel gecompliceerders. Edson en Bengtsson raken verstrikt in een web van intriges. Wie is nu het slachtoffer en wie de dader?

SBN: 978 94 027 0421 1

'Sterkste Zweedse thriller van het jaar.'
★★★★ *De Telegraaf*

Voor meer informatie: **www.harpercollins.nl**